教育部2013年度人文社会科学研究青年基金项目
“中国古代散曲与歌谣时调互动研究”（13YJC751009）资助成果

明清散曲与歌谣时调互动研究

冯艳 著

中国社会科学出版社

图书在版编目（CIP）数据

明清散曲与歌谣时调互动研究/冯艳著.—北京：中国社会科学出版社，2016.12

ISBN 978-7-5161-9490-4

Ⅰ.①明… Ⅱ.①冯… Ⅲ.①散曲—文学研究—中国—明清时代②民间歌谣—文学研究—中国—明清时代 Ⅳ.①I207.24 ②I207.7

中国版本图书馆 CIP 数据核字(2016)第 308936 号

出 版 人 赵剑英
责任编辑 宋燕鹏
责任校对 冯英爽
责任印制 李寡寡

出 版 中国社会科学出版社
社 址 北京鼓楼西大街甲 158 号
邮 编 100720
网 址 http://www.csspw.cn
发 行 部 010-84083685
门 市 部 010-84029450
经 销 新华书店及其他书店

印 刷 北京明恒达印务有限公司
装 订 廊坊市广阳区广增装订厂
版 次 2016 年 12 月第 1 版
印 次 2016 年 12 月第 1 次印刷

开 本 710×1000 1/16
印 张 21
字 数 348 千字
定 价 78.00 元

目　　录

上　　编

下 编

绪　　论

在中国古代文学史上，“许多的正统文学的文体，原都是由‘俗文学’升格而来的。像《诗经》，其中的大部分原来就是民歌；像五言诗，原来就是从民间发生的；像汉代的乐府，六朝的新乐府，唐五代的词，元、明的曲，宋、金的诸宫调，哪一个新文体不是从民间发生出来的。”① 本源于民间的中国古代散曲，经历了元代大盛、明中后期再度繁荣之后逐渐呈现衰微趋势。数百年间，明清散曲虽然整体上沿着雅化词化之路走向衰亡，但其间与民间的歌谣时调却时有碰撞、交会。与此同时，一直于民间蓬勃生长的明清歌谣时调也并非孤立地存在于乡野山间、街衢里巷，它们在经历着自身的生长衍变的同时，也与其他民间文艺样式和文人的文学创作产生不同形式的互动，这些互动也必然会给它们的发展带来影响。明清散曲和歌谣时调之间的互动促进了彼此的发展，在某些方面对对方的发展和存在产生了作用，使得歌谣时调和散曲都呈现出更加丰富和多样化的存在形态。

一　“歌谣时调”内涵的界定及研究范围的确定

郭绍虞先生曾经指出：“以前文学理论批评上的术语，昔人并没有严格地规定它的含义。所以同样一词，甲可以这么用，乙也可以那么用，假使混而为一，就不免牛头不对马嘴了。而且，既在同一书中，昔人用词也没有严格的科学性，往往前后所指，不是同一概念。”② 不仅如此，对于同一种事物，不同时期的不同记载者也常常会使用各自相异的名词来指

① 郑振铎：《中国俗文学史》，商务印书馆 2005 年版，第 2 页。

② 郭绍虞：《中国文学批评史》，上海古籍出版社 1979 年版，第 699 页。

称。对于生长于田野乡间和城镇街巷的民间风谣及歌曲，不同文献记录中所使用的名称也各不相同。因此，我们有必要根据相关文献的记载对“歌谣时调”的内涵进行界定，并且对文献中出现的与含义相关和相近的一些名词进行梳理。

（一）关于“歌谣”的含义

关于“歌谣”，《诗经·魏风·园有桃》中有云：“心之忧矣，我歌且谣”[①]，“毛传”解释说：“曲合乐曰歌，徒歌曰谣”[②]。这是我国关于歌、谣的最早定义，在这种定义之下，“歌谣”并不是一个词，而是一个词组，“歌”与“谣”是联系密切但区别明显的两种事物。此外，《尔雅·释乐》说“徒歌谓之谣”[③]。《初学记》“乐部上”之“歌第四”引《韩诗章句》曰：“有章曲曰歌，无章曲曰谣。”[④] 杜文澜在《古谣谚·凡例》也说：“谣与歌相对，则有徒歌合乐之分”[⑤]。可见，在这些记载中，“歌”与“谣”常常被区别对待，有不同的定义和内涵，合乐与否是区别它们的重要标准。

与此同时，“歌”与“谣”又常常被混用，同样一首民间作品，有的记载中称“歌”，有的却称之为“谣”。《汉书》卷四十四《淮南衡山济北王传》中有一段记载：“十二年，民有作歌歌淮南王曰：一尺布，尚可缝，一斗粟，尚可舂，兄弟二人，不相容！”[⑥] 很显然，这首有关“尺布斗粟”的民间作品在《汉书》中被称为“歌”。而这首“歌”，在后来的不少典籍里却又被称作“谣”。比如刘宋时期《世说新语》“方正”第五云：“（王）武子曰：‘尺布斗粟’之谣，常为陛下耻之。”[⑦] 唐代《艺文类聚》卷八十五则记载道：“《汉书》曰：文帝徙淮南王长，道死，时民

---

① 毛亨传，孔颖达疏：《毛诗正义》，李学勤主编《十三经注疏》，北京大学出版社1999年标点本，第365页。

② 同上。

③ 郭璞注，邢昺疏：《尔雅注疏》，李学勤主编《十三经注疏》，北京大学出版社1999年标点本，第159页。

④ 徐坚等：《初学记》，中华书局1962年标点本，第376页。

⑤ 杜文澜辑：《古谣谚》，中华书局1958年校点本，第4页。

⑥ 班固：《汉书》，中华书局1962年标点本，第2144页。

⑦ 刘义庆撰，杨勇校笺：《世说新语校笺》，中华书局2006年版，第270页。

谣曰：‘一斗粟，尚可舂，一尺布，尚可缝，兄弟二人，不能相容’。”[①]李白《上留田行》也云：“尺布之谣，塞耳不能听。”从相关记载中可见，这首关于“尺布斗粟”的作品应当既可适用于口诵又可以歌唱，因而既有称其为“歌”者，也有称之为“谣”者。其实，民间流传的这些作品，口诵与歌唱之间并无严格界限。《尚书·舜典》记载：“帝曰……‘诗言志，歌永言’。”孔颖达疏：“作诗者直言不足以申意，故长歌之，教令歌咏其诗之义以长其言，谓声长续之。”[②]《毛诗序》曰：“情动于中而形于言，言之不足，故嗟叹之，嗟叹之不足，故永歌之。”[③]《史记·乐书》记师乙之言：“故歌之为言也，长言之也。说之，故言之，言之不足，故长言之。”[④] 可见，出于表达感情之需，本来用于口诵的“谣”在很多情形之下也是可以自然而然地转化为“歌”的。

虽然“歌”与“谣”之间没有截然不可逾越的界限，但是随着时代的变化，民间的口诵之谣与可唱之歌还是逐渐形成了各自的发展系统。一些现存的歌谣集也说明了古代的编辑者已经意识到了二者的差异，并且遵从它们存在的实际情况对其进行搜集整理。明代杨慎的《古今风谣》、清代郑旭旦的《天籁集》、清代悟痴生的《广天籁集》、清代史梦兰的《古今风谣拾遗》、清代杜文澜的《古谣谚》收录的都是口诵谣谚类作品，而明代冯梦龙的《挂枝儿》、《山歌》，清代的《霓裳续谱》、《白雪遗音》、《丝弦小曲》、《万花小曲》等则收录了可配乐歌唱的歌曲，这些集子均是将“谣”与“歌”分开编集。随着民间文学研究的深化和细化，许多现代学者也认识到根据民间风谣歌曲发展的实际情况和“谣”与“歌”的不同特征将二者进行区别界定、继而进行相应的细致化研究的必要性。自歌谣学运动以来，学者们除了对民间风谣歌曲进行统观概览性研究之外，也有一些学者对“民谣”或“歌曲”进行过专门研究，这是与中国古代歌谣发展的实际情况和学术研究的科学性趋势相符合的。研究者们也就

---

① 欧阳询：《艺文类聚》，上海古籍出版社 1982 年版，第 1462 页。

② 孔安国注，孔颖达疏：《尚书正义》，李学勤主编《十三经注疏》，北京大学出版社 1999 年标点本，第 79—80 页。

③ 毛亨传，孔颖达疏：《毛诗正义》，李学勤主编《十三经注疏》，北京大学出版社 1999 年标点本，第 6 页。

④ 司马迁：《史记》，中华书局 1959 年标点本，第 1234 页。

"谣"与"歌"的区别做了更多阐释。钟敬文先生在《民间文学概论》中对"歌"与"谣"做了一些区分："民歌受到音乐的制约，有比较稳定的曲式结构，所以歌词也有与之相适应的章法和格局。民谣大都没有固定的曲调，唱法自由，近于朗诵，所以谣词多为较短的一段体，在章句格式的要求上不像民歌那么严格。"① 吕肖奂则从"是否有伴奏"、"是更适合吟诵还是歌唱"、"抒情意味浓烈与否"以及"各自所侧重的题材内容"② 四个方面来区分民歌与民谣，认为民歌相对于民谣更适合在有伴奏的状态下歌唱，其抒情意味更浓烈，不侧重于表现政治问题，而是较多地表现爱情与婚姻。叶德均在《戏曲小说丛考》中也认为："纯粹乐歌的'小曲'和徒歌的'歌谣'，它们不仅是音乐和形式有差别，而且是各不相同的两种东西，不能混而为一。因为歌谣一般都是劳动人民的创作，而小曲主要是市民的东西。"③

另外，"歌"与"谣"又常常被连起来作为对民间风谣和歌曲的一种统称来使用。杜文澜在《古谣谚·凡例》中首先说道："谣与歌相对，则有徒歌合乐之分。"继而又曰："而歌字究系总名，凡单言之，则徒歌亦为歌。故谣可联歌以言之，亦可借歌以称之。"④ 朱熹在《诗集传·国风序》中曾说："'风'者，民俗歌谣之诗也。"⑤ 可见，朱熹认为十五国风最初即是当时流行于各地的风谣歌曲。《淮南子·主术训》云："古圣王至精行于内，而好憎忘于外，出言以副情，发号以明旨，陈之以礼乐，风之以歌谣，业贯万世而不壅，横扃四方而不穷，禽兽昆虫，与之陶化，又况于执法施令乎！"⑥ 这同样是以"歌谣"来泛称民间的口诵之谣与可唱之歌。20世纪二三十年代歌谣学运动兴起之时，许多研究者认为："歌谣这个名称，照字义上来说只是口唱及合乐的歌，但平常用在学术上与'民歌'是同一的意义"⑦。在具体使用中，情况也确实如此。朱自清的

① 钟敬文：《民间文学概论》，上海文艺出版社1980年版，第238页。
② 吕肖奂：《中国古代民谣研究》，巴蜀书社2006年版，第4—14页。
③ 叶德均：《戏曲小说丛考》，中华书局2004年版，第769页。
④ 杜文澜辑：《古谣谚》，中华书局1958年版，第4—5页。
⑤ 朱熹注：《诗集传》，凤凰出版社2007年版，第1页。
⑥ 刘安等：《淮南子》，上海古籍出版社1989年版，第87—88页。
⑦ 周作人：《儿童文学小论·中国新文学的源流》，河北教育出版社2002年版，第51页。

《中国歌谣》、张紫晨的《歌谣小史》、刘经庵的《歌谣与妇女》、天鹰的《中国古代歌谣散论》及钟敬文所编《歌谣论集》等都是将“歌谣”等同于“民歌”概念来使用的，它包含了历代于民间存在的各种风谣和歌曲的形式，是一个概括性很强的概念。

“歌谣”概念与“民歌”概念的基本含义大体一致，同时又更加具有本土色彩和悠久的历史渊源，并且这一概念及其含义已经得到了学界的认同和广泛使用，因而本书使用“歌谣”这一概念来指称民间普通百姓传唱的口诵之谣与可唱之歌。

（二）“时调”之内涵以及与狭义“时调”内涵相同及相近的词语

关于“时调”一词，《中国艺术百科辞典》的解释是“时新的曲调”[①]。《隋书》卷十四“志第九”《武舞将作先设阶步辞》中有“礼符揖让，乐契咸韶，蹈扬惟序，律度时调”[②]。李开先《词谑》之“词套”中有“若和卿（王和卿）之作，真是时调，意兴不逮远矣”[③]。清代屈大均《广东文选》卷三十五有明代周一士的《秋日寄林坦之》一首：“浩歌回首掩衡门，落落雄心一剑存，天下风尘谁跃马，篱边茱萸独开尊，羞将锦瑟工时调，可有桃源避世喧，叹息冥鸿秋万里，不堪清泪满中原。”[④]其中也出现了“时调”一语。以上这些“时调”当分别为舞乐、散曲及器乐曲之中流行、时新的曲调，其强调的是“时兴”的“曲调”，并不专门指某一类特殊的文人或民间文学作品。

所指内容包括“时兴、流行于民间的俚俗歌曲”的“时调”一词，于明清相关文献中亦常见到。李开先《词谑》中“词谑”之“时调”条记录道：

> 有学诗文于李崆峒者，自旁郡而之汴省。崆峒教以：“若似得传唱〔锁南枝〕，则诗文无以加矣。”请问其详，崆峒告以：“不能悉记

① 冯其庸主编：《中国艺术百科辞典》，商务印书馆2004年版，第1111页。

② 魏徵、令狐德棻：《隋书》，中华书局1973年标点本，第329页。

③ 李开先：《词谑》，李开先著，卜键笺校《李开先全集》，文化艺术出版社2004年版，第1332页。

④ 屈大均辑：《广东文选》，《北京图书馆古籍珍本丛刊》，书目文献出版社1988年影印本，集部，第117册，第781—782页。

也，只在街市上闲行，必有唱之者。”越数日，果闻之，喜跃如获重宝，即至崆峒处谢曰：“诚如尊教！”何大复继至汴省，亦酷爱之，曰：“时调中状元也，如十五国风，出诸里巷妇女之口者，情词婉曲，有非后世诗人墨客操觚染翰，刻骨流血所能及者，以其真也。”①

李开先记录中的“时调”是指当时包括散曲、戏曲中一切流行曲调在内的时兴曲调，当然也包括民间时兴的歌谣小曲。明万历书林叶志元刊本《新刻京版青阳时调词林一枝》的题名中亦可见这一含义之“时调”。此书共有四卷，每一页分为上、中、下三栏，上下两栏收录戏曲，中栏收录了包括《新增楚歌罗江怨》、《哭皇天歌·闹五更》在内的众多民间流行的俚俗歌曲。实际上，此处“时调”一词仍主要指“流行、时兴之曲调”，只是在这一时期内，社会上流行之曲调中包含了民间流行的俚俗歌曲。此外，明代吕坤《实政录》民务卷二中有记载道：

时调新曲百姓喜听，但邪语淫声，甚坏民俗。如有老师宿儒、词人诗客能将近日时兴腔调翻成劝世良言，每一曲赏谷一斗。能将古人好事如杀狗劝夫、埋儿孝母、管鲍分金、宋郊渡蚁，一切有关风化者，作为鼓板平话、弹唱说书、半说半唱、极浅极俗、不用一字文言，妇人童子都省，又亲切痛快，感动民心，使人点头赞叹，流泪悲伤者，每书三十段以上一本，有司抄录送院，选中赏谷五石。肯亲自教习二十人以上成熟者，赏谷十石，仍另行优奖。②

此中“时调”与“新曲”连用，加上其下文中所述，可知此处的“时调”也指“时兴腔调”，这种“时调”多为“邪语淫声”，故“甚坏民俗”，所以这种“时调”即是用时兴腔调演唱、流行于民间、内容及用语均直露甚至粗鄙的俚俗歌曲，与《新刻京版青阳时调词林一枝》中收录

① 李开先：《词谑》，李开先著，卜键笺校《李开先全集》，文化艺术出版社2004年版，第1276页。

② 吕坤：《实政录》，《北京图书馆古籍珍本丛刊》，书目文献出版社1988年影印本，史部，第48册，第61页。

的俚歌俗曲正是一种东西。

另外，一些小说和笔记中也出现过同样内涵的“时调”一词。清代李百川《绿野仙踪》第五十六回有：

> 苗秃子……跑到市上，立刻雇了个飞快的驴儿，一路唱着时调〔寄生草〕，向试马坡来。①

成书于乾隆年间的《绿野仙踪》虽有许多神怪内容，却也反映了当时真实的人情事态。书中苗秃子一路唱着的“时调〔寄生草〕”正是明代中后期至清代中后期流行于民间的时尚俚俗歌曲。沈德符在《万历野获编》卷二十五“词曲”之“时尚小令”中便提到过〔寄生草〕：

> 嘉、隆间乃兴“闹五更”、〔寄生草〕、〔罗江怨〕、〔哭皇天〕、〔干荷叶〕、〔粉红莲〕、“桐城歌”、〔银纽丝〕之属，自两淮以至江南，渐与词曲相远，不过写淫媟情态，略具抑扬而已。②

乾隆六十年王廷绍所编《霓裳续谱》中就收录了许多时调〔寄生草〕。可见，《绿野仙踪》中所提及之“时调”也是指“流行于民间的时尚俚俗歌曲”。具有这一内涵的“时调”一词在一些笔记类文章中也出现过，清末孙宝瑄《忘山庐日记》中记录光绪二十七年四月：

> 十日，阴。将买舟回海上。蚤间，翰香、叔通、凌霄、锡侯咸来视余。饭后出城，至拱宸桥，复诣第一春小饮，招歌伎蒋月红者来，击鼓唱天津时调。③

清末民初，民间的俚歌俗曲继续以蓬勃之势发展，有的逐渐向俚俗说唱和

① 李百川：《绿野仙踪》，北京大学出版社1986年校点本，第445页。

② 沈德符：《万历野获编》，《明代笔记小说大观》，上海古籍出版社2005年校点本，第三册，第2578页。

③ 孙宝瑄：《忘山庐日记》，上海古籍出版社1983年版，第342—343页。

小戏演变。与此同时，大量时调唱本纷纷涌现，有的直接以"时调"标名，如《新集时调雅曲初集》、《新集时调马头调雅曲二集》、《新刻时调十杯茶》、《新刻时调小光棍》、《新刻时调十个郎》、《新刻时调百岁图》、《新刻时调三百六十行》等；有的题名中虽然没有"时调"二字，但是在封面上却明确标注"新刻时调"字样，如《新刻六堂妹山歌》、《新刻上海山歌》、《古人汗巾》、《新刻小寡妇上坟》等。

"时调"一词自清代中期始除了指称流行于民间的俚俗歌曲之外，许多时候也用以指称民间流行的说唱曲艺和歌舞小戏。清中叶兴起的弹词有时也被称作"时调"，一些弹词刻本的题目中往往会包括"时调"二字，如清嘉庆十八年（1813年）姑苏裕德坊刊本《新镌时调弹词说唱福寿双金锭》，清道光十二年（1832年）环春阁刊本《新刻时调唱口真本九丝绦全传》，清同治十一年（1872年）耕本堂刊本《新刻时调说唱八仙缘》，清代兰蕙轩刊本《新刻时调唱本文明秋凤》等弹词刻本，其题目中均有"时调"二字。此外，清末吴兴聚文斋刊本《时调卖草囤》、《时调拔兰花》等都是滩簧。以上刊本中出现的"时调"一词是指用时新流行曲调演唱的说唱曲艺和歌舞小戏。

由此可见，我们现在于明清文献中所见之"时调"一词，在保留它的基本含义"时新的曲调"的同时，当有广义和狭义之分。洛地先生在《明清时调小曲的音乐系统》中认为："'小曲'以其有异于'时调'的方面而言，一是其'小'，单曲单篇，基本上或绝大多数是单曲单段成篇，也有多段成篇的，其多段也是单曲；二是'曲'，这句话的意思是指：叙说古事新闻（说唱）及扮演文艺（戏剧）中的唱词，一般观念中不称为'小曲'。……'时调'这个称呼，明代使用得好像不多……什么是'时调'，简单化的说法（用现在的语言）是'戏曲'和'曲艺'。"① 洛地先生所采用的即为广义的"时调"，包括用时兴曲调演唱的俚俗歌曲、说唱曲艺和歌舞小戏。而本文将要采用的"时调"则是与洛地先生所提及的与"小曲"含义一致的狭义的"时调"，即流行于民间的时尚俚俗歌曲。

在现存可见的典籍资料和研究论著中，用以指称"明清流行于民间

---

① 洛地：《明清时调小曲的音乐系统》，《四川戏剧》1996年第1期，第20—23页。

的时尚俚俗歌曲”的词语还有很多，诸如“小曲”、“时尚小令”、“小词”、“小调”、“俗曲”、“俚曲”、“民歌”等。这些词语多数时候单独出现，也有二词连用的，有的记录者和学者还会同时兼用上列词语中的两个或三个用以指称同一事物。从词语的使用情况来看，目前指称民间时尚俚俗歌曲的词语还处于混用状态，尚无统一标准。

在明清时期的很多资料中，我们可以看到，许多人使用“小曲”一词来指称在民间盛行的俚歌俗曲。明代王骥德就曾多次使用这一词语，如：《曲律》卷一“论曲源第一”：

> 迩年以来，燕赵之歌童舞女，咸弃其杆拨，尽效南声，而北词几废。……至北之滥流，而为〔粉红莲〕、〔银纽丝〕、〔打枣竿〕；南之滥流，而为吴之山歌，越之采茶诸小曲，不啻郑声，然各有其致。①

《曲律》卷三“杂论”第三十九上：

> 北人尚余天巧，今所流传〔打枣竿〕诸小曲，有妙入神品者。南人苦学之，决不能入。盖北之〔打枣竿〕，与吴人之山歌，不必文士，皆北里之侠，或闺闱之秀，以无意得之，犹诗郑、卫诸风，修《大雅》者反不能作也。②

清初钮琇在《觚賸》的“英豪举动”篇中也将明后期盛行一时的〔挂枝儿〕称为“小曲”：

> 熊公廷弼……吾吴冯梦龙，亦其门下也。梦龙文多游戏，《挂枝儿》小曲与《叶子新门谱》皆其所撰。③

---

① 王骥德：《曲律》，顾廷龙主编《续修四库全书》，上海古籍出版社 2002 年影印本，子部，第 1758 册，第 423 页。

② 同上书，第 470 页。

③ 钮琇：《觚賸》，浙江古籍出版社 1988 年标点本，第 135 页。

清初刘廷玑不仅将这些时兴俚俗歌曲称为“小曲”，还将其与其他文艺形式区分开来，并叙其演变轨迹：

“小曲”者，别于昆弋“大曲”也。在南则始于〔挂枝儿〕……一变为〔劈破玉〕，再变为〔陈垂调〕，再变为〔黄鹂调〕。……在北则始于〔边关调〕……再变为〔呀呀优〕……如〔倒扳桨〕、〔靛花开〕、〔跌落金钱〕，不一其类。①

此外，清代中后期的一些笔记中也有关于“小曲”的记载。如清道光年间二石生《十洲春语》：

院中竞尚“小曲”，其所著者有：〔软鞶〕、〔滩簧〕、〔离京〕、〔凄凉〕、〔四平〕、〔四喜〕、〔杭调〕、〔满江红〕、〔劈破玉〕、〔湘江浪〕、〔剪靛花〕、“五更月”、〔绣荷包〕、〔九连环〕、〔武鲜花〕、〔倒扳桨〕、“闹五更”、“四季相思”、“金银纽丝”、“七十二心”诸调，和以丝竹，如袅风花软，狎雨莺柔，颇觉曼回荡志。②

从这些记载中，我们可以了解到清代中后期民间流行的俚俗歌曲的曲名、内容、特点等情况。

现代许多学者在研究中，也使用“小曲”指称明清时尚俚俗歌曲。胡适先生在《元人的曲子》一文中说：“明代的小曲，也是最有文学价值的文学，不幸更没有人留意到他们。”③ 在《扬州的小曲》一文中说：“《风月梦》中有许多妓女唱的小曲，是和着琵琶唱的，其中颇有些有风致的。”④ 佟晶心的《新旧戏曲之研究》一书中，第一章第三节“杂剧”

---

① 刘廷玑：《在园杂志》，《清代笔记小说大观》，上海古籍出版社2007年校点本，第三册，第2178页。

② 二石生：《十洲春语》，《笔记小说大观》，台北新兴书局1983年影印本，第五编第十册，第5533页。

③ 胡适：《元人的小曲》，《胡适文集》（第五卷），人民文学出版社1998年版，第73页。

④ 胡适：《扬州的小曲》，《胡适文集》（第五卷），人民文学出版社1998年版，第196页。

的第七小类为“小曲”[①]，其中提到了社会上流行的许多小曲的印行本。朱自清在《中国歌谣》中也使用“小曲”之名来指称明清民间时尚俚俗歌曲。

除了“小曲”一词之外，“时尚小令”、“小词”、“小调”也曾被用以指称明清时期民间流行的俚俗歌曲。沈德符在《万历野获编》卷二十五“词曲”中之“时尚小令”记载了明代中后期民间俚俗歌曲盛行的状况：

> 自宣、正至成、弘后，中原又行〔锁南枝〕、〔傍妆台〕、〔山坡羊〕之属。……自兹以后，又有〔耍孩儿〕、〔驻云飞〕、〔醉太平〕诸曲，然不如三曲之盛。嘉、隆间乃兴“闹五更”、〔寄生草〕、〔罗江怨〕、〔哭皇天〕、〔干荷叶〕、〔粉红莲〕、“桐城歌”、〔银纽丝〕之属，自两淮以至江南，渐与词曲相远，不过写淫媟情态，略具抑扬而已。比年以来，又有〔打枣竿〕、〔挂枝儿〕二曲，其腔调约略相似，则不问南北，不问男女，不问老幼良贱，人人习之，亦人人喜听之，以至刊布成帙，举世传诵，沁人心腑，其谱不知从何来，真可骇叹。[②]

明人有时也会将这些民间俚俗歌曲称为“小词”。《金瓶梅词话》第六十一回西门庆叫申二姐唱“小词”，申二姐就弹唱了两首〔四不应山坡羊〕和两支〔锁南枝〕。在同一回中，申二姐拿着琵琶唱“小词”，唱的也是俚俗歌曲〔罗江怨〕。另外，张岱在《陶庵梦忆》卷四中也称俚俗歌曲〔劈破玉〕为“小词”：

> 广陵二十四桥风月，邗沟尚存其意……巷口狭而肠曲，寸寸节节，有精房密户，名妓、歪妓杂处之……诸妓醵钱向茶博士买烛寸许，以待迟客。或发娇声唱〔劈破玉〕等小词，或自相谑浪嘻笑，

---

① 佟晶心：《新旧戏曲之研究》，《戏曲丛书》，上海戏曲研究会 1927 年版，第 68—69 页。

② 沈德符：《万历野获编》，《明代笔记小说大观》，上海古籍出版社 2005 年校点本，第三册，第 2578—2579 页。

故作热闹以乱时候。[1]

也有一些笔记资料使用“小调”一词。清人捧花生《秦淮画舫录》卷上记述秦淮女子蒋玉珍：

风姿濯濯，向人瓠犀一露，百媚俱生；性犹灵敏，工小调，近有新腔号“三十六心”者，当筵一奏，令人魂魄飞越。[2]

晚清黄协埙《淞南梦影录》卷二记述了上海的“小调”流行情况：

近日曲中竟尚小调，如〔劈破玉〕、〔九连环〕、“十送郎”、“四季相思”、“七十二心”之类。珠喉乍啭，如狎雨莺柔，袅风花软，颇足荡人心志。[3]

一些现当代学者也使用过“俗曲”一词来指称明清时期民间流行的俚俗歌曲。徐元勇通过考证，认为“俗曲”是外来词，是日本明治初年（1870年）新造的词语，20世纪初传入我国。[4]“俗曲”一词也有广义和狭义之分，《中国音乐词典》解释“俗曲”一词为：

“五四运动”以后，我国研究民间文艺的学者，对用一定曲调演唱的大鼓、弹词、琴书、牌子曲、时调小曲等类的曲艺形式和秧歌、花鼓、落子、滩簧等类的民间歌舞小戏的通称。如李家瑞编的《北平俗曲略》、刘复、李家瑞所编的《中国俗曲总目稿》等书都是按这种体例编写的。[5]

---

① 张岱：《陶庵梦忆》，上海古籍出版社1982年点校本，第35页。

② 捧花生：《秦淮画舫录》，《清代笔记小说大观》，上海古籍出版社2007年校点本，第六册，第5751页。

③ 黄协埙：《淞南梦影录》，葛元煦、黄协埙等《沪游杂记·淞南梦影录·沪游梦影》，上海古籍出版社1989年标点本，第115页。

④ 徐元勇：《明清俗曲流变研究》，东南大学出版社2011年版，第5—7页。

⑤ 中国艺术研究院音乐研究所《中国音乐词典》编辑部编：《中国音乐词典》，人民音乐出版社1985年版，第378页。

这一解释采用的便是“俗曲”之广义，李家瑞所编《北平俗曲略》和刘复、李家瑞先生所编之《中国俗曲总目稿》题名中的“俗曲”即广义之“俗曲”。刘复先生在《中国俗曲总目稿》序言中也界定了广义“俗曲”之范围：

> 所以“俗曲”的范围是很广的，从最简单的三句、五句的小曲起，到长篇整本、连说带唱的大鼓书，以至于许多人合同扮演的硼硼戏，中间有不少的种类和阶级。①

与广义相对，《中国大百科全书·音乐舞蹈卷》对于“俗曲”的解释便属于狭义之“俗曲”：

> 中国明、清以来流行于城镇市民阶层，社会影响深广的民间歌曲的泛称。因时间、地点的不同，亦称为俚曲、时调、时曲、小曲、小唱、小调杂曲等。②

采用这一解释的还有杨荫深先生和车锡伦先生。杨荫深在《中国俗文学概论》中认为：

> 俗曲就是通俗的歌曲。普通又称为小曲、小调或时曲、时调。因为都是平民作的，故称“小”，又是随时随地在产生，旧的过去了，新的又起来了，故称为“时”。③

车锡伦先生在《清同治江苏查禁“小本唱片目”考述》中也认为：

---

① 刘复、李家瑞编：《中国俗曲总目稿》，台北文海出版社 1973 年版，第 1 页。

② 中国大百科全书出版社编辑部编：《中国大百科全书·音乐舞蹈卷》，中国大百科全书出版社 1989 年版，第 622 页。

③ 杨荫深：《中国俗文学概论》，台北世界书局 1946 年版，第 18 页。

> 俗曲即流行歌曲，也可称之为民间流行歌曲。作为中国俗文学史研究的范畴，它又专指明清及近代的流行歌曲。这是现代学者确定的概念，历史文献记载及各地俗称很多，如“时调”、“小调”、“小唱”、“小曲”、“俚曲”、“俚歌”等。①

此外，叶德均先生在《关于俗曲的流传演变》、杨荫深先生在《俗曲》、傅惜华先生在《绣荷包考》中也都使用了狭义的“俗曲”概念。另外，还有一些学者在研究中将这些明清流传于民间的俚俗歌曲称为“民歌”，例如章培恒、骆玉明在《中国文学史》第七编第八章《明代散曲与民歌》中将这些作品称为“民歌”，周玉波亦在《明代民歌研究》中以“民歌”来指称这些作品。

通过以上梳理，我们发现：狭义的“时调”、“小曲”、“时尚小令”、“小词”、“小调”以及狭义的“俗曲”在众多文献资料中的含义是基本一致的。除了单独用这些词语指称明清民间流行的俚俗歌曲外，有的记录者和学者还会同时使用两个或三个意义一致的词语来表示与狭义“时调”同样的含义。

李斗《扬州画舫录》卷十一“虹桥录下”第十五条中就同时使用“小唱”和“小曲”两个词语来表示同一种事物：

> 小唱以琵琶、弦子、月琴、檀板，合动而歌。最先有〔银纽丝〕、〔四大景〕、〔倒扳桨〕、〔剪靛花〕、〔吉祥草〕、〔倒花篮〕诸调，以〔劈破玉〕为最佳……近来群尚〔满江红〕、〔湘江浪〕，皆本调也。其〔京舵子〕、〔起字调〕、〔马头调〕、〔南京调〕之类，传自四方……于小曲中加引子尾声，如：《王大娘》、《乡里亲家母》诸曲。又有以传奇中《牡丹亭》、《占花魁》之类谱为“小曲”者，皆土音之善者也。②

---

① 车锡伦：《清同治江苏查禁“小本唱片目”考述》，《俗文学丛考》，台北学海出版社1995年版，第150—151页。

② 李斗：《扬州画舫录》，中华书局1980年点校本，第257页。

明代顾起元《客座赘语》卷九中一段文字以“俚曲”为题目，文中又使用了“小令”一词来指称同一事物：

> 里弄童孺妇媪之所喜闻者，旧惟有〔傍妆台〕、〔驻云飞〕、〔耍孩儿〕、〔皂罗袍〕、〔醉太平〕、〔西江月〕诸小令，其后益以〔河西六娘子〕、“闹五更”、〔罗江怨〕、〔山坡羊〕。〔山坡羊有沉水调〕，有数落，已为淫靡矣。①

关德栋在《〈风月梦〉中的俗曲》一文中说：“《风月梦》中曾有一些场面描写到人物歌唱小曲……《风月梦》里引用的小曲，并非扬州一带所流行，更非产生于扬州。……《风月梦》所录的小曲共有十三四支……”②关先生在文章题目中使用“俗曲”，文章之中使用“小曲”。阿英在《再谈清末的时调》一文中说：“曾经依据《绣像小说》上所发表的小曲，写过一篇《清末的时调》，发表在杂志《青年界》上。就在那篇短文送出去不久，又收到了一册《最新醒世歌谣》，这是当时小曲的辑集。”③ 他也是同时使用“时调”和“小曲”两个名字。郑振铎先生在《中国俗文学史》第十章论及“明代民歌”时说：“本章所述及的，只是流行于民间的时曲或俗曲，以及若干拟仿俗曲的作家的东西。”④ 郑先生同时使用了“民歌”、“时曲”和“俗曲”三个词语表示同一种事物。

另外，“时调”和“小曲”两个词还曾经被合并使用，其含义则与广义的“时调”一词较为接近。关德栋在《〈挂枝儿〉序》中称“〔挂枝儿〕是明万历后逐渐流行的一种民间‘时调小曲’”⑤。傅惜华《北京传统曲艺总目》卷九至卷十六，著录许多北京流传的“时调小曲”，除了流行于民间的时尚俚俗歌曲，还包括一些用流行曲调演唱的小戏和秧歌。首

---

① 顾起元：《客座赘语》，《明代笔记小说大观》，上海古籍出版社2005年校点本，第二册，第1430页。

② 关德栋：《〈风月梦〉中的俗曲》，关德栋《曲艺论集》，上海古籍出版社1958年版，第182页。

③ 阿英：《再谈清末的时调》，《阿英全集·附卷》，安徽教育出版社2006年版，第133页。

④ 郑振铎：《中国俗文学史》，商务印书馆2005年版，第486页。

⑤ 关德栋：《〈挂枝儿〉序》，《明清民歌时调集》（上），上海古籍出版社1987年版，第3页。

都图书馆编《清蒙古车王府藏曲本》中函三一四第五册和函三一五共四册中所收作品以“时调小曲”标明，其中除了民间的时兴俚俗歌曲外，也有一些属于说唱文艺作品。

通过以上的梳理我们可以了解到，在用于指称“明清时期流行于民间的时尚俚俗歌曲”时，明清时人及现当代学者们使用的概念多种多样，并没有统一的标准。本书之所以使用狭义的“时调”，一方面因为这一名称突出了这些明清民间歌曲“时新、流行”的特点，另一方面也显示了这些民间歌曲是使用一些时兴流行“曲调”来演唱的，此外，也与明清时期本就有许多记载和民间歌曲集均使用过这一名称有关。在本书以下各章节的详细论述中，笔者所使用的许多材料中会出现各种与狭义“时调”含义一致或接近的词语，诸如“小曲”、“时尚小令”、“小词”、“小调”、“俗曲”、“俚曲”、“民歌”等，由于此处已经有过界定和说明，因而此后出现时不再一一解释说明。

（三）使用“歌谣时调”这一概念的原因及研究时间段的确定

通过上面的梳理和分析，我们可以看到，“歌谣”一词可以作为对民间风谣和俚俗歌曲的一种统称来使用，这一生于中国本土的概念涵盖了在中国民间传唱的口诵之谣和可唱之歌。中国古代的歌谣在不同的历史时期有着不同的存在形态和特点，古代歌谣发展至明清时期，除了较为质朴、原生态的风谣之外，一些俚俗时尚的民间歌曲风行南北，受到广大百姓甚至很多文人的喜爱和追捧。明清时期的这些时调既属于中国古代歌谣大家庭中的一分子，同时又是古代歌谣发展到明清时期出现的具有鲜明时代特征的一种形式，其特点和成就使之成为明清时期歌谣的代表。

本书之所以将“歌谣”与“时调”连用，主要有以下两方面的原因：首先，“歌谣”可以用来限制此处“时调”一语的内涵，说明此处之“时调”取用的是狭义的内涵，是指那些流行于民间的俚俗歌曲；同时，“时调”一词又具有一定的时间性，主要用于指称“明清时期”流行的使用一定曲调来歌唱的民间歌曲。“歌谣”与“时调”二词连用既表明了“时调”是中国古代歌谣大家庭中的一员，表明了它的民间性和承续性；同时也体现出了“明清时调”在中国古代歌谣中的特殊性，凸显了它的时代性。其次，本书将主要探讨明清散曲与歌谣时调的互动关系，从现存资料及中国古代散曲和歌谣时调的实际发展情况来看，古代散曲诞生、发展和复兴与中国古代歌谣中传唱于城镇市井的民间俚歌俗曲关系更为密切一些，相较之下，较为质朴、原生态一些的口诵风谣与散曲之关系相对较疏，因而，使用“时调”一词可以突出本文的主要研究对象和侧重点。另外，尽管互动大多发生在散曲和可歌的时调之间，但是从历时性角度来看，散曲之诞生、发展及不同存在形式的形成也与元明清以及之前的古代歌谣难免会有些许关联，明清时调本身也难免与前代及当时的口诵风谣有所关联，因此在“时调”之前加上“歌谣”又可以兼顾研究的全面性和完整性。本书将“歌谣”与“时调”二词合并使用。

本书将主要研究“明清”时期散曲与歌谣时调的互动情况，同时以元代散曲与歌谣时调的互动情况为背景，这一时间段的确定与各个时期时调作品的存量情况有关，同时也与中国古代散曲和歌谣时调的实际发展状况有关。

首先，不同时期“歌谣”的存量决定了本文以明清两代散曲与歌谣时调的互动为主要研究对象。民间歌谣一直都在平民百姓之间流传，只是不同时期、不同文化环境中的歌谣得到的文人关注度不同，它们有时引得文人关注并对其进行记录、搜集，有时却得不到关注、自生自长。元代现存可见的歌谣大多数是口诵之风谣，而它们与散曲之互动就现存资料来看并不明显。同时，元代的可歌时调就现存资料而言相当有限，虽然散曲的起源与俚歌俗曲关系密切，但资料的匮乏使得以对具体作品的比对分析为基础的元代部分的互动研究很难全面深入展开，这决定了本书的研究只能以元代作为背景。这并不是无视元代歌谣的存在，也不是否定明清歌谣时调的承继性，只是因为在没有具体作品的情况下难以开展具体的研究。而明清时期流传的歌谣时调保存下来的作品数量众多，并且明清歌谣时调与明清散曲之间确有许多互动表现，这为明清散曲与明清时调之间的互动研究提供了资料基础和可能性。

其次，由于文献的缺失，我们无法知晓元代歌谣的具体状况及其与明清歌谣时调之间的确切联系。元代歌谣一直潜生于民间，明清歌谣时调与其有着血脉传承关系，这一点毋庸置疑。然而从另一方面讲，由于元代俚俗歌曲具体作品的缺失，元代歌谣中的俚俗歌曲究竟以何种面貌和形式存在过，是否在总体特征和大致体制上与明清歌谣时调同属于一个系统，我们不得而知。因此，本文仅能暂以明代作为具体研究的时间起始点，将已经呈现出一个相对完整发展体系的明清歌谣时调与散曲的关系作为研究对象，而只能将元代的相关情况作为研究背景进行呈现。

最后，古代散曲发展的整体性要求本文应当以元代为背景。中国古代散曲的诞生和元散曲的繁荣与元代俚俗歌曲也存有关系，虽然由于资料所限目前无法全面深入探讨元代散曲与俚俗歌曲的互动情况，但是以现有的曲论和笔记等资料为依托，对俚歌俗曲对散曲诞生产生的影响进行一些勾勒和大致分析还是可能的，这将为研究明清散曲与歌谣时调的互动提供必要的基础和背景。另外，明清散曲是对元代散曲的发展和继续，其成熟的曲牌系统、体制特征及多样俳体形式都与元代散曲在这些方面的奠基、积累与不断完善密不可分，这也要求我们的研究必须以元代散曲的相关情况为基础和背景，不可将明清散曲与元代散曲截然割裂。

需要特别说明的是，本书所谓的“互动”是就明清散曲和明清歌谣时调之间整体的相互影响而言的，是从总体上来观照并定义二者之间存在的“相互影响”关系的，并不局限于在某一具体方面二者都要呈现出“相互的”影响。在具体的研究中，笔者将对明清散曲与歌谣时调在某一具体方面对对方产生的影响进行深入细致的分析，为整体上呈现出二者的“互动”轨迹与表现提供支持。

二　本书选题的意义

文人学者对明清歌谣时调的关注由来已久，现代意义上的明清歌谣时调研究始于 20 世纪初由刘复等人倡导发起的歌谣运动。20 世纪 30 年代初，现代散曲学作为一门学问被建立起来。百余年来，散曲学界和歌谣研究界无论是在文献资料的整理方面，还是在理论研究方面，都已取得丰硕的成果。学者们在各自的研究领域内，以明清散曲或明清歌谣时调为本体，结合社会文化背景，对明清时期散曲或歌谣时调的发展轨迹、题材内涵、美学特征、具体作品等内容进行了全面系统的研究，这无疑是最为主流和常见的研究形式，其成果已是有目共睹。其中，一些学者在专门研究明清散曲或明清歌谣时调时，对散曲与歌谣时调之间的互相影响有过一些涉及，但学界对明清散曲和歌谣时调的互动情况及其意义却没有作过全方位的系统研究。

因而，尝试从散曲与歌谣时调交叉互动的角度去关照一系列相关问题，以互望的视角来关注明清散曲和歌谣时调的发展和互动情况，可以使研究视野更为开阔，也可以对二者的发展和关系有更为全面和动态的把握，从而拓展出新的研究领域，得到一些单纯以明清散曲和歌谣时调为本体进行研究时所得不到的收获。本书将以明清散曲与歌谣时调之间的关系和互动情况为主要研究内容，这一研究的意义主要体现在以下几个方面：

首先，有助于解决散曲发展史中的一些问题，丰富明清散曲的研究内容，拓展明清散曲的研究领域。

明代中后期是中国古代散曲史上的复兴期，散曲家们的创作呈现出更加丰富多样的内容和风格。其中一部分散曲家如康海、冯惟敏、陈铎、沈仕、施绍莘等人的创作显然受到了明代中后期盛行的歌谣时调的影响，另有一些散曲家如刘效祖、赵南星、朱载堉、丁綵等更是亲自创作了许多拟歌谣时调作品。结合作品、相关的文献记载和曲论分析歌谣时调对散曲创作产生影响的具体表现，深入考察本时期散曲家的生活环境、生活方式、创作活动等与歌谣时调流行传布之间的关系，从歌谣时调对散曲产生影响的角度解析晚明散曲整体雅化趋势之下一些俚俗因子的复归及原因，探究这种影响对散曲整体发展的意义等都是本书的重要内容，这些研究对于我们认识复兴期散曲与歌谣时调的共生状态和密切关系很有帮助。

其次，有利于更为清晰地展现明清歌谣时调的起源、发展与存在状态，揭示出源自民间的文人文学样式——散曲对歌谣时调的发展所起到的反作用，为更为准确而细致地描述出明清歌谣时调发展史提供支持。

许多研究者在专门研究明清歌谣时调时都曾提及“明清歌谣时调来源于元人小令”，但对“明清歌谣时调源于元人小令”的社会文化背景和环境却没有予以关注和研究，这一方面的研究将对真实呈现明清歌谣时调初兴之时的存在状态与生长环境、揭示明清歌谣时调初兴时与散曲之密切关系的成因有重要意义。

清代歌谣时调相对于明代更加繁复化，其形式更为多样和复杂，这种形式上的变化发展与歌谣时调自身的发展规律有关，同时与文人散曲的影响也有关系。以散曲和歌谣时调具体作品为研究对象、通过细致的比较和深入分析，将更清晰、具体地呈现出散曲对明清歌谣时调形式复杂化所造成的影响和具体表现。随着清代歌谣时调的发展，一类以“西调”为代表的雅化时调应运而生，它们采用歌谣时调的曲调，但是语言、风格等却与清代文人创作的散曲很是接近，其作者也是具有一定文化修养的文人。从某种意义上说，这种雅化歌谣时调是清代歌谣时调与散曲互动交融的一种特殊产物，对它们进行恰当的定位，探究它们产生的原因以及与明清歌谣时调及明清散曲的关系，对于研究清代散曲和歌谣时调的发展也具有重要的参考价值。

再次，可以有助于展现作为歌唱文学的散曲和歌谣时调赖以生存的明清社会文学文化生态。本书将结合明清社会文化环境，从歌唱传播角度考察明清散曲与歌谣时调互动的环境、媒介及交融的途径，从而对描绘明清社会文学文化生态提供一些参考和帮助。此外，从雅俗角度来看，文人散曲与歌谣时调交融互动时，一定会出现一个模糊地带，它们在文人和百姓眼中的雅俗定位也始终处于微妙的运动转化之中，它们之间的互动也会对对方的雅俗转化产生影响，这些转化与影响在明清散曲和歌谣时调各自的发展中都是不容忽视的。因此，在雅俗混融的大背景之下通过对文人态度、社会娱乐环境等的分析展现明清散曲与歌谣时调的共生状态和相互之间的碰撞、交流是非常必要的。

最后，本书的研究视角和方法将对拓展明清文学研究领域提供一些参考。笔者的研究将以文化考察与文本分析为主，将明清散曲、歌谣时调具体作品与音乐学、传播学、文艺学、历史学、文化学等相结合，将文献整理与艺术批评相结合，既有微观的实证性考论，又有宏观的理论性分析。这种从多学科角度观照问题、交叉研究的方法可以对本学科内的其他研究提供一定的参考。

三 国内外关于该课题的研究现状及趋势

如前所述，目前尚未见到对明清歌谣时调与明清散曲互动情况的系统研究成果，从国内来看，相关的论述和研究主要集中于以下五个方面：

（一）关于“歌谣时调与散曲之区别与联系”的论述

罗锦堂在《明代小曲》一文中明确指出散曲与歌谣时调是不同的：“小曲与元曲截然不同。无论在调名、风格、体裁上，绝不能与元曲混为一谈。”[1] 任中敏先生也认为“散曲必经过文学艺术之陶冶，而后成立，要与俚歌有别”[2]。章培恒、骆玉明在《中国文学史》第七编第八章《明代散曲与民歌》中专门论述了明代散曲与民间歌谣时调的区别与联系，他们认为明代散曲与民歌都是当时所演唱的歌曲，不同之处在于散曲是文人士大夫所作的，大多是在家庭或朋友宴集时用以助兴的，也带有文辞欣赏价值，有固定的宫调格式；民歌则出于无名作者之手，虽然有一些基本调式，但在音乐方面的要求比较简单，没有太多音律方面的要求，许多都是青楼妓女演唱的，也会流传于街巷里衢为普通妇孺所传唱。散曲和民歌的内容对应于各自的生活，语言风格也不同。散曲难免有矜持之态，民歌则以口写心，无所顾忌，因而民歌小曲在率真跳脱之风上远超散曲。但散曲与民歌小曲的区别不是绝对的，由于明代文人与市井生活关系密切，其作品会染民歌之风，而明代民歌由于明代文化文学的雅俗交融而混入文人之作也是有可能的。[3] 这种论述既具体又辩证，符合散曲与歌谣时调存在的真实状况。因此，散曲与民歌之不同是无疑的，然而在交融地带也会有一些作品混融的情况存在。

周玉波在《明代民歌研究》中同样认为“民歌与散曲，既有联系，也有区别。从源头上说，散曲也是民歌，只不过经过文人的改造后，散曲渐渐脱离民歌的影子，有了成形的规范”[4]，另外，也有一些民歌“在流行的过程中，得到文人的喜爱，文人们因此仿作、改造民歌，使其具备散曲的形制，但是在民间，这些民歌仍然以其原有的形式存在着、发展着，所谓双线并行，相得益彰。这种情形，在明代尤为常见”[5]。与章培恒、骆玉明着重于横向对比不同，周玉波主要从歌谣时调与散曲纵向发展轨迹上论说二者的区别与联系，这使我们对这一问题的了解更加全面化。

（二）有关“散曲起源与歌谣时调之关系”的探讨

有关“散曲起源”的研究是中国古代散曲研究的一个基础性问题，

---

① 罗锦堂：《明代小曲》，《大陆杂志》1954 年卷九，第 1 期，第 25 页。

② 任中敏：《散曲概论》，任中敏编著《散曲丛刊》，凤凰出版社 2013 年版，第十四种，第 1073 页。

③ 章培恒、骆玉明：《中国文学史》（下），复旦大学出版社 1996 年版，第 367—368 页。

④ 周玉波：《明代民歌研究》，凤凰出版社 2005 年版，第 3 页。

⑤ 同上书，第 4 页。

也是一个非常复杂的问题。影响散曲起源和诞生的因素绝非一种，前贤们在探讨“散曲起源”时大都会提到民间歌谣时调对散曲起源曾有过影响。

在专门研究散曲或涉及散曲的论著中，大多学者都认为民间歌谣时调与散曲之起源有关系。例如，吕薇芬、黄卉著《散曲流派传》中说：“民歌是永不衰竭的，源源不绝的民歌俗调为散曲提供了丰富的营养，并促进了散曲的形成发展。”[①] 类似的论述在有关著作和论文中还有很多，由于学者们在论著中探讨的重点并非“歌谣时调与散曲起源之关系”，因而他们多是只提及歌谣时调与散曲之起源有关系，并未有更深入的探析。

也有一些学者除了认为歌谣时调与散曲之起源有关系，还以现存资料来证明民间的歌谣时调对散曲的起源有一定影响。李昌集在《中国古代散曲史》中说，“北曲，就其曲调的渊源而言，乃是在当时（主要是金代和元初期）各种歌曲（勾栏、教坊曲、民间俚曲和极少数返归民间的宫廷曲）的孕育下产生的。”[②] 并且对来自“北地汉族俗曲”的曲牌进行了介绍。同时，李先生还认为“南北曲在发生过程中均以由唐至宋不断孳生的民间曲子为主源”，并据《南词叙录》记载说南曲中七十多种曲牌本源于“里巷歌谣”、“村坊小曲”。[③] 另外，俞为民也认为“民间俗曲也是南北曲曲调的重要来源”[④]，并以《南词叙录》、《唱论》、《独醒杂志》、何良俊《曲论》中的记载证明了这一观点。

此外，赵义山在分析散曲的文学风貌及其成因时，叙述了民间俚俗歌曲对散曲文体风貌形成所产生的作用[⑤]，但没有材料为证。而其他研究者在论述散曲曲体风格时，虽对其曲体风格的特点多有精到论述，但鲜有人探讨民间歌谣时调对散曲文体风格之形成产生的作用。

因此，在明确歌谣时调对散曲起源有影响的同时，利用现有的资料梳理它们之间更为细致的关系和歌谣时调影响散曲起源的社会文化环境是很有必要的。

---

① 吕薇芬、黄卉：《散曲流派传》，吉林人民出版社 1999 年版，第 6 页。

② 李昌集：《中国古代散曲史》，华东师范大学出版社 1991 年版，第 32—33 页。

③ 同上书，第 75—78 页。

④ 俞为民：《中国古代曲体文学格律研究》，中华书局 2012 年版，第 15—16 页。

⑤ 赵义山：《元散曲通论》，上海古籍出版社 2004 年版，第 14—16 页。

（三）有关“明代时调小曲衍变于元人小令”的论述

关于明代时调小曲的渊源，现代的许多学者都认为与元曲关系密切。冯式权先生说：“诗变而为词，词变而为曲……曲后来变成了小曲——小曲中的‘杂曲’。”① 李家瑞先生说：“元人的小令到此时（明朝中叶）极端的通俗化而变成小曲。”② 两位先生“小曲源自元曲（小令）”的观点对后世影响深远，但论断有简单绝对化的倾向。挹岚先生认为，“俗曲盖本于元人小令。迨明中叶以后，即变成俗曲，并渐盛行，此则清以前俗曲演进之概况也。”③ 任讷先生也认为，“小曲之音调，兼源于南北曲，而文字则得于北曲者独多。”④ 这两位先生关于时调小曲渊源的论说较之前较为具体化一些。

当代一些学者也曾在著作中论及了明代时调小曲的渊源问题。赵义山认为，“民间时尚小曲由中原兴起而向南流播，元曲是滋生它的母体”，“母体所具有的‘蛤蜊’、‘蒜酪’之味，恰是它很丰富的营养和最佳基因”。⑤ 张继光在将明清时调小曲之渊源上溯至南北朝之前、指出它们渊源甚早的同时，也认为“明代早期的小曲，不论在曲牌或曲词方面，主要都衍自于元人小令”⑥。此外，他还简单分析了散曲小令衍出小曲的原因和过程，并运用几个例证分析了小曲的一些内容、手法等衍传自散曲小令。张继光在继承前人观点的基础之上，通过对材料的分析和文本的比勘，将有关明清时调小曲渊源的研究向前推进了一大步。另外，李昌集先生指出了小曲兼具承传性和变异性，既与古代民歌传统一脉相承，又与近源“元人小令”关系密切⑦，这一观点显得全面而辩证。

（四）关于“歌谣时调对散曲家创作及散曲发展产生影响”的分析

在许多文学史著作、散曲专著以及大量研究散曲作家作品的论文中，我们常会看到有关散曲作家学习歌谣时调手法、从中汲取营养、作品带有

---

① 冯式权：《北方的小曲》，《东方杂志》1924 年第 21 卷第 6 号，第 73 页。

② 李家瑞：《谈小曲两种》，《西北风》1936 年第 6 期，第 8 页。

③ 挹岚：《俗曲在北京之盛衰》，《大风》1941 年第 4 期，第 15 页。

④ 任中敏：《散曲概论》，任中敏编著《散曲丛刊》，凤凰出版社 2013 年版，第十四种，第 1101 页。

⑤ 赵义山：《明清散曲史》，人民出版社 2007 年版，第 287 页。

⑥ 张继光：《明清小曲研究》，博士学位论文，台湾“中国文化大学”，1993 年，第 99 页。

⑦ 李昌集：《中国古代散曲史》，华东师范大学出版社 1991 年版，第 398 页。

歌谣时调风味的论述。任讷先生在《散曲概论》之“派别”中论道：“小曲……其声所及，昆腔以后之各家小令，无一不受其影响者，即康冯辈之小令中，亦每存小曲面目也。”① 吕薇芬、黄卉在《散曲流派传》中认为“散曲小令……还受俗歌俚谣及说唱艺术的影响”②，论到具体作家作品时，认为“元好问、杨果、刘秉忠……表现出对俚歌俗曲的模仿”，“乔吉……更多地吸收了民歌俚谣的表现手法，不避俚俗”，“刘庭信……向俚曲学习表现手法，但缺少民歌俚谣的勃勃生机”③ 等等，但是以相关资料为基础所进行的实证性分析很少，其他论著和论文中在涉及这方面内容时研究情况大抵相似。

许多研究者就散曲家的拟歌谣时调创作也进行了一些介绍和研究。郑振铎先生的《中国俗文学史》介绍了明散曲家金銮、刘效祖、赵南星的拟民歌作品④。李昌集认为“小曲对文人散曲最重要的影响在文人仿效小曲所作的质朴有趣的散曲。这一现象在明中叶时已见端倪，明中叶散曲家若陈大声、康海、王磐等，均偶有小曲之作。……从明中叶后期至晚期，文人作小曲之风渐盛，文人散曲中时而出现‘小曲’已是普遍现象”⑤，之后，他还简介了沈仕、金銮、刘效祖、赵南星、冯梦龙等的“小曲”创作。赵义山在《明清散曲史》中、张继光在《明清小曲研究》中也都论述了散曲家刘效祖、赵南星、朱载堉、冯梦龙等的拟民歌创作。诸位学者都没有对散曲家的拟歌谣时调作品和民歌味浓厚的散曲进行区分，而是将它们统称作“俗曲”（郑振铎）、“小曲”（张继光）、“文人小曲”（李昌集）或“拟作”（赵义山）；同时，研究者们就拟歌谣时调创作活动对这些散曲家个人的散曲创作产生的影响也未提及。

关于明代歌谣时调对散曲整体发展的影响，学者们的观点比较一致。《中国古代散曲史》认为：“小曲的根本特色在于天真烂漫，这正是明中叶后期至晚明散曲的不足所在，文人小曲恰为明后期的散曲中输入了新鲜

---

① 任中敏：《散曲概论》，任中敏编著《散曲丛刊》，凤凰出版社 2013 年版，第十四种，第 1101 页。

② 吕薇芬、黄卉：《散曲流派传》，吉林人民出版社 1999 年版，第 7 页。

③ 同上书，第 16—34 页。

④ 郑振铎：《中国俗文学史》，商务印书馆 2005 年版，第 522—535 页。

⑤ 李昌集：《中国古代散曲史》，华东师范大学出版社 1991 年版，第 412 页。

的气息，若无小曲，明后期散曲便会逊色得多。”① 杨东甫认为明代散曲家主动向歌谣时调学习使得明代散曲被注入了新鲜血液，取得了可与元曲相媲美的成就。② 赵义山同样认为“明人的时尚小曲，继承元曲尚俗的精神，而且将元曲的‘蛤蜊’、‘蒜酪’之味发挥到极致……从文学精神上为明散曲创作吹进新风，影响了明代曲家的创作。”③

（五）关于“歌谣时调之曲调与散曲曲牌关系”的探究

许多研究散曲的学者都注意到了元代歌谣时调对散曲曲牌形成的影响，认为元散曲的一些曲牌来自时调小曲。季国平在《北曲形成论——渊源篇》中分析了北曲一些曲牌如〔村里迓鼓〕、〔大拜门〕、〔小拜门〕、〔太平令〕等与民歌俚曲的关系。④ 赵义山在《元散曲通论》中说，“〔大拜门〕、〔小拜门〕、〔村里迓鼓〕、〔叫声〕等可以确考其来自民间‘俗曲俚歌’……〔石竹子〕、〔山石榴〕、〔蔓青菜〕、〔醋葫芦〕等可以由调名确定其可能来源于‘俗曲俚歌’”⑤，但是并没有进一步论证，其论述只是对前人研究结果的总结叙述。

李昌集在《中国古代散曲史》中说，“小曲向文人散曲输入了一些新的曲牌。……明代较早风行的小曲〔锁南枝〕、〔驻云飞〕、〔罗江怨〕、〔江儿水〕等，在明中叶时便已成南曲中的稳定曲牌，文人填之，也不都是‘小曲’的风味了。”⑥ 赵义山也持相同观点：“明人的时尚小曲……直接丰富了散曲的音乐曲调，如〔锁南枝〕、〔罗江怨〕、〔挂枝儿〕、〔驻云飞〕等，都渐渐地成为文人喜用的曲牌。”⑦ 两位学者都只是做了叙述，并未结合史料和作品对这些明代歌谣时调曲调变为散曲曲牌的过程进行实证分析。

另一方面，也有不少学者就散曲曲牌对明代初兴时歌谣时调曲调的影响做了研究。张继光认为：“小曲曲牌〔山坡羊〕、〔耍孩儿〕、〔寄生

---

① 李昌集：《中国古代散曲史》，华东师范大学出版社 1991 年版，第 413—414 页。

② 杨东甫：《被偏见掩没的珍珠——明散曲简论》，《广西师范学院学报》1994 年第 1 期，第 44 页。

③ 赵义山：《明清散曲史》，人民出版社 2007 年版，第 307—308 页。

④ 季国平：《北曲形成论——渊源篇》，《扬州师院学报》1989 年第 3 期，第 39—41 页。

⑤ 赵义山：《元散曲通论》，上海古籍出版社 2004 年版，第 7 页。

⑥ 李昌集：《中国古代散曲史》，华东师范大学出版社 1991 年版，第 411—412 页。

⑦ 赵义山：《明清散曲史》，人民出版社 2007 年版，第 307—308 页。

草〕、〔河西六娘子〕、〔西江月〕、〔刮地风〕、〔清江引〕、〔黄莺儿〕等，为常见衍自元人小令的曲牌”[①]，“大体上，曲牌源自南北曲小令的小曲，多发生在明代早期，当时小曲曲牌的来源即以此类为主”[②]。张先生还论道：“宋元以来即发展于民间的南曲，也是明代小曲曲调的重要来源”[③]，之后举出〔锁南枝〕、〔傍妆台〕、〔驻云飞〕为南曲之例，认为明代早期歌谣时调也源自这些宋元时即已存在的南曲。这种观点与李昌集和赵义山先生相反，应当辨析清楚。

一些学者还就一些个案进行了重点研究。周玉波探讨了散曲曲牌〔挂真儿〕与歌谣时调〔挂枝儿〕之间的关系，认为万历中后期流行的〔挂枝儿〕，其源头“却是嘉靖年间即已存在的〔挂真儿〕”[④]。他还对同名的〔锁南枝〕、〔驻云飞〕散曲曲牌与时调曲调格式作了辨析，并点出同牌名散曲和歌谣时调共存状态的复杂性。[⑤] 杨栋就北曲〔山坡羊〕在明清小曲中的衍变及存在情况作了详细论述和梳理。[⑥] 时俊静辨析了南曲曲牌〔挂真儿〕与歌谣时调曲调〔挂枝儿〕的关系，认为“〔挂枝儿〕虽然是南人向北人小曲〔打枣竿〕学习的产物，但同时也吸收了南曲〔挂真儿〕的营养，并因此易名”[⑦]。

从当前的研究现状可以看出，对明清散曲与歌谣时调的互动研究尚处于零敲碎打的阶段，因此，对其进行全面系统的深度研究，通过对大量作品实证性的比较、分析与归纳，得出令人信服的结论以证明前贤们一些概论性的论述，多侧面、多层次展现出明清散曲与歌谣时调互动的轨迹、表现形式、发生环境、文学文化史意义等已经势在必行。

四 本书的研究思路、内容及主要方法

本书以明清散曲与歌谣时调的互动为主要研究对象，将在文献资料研

---

① 张继光：《明清小曲研究》，博士学位论文，台湾“中国文化大学”，1993 年，第 393 页。

② 同上书，第 397 页。

③ 同上书，第 392 页。

④ 周玉波：《明代民歌研究》，凤凰出版社 2005 年版，第 121 页。

⑤ 周玉波、陈书录编：《明代民歌集》，南京师范大学出版社 2009 年版，第 4—5 页。

⑥ 杨栋：《〔山坡羊〕曲调源流述考》，《文学遗产》2010 年第 2 期，第 96—101 页。

⑦ 时俊静：《〔挂枝儿〕与〔挂真儿〕》，《河北师范大学学报》2010 年第 1 期，第 90 页。

读和作品文本细读的基础上，梳理明清散曲和歌谣时调之间的互动关系，纵向勾勒出二者互动的轨迹；通过对具体散曲和歌谣时调作品的深入研读和横向对比，全面展示二者互动的整体状况和诸种形态；立足文史材料，以互动的真实状况为基础，结合宏观社会文化背景，从历史文化的角度关照明清散曲与歌谣时调的互动关系及互动形态的成因；并尝试从“歌唱传播”的角度观照明清散曲与歌谣时调的互动，发掘二者互动的多方面意义。

首先，本书将通过对相关史论资料、笔记及曲论等文献的梳理、解读，力求描绘出明清散曲与歌谣时调的互动轨迹和整体互动状况，综合考察二者在对方发展过程中的作用。论文将以曲论和笔记等资料为依托，分析明清之前俚俗歌曲对散曲的诞生造成的影响，为深入研究明清散曲与歌谣时调的互动提供基础和背景。

其次，本书将综合考量不同时期社会文化思潮、官方及文人对散曲与歌谣时调的不同态度、散曲与歌谣时调的传播环境等因素，切实结合明清散曲与歌谣时调互动的真实情况，揭示明清散曲与歌谣时调在不同时期产生互动以及存在不同互动方式的原因。明代中后期出现的启蒙思潮对当时各文学体的创作产生了深远影响，期间，许多著名文学家对歌谣时调的关注和推崇更是引发了文人学习歌谣时调、从中汲取营养的热潮，文人散曲借此也展现出一些新的面貌。相比之下，清代官方禁绝歌谣时调的政令和整体上复雅归正的文学文化思潮使民间歌谣时调得不到如明中后期那样的文人关注度，但是歌谣时调仍在民间以蓬勃之势继续生长传播。同时，官方贬斥散曲创作的态度和复雅的文化环境使文人在散曲创作方面更加追求雅化词化，这使得文人散曲与民间歌谣时调的距离越来越远。此外，散曲与歌谣时调的传播环境及方式的变化也对不同时期二者的互动造成了影响，本书亦将对此进行探究。

再次，结合相关史料探究明代歌谣时调的兴起与散曲的关系，并结合对具体作品的研读分析明代歌谣时调对散曲家创作产生的影响以及这种影响对明代散曲发展的意义。另外，明清歌谣时调在不断地发展中，形式逐渐繁复化，这些形式上的变化与散曲的影响分不开。本书将通过对材料的分析、整理与综合，显现出明清散曲与歌谣时调互动的整体意义。

之后，以明清散曲和歌谣时调在曲牌、体制、做法等方面的整体发展变化为背景，研读不同时期的具体作品，将宏观考察与微观考证相结合，考论散曲与歌谣时调在曲牌、体制、做法方面的互动表现。这一部分将通过对明清散曲中和明清歌谣时调中相关作品的细致分析和比对，揭示出散曲曲牌和歌谣时调曲调的关系，显现出散曲对歌谣时调中出现套曲、改调、集曲等形式所起到的作用。

另外，本书还会对明清散曲与歌谣时调互动过程中具有代表性的作家作品个案进行研究，从而展现出明清散曲与歌谣时调互动的不同方式和多样存在形态，为宏观的互动研究提供具体例证。明清的歌谣时调盛行一时，它们不仅博得百姓喜爱，还受到文人的青睐，许多散曲家更是创作了不少拟作。在本书中，笔者将对李开先、刘效祖、赵南星、朱载堉、丁綵、冯梦龙、蒲松龄等作家的拟歌谣时调进行分析，探讨他们拟作歌谣时调对其散曲创作所带来的影响。

最后，本书还将就明清散曲和歌谣时调互动的一些具有典型意义的个案如雅化歌谣时调进行考论和分析。

本书力图将个案考论与整体考察相结合，将互动轨迹的描绘、互动整体状况及具体表现的呈现与互动原因的挖掘相结合，进行点线面结合，由表及里、由浅而深地研究，努力发现问题、解决问题，在求实中创新，多侧面、多层次地展现出明清散曲与歌谣时调互动的轨迹、表现形式、发生环境、文学文化史意义等，争取将明清散曲和歌谣时调的互动研究向前推进一大步。

本书是第一次系统研究明清散曲和歌谣时调互动的论著，其资料性、工具性和理论性当能为今后的研究提供借鉴。本书的创新之处主要在于通过对明清散曲和歌谣时调互动轨迹的勾勒，更加真实、清晰地展现明清散曲和歌谣时调的发展状况以及它们在发展过程中与其他文体的交融、碰撞情况，尽可能逼近文学史的本来面貌，展现出影响明清散曲和歌谣时调发展的多样性因素以及文学发展过程的复杂性；通过对明清散曲和歌谣时调互动表现及个案的分析，激活大量被尘封的文化文学信息，从新的侧面探究和展现明清散曲及歌谣时调的发展演变及创作情况，对二者在曲调使用、体制形式、创作方式及作品创作等方面的互动情况进行细致深入的考辨分析，拓展明清散曲和歌谣时调研究的领域，丰富古代散曲和歌谣时调研究的内容。在研究中，笔者还将明清散曲与歌谣时调的互动置于宏观的文化生态环境中进行观照，展现了明清散曲和歌谣时调互动赖以存在的真实鲜活的社会文化场景。

本书将最大限度地吸收中国古代散曲和明清歌谣时调研究的相关成果，以史实材料作为研究的出发点，将考证与论述相结合，宏观考察与微观研究相结合，定量分析与定性分析相结合，文献梳理与艺术批评相结合，本证与旁证相结合，力求多重证据共同支持论点，综合利用多学科知识，运用多学科交叉研究的方法，力求展示明清散曲与歌谣时调互动的真实面貌，揭示出对二者互动产生影响的各种因素。

上　　编

小　引

明代之前散曲与歌谣时调互动的背景情况

由于文献的缺失，我们无法知晓明代之前歌谣时调与明清歌谣时调之间的确切联系，但是明代之前的歌谣时调一直潜生于民间、与明清歌谣时调有着血脉传承关系，这一点当不会与事实相悖。与此同时，从另一方面来讲，由于具体作品的缺失，元代歌谣时调究竟以何种面貌和形式存在过，是否在总体特征和体制上与明清歌谣时调同属于一个系统，我们不得而知。因此，本书仅能就现在看来呈现出一个相对完整发展体系的明清歌谣时调与散曲的互动情况进行具体研究，暂以明代作为具体的互动研究的时间起始点，而将元代歌谣时调与散曲之间的关系作为背景呈现出来。

与散曲诞生于金元之际不同，民间歌谣无论以何种形态存在、无论是否得到文人的关注和青睐，都一直在历朝历代的民众之间自由传唱。目前学界在有关“散曲起源和诞生”的问题上存在多种看法，但有一点是毋庸置疑的，即散曲之诞生与宋金时期市井间流行的俚俗歌曲有一些关系。散曲诞生之后，有元一代的市井俚歌俗曲也与散曲保持了较为密切的关系，并对散曲产生了一定影响。

一　宋金民间俚歌俗曲与散曲诞生之间的关系

就现存可见的宋金歌谣作品而言，口诵之谣谶所存颇多，而曾经传唱于市井乡间的俚歌俗曲作品却几乎不见踪迹。虽然我们无法亲睹宋金时期俚歌俗曲作品的原貌，也不可能细致而具体地考察宋金俚歌俗曲对散曲诞生产生影响的种种细节；但是我们却可以通过相关的笔记史料得到它们曾经流传并盛行过的消息，亦可查检到它们曾经与散曲产生互动的一些痕迹。

随着城市经济的繁荣发展，宋金时期的市镇中出现了许多娱乐场所，普通平民的娱乐活动也非常丰富多彩。据《宋史·乐志》记载，北宋时“民间作新声者甚众”[①]。这些起自民间的“新声”在百姓中流传，并不断得以丰富和发展，同时也得到了一些文人的赞赏。金代刘祁在《归潜志》卷十三云：“夫诗者，本发其喜怒哀乐之情。如使人读之无所感动，非诗也。……故尝与亡友王飞伯言：‘唐以前诗在诗，至宋则多在长短句。今之诗在俗间俚曲也，如所谓《源土令》之类’。……‘古人歌诗，皆发其心所欲言，使人诵之至有泣下者。今人之诗，惟泥题目、事实、句法，将以新巧取声名，虽得人口称，而动人心者绝少，不若俗谣俚曲之见其真情而反能荡人血气也。’飞伯以为然。”[②] 这些以真情动人的时调俚曲受到百姓喜爱，甚为流行，其中的一些对元散曲的诞生产生了影响。

南宋中期耐得翁的《都城纪胜》“瓦舍众伎”条中有：“嘌唱，谓上鼓面唱令曲小词，驱驾虚声，纵弄宫调，与叫果子、唱耍曲儿为一体，本只街市，今宅院往往有之。”[③] 其中所提到的“耍曲儿”本只是街市间传唱的时调小曲，后来经过加工，唱法和曲调逐渐规范、固定下来，成为娱乐场所中表演的节目，继而对北散曲中的一些曲牌造成了影响。南宋初年洪迈《容斋随笔》之“容斋四笔”卷十五“浑脱队”条中也有关于“耍曲儿”的记录：“近世风俗相尚，不以公私宴集，皆为耍曲耍舞，如‘勃海乐’之类，殆犹此也。”[④] 由此可见，“耍曲”在南宋初已经非常盛行，无论公私宴集这种表演都非常受欢迎。其中提及的“勃海乐”与北曲中的〔双调·播海令〕曲牌即有关系。时俊静在论文《元曲中的北地番曲曲牌》中论到〔播海令〕“来自渤海国音乐。……渤海乐以女真族音乐为中介，在南北宋之际传入中原，成为市井耍曲曲牌之一。……董解元《西厢记诸宫调》中也有〔渤海令〕的用例，元曲中的〔播海令〕很有可能就是以诸宫调为中介流入北曲的”[⑤]。

---

① 脱脱等：《宋史·乐志》，中华书局1977年标点本，第3356页。

② 刘祁、姚桐寿：《归潜志·乐郊私语》，上海古籍出版社2012年校点本，第93—94页。

③ 耐得翁：《都城纪胜》，《丛书集成续编》，上海书店1994年影印本，史部，第52册，第287页。

④ 洪迈：《容斋随笔》，上海古籍出版社1978年标点本，第793页。

⑤ 时俊静：《元曲中的北地番曲曲牌》，《民族文学研究》2012年第3期，第119页。

此外，《都城纪胜》“瓦舍众伎”条中的“叫果子”也在当时的其他一些杂著中出现过。生于北宋末年的孟元老在《东京梦华录》卷五《京瓦伎艺》中记载道：“崇、观以来，在京瓦肆伎艺：……小唱：李师师、徐婆惜、封宜奴、孙三四等，诚其角者。……孔三传、耍秀才，诸宫调……文八娘，叫果子。其余不可胜数，不以风雨寒暑，诸棚看人，日日如是。”① 孟元老《东京梦华录》卷八《六月六日崔府君生日、二十四日神保观神生日》记录百戏杂艺中也有名为“叫果子”的节目②。这种节目的表演内容实际上是由市井间小商贩的叫卖声演化而来的，是一种民间市井时调俗曲。

北宋苏轼的《东坡志林》卷一“记游”记载了这样一则趣事：“吾故人黎□（左边金字旁，右边享字），字希声……刘贡父戏之为‘黎□（左边禾，右边蒙）子’，以谓指其德，不知果木中真有是也。一日联骑出，闻市人有唱是果鬻之者，大笑，几落马。”③ 从这则趣事中我们可以知晓，宋代的市镇小贩在贩卖货品时，往往会以歌唱的形式来叫卖。这种最初的叫卖歌声为民众所喜，有些艺人就对其进行了简单加工，使之成为娱乐场所中表演的俚歌俗曲。北宋高承《事物纪原》卷九《博弈嬉戏部》“吟叫”条有记：“嘉祐（1056—1063 年）末，仁宗上仙。自帝即位至是殆五十年，天下稔于丰乐，不意邦国凶变之事。而英宗谅阴不言，能昭其功。然四海方遏密，故市井初有叫果子之戏。……京师凡卖一物，必有声韵，其吟哦俱不同，故市人采其声调，间以词章，以为戏乐也。今盛行于世，又谓之吟叫也。”④ 由此可知，“叫果子”当出现于宋仁宗末期，在北宋后期已经非常盛行。这种俗曲时调在南宋继续流行，受到普通民众的喜爱。耐得翁《都城纪胜》“瓦舍众伎”条记载道：“叫声自京师起撰，因市井诸色歌吟卖物之声，采合宫调而成也。”⑤ 南宋吴自牧《梦粱录》卷

---

① 孟元老：《东京梦华录》，《丛书集成初编》，中华书局 1985 年影印本，第 3216 册，第 91—93 页。

② 同上书，第 155—156 页。

③ 苏轼：《东坡志林》，中华书局 1981 年校点本，第 5—6 页。

④ 高承：《事物纪原》，中华书局 1989 年版，第 496 页。

⑤ 耐得翁：《都城纪胜》，《丛书集成续编》，上海书店 1994 年影印本，史部，第 52 册，第 287 页。

二十“妓乐”条记载：“今街市与宅院，往往效京师叫声，以市井诸色歌叫卖物之声，采合宫商，成其词也。”① 可见，本为市井商贩叫卖之用的歌声，在被“采合宫调”之后成为俗曲时调，这种俗曲时调在南宋的“街市”与“宅院”中都甚为流行。

这些市井中的叫卖声被采合宫调、音乐形式及曲调逐渐定型之后，渐渐有了较为固定的唱法和形式，从而对散曲中的一些曲牌造成了影响。北散曲中的曲牌〔中吕·叫声〕、〔正宫·货郎儿〕、〔正宫·货郎儿六转〕、〔中吕·卖花声〕当与宋代市井中流行的这种“叫声”有些渊源。叶德均先生在《戏曲小说丛考》之《宋元明讲唱文学》中曾经提到②，一百二十回本《水浒传》第七十四回中有一段故事就涉及了货郎与货郎歌：“众人看燕青时……扮作山东货郎，腰里插着一把串鼓儿，挑一条高肩杂货担子，众人看了都笑。宋江道：‘你既然装作货郎担儿，你且唱个山东‘货郎转调歌’与我众人听。’燕青一手撚串鼓，一手打板，唱出‘货郎太平歌’，与山东人不差分毫来，众人又笑。”③《水浒传》所叙的故事正是以北宋为背景的，从这段叙述中我们亦可看到货郎的叫卖声与当时流行的“货郎歌”之间的密切关系。这种街市间流行的“货郎歌”在经过进一步的加工和定型后进入北曲曲调系统中，也是合乎情理的。

对散曲的诞生产生影响的除了汉族的歌谣时调之外，一些本源自塞外的所谓“胡曲”，即宋金间就已经传唱于中原百姓间的少数民族歌谣时调，也对散曲中的一些曲牌产生过影响。

明代徐渭《南词叙录》有言：“今之北曲盖辽金北鄙杀伐之音，壮伟狠戾，武夫马上之歌，流入中原，遂为民间之日用。宋词既不可被弦管，南人亦遂尚此。上下风靡，浅俗可嗤。”④ 徐渭对北曲渊源的解释难免绝对化、单一化，却点出了北方少数民族歌谣时调对中原“民间之日用”歌曲以至北曲所产生的影响。清末姚华《曲海一勺》亦谈及这一问题：

---

① 吴自牧：《梦粱录》，《丛书集成初编》，中华书局 1985 年影印本，第 3219 册，第 192 页。

② 叶德均：《戏曲小说丛考》，中华书局 1979 年版，第 642 页。

③ 施耐庵、罗贯中：《水浒传》，上海古籍出版社 2004 年版，第 667 页。

④ 徐渭：《南词叙录》，顾廷龙主编《续修四库全书》，上海古籍出版社 2002 年影印本，子部，第 1758 册，第 412 页。

“北曲虽起金元，似出塞外，颇疑血统，或杂异姓。然而汉唐以来，胡乐侵入中原，何啻一二。……元入中国，一切从化；夷夏之嫌，更不容有。惟是街陌讴谣之词，或染凉州豪嘈之气。”① 姚华之言客观全面得多，他也同样认为金元时期的“街陌讴谣”在一定程度上染上了少数民族民间歌曲的气息，继而令北曲也受到了一定影响。

早在北宋末年的汴梁，民间就传唱着一些少数民族歌曲。北宋末南宋初人曾敏行在《独醒杂志》卷五中记载道：“先君尝言，宣和间客京师时，街巷鄙人多歌蕃曲，名曰‘异国朝’、‘四国朝’、‘六国朝’、‘蛮牌序’、‘蓬蓬花’等，其言至俚，一时士大夫亦皆歌之。……不至京师才三四年，而气习一旦顿觉改变。当时招致降人杂处都城，初与女真使命往来所致耳。”② 《宣政杂录》中也有相关记载：“宣和初收复燕山，以归朝金民来居京师。其俗有‘臻蓬蓬’歌，每叩鼓和‘臻蓬蓬’之音为节而舞，人无不喜闻其声而效之者。其歌曰：‘臻蓬蓬，外头花花里头空。但看明年正二月，满城不见主人翁。’本虏谶，故京师不禁。然次年正月，徽宗南幸，次年，二圣北狩。”③ 这些少数民族歌谣时调虽言辞鄙俚，但因其独特的异族风情而赢得了中原“街巷鄙人”的喜爱以至广为传唱，后来又得到了学士大夫的青睐。其中的一些歌曲曲调也被吸收进了北散曲的曲调系统中，比如散曲北曲中就有〔大石调·六国朝〕、〔双调·阿那忽〕、〔双调·唐兀歹〕等曲牌，它们当与少数民族歌谣时调关系密切。

北曲孕育和兴起之时，正是北方少数民族文化与中原文化出现又一次大融合之时，女真族、蒙古族等少数民族的歌谣时调也随之传入中原地区。在北曲曲调中，多有女真族、蒙古族等少数民族的曲调，明代何良俊在《四友斋丛说》卷三十七“词曲”中有言：“李直夫《虎头牌》杂剧十七换头，关汉卿散套二十换头，王实甫《歌舞丽春堂》十二换头，在双调中别是一调，排名如〔阿那忽〕、〔相公爱〕、〔也不罗〕、〔醉也摩挲〕、〔忽都白〕、〔唐兀歹〕之类，皆是胡语，此其证也。三套中惟十七

① 姚华：《曲海一勺》，《弗堂类稿》，沈云龙主编《近代中国史料丛刊续辑》，台北文海出版社1974年影印本，第20种，第294—295页。

② 曾敏行：《独醒杂志》，《丛书集成初编》，中华书局1985年影印本，第2775册，第37—38页。

③ 《宣政杂录》，《丛书集成初编》，中华书局1991年影印本，第2883册，第1页。

换头其调尤叶，盖李是女真人也。十三换头‘一锭银’内‘他将〔阿那忽〕腔儿来合唱’，《丽春堂》亦是金人之事，则知金人于双调内惯填此调，关汉卿、王实甫因用之也。”[①] 这段话中提及的一系列曲牌显然不是中原之曲，它们都是在宋金少数民族歌谣俚曲基础上发展而来的曲调，因而，只有女真人李直夫所作之曲尚可叶韵，其中的〔阿那忽〕、〔唐兀歹〕两个曲牌在散曲中即有使用。

南曲之形成同样与歌谣时调有着密不可分的关系。明代徐渭在《南词叙录》中说道：“南戏始于宋光宗朝，永嘉人所作《赵贞女》、《王魁》二种实首之。……其曲，则宋人词而益以里巷歌谣，不叶宫调，故士夫罕有留意者。”[②] “永嘉杂剧兴，则又即村坊小曲而为之，本无宫调，亦罕节奏，徒取其畸农、市女顺口可歌而已，谚所谓‘随心令’者，即其技欤，间有一二叶音律，终不可以例其余，乌有所谓九宫？”[③] “或以则成‘也不寻宫数调’之句为不知律，非也，此正见高公之识。夫南曲本市里之谈，即如今吴下‘山歌’、北方〔山坡羊〕，何处求取宫调？”[④] 徐渭所说的吴下“山歌”和北方〔山坡羊〕是明代中后期民间盛行的歌谣时调，是一些形式自由、不拘音律、传唱于市井百姓间的俚曲小调。南戏初起之时，所使用的就是一些无宫调、罕节奏、取自里巷村坊的歌谣俚曲，后经文人之手，南曲曲调才逐步规范化。

我们在早期的南戏作品《张协状元》中可以见到〔东瓯令〕、〔台州歌〕、〔福州歌〕、〔福清歌〕、〔采桑歌〕、〔豆叶黄〕、〔拗芝麻〕、〔牧犊歌〕、〔凉草虫〕、〔斗双鸡〕、〔林里鸡〕、〔风马儿〕、〔鹅鸭满渡船〕、〔赵皮鞋〕、〔吴小四〕、〔麻婆子〕等曲调，这些曲调在格式、韵律上非常随意，文辞也质朴俚俗。从曲调名称来看，这些曲调或与地名有关、或与农牧生活有关、或染上浓厚的市井色彩，它们均带有浓重的“里巷歌谣”、“村坊小曲”气息。随着南戏的不断发展，这些曲调的韵律、格式被逐渐规范化、定型化，其中的一些后来就被南散曲所吸收，用作散曲曲

---

① 何良俊：《四友斋丛说》，上海古籍出版社 2012 年校点本，第 245—246 页。

② 徐渭：《南词叙录》，顾廷龙主编《续修四库全书》，上海古籍出版社 2002 年影印本，子部，第 1758 册，第 411 页。

③ 同上书，第 412 页。

④ 同上。

牌，例如在南散曲中我们便可以见到〔南南吕·东瓯令〕、〔南双调·豆叶黄〕、〔南道宫·拗芝麻〕、〔南双调·斗双鸡〕、〔南道宫·鹅鸭满渡船〕、〔南中吕·麻婆子〕等曲牌。

二　元代散曲与俚歌俗曲的共生互动情况

散曲诞生之后，曲家们创作出大量风格各异的优秀作品。与此同时，市井中的俚歌俗曲也继续在平民百姓间口耳相传。由于元代许多散曲家本身就是市井百姓之一员，其作品常常诞生并传唱于歌楼酒肆间，这就使得元代散曲尤其是元前期散曲常与一些俚歌俗曲处于共生共存的状态。

元代燕南芝庵在《唱论》中说道："成文章曰'乐府'，有尾声名'套数'，时行小令唤'叶儿'；套数当有乐府气味，乐府不可似套数；街市小令，唱尖歌倩意。"[①] 元代周德清曾在《中原音韵》卷下中引用此话并做了简单解释："凡作乐府，古人云：'有文章者谓之乐府'，如无文饰者谓之俚歌，不可与乐府共论也。"[②] "前辈云：'街市小令唱出新茜意'，'成文章曰乐府'是也。乐府、小令两途，乐府语可入小令，小令语不可入乐府。"[③] 芝庵和周德清所言之"小令"并非我们现在通常所指的与套数相对的单支散曲小令，而是街市间流行的无文饰的俚歌俗曲，它们与文人创作的经过锤炼的有文饰的"乐府"（即文人散曲小令作品）是不同的。由芝庵和周德清的辨析我们可以知道，在元散曲诞生后，唱尖新茜意的俚歌仍然活跃于市井之间。同时，也由于这种辨析，我们也可以了解到当时的某些文人散曲小令与市井流行的俚歌俗曲有时会出现交融状态，以至于需要有所辨析。

元末明初陶宗仪《南村辍耕录》卷二十三"〔醉太平〕小令"条记录了一支无名氏小令〔醉太平〕并对其进行了一些说明："'堂堂大元，奸佞专权，开河变钞祸根源，惹红巾万千。官法滥，刑法重，黎民怨。人吃人，钞买钞，何曾见？贼做官，官做贼，混贤愚，哀哉可怜！'右〔醉

---

① 芝庵：《唱论》，王耀萃、方宝川主编《中国古代音乐文献集成》，国家图书馆出版社 2012 年影印本，第二辑第 12 册，第 498 页。

② 周德清：《中原音韵》，《四库全书》，上海古籍出版社 1987 年影印本，集部，第 1496 册，第 696 页。

③ 同上。

太平〕小令一阕，不知谁所造，自京师以至江南，人人能道之。古人多取里巷之歌谣者，以其有关于世教也。今此数语，切中时病，故录之，以俟采民风者焉。”① 翻检北曲曲谱我们可以得知小令〔北正宫·醉太平〕共有八句，每句字数分别为四、四、七、四、七、七、七、四，每句末字均押韵，一、二句为合璧对，五、六、七三句形成鼎足对。上文的无名氏小令〔醉太平〕在第四、五、六、七句中均加了衬字，这符合元散曲格式灵活的特点。但是本该押韵的第七句却没有押韵，本应有的合璧对和鼎足对也没有。这种格式上的随意和不规整反映了这支〔醉太平〕或许本就是民间市井的随意之作，或为某位文人所作、因为语词直白浅近、颇能反映普通百姓心声而在民间流行，并在民间流传过程中渐渐忽略了格式的规范。这支不知出于何人之手的小令在诞生之后遂广泛传唱于大江南北，以致“人人能道”，这使我们看到了有的散曲小令与民间俚俗歌曲之间并无截然不可逾越之界限，在一定程度上反映了元代有些散曲小令和里巷歌谣时调的共生交融与转化现象。

元末明初杨维桢曾在《东维子集》之《渔樵谱序》中的一段话中表达了对元代散曲创作的不满：“诗三百后，一变为骚赋，再变为曲引、为歌谣，极变为倚声制辞，而长短句平仄调出焉。至于今乐府之靡，杂以街巷齿舌之狡，诗之变盖于是乎极矣。”② 可以看到，他所说的“今乐府之靡”实际上是由散曲创作受到民间俚歌时调影响所造成的。这段话同样也说明了元代散曲在某种程度上与民间歌谣时调的共生互动现象。正是由于散曲中“杂以街巷齿舌之狡”，才使它脱离了正统文人对传统诗歌的要求标准，然而以今天的眼光来看，这恰恰是散曲区别于诗词的特质和可贵之处。

至于元代民间俚歌对散曲家创作的影响，许多研究元散曲作家作品的论著和文章都曾经提及。商挺、杜仁杰、刘庭信等人的作品就常常被论者认为有民间俚歌风味。这些论述多是从散曲作品本身的语言和风格入手，以其俚俗活泼的语言和泼辣佻达的风格为据来说明曲作受到了民间俚歌时

① 陶宗仪：《南村辍耕录》，中华书局1959年标点本，第283页。

② 杨维桢：《东维子集》，《四库全书》，上海古籍出版社1987年影印本，集部，第1221册，第382页。

调的影响。但是由于我们几乎无法看到元代民间俚歌时调的原作，也无从知晓元代民间俚歌时调具体的流行传播情况以及文人通过何种途径和方式受其影响，所以目前的相关研究只能停留于大致的泛论，无法就具体问题进行更为深入细致的探讨。

总而言之，民间歌谣时调对散曲的起源、形成造成了很大影响，并且在某种程度上与一些散曲作品存在共生互融的现象。但是由于目前缺乏元代歌谣时调的具体作品，我们对其中的一些具体问题无法进行更为深入全面的研究，元代散曲与歌谣时调的具体互动轨迹和状况也难以进行描画，这一时期散曲与歌谣时调的互动情况也仅能作为本书的背景来呈现。

第一章

明清散曲与歌谣时调的互动轨迹及整体互动情况

在中国古代诗体文学中，散曲不必承担载道辅政之责，不必讲究兴寄隐喻之意，它因所具备的娱乐性与平民性而被正统文人归入俗文学之范畴。同时，因娱乐而生、极富平民生活气息且造语朴质直露的歌谣时调，在文人眼中则属于俗中之俗的文化娱乐样式。明清两代，散曲由低谷走向复兴，又因不断雅化终致衰颓；歌谣时调却一直生长于市井街衢，显现出蓬勃的生命力。此间，文人散曲和民间歌谣时调在沿着各自轨迹向前发展的同时，出现了许多交会点并因此在对方的发展历程中留下了不可忽视的痕迹和影响。本章试图以材料为依据，寻绎散曲与歌谣时调在不同时期的交会点，继而将这些交会点串联为一条线索，通过细致考察和分析描绘出明清两代五百多年间文人散曲和民间歌谣时调的互动轨迹——何时初起、何时兴发、何时延续、何时消歇，呈现出在不同时段中二者互动的整体状况和不同特点。这种对二者互动情况的分期、互动轨迹的描绘及互动整体状况的呈现是对明清散曲与明清歌谣时调不同时期相互影响状况及变化的整体考察，涉及对明清不同时段社会文化氛围、散曲与歌谣时调各自的具体发展状况、演唱传播情况、内部发生的微妙雅俗嬗变等问题的综合认知和把握，是关于明清时期散曲与歌谣时调整体互动情况的直观呈现。

第一节　互动初起期及兴发期

无论是明清散曲和歌谣时调各自的发展，还是二者之间的相互作用和影响，实际上都是一个复杂而渐变的过程，因而从这一方面来讲，在时间段落方面的截然划分是难免存在缺陷的。然而，在认识到文学发展过程的复杂性、看到不同发展阶段之间的界限存在模糊性的前提下，为了研究的方便，我们又有必要对明清散曲与歌谣时调的互动过程进行大致划分，这种划分力求科学合理，以更为清晰地展现出二者进行互动的演变轨迹、整体面貌和不同阶段内二者互动的不同特点。因此，在充分分析现有资料和相关作品、综合考量明清散曲和歌谣时调在曲牌曲调、体制做法、作品创作及整体风貌等方面的互相影响之后，本书将二者的互动大致划分为初起期、兴发期、延续期和消歇期四个阶段。需要说明的是，明清歌谣时调的实际传播情况和时间与进入文人视野及相关记载的时间，并不一定是完全同步的，其间大抵会存在一些时间差，承认这种差异的存在，是我们以现存可见的资料记载为基础进行研究的前提。

一　宣德元年至正德末年：二者整体互动之初起

中国古代散曲的发展在经历了元代的繁荣兴盛之后，于明代前期的百余年间跌入谷底，自洪武开国（1368 年），经建文、永乐、洪熙、宣德、正统、景泰、天顺至成化前期（1474 年左右），散曲坛总体呈现出一派凋敝的景象。在此期间，散曲坛上除了以汤式为代表的由元入明的“国朝一十六人”[①] 有所创获之外，便仅剩生于本朝的朱权、朱有燉、李昌祺三人勉强支撑极尽衰飒的局面了。直至成化后期始，方有陈铎、王磐、唐寅等江南文士展才于散曲创作，渐渐将散曲带至复兴。至正德（1506—1521 年）、嘉靖（1522—1566 年）年间，随着北之康海、王九思、常伦、李开先、冯惟敏，南之杨廷和、沈仕、杨慎、金銮、黄峨等诸位曲家陆续登上散曲创作舞台，不同风格题材的作品各放异彩，散曲才重现姹紫嫣红的景象。

从现存文献资料来看，在散曲创作徘徊于谷底之时，民间时尚俚俗歌曲虽然还未呈现出兴盛勃发之态，但却一直在民间潜滋暗长。沈德符在《万历野获编》卷二十五之“时尚小令”条中便记载了明代前中期民间时

---

① 朱权：《太和正音谱》，顾廷龙主编《续修四库全书》，上海古籍出版社 2002 年影印本，子部，第 1747 册，第 488 页。

尚俚俗歌曲的发展情况："元人小令行于燕赵后，浸淫日盛。自宣、正至成、弘后，中原又行〔锁南枝〕、〔傍妆台〕、〔山坡羊〕之属。李崆峒先生初自庆阳徙居汴梁，闻之，以为可继国风之后。何大复继至，亦酷爱之。今所传《泥涅人》及《鞋打卦》、《熬鬏髻》三阕，为三牌名之冠，故不虚也。自兹以后，又有〔耍孩儿〕、〔驻云飞〕、〔醉太平〕诸曲，然不如三曲之盛。嘉、隆间乃兴'闹五更'、〔寄生草〕、〔罗江怨〕、〔哭皇天〕、〔干荷叶〕、〔粉红莲〕、'桐城歌'、〔银绞丝〕之属，自两淮以至江南，渐与词曲相远。不过写淫媟情态，略具抑扬而已。"[①] 另外，李开先的《词谑》中"词谑"之"时调"条也记录有："有学诗文于李崆峒者，自旁郡而之汴省。崆峒教以：'若似得传唱〔锁南枝〕，则诗文无以加矣。'请问其详，崆峒告以：'不能悉记也，只在街市上闲行，必有唱之者。'越数日，果闻之，喜跃如获重宝，即至崆峒处谢曰：'诚如尊教！'何大复继至汴省，亦酷爱之，曰：'时调中状元也，如十五国风，出诸里巷妇女之口者，情词婉曲，有非后世诗人墨客操觚染翰、刻骨流血所能及者，以其真也。'"[②]

从沈德符、李开先的记载中我们可以得知：首先，明代民间歌谣时调由元人散曲小令衍变而来，在民间口耳相传、慢慢滋长传播，正如任讷先生所说："曲之流行，遍于民间，民间变其声词，以畅情思，于是乎有小曲。"[③] 这些民间歌谣时调在明代宣德、正统至成化、弘治、正德的近百年之间渐渐呈现繁盛之势、在街市间传唱流行，并且得到了当时一些知名文人如李梦阳、何景明的称赏与喜爱。其次，这些传唱于民间的歌谣时调都有一定的曲调，它们所使用的曲调〔锁南枝〕、〔傍妆台〕、〔山坡羊〕、〔耍孩儿〕、〔驻云飞〕、〔醉太平〕等均借自南北散曲曲牌系统。再次，与其后即嘉隆间兴起的"渐与词曲相远"、"略具抑扬"的歌谣时调相比，这一时期民间流行的歌谣时调尚在形式、音律等方面与文人散曲颇为相近。同时，此处的"渐与词曲相远"也说明了歌谣时调衍自散曲但与散

---

① 沈德符：《万历野获编》，《明代笔记小说大观》，上海古籍出版社2005年校点本，第三册，第2578页。

② 李开先：《词谑》，李开先著，卜键笺校《李开先全集》，文化艺术出版社2004年版，第1276页。

③ 任讷：《词曲通义》，商务印书馆1931年版，第4页。

曲绝非一物。

除了沈德符的记载，我们还可以在其他文献笔记中见到有关这一时期歌谣时调情况的记录。明万历间顾起元《客座赘语》卷九“俚曲”中同样记载了明代前中期歌谣时调的流传情况：“里弄童孺妇媪之所喜闻者，旧惟有〔傍妆台〕、〔驻云飞〕、〔耍孩儿〕、〔皂罗袍〕、〔醉太平〕、〔西江月〕诸小令……”[①] 与沈德符将这些民间里巷歌谣时调称为“时尚小令”一样，顾起元也将流传于市井间、童孺妇媪喜闻乐唱的俚俗歌谣时调称作“小令”，这都是与这些歌谣时调所使用的牌名借自散曲南北小令有密切关系的。另外，由张禄编选、嘉靖四年（1525 年）刊印的《词林摘艳》是据正德间优伶臧贤辑《盛世新声》增删修订而成的，其中增补入了大批〔锁南枝〕、〔傍妆台〕之类的歌谣时调，这也从侧面印证了嘉靖之前歌谣时调〔锁南枝〕和〔傍妆台〕在民间颇为盛行。

现在学界比较一致地认为现存最早的明代歌谣时调集是明成化七年（1471 年）金台鲁氏所刻的《新编四季五更驻云飞》、《新编题西厢记咏十二月赛驻云飞》、《新编太平时赛赛驻云飞》、《新编寡妇烈女诗曲》四种，前三种集子里收录的全部是牌名为〔驻云飞〕的歌谣时调，后一种集子中收录有牌名为〔鹧鸪天〕的歌谣时调。从这些歌谣时调的格式来看，在句数、每句字数及押韵等方面它们几乎均与所借用的散曲南北曲曲牌格式一致。〔南中吕驻云飞〕的格式为：十句八韵，每句字数分别为四、七、五、五、一、五、四、四、五、七，其中第五句的一个字为“嗏”，除了第五句和第八句之外，其他句末字均押韵。金台鲁氏所刊刻的三种《驻云飞》歌谣时调集中的作品基本上都与此定格相符合。〔鹧鸪天〕有〔南仙吕鹧鸪天〕和〔北大石调鹧鸪天〕，格式均为九句六韵，每句字数均分别为七、七、七、七、三、三、七、七、七，除了第三、五、八句之外，其他六句末字均押韵。《新编寡妇烈女诗曲》中的〔鹧鸪天〕除了将原有格式中的两个三字句合为一个六字句之外，其他也均与原曲牌格式完全相同。这四种歌谣时调集中的作品在曲调格式上的这一共同特点其实也说明了刚刚衍生自散曲小令的歌谣时调尚在曲调格式和音律方面与

---

① 顾起元：《客座赘语》，《明代笔记小说大观》，上海古籍出版社 2005 年校点本，第二册，第 1430 页。

文人散曲相去不远。因此，《明代民歌集》将这些现存较早的明代歌谣时调“看作是介于文人小曲与民歌中间的过渡性作品”①，这也是符合实际情况的一种定位。

根据沈德符等人的记载可知，宣德、正统至成化、弘治、正德的近百年之间是歌谣时调的衍生发展时期，其间的宣德、正统、景泰、天顺至成化前期（1474 年左右）是文人散曲极度衰落的时期，成化后期至正德末年则是文人散曲逐渐复兴并走向繁荣的阶段。在这百年之间，自元人小令衍生出来的歌谣时调从散曲南北曲曲牌系统中借用了一些曲调，逐渐在民间传播盛行开去。

总之，从整体上来看，从宣德元年（1426 年）至正德末年（1521 年）的近百年间，歌谣时调与散曲的关系主要表现于散曲在曲牌这个单一方面对歌谣时调的单方面影响，即歌谣时调从散曲南北曲曲牌系统中吸收借用曲调。这一时期在民间里巷中传唱的歌谣时调〔锁南枝〕、〔傍妆台〕、〔山坡羊〕、〔耍孩儿〕、〔驻云飞〕、〔醉太平〕、〔皂罗袍〕，其所用曲牌皆借自南北散曲曲牌系统。与之相对，歌谣时调虽然受到了李梦阳、何景明的赞赏，但就目前的资料来看，几乎还没有什么散曲家关注、称赞或模拟过这些歌谣时调。我们可以看到，在这近百年间，散曲与歌谣时调的互动才刚刚开始，且集中于单一的曲牌曲调方面，整体上呈现出不平衡状态，因此这一时期可以称为明清散曲与歌谣时调互动的“初起期”。

二　嘉靖元年至明代末年：二者整体互动之兴发

正德、嘉靖年间，散曲坛重现盛景。自隆庆（1567—1572 年）、万历（1573—1620 年）至天启（1621—1627 年）、崇祯（1628—1644 年），明代散曲继续兴盛发展，虽然在总体和主流上尽展雅丽婉妍，然而亦有不同风格特色之作品辉映其间，从而呈现出一幅绚丽画卷。对于歌谣时调的发展而言，自嘉靖时开始，其发展也进入到了一个新的时期，不同曲调的歌谣时调展现出蓬勃生命力，很快风行于大江南北。自嘉靖至明末的百余年间，散曲与歌谣时调在所用曲牌、形式体制、作家创作等方面全面展开了相互影响，在彼此的发展过程中留下了不容忽视的痕迹，这一时期可谓明

① 周玉波、陈书录编：《明代民歌集》，南京师范大学出版社 2009 年版，第 1 页。

清散曲与歌谣时调互动的“兴发期”。

（一）所用曲调方面

嘉靖之前，歌谣时调在街巷市井间衍生发展，所用曲调均借自散曲南北曲曲牌系统。在嘉靖至明代末年的互动兴发期之内，歌谣时调中出现了自创的专属于歌谣时调的曲调，这些自创的专属曲调与新吸收借用自散曲的曲调及旧有的借自散曲的曲调共生共存，与此同时，旧有的吸收自散曲的曲调在歌谣时调中也出现了变体。总体来看，这一时期内歌谣时调向散曲借用曲调的现象呈现出逐渐削减的趋势。

明代中后期，歌谣时调不仅风行于市井民众间，一些文人也感受到了它们强大的生命力，并记录下了歌谣时调传播流行的情状。沈德符《万历野获编》卷二十五“词曲”中之“时尚小令”在描述了明代前中期歌谣时调的发展状况之后，又说：“嘉、隆间乃兴‘闹五更’、〔寄生草〕、〔罗江怨〕、〔哭皇天〕、〔干荷叶〕、〔粉红莲〕、‘桐城歌’、〔银绞丝〕之属，自两淮以至江南，渐与词曲相远。不过写淫媟情态，略具抑扬而已。比年以来，又有〔打枣竿〕、〔挂枝儿〕二曲，其腔调约略相似，则不问南北，不问男女，不问老幼良贱，人人习之，亦人人喜听之，以至刊布成帙，举世传诵，沁人心腑。其谱不知从何而来，真可骇叹。又〔山坡羊〕者，李、何二公所喜，今南北词俱有此名。但北方唯盛爱〔数落山坡羊〕，其曲自宣、大、辽东三镇传来。今京师妓女，惯以此充弦索北调，其语秽亵鄙浅，并桑濮之音亦离去已远。而羁人游婿，嗜之独深，丙夜开樽，争相招致。”① 同样，明代顾起元刊行于万历末的《客座赘语》卷九“俚曲”在记录了旧有的早期流行的歌谣时调的情况后也说：“其后益以〔河西六娘子〕、‘闹五更’、〔罗江怨〕、〔山坡羊〕，〔山坡羊〕有‘沉水调’，有‘数落’，已为淫靡矣。后又有‘桐城歌’、〔挂枝儿〕、〔干荷叶〕、〔打枣竿〕等，虽音节皆仿前谱，而其语益为淫靡，其音亦如之。视桑间濮上之音，又不啻相去千里，诲淫导欲，亦非盛世所宜有也。”②

① 沈德符：《万历野获编》，《明代笔记小说大观》，上海古籍出版社 2005 年校点本，第三册，第 2578—2579 页。

② 顾起元：《客座赘语》，《明代笔记小说大观》，上海古籍出版社 2005 年校点本，第二册，第 1430 页。

沈德符和顾起元均在笔记中记录了嘉靖、隆庆、万历间所流行的歌谣时调。

此外，还有其他一些文献资料记录了隆庆、万历间歌谣时调的流行情况。生于明嘉靖十九年（1540 年）的范濂在成书于万历二十一年（1593 年）的《云间据目抄》卷二中有言："歌谣词曲，自古有之，惟吾松近年特甚，凡朋辈谐谑，及府县士夫举措，稍有乖张，即缀成歌谣之类，传播人口，而七字件尤多，至欺诳人处，必曰风云。而里中恶少燕闲，必群唱〔银绞丝〕、〔干荷叶〕、〔打枣竿〕，竟不知此风从何而起也。"① 根据作者生年和《云间据目抄》的成书时间可知，其中所言之"近年"当大致在隆庆至万历前期，其中有关当时歌谣时调的记载与《万历野获编》中的记载没有什么出入。生活于隆庆万历间的袁宏道也多次提到当时街巷间的歌谣时调，《叙小修诗》中有："吾谓今之诗文不传矣！其万一传者，或今闾阎妇人孺子所唱〔擘破玉〕、〔打草竿〕之类。犹是无闻无识真人所作，故多真声，不效颦于汉、魏，不学步于盛唐，任性而发，尚能通于人之喜怒哀乐、嗜好情欲，是可喜也。"② 他还在给袁宗道的书信中说："世人以诗为诗，未免为诗苦，弟以〔打草竿〕、〔劈破玉〕为诗，故足乐也。"③ 此外，袁宏道在给江盈科的信中也提到了歌谣时调："譬如《周书》、《大诰》、《多方》等篇，古之告示也，今尚可作告示不？《毛诗》、《郑》、《卫》等风，古之淫词媟语也，今人所唱〔银柳丝〕、〔挂针儿〕之类，可一字相袭不？世道既变，文亦因之，今之不必摹古者也，亦势也。"④ 将几处提到歌谣时调的文字放于一处合看，可知袁宏道曾将〔劈破玉〕错记为〔擘破玉〕，将〔打枣竿〕错记为〔打草竿〕，将〔银纽丝〕错记为〔银柳丝〕，而〔挂枝儿〕亦因为谐音之故被他错记为〔挂针儿〕。

明万历直至明末清初的一些文人学者在相关著述中也有多处提到了当时的歌谣时调。凌濛初在《谭曲杂札》中说："今之时行曲，求一语如唱

① 范濂：《云间据目抄》，《笔记小说大观》，江苏广陵古籍刻印社 1983 年影印本，第十三册，第 113 页。

② 袁宏道著，钱伯城笺校：《袁宏道集笺校》，上海古籍出版社 2008 年版，第 188 页。

③ 同上书，第 492 页。

④ 同上书，第 515 页。

本〔山坡羊〕、〔刮地风〕、〔打枣竿〕、‘吴歌’等中一妙句，所必无也。”① 陈弘绪《寒夜录》卷上有云：“友人卓珂月曰：‘我明诗让唐，词让宋，曲又让元，庶几‘吴歌’、〔挂枝儿〕、〔罗江怨〕、〔打枣竿〕、〔银绞丝〕之类，为我明一绝耳’。”② 沈宠绥在《度曲须知》上卷之“曲运隆衰”中也记载了歌谣时调〔山坡羊〕的一些情况：“江左所习〔山坡羊〕，声情指法，罕有及焉。虽非正音，仅名‘侉调’，然其怆怨之致，所堪舞潜蛟而泣嫠妇者，犹是当年逸响云。”③ 张岱《陶庵梦忆》卷四记录了青楼女子以歌谣时调来吸引客人的情况：“广陵二十四桥风月，邗沟尚存其意……沉沉二漏，灯烛将烬，……诸妓醵钱向茶博士买烛寸许，以待迟客。或发娇声唱〔劈破玉〕等小词……”④ 另外，明末清初的王夫之和贺贻孙也在著作中提及了明末依然流行的歌谣时调。王夫之在《薑斋诗话》中说：“清商曲起自晋、宋，盖里巷淫哇，初非文人所作，犹今之〔劈破玉〕、〔银纽丝〕耳。”⑤ 贺贻孙《诗触》卷一“国风论”有：“歌也，谣也，讴也，诵也，有音而无乐，调于肉而不调于丝与竹，如今吴楚间‘山歌’、‘湖歌’、‘新月’、‘挂枝’之辞而已。”⑥

除却文献笔记中出现的明代中后期的歌谣时调名称，我们还可以通过现存的明代歌谣时调作品得到一些未被记入文献资料的歌谣时调的信息。在嘉靖刊本的《风月锦囊》以及万历前期刊本的《大明天下春》中都收有多首使用〔楚江秋〕、〔清江引〕、〔一封书〕和〔黄莺儿〕曲调的歌谣时调，在嘉靖本的《雍熙乐府》中收入了四支使用〔红绣鞋〕曲调的歌谣时调，很显然，这些歌谣时调所使用的曲调均是借用自散曲南北曲曲牌

---

① 凌濛初：《南音三籁》，顾廷龙主编《续修四库全书》，上海古籍出版社 2002 年影印本，子部，第 1744 册，第 212 页。

② 陈弘绪：《寒夜录》，顾廷龙主编《续修四库全书》，上海古籍出版社 2002 年影印本，子部，第 1134 册，第 700 页。

③ 沈宠绥：《度曲须知》，俞为民、孙蓉蓉编《历代曲话汇编：新编中国古典戏曲论著集成》，黄山书社 2009 年版，明代编第二集，第 618 页。

④ 张岱：《陶庵梦忆》，上海古籍出版社 1982 年点校本，第 35 页。

⑤ 王夫之：《薑斋诗话》，顾廷龙主编《续修四库全书》，上海古籍出版社 2002 年影印本，子部，第 1698 册，第 15 页。

⑥ 贺贻孙：《诗触》，顾廷龙主编《续修四库全书》，上海古籍出版社 2002 年影印本，经部，第 61 册，第 487 页。

系统中的。万历前期刊刻的《风月词珍》中收有使用〔金纽丝〕曲调写就的一组十二支《时兴十二时闺情妙曲》，〔金纽丝〕则属于自创的歌谣时调专属曲调。另外，在《全明散曲》中我们可以发现，明末散曲家丁惟恕有数首使用〔河南韵〕的作品，每首作品都另外标有名字。〔河南韵〕并非散曲曲牌，应当是当时流行于某一地区的曲调名称，丁惟恕的这些作品语言质朴浅易，是模拟民间歌谣时调〔河南韵〕创作的拟歌谣时调。此外，刘效祖使用〔双叠翠〕曲调创作过一些作品，但是这一曲调在南北曲曲牌系统中均未存在，这一曲调当同样是歌谣时调自创专属曲调。

对以上资料进行综合梳理考察后，我们可以看到，在嘉靖至明代末年这百余年间，民间市井街巷流行的歌谣时调主要有："闹五更"、〔寄生草〕、〔罗江怨〕、〔干荷叶〕、〔哭皇天〕、"桐城歌"、〔河西六娘子〕、〔一封书〕、〔楚江秋〕、〔清江引〕、〔黄莺儿〕、〔红绣鞋〕、〔刮地风〕、〔山坡羊〕、〔粉红莲〕、〔银绞丝〕、〔金纽丝〕、〔打枣竿〕、"吴歌"、〔挂枝儿〕、"山歌"、〔劈破玉〕、〔河南韵〕、〔双叠翠〕等。其中的"闹五更"是一种以叙述一更至五更情形的形式特征来命名的歌谣时调，不同的"闹五更"作品可以使用不同曲调来创作，因而"闹五更"不是一种曲调名称。"吴歌"、"桐城歌"则是对流行于某一地区的地方色彩浓厚的歌谣时调的总称，也非曲调名称。"山歌"是对民间传唱歌谣时调的一种泛称，如明代前期叶盛《水东日记》卷五"山歌"所记："吴人耕作或舟行之劳，多作讴歌以自遣，名唱山歌"[①]。明代前中期陆容的《菽园杂记》卷一亦记载有"吴中乡村唱山歌，大率多道男女情致而已"[②]。可见"山歌"也不是曲调名称。另外，马骥在《吴歌释名》一文中说："明清时期人所谓的吴歌，只是指吴地（不包括越地）的山歌，在当时的吴地，'吴歌'、'山歌'是同义语。吴歌不包括当时在吴地流传的时调小曲（俗曲、小调）等其他民歌形式。"[③] 除了"闹五更"、"吴歌"、"桐城歌"、"山

① 叶盛：《水东日记》，吴相湘、刘兆铭主编《中国史学丛书初编》，台湾学生书局 1965 年影印本，第 25 种，第 157—158 页。

② 陆容：《菽园杂记》，《明代笔记小说大观》，上海古籍出版社 2005 年校点本，第一册，第 375 页。

③ 马骥：《吴歌释名》，《民间文艺季刊》1990 年第 1 期，第 27 页。

歌”之外，上述资料中出现的其余名称均是歌谣时调所使用的曲调名称。

在对嘉靖至明代末年歌谣时调所用的曲调进行考察之后，我们可以看到这一时期内歌谣时调所用曲调与散曲曲牌之间的关系。与嘉靖之前的歌谣时调相比，嘉靖至明末的歌谣时调又新从散曲南北曲曲牌系统中借用了〔寄生草〕、〔罗江怨〕、〔干荷叶〕、〔哭皇天〕、〔河西六娘子〕、〔一封书〕、〔楚江秋〕、〔清江引〕、〔黄莺儿〕、〔红绣鞋〕、〔刮地风〕等曲调，使用这些曲调的歌谣时调在当时也都比较流行。从记载、收录这些歌谣时调的文献资料及作品集记录和刊刻的时间来看，这种借用现象主要出现于嘉靖至万历前期的这段时间，万历后期至明末，歌谣时调已经几乎不再新从散曲中成批吸收借用曲调，这种吸收借用潮流逐渐停止。此外，在嘉靖至明代末年期间，歌谣时调之前从散曲中借用的曲调〔山坡羊〕出现了〔数落山坡羊〕、〔沉水调山坡羊〕和〔侉调山坡羊〕三种变体。由沈德符《万历野获编》中记载可知：这些语言秽亵鄙浅的歌谣时调变体〔山坡羊〕常被妓女用来招徕吸引客人，“惯以此充弦索北调”[①] 正说明了歌谣时调与散曲中各有〔山坡羊〕，歌谣时调中的〔山坡羊〕衍自散曲〔山坡羊〕，它们与散曲〔山坡羊〕早已相去甚远，绝不可相提并论。除了新从散曲中借用吸收的曲调之外，嘉靖至明代末年还出现了一些歌谣时调自创的专属曲调：〔粉红莲〕、〔银绞丝〕、〔打枣竿〕、〔挂枝儿〕、〔金纽丝〕、〔劈破玉〕、〔河南韵〕，这体现了歌谣时调发展的新气象，也正是歌谣时调“渐与词曲相远”[②] 的一种实际表现。

在上文中，通过排比梳理我们发现，万历后期至明末，歌谣时调很少再从散曲南北曲曲牌系统中吸收借用新的曲调来创作作品，取而代之的是越来越多的自创专属曲调，这呈现出了散曲在曲调方面对歌谣时调产生影响的主要潮流和趋势。然而在这种主潮和趋势存在的同时，也有特例出现。冯梦龙编辑的《山歌》收录的是明代吴地流传的歌谣时调，作品产生、传播的时间跨度很长，这些歌谣时调流传的起始时间我们不得而知。在《山歌》卷七《私情杂体》部分，《约》、《咒骂》、《敲门》、《锯子》

① 沈德符：《万历野获编》，《明代笔记小说大观》，上海古籍出版社 2005 年校点本，第三册，第 2579 页。

② 同上书，第 2578 页。

等十三支歌谣时调都在第二句之后插入了四句〔皂罗袍〕曲词，《寂寞》一曲在第二句之后插入了五句〔皂罗袍〕曲词。卷八《私情长歌》和卷九《杂咏长歌》中的大部分作品也都在原有的歌谣时调本体之中分别插有〔皂罗袍〕、〔排歌〕、〔黄莺儿〕、〔桂南枝〕、〔玉抱肚〕、〔驻云飞〕、〔猫儿坠〕、〔桂枝香〕、〔懒画眉〕、〔香柳娘〕等散曲曲牌的歌谣时调。这些曲调中的〔皂罗袍〕、〔黄莺儿〕、〔驻云飞〕是前文资料中出现的被歌谣时调借用后常用且盛行的散曲曲调，其余曲调并不见他处有被歌谣时调借用的记录，更未形成一定时期内的一种潮流，可见它们属于被歌谣时调偶一用之的曲调。这些散曲曲调被偶然借用的具体时间不明，但由于是被“偶一用之”，所以它们的存在并不与散曲在曲调方面对歌谣时调产生影响的大潮相矛盾。这种在民间自生的歌谣时调中穿插入借用散曲曲调的歌谣时调的特殊形式，也是散曲在曲调方面对歌谣时调造成影响的一种表现。

总之，自嘉靖至明代末年的一百二十二年里，民间歌谣时调继上一时期之后，在嘉靖、隆庆间继续从散曲南北曲曲牌系统中吸收借用曲调，与此同时，歌谣时调也自创了几种专属曲调。随着歌谣时调自创专属曲调的不断诞生和广泛运用，万历后期直至明末，歌谣时调已很少再向散曲南北曲曲牌系统借用曲调。可以看到，歌谣时调自散曲中借用曲调与歌谣时调自创专属曲调呈现出了相反相悖的发展趋势，随着借用自散曲南北曲曲牌系统的曲调数量的不断减少，歌谣时调自创的专属曲调数量不断增加，这体现了歌谣时调不断发展、逐渐自成体系的必然趋势。那么，在这一时期内，表现在曲牌曲调方面的散曲与歌谣时调的关系主要体现于散曲对歌谣时调的影响方面，而这种影响呈现出逐渐停止的趋向。

（二）体制及做法方面

在嘉靖至明代末年的互动兴发期中，如上文所述，歌谣时调向散曲借用曲调的现象呈现出逐渐削减以致几乎消失之势，而在体制及做法方面，歌谣时调向散曲的学习则刚刚开始。

首先，在书末标有“嘉靖癸丑（嘉靖三十二年即1553年）岁秋月詹氏进贤堂重刊”字样的《风月锦囊》卷一中收有十九首〔新增楚江秋后联清江引〕。这些歌谣时调每一首都有一个四字题目，由一支〔楚江秋〕加一支〔清江引〕组成，〔楚江秋〕的最后一句与〔清江引〕的第一句相同。虽然在每一首歌谣时调中并没有明确标明带过曲或者使用表示带过曲的“带”、“过”、“兼”等字，但是总的曲调中却有“后联”二字，且其形式也正与散曲中带过曲的形式基本相同。

其次，在上文中提到的冯梦龙所编的《山歌》中，有与散曲犯调及套曲形式相类似的歌谣时调作品。在《山歌》卷七《私情杂体》部分，《约》、《咒骂》、《敲门》、《锯子》等十三支歌谣时调都在第二句之后插入了四句〔皂罗袍〕曲词，并且标明了“中犯〔皂罗袍〕四句”[①]。《寂寞》一曲在第二句之后插入了五句〔皂罗袍〕曲词，题目中也标明了“中犯〔皂罗袍〕五句”[②]。卷八《私情长歌》和卷九《杂咏长歌》中的许多作品则是在歌谣时调本体中犯入其他曲调中的几句曲词，或者犯入一整支或数整支其他曲调。比如《求老公》题目中就标明“结用〔皂罗袍〕三句”[③]，《竹夫人》题目中标明“中犯〔排歌〕三句”[④]，《笼灯》、《老鼠》分别在作品中穿插了整支的〔打枣歌〕、〔黄莺儿〕，《困弗着》在作品中穿插了整支的〔皂罗袍〕、〔桂南枝〕，《烧香娘娘》则是在作品本体中穿插连缀了〔猫儿坠〕、〔桂枝香〕、〔驻云飞〕、〔懒画眉〕、〔皂罗袍〕、〔香柳娘〕六整支曲子，以上这些歌谣时调的形式都体现了散曲中犯调及套曲形式对歌谣时调的影响。

另外，题有“闽建书林熊稔寰汇辑，潭水燕名居主人刊梓”、全名为《新锓天下时尚南北徽池雅调》的明代戏曲选集中也收入了不少歌谣时调。徽剧的先声与雏形是徽州腔和青阳腔，二腔自明代嘉靖至万历间形成，被誉为“徽池雅调”，因而《徽池雅调》当成书于明代后期。此书中收有为数众多的使用〔劈破玉〕曲调的歌谣时调，这些〔劈破玉〕歌中有多首均与冯梦龙所编《挂枝儿》中的使用〔挂枝儿〕曲调的歌谣时调内容一样，有些字句略有出入。这些〔劈破玉〕歌与〔挂枝儿〕之间无疑构成了翻谱改调关系。翻谱体本是散曲中俳体形式的一种，与散曲关系颇近的歌谣时调中出现翻谱改调的形式，这也反映了歌谣时调在作品创作

---

① 周玉波、陈书录编：《明代民歌集》，南京师范大学出版社 2009 年版，第 337—339 页。

② 同上书，第 339 页。

③ 同上书，第 341 页。

④ 同上。

方式上对散曲的学习。此外，《风月锦囊》、《词林一枝》、《大明天下春》、《摘锦奇音》等曲集中都可以见到一些连缀曲牌名、药名、花名等事物名称所作的歌谣时调，这种作曲方式显然是受到了散曲俳体形式中的集名体的影响。

综合以上情况可以看到，明嘉靖至明末期间，散曲与歌谣时调在体制及做法方面的关系主要表现为散曲对歌谣时调的影响，这种影响只是在明代一些歌谣时调作品中有所体现。虽然只在为数不多的明代歌谣时调中出现了类似散曲带过曲、犯调、套曲的形式，同时也只是有一些作品向散曲俳体形式中的翻谱体及集名体学习了作曲的方式，但这却是清代前中期大量歌谣时调形式繁复化的先声。

（三）作品创作方面

明代中后期直至明末，兴盛发展起来的歌谣时调在大江南北几成燎原之势，它们不仅广泛传唱于百姓之间，而且还引起了许多文人的关注、赞赏、搜集甚至模拟。一些散曲家拟作歌谣时调，也有一些散曲家的某些作品带有歌谣时调面目，这些创作行为及作品的出现为明代后期的散曲坛注入了活力。

主要生活于正德至万历前期之间的丁綵拟作过六支〔劈破玉〕歌谣时调，另外还有一组无牌名的类似“五更体”歌谣时调的作品，语言俚俗平易。丁綵的多首散曲小令因其向歌谣时调的学习而具有歌谣时调风味，评者认为其“小令谐里耳”①。嘉靖前中期至崇祯前期之间在世的散曲家丁惟恕是丁綵之子，有散曲集《续小令集》。在南北曲小令之后，他统一将拟歌谣时调作品三十五支〔河南韵〕、一支《嘲李二妻妾大脚》以及另外两支无牌名的小令编排在作品集中。他的散曲小令〔南商调黄莺儿〕也因此带有歌谣时调风味。

于嘉靖八年（1529年）中进士、嘉靖二十一年（1542年）被罢归的李开先在还乡后被歌谣时调的真情所感染，曾经搜集、改定许多民间歌谣时调，并亲自拟作，后将这些民间歌谣时调及拟作结集成《市井艳词》。由于李开先亲自搜集整理过歌谣时调，因而他的一些散曲作品亦带有歌谣

① 谢伯阳编：《全明散曲》，齐鲁书社1994年版，第3494页。

时调风味，“巷闾中争歌夫子小令，脍炙人口”[①]。李开先还撰有百首〔傍妆台〕小令，“有正有谑”[②]，“稿始未脱，歌喉已溢里巷中矣”[③]。此外，李开先的散曲观念也因为关注、模拟歌谣时调而产生了一些变化。

生活于嘉靖元年至万历十七年的刘效祖也有一些模拟歌谣时调的作品。他曾经用歌谣时调的专属曲牌〔挂枝儿〕、〔双叠翠〕分别创作了二十首拟歌谣时调，现分别存八首。他还拟作了百首歌谣时调〔锁南枝〕，现存的十六支〔锁南枝〕语言质朴如白话，歌谣时调风味浓郁。生活于嘉靖二十九年至天启七年的赵南星使用歌谣时调曲调〔银纽丝〕、〔劈破玉〕、〔一口气〕、〔喜连声〕等创作过一些拟歌谣时调，其散曲中的一些作品也受到了歌谣时调的影响。

生活于嘉靖十五年至万历三十八年左右的朱载堉作有《醒世词》，其中有拟歌谣时调〔劈破玉〕七支，《骂钱》、《十不足》等数首没有牌名的拟歌谣时调作品。另外，他使用〔南商调黄莺儿〕、〔南商调山坡羊〕、〔南中吕驻云飞〕、〔北双调清江引〕、〔北双调河西六娘子〕、〔北正宫醉太平〕等曲调创作的一些小令中有许多也颇有歌谣时调之风。

生活于万历二年至清顺治三年间的冯梦龙曾经分别用散曲曲牌〔南仙吕桂枝香〕和〔南南吕一江风〕作过两支名为《谱挂枝儿词》的小令，即用散曲的曲调来重新谱写歌谣时调〔挂枝儿〕的曲词。这也是冯梦龙关注并学习歌谣时调的表现。除了有许多散曲家直接使用歌谣时调曲牌进行拟作外，明代中后期至明末许多散曲家的作品中亦可见到歌谣时调的面目。任讷先生认为“小曲……其声所及，昆腔以后之各家小令，无一不受其影响者，即康冯辈之小令中，亦每存小曲面目也。……可见小曲精神，虽因缘北地而来，而南人固亦优为之，甚至所以优为之者，不仅在小曲本身，且侵入南北小令之中矣”[④]。

通过对作家创作时间的排列梳理，我们可以看到众位散曲家拟作歌谣时调以及一些散曲作品显现歌谣时调面目的情况，均集中出现于嘉靖至明

---

① 谢伯阳编：《全明散曲》，齐鲁书社 1994 年版，第 1869 页。

② 同上书，第 1860 页。

③ 同上书，第 1853 页。

④ 任中敏：《散曲概论》，任中敏编著《散曲丛刊》，凤凰出版社 2013 年版，第十四种，第 1101 页。

代末年这一时期内，这与歌谣时调在这一时期内呈蓬勃发展之势有密切关系，同时与本时期内独特的文学文化思潮也密不可分。那么，本时期内，散曲与歌谣时调在作家作品创作方面的关系主要就表现在散曲作家关注、模拟歌谣时调；从散曲发展的总体趋势来看，这种拟作歌谣时调、吸取歌谣时调精神的风潮为明代后期至明末的散曲坛吹入了一股新风。

以上我们考察梳理了嘉靖至明代末年间散曲和歌谣时调在所用曲调、体制做法、作家作品创作三个方面的关系，可以看到：自嘉靖元年至明代末年（1522—1644 年）的一百二十二年间，散曲与歌谣时调的互动整体呈现出全面兴发的状态。散曲与歌谣时调之间的关系不再局限于曲调这一单一方面，也不再局限于散曲对歌谣时调的单方面影响，而是散曲与歌谣时调总体上在不同方面的互相影响。从整体来看，歌谣时调学习散曲之时，文人散曲家也正饱含热情地从歌谣时调中汲取新鲜因子，因而从这一角度来说，本时期内二者的互动整体呈现出的基本平衡状态。与此同时，在这个时期内，散曲主要在曲调和体制做法上对歌谣时调产生影响，而歌谣时调则在作品创作上对散曲产生影响。在散曲对歌谣时调产生影响的方面，歌谣时调吸收借用散曲曲调的过程趋于终止之时，歌谣时调学习散曲体制做法的过程正悄然开始。因而，本时期内散曲与歌谣时调具体到每一方面的相互影响又是不平衡的，影响的力量在每一方面、每一时段中也并不是平均分配的。

第二节　互动延续期及消歇期

明清散曲与歌谣时调的互动经历了初起期之后，大致自明代嘉靖时始，在之后的一百二十余年间呈现出全面兴发的状态。在进入清代之后，散曲与歌谣时调在曲调使用、体制做法及作家作品几方面的互动，有承继上一时期并延续发展之势；与此同时，散曲整体上的进一步雅化也给歌谣时调带来了影响，一些雅化、散曲化的歌谣时调从民间歌谣时调中分化出来，形成一种引人瞩目的独特现象。而当清王朝渐渐日薄西山之时，随着晚清散曲的愈加雅化僵化，散曲与歌谣时调都沿着各自的道路渐行渐远，几乎不再有交集，二者之间的互动也彻底进入了消歇期。

一　清代初年至嘉庆末年：二者整体互动之延续

如任讷先生所言，“散曲之全盛时代，只在元、明两朝，至清即已大衰”①。清初近半个世纪中，由于山河破碎、江山易主所带来的巨大冲击，使散曲坛整体笼罩在慷慨激愤、沉痛悲郁的情绪之中，许多抒写黍离之悲、避世隐忍的散曲作品令人耳目一新、备受感染。但是自此而后，清代散曲便在对复古淳雅的不变追求中无可挽回地走向了衰败。清代前中期的散曲坛整体上生机全无，散曲成了文人闲时遣兴的雅玩清供。此时，早已自成体系的民间歌谣时调却在市井百姓间如火如荼地继续兴盛发展着。这一时期散曲与歌谣时调的互动只是在不同方面延续并推展了上一时期的互动情况，除了歌谣时调因受散曲影响而分化出了一类雅化歌谣时调之外，散曲与歌谣时调之间并没有出现什么新的互动点，或者新呈现出另一番繁盛的互动景象，所以我将这一时期称为散曲与歌谣时调的互动“延续期”。

（一）所用曲调方面

在前文中，通过考察我们已经注意到：明代宣德至正德末年的近百年间，歌谣时调所用曲调基本上全从散曲南北曲曲牌系统中吸收借用；嘉靖、隆庆间歌谣时调在继续从散曲南北曲曲牌系统中吸收借用曲调的同时，也自创了几种专属曲调；万历后期直至明末，歌谣时调已经很少再向散曲借用曲调；散曲对歌谣时调在曲调方面的影响总体呈现出逐渐削减至几乎停止的趋向。可以看到，歌谣时调自散曲中借用曲调与歌谣时调自创专属曲调呈现出了相反相悖的发展趋势，随着歌谣时调自创专属曲调的出现和不断增多，借用自散曲的曲调在不断减少。清代初年至嘉庆末年，歌谣时调自创曲调的出现呈勃发状态，新的自创曲调层出不穷，整个时期内歌谣时调仅零星向散曲南北曲曲牌系统借用了几个曲调而已，这正延续了上一时期散曲与歌谣时调在曲调方面的互动趋势。

清初邹祇谟《远志斋词衷》“云华词”条有云：“盖《乐章集》多在旗亭北里间，比《片玉词》更宕而尽。郑繁雅简，便启‘打枣’、‘挂

---

① 任中敏：《散曲概论》，任中敏编著《散曲丛刊》，凤凰出版社2013年版，第十四种，第1107页。

枝’伎俩。”① 清前期陈启源在成书于康熙二十六年的《毛诗稽古编》卷五中有言：“《山有扶苏》、《遵大路》、《褰裳》诸篇，以朱子之解解之，其淫陋鄙媟，虽近世市井顽童所唱‘挂枝词’、‘打枣歌’，不是过焉。”② 清前期彭孙遹《金粟词话》“学柳之过”条亦有：“柳七亦自有唐人妙境，今人但从浅俚处求之，遂使《金荃》、《兰畹》之音，流入‘挂枝’、‘黄莺’之调，此学柳之过也。”③ 这几条主要谈论诗词的材料都提到了市井间流传的歌谣时调的名称，说明明代后期流行的〔挂枝儿〕、〔打枣竿〕、〔黄莺儿〕在清代前期还很流行。此外，主要生活于顺治康熙年间的蒲松龄在《幸云曲》第一回中有一则〔耍孩儿〕，其中写道：“世事儿若循环，如今人不似前，新曲一年一遭换，〔银纽丝儿〕才丢下，后来兴起〔打枣杆〕，〔锁南枝半插罗江怨〕，又兴起《正德嫖院》，〔耍孩儿〕异样的新鲜。”④ 他所提及的歌谣时调也都是明代就已经出现并流行了的。

除了沿用明代已有的曲调之外，清代歌谣时调中的新创专属曲调也不断涌现。清初刘廷玑《在园杂志》中记录了明清间歌谣时调的演变和清代歌谣时调的发展：“‘小曲’者，别于昆弋‘大曲’也。在南则始于〔挂枝儿〕，……一变为〔劈破玉〕，再变为〔陈垂调〕，再变为〔黄鹂调〕。始而字少句短，今则累数百字矣。在北则始于〔边关调〕，盖因明时远戍西边之人所唱，其辞雄迈，其调悲壮，本‘凉州’、‘伊州’之意。……今则尽儿女之私，靡靡之音矣。再变为〔呀呀哟〕，〔呀呀哟〕者，〔夜夜游〕，或亦声之余韵‘呀呀呦’。如〔倒扳桨〕、〔靛花开〕、〔跌落金钱〕，不一而类。”⑤ 刊行于康熙四十四年的张潮的《尺牍偶存》中也有同类记载：“凡事一有妙处，定能动人，原不妨自我作古。如词曲有谱有律固佳，即无谱无律之腔，亦未尝不佳。宋之词，元之曲，即无谱

---

① 邹祗谟：《远志斋词衷》，唐圭璋编《词话丛编》，中华书局1986年排印本，第一册，第657页。

② 陈启源：《毛诗稽古编》，《四库全书》，上海古籍出版社1987年影印本，经部，第85册，第399页。

③ 彭孙遹：《金粟词话》，唐圭璋编《词话丛编》，中华书局1986年排印本，第一册，第723页。

④ 蒲松龄著，盛伟编：《蒲松龄全集》，学林出版社1998年版，第3155页。

⑤ 刘廷玑：《在园杂志》，《清代笔记小说大观》，上海古籍出版社2007年校点本，第三册，第2178页。

无律之腔，已各成一世界。独明朝未闻别立体裁，惟〔挂枝儿〕、〔打枣竿〕之类，可云妙绝千古。我朝数十年中，变为〔劈破玉〕，犹有纪律可循，若近常之〔倒扳桨〕、〔呀呀哟〕，听之颇觉悠扬入耳。至考其词，不独句法多有出入，亦且粗鄙可憎。”① 刘廷玑和张潮所言之“变”均不是指〔挂枝儿〕“变化”为〔劈破玉〕、〔劈破玉〕再“变化”为〔陈垂调〕、〔陈垂调〕又“变化”为〔黄鹂调〕等，而是指不同时期内所流行的歌谣时调品目之“变”，二人的记载都让我们了解到了明清之间歌谣时调的衔接发展。

另外，其他许多相关资料中也显示了清代康、雍、乾、嘉之间歌谣时调的发展流行状况。康熙间李振声作于康熙中后期的《百戏竹枝词》“花档儿条”有云：“歌童也，初名秦楼小唱，年以十三四为率，曲中〔边关调〕至凄婉，好目挑坐客，以博缠头，为飞老鹳云。妙龄花档十三春，听到‘边关’最怆神。却怪老鹳飞四座，秦楼谁是意中人?”“霸王鞭”条有云：“徐沛伎妇，以竹鞭缀金钱，击之节歌，其曲名〔叠断桥〕，甚动听。行每覆蓝帕，作首妆。窄样春衫称细腰，蔚蓝首帕髻云飘。霸王鞭舞金钱落，恼乱徐州〔叠断桥〕。”“打盏儿”条有云：“以牙箸击磁器，唱〔西调〕小曲，能与丝竹相和，都门市坊多有。新声一串玲珑堕，磁器双敲玉箸头。〔西调〕何须夸击甕，倾杯序里即伊州。”② 其中提到当时有〔边关调〕、〔叠断桥〕、〔西调〕三种歌谣时调名目。刊行于乾隆六十年李斗的《扬州画舫录》卷十一“虹桥录下”第十五条也记录了一些歌谣时调名目：“小唱以琵琶、弦子、月琴、檀板，合动而歌。最先有〔银纽丝〕、〔四大景〕、〔倒扳桨〕、〔剪靛花〕、〔吉祥草〕、〔倒花篮〕诸调，以〔劈破玉〕为最佳……又有黎殿臣者，善为新声，至今效之，谓之〔黎调〕，亦名〔跌落金钱〕。二十年前，尚哀泣之声，谓之〔到春花〕，又谓之〔木兰花〕。后以下河土腔唱〔剪靛花〕，谓之〔网调〕。近来群尚〔满江红〕、〔湘江浪〕，皆本调也。其〔京舵子〕、〔起字调〕、〔马头

---

① 张潮：《尺牍偶存》，转引自孟繁树《中国板式变化体戏曲源流研究》，文化艺术出版社2002年版，第127页。

② 李振声：《百戏竹枝词》，路工编选《清代北京竹枝词》，北京古籍出版社1982年版，第158—160页。

调〕、〔南京调〕之类，传自四方，间亦效之，而鲁斤燕削，迁地不能为良矣。"①

清代徐珂《清稗类钞》"音乐类"中有"唱绣荷包调"条："乾隆末年，秦淮盛行〔绣荷包〕新调。画舫青楼一时争尚，继则坊市妇稚担夫负贩皆能之。久则卑田院中人、藉以沿门觅食者，亦无不能之。声音感人，至于斯极。"② 嘉庆间个中生所编《吴门画舫续录》卷下记录有："未开宴时先唱昆曲一二出，合以丝竹鼓板，五音和协。……客有善歌者，或亦善继其声，不失其为雅会。今则略唱昆曲，随继以〔马头调〕、〔倒板桨〕诸'小曲'，且以此为格外殷勤，醉客断不能少。听者亦每乐而忘返。虽繁弦急管，靡靡动人，而风斯下矣。"③ 一些流行的竹枝词中也提到了当时流行的歌谣时调。刊刻于嘉庆二十二年得硕亭的《京都竹枝词》（又名《草珠一串》）有："一闻〔沟调〕（原文有注：'此调始自热河西沟，故云'）便开颜，无〔绣荷包〕不算班，更爱舌尖声韵碎，上场先点〔九连环〕。（原文有注：'此曲每折将终，必作滚舌音以擅长。'）"④ 成书于嘉庆二十四年张子秋的《续都门竹枝词》也有："秋波临去转难当，白眼看它顾曲郎，一自'马头''勾调'盛，瞎姑镇日瞎奔忙。"⑤ 可见，〔马头调〕、〔沟调〕、〔绣荷包〕、〔九连环〕在乾、嘉间是非常受欢迎的。

除了通过文献中的相关记载可以了解到清初至嘉庆末年流行的歌谣时调，我们通过清代歌谣时调集中所收作品也可知晓当时歌谣时调的曲调使用情况。清代初年至嘉庆末年现存可见的歌谣时调集主要有《丝弦小曲》、《万花小曲》、《霓裳续谱》、《白雪遗音》等，另外的一些本时期的歌谣时调集虽因种种原因散佚难以见到，但是通过蒲泉、群明先生编辑的《明清民歌选》中每种歌谣时调集的提要，我们也完全可以了解其中收录

① 李斗：《扬州画舫录》，中华书局 1980 年点校本，第 257 页。

② 徐珂编撰：《清稗类钞》，中华书局 1984 年版，第 4938 页。

③ 个中生：《吴门画舫续录》，江庆柏主编《江苏人物传记丛刊》，广陵书社 2011 年影印本，第 27 册，第 317 页。

④ 得硕亭：《草珠一串》，路工编选《清代北京竹枝词》，北京古籍出版社 1982 年版，第 55 页。

⑤ 张子秋：《续都门竹枝词》，路工编选《清代北京竹枝词》，北京古籍出版社 1982 年版，第 67 页。

的歌谣时调使用的所有曲调名称。

清代无名氏辑、乾隆初年苏州王君甫所刻《丝弦小曲》是清代比较早的歌谣时调集，其中辑录歌谣时调一百零三首，所使用曲调有〔一串铃〕、〔劈破玉〕、〔边关调〕、〔挂枝儿〕、〔哭皇天〕、〔秋来景〕、〔刮地风〕、〔罗江怨〕、〔寄生草〕。清代无名氏辑、乾隆九年北京永魁斋所刻的《万花小曲》收录了一百一十八首歌谣时调，所使用的曲调有〔劈破玉〕、〔西调〕、〔银纽丝〕、〔玉娥郎〕、〔金纽丝〕、〔醉太平〕、〔黄莺儿〕、〔清江引〕等。清代乾隆初年北京戏曲演员抄录的《昆曲谱》中收有清代无名氏所辑《杂曲》，其中有〔山坡羊〕和〔挂枝儿〕等。清代颜自德辑录、王廷绍编订，乾隆六十年北京文茂斋刊刻的《霓裳续谱》收录歌谣时调六百二十余首，使用的曲调有〔西调〕、〔寄生草〕、〔岔曲〕、〔剪靛花〕、〔叠落金钱〕、〔黄鹂（沥）调〕、〔玉沟调〕、〔劈破玉〕、〔弹簧（滩簧）调〕、〔番调〕、〔马头调〕、〔扬州调〕、〔北河调〕、〔利（隶）津调〕、〔盘香调〕、〔边关调〕、〔秧歌〕、〔莲花落〕、〔秦吹腔花柳歌〕、〔一江风〕、〔倒扳桨〕、〔银纽丝〕、〔玉娥郎〕、〔打枣竿〕、〔螺蛳转〕、〔重叠序〕、〔粉红莲〕、〔呀呀呦〕、〔重重续〕、〔两句半〕、〔清江引〕、〔锁南枝〕等。另外，清代华广生辑录、道光八年刊刻的《白雪遗音》［书中最早的序言作于嘉庆四年（己未 1799 年）］辑录的七百多首歌谣时调也主要是嘉庆之前民间流行的歌谣时调，其中有四百三十余首使用了〔马头调〕，其他曲调有〔岭儿调〕、〔满江红〕、〔剪靛花〕、〔起字呀呀呦〕、〔劈破玉〕、〔银纽丝〕、〔罗江怨〕、〔八角鼓〕、〔南词〕、〔九连环〕、〔小郎儿〕、〔七香车〕等。

清嘉庆间的《时兴呀呀呦》中收录了歌谣时调一百四十首，所用曲调有〔呀呀呦〕、〔满江红〕和〔寄生草〕。无名氏辑、清代嘉庆间的《时调小曲丛钞》辑录了清初至乾嘉间江浙流行的歌谣时调四十八首，它们使用的曲调有〔银绞丝调〕、〔潇湘浪调〕（一名〔跌落金钱〕）、〔倒扳桨调〕、〔碧浦玉调〕、〔满江红调〕、〔滴滴金调〕、〔哈哈笑调〕、〔阳台梦调〕、〔玉琳琅调〕和〔软玉屏调〕。此外，嘉庆年间无名氏辑录的歌谣时调集还有《时兴小唱钞》、《新集时调马头调雅曲二集》、《北京小曲钞》、《马头调杂曲集》，它们均辑录了当时流行的歌谣时调，这些作品所用的曲调有〔西调〕、〔黄鹂调〕、〔边关调〕、〔叠落金钱〕、〔倒扳桨〕、〔满江红〕、〔一江风〕、〔雁儿落〕、〔叠断桥〕、〔马头调〕、〔勾调〕、〔荡调〕、〔扬州歌〕、〔剪剪花〕、〔起字调〕、〔下河调〕、〔劈破玉〕、〔八角鼓〕。清代贮香主人刊刻于嘉庆二十三年的《小慧集》中所收的歌谣时调使用的曲调有〔纱窗调〕、〔绣荷包〕、〔杨柳青〕、〔红绣鞋〕、〔鲜花调〕等。

对笔记资料和本时期内歌谣时调集中出现的歌谣时调曲调名称进行综合梳理之后，可以很清楚地看到：清代初年至清代嘉庆末年，早已自成体系的歌谣时调继续在民间保持了旺盛的发展势头，大量新创的歌谣时调专属曲调在这一时期纷纷涌现，主要有〔边关调〕、〔秋来景〕、〔西调〕、〔玉娥郎〕、〔岔曲〕、〔叠断桥〕、〔马头调〕、〔倒扳桨〕、〔勾调〕、〔绣荷包〕、〔九连环〕、〔鲜花调〕等。与此同时，旧有的歌谣时调自创曲调〔劈破玉〕、〔挂枝儿〕、〔银纽丝〕、〔金纽丝〕、〔打枣竿〕、〔粉红莲〕和旧有的借自散曲的曲调〔刮地风〕、〔寄生草〕、〔醉太平〕、〔黄莺儿〕、〔清江引〕、〔山坡羊〕、〔锁南枝〕、〔罗江怨〕、〔哭皇天〕、〔耍孩儿〕、〔红绣鞋〕仍在继续使用。在旧有的借自散曲的曲调中，〔寄生草〕还很是流行并出现了众多变体，除此之外，就整体而言，旧有的借自散曲的曲调远不如新创的歌谣时调专属曲调受欢迎，大多仅是偶尔出现。

除了新创的歌谣时调专属曲调、旧有的自创专属曲调和旧有的借自散曲的曲调，就目前资料来看，本时期内可以看到的新借自散曲的曲调仅有〔一江风〕、〔雁儿落〕、〔沽美酒〕、〔园林好〕、〔孝顺歌〕，这些曲调均为偶一借用，并没有成为歌谣时调的常用曲调继而呈现流行之势；其中除了〔一江风〕同时偶现于单支曲作和犯调中，其余曲牌均只在犯调形式的曲作中作为犯入曲使用过一两次而已。由此我们可以知道，清初至清代嘉庆末年，散曲在曲调方面已经几乎没有再对歌谣时调产生新的影响，这正是万历后期至明末散曲与歌谣时调在曲调方面互动趋势的延续。

（二）体制及做法方面

明嘉靖至明末期间，为数不多的明代歌谣时调中出现了类似散曲犯调、带过曲、套曲的形式，一些歌谣时调在创作方式上学习了散曲俳体形式中的翻谱体和集名体，这成为清代前中期大量歌谣时调形式繁复化以及歌谣时调大量改调作品出现的先声。清初至嘉庆末年间，歌谣时调延续了体制繁复化的趋势，类似散曲带过曲、犯调的形式继续出现在歌谣时调之中，翻谱改调的作品更是大量产生，表明散曲在体制做法上对歌谣时调的影响在本时期内有了很大发展，这种影响在歌谣时调中进一步铺展开来，多部歌谣时调集中的许多作品中均有体现，这正是对上一时期此方面互动趋势的延续与扩展。

在乾隆初年刊刻的《万花小曲》中有五十余首〔劈破玉〕，这些歌谣时调中有二十余首作品的内容、曲文都与明代《挂枝儿》中所收〔挂枝儿〕几乎一样，只是由于所用曲调不同，因而在句数、句式上略有出入，这些〔劈破玉〕就是对明代歌谣时调〔挂枝儿〕进行了翻谱改调。另外，其中的《西调鼓儿天》（五更一套）、《银纽丝五更十二月》、《玉娥郎四季十二月》、《金纽丝四大景》及《闺女思嫁》都是用数支曲子连缀成一套曲子，这也是散曲之多曲联套形式对歌谣时调影响的体现。

在《霓裳续谱》中，散曲在体制做法上对歌谣时调的影响体现得更加充分和广泛，类似散曲犯调、多曲联套的曲调组合形式及翻谱改调的情况在《霓裳续谱》收录的歌谣时调中屡见不鲜。在原有的一支曲子中间犯入几句其他曲子的曲词或者一支至数支另外曲调的曲子；或是在一支完整的曲子后加上另外一支完整的曲子，使作品在篇幅上加长；或者使用几支不同曲调的曲子连缀成完整的一套组曲；这些都是歌谣时调发展到清代体制繁复化的表现，同时这也正是散曲在体制形式上对歌谣时调产生影响的体现。另外，我们在《霓裳续谱》中还可以见到许多〔寄生草〕在内容与曲文上均与明代流传的〔挂枝儿〕、〔劈破玉〕几乎全部相同，它们之间实际上是翻谱改调的关系。

《白雪遗音》中的歌谣时调同样大量存在类似散曲多曲联套、犯调的形式和翻谱改调的情况。卷一至卷三中多曲联套和犯调形式的作品很是常见，卷一中的大量〔马头调〕是对《霓裳续谱》中的〔寄生草〕及明代歌谣时调中〔挂枝儿〕、〔劈破玉〕的翻谱改调。卷二中大量的〔马头调〕是对《霓裳续谱》中各种〔寄生草〕及明代歌谣时调中〔挂枝儿〕、〔劈破玉〕、〔玉沟调〕的翻谱改调，卷二中还有一些〔满江红〕与之前的〔马头调〕很相似，多首〔剪靛花〕与《霓裳续谱》中的〔剪靛花便音〕及〔岔曲〕相同，这些都是翻谱改调的创作方式。卷三中的一些作品也是对《霓裳续谱》中相关作品的翻谱改调。另外，我们在《白雪遗音》中还能看到几种集曲头的作品，这也是散曲俳体形式中的集名体对歌谣时调创作方式产生影响的一种体现。

除以上歌谣时调集之外，在其他一些清代歌谣时调集中也可以见到类似散曲套曲、犯调形式的歌谣时调和使用翻谱改调及集名体创作形式的歌谣时调，详细的情况将在论文附录中以表格形式呈现出来。

综合来看，这一时期歌谣时调中的套曲、犯调形式的作品及翻谱改调、集名体的创作方式已经不像上一时期那样只是少量现象，这些繁复化了的形式在清初至嘉靖末年间的歌谣时调中非常多见，反映了散曲在体制做法方面对歌谣时调的影响在明代中后期初露端倪之后，在二者的互动延续期内扩大化并铺展开来。散曲在体制做法上的一些特点为歌谣时调在体制形式上的繁复化提供了学习和参照的榜样，清代歌谣时调延续了上一时期对散曲体制做法的学习，并将这些形式进一步发扬光大。

（三）作品创作方面

“有清一代之曲，传奇固汗牛充栋，以数千计，而杂剧则其半犹不及焉。至于套数小令之专集，诚不数覯矣。”① 在清代散曲整体雅化衰落的大背景下，文人对散曲创作兴趣大减，散曲与歌谣时调在作家作品方面的互动也胜景难再，屈指可数的几位散曲家对歌谣时调的关注和学习仅能视作是对前一时期此方面互动的勉强延续罢了。

主要生活于顺治康熙间的蒲松龄（1640—1715 年）曾经做过一些拟歌谣时调作品，比如《新婚宴曲》、《尼姑思俗曲》等，对歌谣时调的喜爱和拟作使蒲松龄的散曲套曲《北正宫九转货郎儿》、《夜雨思夫曲》、《夜雨鳏夫思妻曲》和《五更合欢曲》等与清代绝大多数散曲作品明显不同，作品语言直白、多口语，风格情调也与歌谣时调非常相似，这在清代散曲坛实属难得。蒲松龄之外，这一时期也仅有沈谦、沈逢吉等极个别散曲家的作品还有些许歌谣时调风味。

总体来看，清初至嘉庆末年关注、喜爱歌谣时调的散曲作家只有寥寥几位，歌谣时调也仅是对这几位特殊散曲家造成了创作上的一点影响而已，这种影响难以扭转散曲整体雅化的发展趋势，在散曲发展史上几乎没有留下什么痕迹。

---

① 任中敏：《散曲概论》，任中敏编著《散曲丛刊》，凤凰出版社 2013 年版，第十四种，第 1033 页。

在本时期内，歌谣时调总体上没有对散曲作家作品创作造成什么明显的影响，而在一些文人的参与之下，歌谣时调中分化出了一类雅化的歌谣时调，它们已经不属于流行于民间的歌谣时调了，在这些作品中我们可以看到雅派散曲的许多特点：这些作品使用的曲牌原本是歌谣时调自创的专属曲调，但是语言、风格、情趣均带有明显的文人气息，写作手法与句式也明显受到文人散曲的影响，它们显然已经不是原来市井百姓间传唱流行的歌谣时调了。这些作品是民间歌谣时调与文人散曲互动融合而成的产物，其风格、情趣、情境皆为雅化的文人散曲作品所有，格调雅致、言语清丽但又不深涩隐晦；同时，它们所使用的曲调在形式韵律上的自由随意以及对歌唱性的兼顾又是民间歌谣时调的特点。当然，出现这些雅化的歌谣时调作品只是明清歌谣时调发展过程中的一个小插曲而已，这并没有改变歌谣时调在民间百姓间生长、传播和兴盛的大趋势。从另外一个角度来看，这个小插曲的出现恰恰也反映了散曲与歌谣时调之间的互动融合。

以上我们研究考察了清代初年至嘉庆末年间散曲和歌谣时调在所用曲牌、体制做法、作品创作等方面的关系，可以看到：自清代初年至嘉庆末年（1644—1820 年）的一百七十六年间，散曲与歌谣时调的互动在整体上延续了上一时期二者之间的互动情况，除了因受散曲影响和文人的插手而出现了雅化的歌谣时调之外，散曲和歌谣时调之间并没有出现新的互动点。本期内散曲与歌谣时调的互动整体上呈现出不平衡的状态：歌谣时调虽然仅零星借用了几种散曲曲调，然而散曲在体制做法上对歌谣时调的影响在本时期内却得以充分显现；与之相对的是，整个互动延续期内仅有几位散曲家将关注的目光投向歌谣时调并因此影响到自己的散曲创作；因而，从总体上看，在互动延续期内，散曲对歌谣时调的影响要多一些。

二　道光初年至清代末年：二者整体互动之消歇

晚清的散曲创作继续了清代前中期的复古趋雅，加上晚清文人对散曲创作兴趣不再，散曲坛一派衰残零落。歌谣时调与散曲的发展不复有任何交集，二者彻底分道扬镳，明清散曲与歌谣时调之间的互动也最终进入了“消歇期”。

首先，就现存可见资料而言，清代道光初年至清末间，歌谣时调中仅新出现了〔滚绣球〕一种新借自散曲的曲调，其余均为新创的歌谣时调曲调和旧有的自创曲调和借用曲调。

道光年间二石生的《十洲春语》记载了当时流行的歌谣时调名目："院中竞尚'小曲'，其所著者有：〔软𫐓〕、〔滩簧〕、〔离京〕、〔凄凉〕、〔四平〕、〔四喜〕、〔杭调〕、〔满江红〕、〔劈破玉〕、〔湘江浪〕、〔剪靛花〕、'五更月'、〔绣荷包〕、〔九连环〕、〔武鲜花〕、〔倒扳桨〕、'闹五更'、'四季相思'、'金银纽丝'、'七十二心'诸调，和以丝竹，如袅风花软，狎雨莺柔，颇觉曼回荡志。"① 主要生活于道光、咸丰、同治间的杨掌生在《京尘杂录》卷四中记载道："京城极重〔马头调〕，……几与南北曲同其传授。……南中歌伎唱〔马头调〕，皆小曲。北道邮亭抱琵琶入店小女子，唱〔九连环〕带都鲁，每卸装沽村酿解乏，听之亦资笑乐，皆与京城〔马头调〕不同也。"② 晚清钱塘范祖述在《杭俗遗风》"声色类"之"吹鼓手"条记录了当时杭州流行的歌谣时调名称："杭州之吹唢呐……吹出各样调头，最后如〔九连环〕、〔鲜花调〕、'闹五更'、'十八摸'之类，无不一一吹出，真一技之独能也。"③ 晚清黄协埙所作的《淞南梦影录》卷二记述了上海的时调流行情况："近日曲中竟尚小调，如〔劈破玉〕、〔九连环〕、'十送郎'、'四季相思'、'七十二心'之类。珠喉乍啭，如狎雨莺柔，袅风花软，颇足荡人心志。"④

同样，我们还可以通过当时歌谣时调集中收录的歌谣时调作品了解它们使用的曲调名称。

无名氏辑、清道光间的《鼓子曲钞》辑录了流传于河南的歌曲〔马头调〕、〔岭儿调〕、〔满江红〕。无名氏辑、清道光间的《京都小曲钞》中辑录了流传于北京的歌谣时调，它们所用曲调有〔黄鹂调〕、〔西调〕、〔边关调〕、〔呀呀呦〕、〔叠落金钱〕、〔倒扳桨〕、〔满江红〕、〔叠断桥〕。沈氏辑、清道光二十六年本《偶存各调》收录的是华东江浙流行的歌谣时调，所使用的曲调有〔平调〕、〔渔调〕、〔凤阳调〕、〔九连环〕、〔小郎

① 二石生：《十洲春语》，《笔记小说大观》，台北新兴书局1983年影印本，第五编第十册，第5533页。

② 杨掌生：《京尘杂录》，清光绪十二年上海同文书局石印本，第12页。

③ 范祖述：《杭俗遗风》，上海文艺出版社1989年影印本，第53页。

④ 黄协埙：《淞南梦影录》，葛元煦、黄协埙等《沪游杂记·淞南梦影录·沪游梦影》，上海古籍出版社1989年标点本，第115页。

儿〕、〔满江红〕、〔银纽丝〕、〔寄生草〕、〔剪剪花〕。无名氏辑、清代道光三十年刊刻的《曲里梅花》辑录了使用〔满洲歌〕、〔姐姐花〕(〔剪剪花〕)、〔满江红〕、〔起字调〕、〔太平调〕、〔下河调〕所作的歌谣时调。无名氏辑、清道光间的《俚曲钞》辑录了江浙一带的歌谣时调，使用的曲调有〔满江红〕、〔劈破玉〕、〔剪剪花〕、〔四季调〕、〔四喜调〕、〔青阳调〕、〔九连环〕。无名氏辑、道光间的《马头调曲词》中所录的四十首歌谣时调使用的曲调全部是〔马头调〕。清道光间《时兴杂曲》辑录了一百六十三首北方的歌谣时调，使用的曲调有〔马头调〕、〔起字调〕、〔满江红〕、〔北跌落金钱〕、〔寄生草〕、〔满洲歌〕、〔八角鼓〕。

现存清咸丰至清末的歌谣时调集中的作品仅有《苏州小曲集》中新出现了一种来自散曲的曲调名〔滚绣球〕。无名氏辑、清咸丰六年本《百万句全》收歌谣时调一百六十余首，有〔马头调〕、〔赶板〕、〔荡调〕几种。无名氏辑、清代咸丰年间苏州抄本《苏州小曲集》收入了苏州一带流传的〔挂枝儿〕、〔马头调〕、〔西江月〕、〔剪剪花〕、〔银纽丝〕、〔寄生草〕、〔吉祥草〕、〔满江红〕、〔湘江浪〕、〔湘江红〕、〔滚绣球〕等歌谣时调。清代贾永恩辑、光绪年间抄本《马头调八角鼓杂曲》辑录晚清时期北京流行的歌谣时调〔马头调〕、〔荡调〕、〔八角鼓〕。清代无名氏辑、宣统元年抄本《南京调词》辑录了晚清时南京地方流行的歌谣时调，所用曲调有〔满江红〕、〔八段景〕、〔南京调〕、〔红绣鞋〕，以〔南京调〕为最多。晚清方忍斋刊刻于光绪四年的《晓风残月》中也收录了许多歌谣时调，使用的曲调有〔满江红〕、〔耍孩儿〕、〔劈破玉〕、〔黄莺儿〕、〔南京调〕、〔准红调〕、〔边关调〕、〔剪剪花〕、〔倒扳桨〕、〔离京调〕、〔碧波玉〕。《清蒙古车王府藏曲本》的第三百一十四函第五册及第三百一十五函共四册也辑录了不少晚清流行的歌谣时调，它们使用的曲调有〔马头调〕、〔西江月〕、〔四川歌〕、〔福建调〕、〔岔曲〕、〔刮地风〕、〔湖广调〕。

通过这些材料，我们可以明显看到：自清道光至清末，歌谣时调新创的专属曲调虽不如上一时期数量众多，但是仍然不断出现，如〔杭调〕、〔南京调〕、〔福建调〕、〔湘江浪〕等。本时期内歌谣时调使用的曲调绝大多数是新创和旧有的歌谣时调自创专属曲调，旧的借自散曲的曲调仅有几种还在使用，如〔寄生草〕、〔黄莺儿〕、〔刮地风〕、〔耍孩儿〕、〔红绣鞋〕等，除此之外，本时期内仅偶然新见到一种借自散曲的曲调〔滚绣球〕。在明代后期歌谣时调向散曲借用曲调的大势逝去之后，清代前中期的歌谣时调中仅有零星可见的几种新借自散曲的曲调而已，那么本时期出现的“偶一借用”也只能是一种偶然现象。

其次，在体制做法方面，本时期内的歌谣时调没有出现什么新的来自散曲的形式及创作方式，歌谣时调也只是保留了以前学习散曲的痕迹，多曲联套的形式还比较多见，带过曲、犯调形式和翻谱改调已经不多见了。

最后，在作品创作方面，就目前可见的散曲作品和歌谣时调作品而言，我们未看到二者在此方面有什么互相影响的表现。

总而言之，道光初年至清代末年（1821—1911 年）的九十年间，散曲与歌谣时调之间在整体上几乎全无互动。在歌谣时调中我们还可以见到二者互动的结果，而在散曲中我们却几乎难以觅到二者互动过的痕迹，散曲在走向末路的同时，与歌谣时调也几乎没有再出现过什么交集。

本章小结

在对相关资料进行认真梳理、考察和归纳之后，我们既可以比较清晰地看到明清散曲和歌谣时调的互动在数百年间所经历的由初起到兴发、继而延续、终至消歇的纵向动态轨迹，又可以较为全面地了解到二者互动的整体情况以及每一阶段内明清散曲与歌谣时调进行互动的具体状况和不同特点，以下就本章的研究内容做以小结。

从整体上看，从宣德元年至正德末年（1426—1521 年）的近百年间，歌谣时调与散曲的关系主要表现于散曲在曲牌这个方面对歌谣时调的单方面影响，就明清散曲与歌谣时调整体互动的宏观视角来看，这一时期可以称为明清散曲与歌谣时调的“互动初起期”。自嘉靖元年至明代末年（1522—1644 年）的百余年间，散曲与歌谣时调的互动整体呈现出全面兴发的状态，二者在所用曲调、体制做法、作家作品创作等方面全面开始并展开了相互影响，在彼此的发展过程中留下了不容忽视的痕迹。整体来看，本时期内散曲与歌谣时调的互动呈现出基本平衡的状态的，这一时期可谓明清散曲与歌谣时调的“互动兴发期”。

自清代初年至嘉庆末年（1644—1820 年）的一百七十六年间，散曲与歌谣时调的互动只是在整体上延续了上一时期二者之间的互动情况，除了雅化歌谣时调的出现体现了二者间新的互动交融之外，散曲和歌谣时调之间并没有出现更多新的互动点。本时期内散曲与歌谣时调的互动在整体上呈现出不平衡的状态，这一时期是明清散曲与歌谣时调的“互动延续期”。道光初年至清代末年（1821—1911年）的九十年间，散曲与歌谣时调之间在整体上几乎全无互动。歌谣时调与散曲的发展不复有任何交集，二者彻底分道扬镳，明清散曲与歌谣时调的互动也最终进入了“互动消歇期”。

综上所述，自明代前期至清末的五百多年间，明清散曲与歌谣时调在沿着各自的道路不断发展演变的同时，在不同方面时时出现碰撞与交汇，我们将这些碰撞交会点串联之后，可以清晰地看到：明清散曲和歌谣时调的整体互动经历了互动初起期、互动兴发期、互动延续期和互动消歇期几个阶段。在不同的互动阶段里，明清散曲与歌谣时调相互产生影响的方面是不同的：在互动初起期，二者之间的关系主要表现为散曲在曲调方面对歌谣时调的单方面影响；在互动兴发期，散曲在曲调方面对歌谣时调的影响力渐渐削减，在体制做法方面对歌谣时调的影响初步显现，同时歌谣时调也对散曲家的创作产生了不容忽视的影响；在互动延续期，散曲在曲调方面几乎不再对歌谣时调产生影响，在体制做法方面对歌谣时调的影响却进一步发展并全面铺展开来，而歌谣时调则几乎没有在散曲发展中留下新的痕迹。由此可见，在不同阶段内，明清散曲与歌谣时调互动的具体情况各有不同，散曲与歌谣时调二者间学习者与被学习者的身份是不断变化的，它们彼此间的影响力在不同阶段的不同方面也是不平衡、没有平均分配的。明清散曲与歌谣时调互动的种种形式和表现、不同阶段的不同特点其实也正体现出了文学发展过程的复杂性和多样性，体现了文学现象不拘一格的存在状态。

第二章

明清散曲与歌谣时调的互动原因及发生环境

通过对明清散曲和歌谣时调整体互动情况的观照，我们可以清晰地看到二者互动的轨迹：即明清散曲和歌谣时调的整体互动经历了初起期、兴发期、延续期和消歇期四个阶段。在不同阶段内，明清散曲和歌谣时调互相产生影响的具体方面和表现各有不同，相互之间施与影响的程度也各有差异。“文变染乎世情，兴废系乎时序”①。“文艺之事，言派别不如言风会。……言风会，则国运之隆替、人才之高下、体制之因革，皆与有关焉。”② 一体文学之发展如是，就明清散曲与歌谣时调之关系来看，二者的具体互动情况也是与不同时期的政治文化环境、文艺思潮、文人的创作观念、双方的发展流播状况等因素密切相关的。正是由于诸种因素在不同时期的不同作用，造成了明清散曲和歌谣时调在各个阶段整体互动情况的差异和各个方面具体互动表现的多样存在形式。

第一节　明清散曲受到歌谣时调影响的原因

在第一章之中，我们通过梳理可以发现：明清歌谣时调对明清散曲的影响主要集中于具体作家的作品创作方面，与此同时，个别散曲家的散曲创作理念也在一定程度上受到了歌谣时调的影响。就时间阶段而言，明清时期民间的歌谣时调主要在明代中后期对散曲产生了较为明显的影响，入

① 刘勰著，范文澜注：《文心雕龙注》，人民文学出版社 1958 年版，第 675 页。

② 刘永济：《词论》，上海古籍出版社 1981 年版，第 49 页。

清之后，整个散曲创作几乎再难看到向民间歌谣时调学习之痕迹，仅有极个别曲家的曲作从民间歌谣时调中汲取了一些营养。这种学习时间方面的差异与不同时期的社会政治环境、文化思潮、散曲发展状况及文士们对民间歌谣时调的态度等因素密切相关。

一　明清社会文化思潮中文人对歌谣时调的不同态度

明代潘之恒《亘史》"杂篇"卷四"吴歌（华亭宋新记）"条曰："唐初之诗，诸公以唱为高。自宋代以调兴，而歌诗之法废。金、元以北九宫兴，而歌调之法废。元迄我朝，以南曲兴，而北曲废。譬之于礼，诸体犹羊，而歌音犹告朔也。废告朔而供羊，不可为礼；废歌音而存体，不可为乐。故诗废歌，而唐人始独擅诗矣。词废歌，而宋氏始独擅词矣。北音废歌，而金、元始独擅北音矣。此固披卷自见，按世可推者也。吴歌自古绝唱，至今未亡。余少时颇闻其概。会历年奔走四方，乙未孟夏，返道姑胥，苍头七八辈皆善吴歌。因以酒诱之，迭歌五六百首。……皆文人骚士所啮指断须而不得者，乃女红田畯以无心得之于口吻之间。岂非天地之元声，匹夫匹妇所与能者乎？"①

唐诗、宋词、元代北曲原本均源自民间且皆可歌唱，这些诗体文学与民间广泛传唱的歌曲都曾经有着密切关系，也就是在被文士们把玩既久、渐渐失去歌唱性之后，唐诗、宋词、元代北曲遂成为一代之文人文学。与它们相对应的，包括潘之恒所言"自古绝唱，至今未亡"的"吴歌"在内的众多民间歌曲，无论是否得到文士们的关注，都在大众百姓间自在生长、自由传唱、绵延生息。虽然每个朝代民间传唱的歌曲在存在形式上千差万别、具有每个时期的独特性，然而它们却又都是一脉相承的。明清歌谣时调承袭中国古代民间歌曲发展之脉络，同时又展现了特定时期民间歌曲的特殊风采，在明清两代的市井闾阎、田间巷陌广泛流播。这些生机勃发的歌谣时调在明清两代的民间广受欢迎，但是明清不同时期的文人尤其是左右当时文化文学思潮的文人们对它们的态度却大相径庭，这对不同时期散曲家们对待民间歌谣时调的态度造成了很大影响。

---

① 潘之恒：《亘史》，俞为民、孙蓉蓉编《历代曲话汇编：新编中国古典戏曲论著集成》，黄山书社 2009 年版，明代编第二集，第 187 页。

（一）明代社会文化环境中文士对歌谣时调之态度

明代初年，天下甫定，战乱纷争结束之后，统治者开始致力于政治、经济和文化建设以确保大明江山的稳固。在政治稳定、经济复苏、国家渐趋富强、百姓逐渐安居的同时，明代前期尤其是前五十余年间的思想文化却呈现一派萧索气象。尽管《明史·太祖本纪》颂扬明太祖“礼致耆儒，考礼定乐，昭揭经义，尊崇正学，加恩胜国，澄清吏治，修人纪，崇风教”①，永乐年间大学士杨荣称颂明成祖“天朝兴礼乐教化，以成当代文明之盛，肇千万世治平之基”②，但是实际上，明太祖、明成祖的一系列诸如推行科举、崇尚朱学、诛戮文人的举措却令其时之思想文化受到严重摧残，文人士大夫们大多谨慎驯顺、小心维诺，文坛多歌功颂德之音和雍容和平的庙堂气象，全无活泼自由的生机。明初叶后期，“土木”、“夺门”等重大事变使明室专制统治受到极大撼动，随着君权的削弱，言路逐渐放宽，政治思想环境逐渐趋于宽松。及至明代中叶，士气振拔、人才迭出、士林呈现一派革故鼎新的新气象，崇尚心性自由和个性张扬的启蒙新思想为文化界和文坛注入了活力，加之城市经济的初步繁荣和弃简求奢之风的初步显现，文学创作呈现出了多元并存、平民色彩初现的特色。明代后期，随着城市经济的发展和市镇的繁荣，市民阶层逐渐发展成为不容忽视的新兴社会力量；与此同时，在文人士子之间，“嘉、隆而后，笃信程朱，不迁异说者，无复几人矣”③。趋俗求异、重情尚真的思想潮流风行于世，对文化文学界造成了巨大影响。

就明代社会文化思潮发展的整体潮流来看，在封建纲纪礼法松弛、启蒙新思想出现和传播、市民阶层崛起等诸因素的共同作用下，自明代中叶始，文化文学界趋俗入俗、关注市井众生世俗生活的潮流就已初现端倪，至明代后期及晚明，这种风潮更是体现在了众多文人士大夫的生活方式、人生趣味、审美观念、文学创作等诸多方面。陶奭龄《小柴桑喃喃录》卷下有言，“士大夫膏肓之病，只是一俗。世有稍自脱者，即共命之为

① 张廷玉等：《明史》，中华书局1974年排印本，第56页。

② 杨荣：《京闱试录序》，《杨文敏公集》卷13，《明人文集丛刊》，台北文海出版社1970年影印本，第4种，第602页。

③ 张廷玉等：《明史·儒林传论》，中华书局1974年排印本，第7222页。

迂、为疏、为腐。于是一入仕途，即相师相效，以求入乎俗而后已，如相捽而饮狂泉，亦可悲矣！”[①] 可见，被陶奭龄视为“可悲”的趋俗入俗在当时士大夫之间的确是一种潮流。在明代中后期，这种关心市井细民日用之事、欣赏市民世俗生活以至于以俗为尚的美学、文学观念在文人之间屡见不鲜。李贽在《焚书·答耿司寇》中说道：“市井小夫，身履是事，口便说是事，作生意者但说生意，力田作者便说力田。凿凿有味，真有德之言，令人听之忘厌倦矣。”[②] 万历六年（1578年）许邦才在《重刻明农轩乐府序》中也说道：“风之变也必于俗，而元声之求亦必由俗，盖自然之流通而和平之感化，非强之而使从胁之而后得也。”[③] 袁宏道认为：“若能打倒自家身子，安心与世俗人一样，非上根宿学不能也。”[④] 钟惺以为“通人作俗事，自有深意”[⑤]。徐渭则认为戏剧创作“越俗越家常”、“越俗越雅”[⑥]，其杂剧创作中即表现出抑雅扬俗的观念，如《歌代啸》凡例有言，“此曲以描写谐谑为主，一切鄙谈猥事俱可入调，故无取乎雅言”[⑦]，《楔子》中开场〔临江仙〕即道：“谩说矫时励俗，休牵往圣前贤。……探来俗语演新编，凭他颠倒事，直付等闲看。”[⑧] 袁宏道亦曾宣称诗文创作应当“宁今宁俗，不肯拾人一字”[⑨]。诸如此类的观点在明代中后期尤其晚明很是多见。

与趋俗入俗相伴相生、互为表里的实质是文人们对于“情”和“真”的推崇与珍视。在这种背景之下，深入世俗生活的文人士大夫们将风行于市井百姓之间、俚俗却饱含真情真趣的歌谣时调视若珍宝、大加赞赏便是自然而然之事了。自明代中叶至明代末年，许多文人关注并记录了民间歌

---

① 陶奭龄：《小柴桑喃喃录》，明末刻本，第61—62页。

② 李贽：《焚书·续焚书》，中华书局1975年版，第30页。

③ 谢伯阳编：《全明散曲》，齐鲁书社1994年版，第2347—2348页。

④ 袁宏道：《德山麈谈》，袁宏道著，钱伯城笺校《袁宏道集笺校》，上海古籍出版社2008年版，第1299页。

⑤ 钟惺：《阮裕》，《隐秀轩集》，上海古籍出版社1992年标点本，第432页。

⑥ 徐渭：《徐文长佚草》，《徐渭集》，中华书局1983年版，第1093页。

⑦ 徐渭：《歌代啸》，《徐渭集》，中华书局1983年版，第1232页。

⑧ 同上书，第1233页。

⑨ 袁宏道：《与冯琢庵师》，袁宏道著，钱伯城笺校《袁宏道集笺校》，上海古籍出版社2008年版，第781—782页。

谣时调的流行情况，有的还亲自投入大量精力搜集整理歌谣时调，这其中不乏当时在正统文坛极具影响力的领袖人物。这固然显示了民间歌谣时调的极大魅力，然而也与明代中后期新的社会文化思潮的出现有着极为密切的关系。

明代中叶，文坛领袖、“前七子”之首李梦阳就已明确表示了对民间歌谣时调的赞赏。李梦阳在《诗集自序》中记录道：“曹县盖有王叔武云，其言曰：‘夫诗者，天地自然之音也。今途咢而巷讴，劳呻而康吟，一唱而群和者，其真也，斯之谓风也。孔子曰：‘礼失而求之野。’今真诗乃在民间。……故真者，音之发而情之原也，非雅俗之辨也’。”[①] 李梦阳对王叔武“真诗乃在民间”的观点深表赞同，感叹道：“予尝聆民间音矣。其曲胡，其思淫，其声哀，其调靡靡，是金元之乐也，奚其真”[②]。此外，李梦阳还在《空同集》卷六记录了一首名曰《郭公谣》的民间歌谣，其后有一段“附记”：“李子曰：世尝谓删后无诗，无者谓雅耳，风自谣口出，孰得而无之哉？今录其民谣一篇，使人知真诗果在民间。于乎，非子期孰知洋洋峨峨哉”[③]！由此可见，李梦阳出于对“真”的重视而大加肯定民间歌谣时调，李梦阳对民间歌谣时调的态度还得到了同为“前七子”领袖的何景明的赞同。李开先《词谑》之“时调”条有记录云：“有学诗文于李崆峒者，自旁郡而之汴省。崆峒教以：‘若似得传唱〔锁南枝〕，则诗文无以加矣。’请问其详，崆峒告以：‘不能悉记也，只在街市上闲行，必有唱之者。’越数日，果闻之，喜跃如获重宝，即至崆峒处谢曰：‘诚如尊教。’何大复继至汴省，亦酷爱之，曰：‘时调中状元也。如十五国风，出诸里巷妇女之口者，情词婉曲，有非后世诗人墨客操觚染翰、刻骨流血所能及者，以其真也’。每唱一遍，则进一杯酒，终席唱数十遍，酒数亦如之，更不及他词而散。”[④] 身为“嘉靖八才子”之一的李开先同样也对歌谣时调表达了赞赏之意，他在《〈市井艳词〉

① 李梦阳：《空同先生集》，台北伟文图书出版社有限公司 1976 年影印本，第四册，第 1436—1437 页。

② 同上书，第 1436 页。

③ 李梦阳：《空同集》，上海古籍出版社 1991 年影印本，第 44 页。

④ 李开先：《词谑》，李开先著，卜键笺校《李开先全集》，文化艺术出版社 2004 年版，第 1276 页。

序》中称歌谣时调“语意则直出肝肺，不加雕刻，俱男女相与之情，虽君臣友朋，亦多有托此者，以其情尤足感人也。故风出谣口，真诗只在民间”[①]。李开先不仅表明了与李、何二人同样的态度，还进一步肯定和提高了歌谣时调的价值，认为只有民间的歌谣时调才可被称为“真诗”。

除此之外，明代中后期还有一些文坛大家也对歌谣时调表现出了毫不吝惜的赞美。徐渭在《奉师季先生书》中说：“乐府盖取民俗之谣，正与古国风一类。今之南北东西虽殊方，而妇女儿童、耕夫舟子、塞曲征吟、市歌巷引，若所谓《竹枝词》，无不皆然。此真天机自动，触物发声，以启其下段欲写之情，默会亦自有妙处，决不可以意义说者，不知夫子以为何如?”[②] 袁宏道在《叙小修诗》中有言：“吾谓今之诗文不传矣。其万一传者，或今闾阎妇人孺子所唱〔擘破玉〕、〔打草竿〕之类。犹是无闻无识真人所作，故多真声，不效颦于汉、魏，不学步于盛唐，任性而发，尚能通于人之喜怒哀乐、嗜好情欲，是可喜也。”[③] 其诗作《答李子髯》中的“当代无文字，闾巷有真诗。却沽一壶酒，携君听竹枝”[④] 也表达了相同的意思。冯梦龙也从重视真情的角度肯定了民间歌谣时调：“书契以来，代有歌谣。太史所陈，并称风雅尚矣。自楚骚唐律，争妍竞畅，而民间性情之响，遂不得列于诗坛，于是别之曰‘山歌’，言田夫野竖矢口寄兴之所为，荐绅学士家不道也。……桑间濮上、《国风》刺之，尼父录焉，以是为情真而不可废也。山歌虽俚甚矣，独非郑、卫之遗欤！且今虽季世，而但有假诗文，无假山歌。则以山歌不与诗文争名，故不屑假，苟其不屑假，而吾藉以存真。”[⑤] 另外，曲学理论家王骥德也对民间歌谣时调赞赏有加：“北人尚余天巧，今所流传〔打枣竿〕诸小曲，有妙入神品者。南人苦学之，决不能入。盖北之〔打枣竿〕，与吴人之山歌，不必文士，皆北里之侠，或闺阃之秀，以无意得之，犹诗郑、卫诸风，修《大

---

① 李开先：《〈市井艳词〉序》，《闲居集》，李开先著，卜键笺校《李开先全集》，文化艺术出版社 2004 年版，第 469 页。

② 徐渭：《徐文长三集》，《徐渭集》，中华书局 1983 年版，第 458 页。

③ 袁宏道著，钱伯城笺校：《袁宏道集笺校》，上海古籍出版社 2008 年版，第 188 页。

④ 同上书，第 81 页。

⑤ 冯梦龙：《叙山歌》，《明清民歌时调集》（上），上海古籍出版社 1987 年版，第 269 页。

雅》者反不能作也。”①

由此可见，在趋俗重情、入俗求真的文化思潮中，原本不登大雅之堂，常被一些正统文人忽略鄙视的民间歌谣时调，于明代中后期却因其所具备的真情真趣而得到众多文坛大家的关注和赞赏。这些文坛大家对歌谣时调的态度自然成为一种风向标，带动更多的文人不带任何心理负担地去接触、关注甚至学习民间歌谣时调，继而对包括散曲创作在内的文人文学创作带来了一些不容忽视的影响。

（二）清代社会文化环境中文士对歌谣时调之态度

明清易代、江山易主给明清之际的文人带来了天崩地裂般的震动，文人文学创作因此呈现出全然不同的面貌。与此同时，在民间生长传播的歌谣时调并未因朝代的更迭停止其蓬勃生长的势头，而是以更为多姿的形态继续在百姓细民间口耳相传。然而，与明代中后期明显不同的是，这些受到市井平民喜爱的歌谣时调却未继续得到正统文坛大家或是有号召力的著名文士的青睐，众多文士关注、赞赏歌谣时调从而形成一股潮流在清代更是无从谈起，有关清代民间歌谣时调存在和流传状况的记载常常仅存于一些影响力有限的下层文人笔记杂著之中。清代文人对待歌谣时调的态度，当然也与清代的政治文化氛围有着密切关系。

由于清朝的统治者是自关外而入的满洲贵族，因而清代初年的民族矛盾异常尖锐，汉族文人士夫及平民庶众反对清廷统治的斗争异常惨烈，直至康熙前期平定“三藩之乱”、收复台湾之后，清王朝才基本实现了全国范围内的江山稳固。为了稳定和巩固政权，入关之前就已有较多汉化、熟习中原政治运作模式和士人文化心理的满族统治者重新确立了程朱理学在思想文化界的正统地位，一批“理学名臣”如孙奇逢、汤斌、李光地等均在朝中身居要职。与此同时，清朝统治者还对广大汉族文人恩威并施，以优容有加和残酷整治两手来驯服汉族知识分子，使之不敢有丝毫对封建专制统治不利的“异想异行”，而是驯顺笃定地为装点新朝的文治繁荣、学术昌明穷尽才智和生命。《清史稿·儒林传》有记：“清兴，崇宋学之

---

① 王骥德：《曲律》，顾廷龙主编《续修四库全书》，上海古籍出版社 2002 年影印本，子部，第 1758 册，第 470 页。

性道，而以汉儒经义实之。御纂诸经，兼收历代之说。”① 自康熙朝开始，统治者策划组织了一系列大规模的书籍编纂工程，《古今图书集成》、《佩文韵府》、《康熙字典》、《明史》、《四库全书》、《大藏经》、《骈字类编》、《清文献通考》等文化学术典籍相继告竣。此外，自乾隆中期至嘉庆年间，学术界盛行考据之风，许多优秀的文人学士致力于训诂考据之学，毕生流连于古代文史经典之中。客观上来看，这些书籍整理编纂工程和考据训诂之学为后世留下了非常丰厚的文化遗产和丰硕的研究成果，但是在当时却使得文人士子的思想空间日益狭窄，消解和牵制了广大文人探索和表达自由思想、创新求变的勇气和精力，对复古崇雅、离新弃俗的思想潮流起到了引导和推进的作用。

在经史学界崇雅复古的大背景下，正统文学界盛行学古复古、崇尚雅正之风亦是在情理之中。清代诗词文坛上先后出现的具有影响力的各派各家或者取法于秦汉大家、或者直承唐宋名家衣钵，各家取法先人门径虽异，然学古复古的实质却甚是一致。在清代的主流正统文坛之上，承袭前人者屡见不鲜，开创新说表达自由心性者寥若晨星，而能够像明代中后期文人一样将眼光投向当代之民间、大力赞颂民间歌谣时调以致形成一时风潮的情形更是难以得见。此外，与崇雅复古文化思潮相伴而存的是崇雅鄙俗的文体观念。钦定《四库全书总目》集部五十一“词曲类”提要有云：“词曲二体，在文章技艺之间。厥品颇卑，作者弗贵，特才华之士以绮语相高耳。”② 《四库全书总目》还在对明代王九思《碧山乐府》所作的“提要”中论及散曲，其中说道：“故论其体格，于文章为最下，而入格乃复至难。……是编所录……可谓声音文字兼擅其胜，然以士大夫而殚力于此，与伶官歌妓较短长，虽穷极窈眇，是亦不可以已乎！”③ 在这种官方态度的影响之下，清代做散曲者大为减少，而在正统文人眼中比散曲更加等而下之的民间歌谣时调，就更是难以获得具有影响力的文士们的注目和赞赏了。

---

① 赵尔巽：《清史稿》，顾廷龙主编《续修四库全书》，上海古籍出版社2002年影印本，史部，第300册，第186页。

② 永瑢等：《四库全书总目》，中华书局1965年影印本，第1807页。

③ 同上书，第1836页。

此外，清政府对于民间歌谣时调创作与传播的数次严令禁止也是歌谣时调难以得到著名文人关注赞赏的另一重要原因。清统治者规定："凡有狂妄之徒，因事造言，捏成歌曲，鄙俚喋亵，刊刻流传，沿街唱和者，内外各地方官即时察拿，照不应重律治罪，若有妖言惑众等词，仍照律治罪。"① 统治者不仅严禁民间随意编制歌曲，而且还对刻印售卖者严加制裁。康熙二年，官方曾经颁布"禁私刻琐语淫词"的法令："康熙二年议准，嗣后如有私刻琐语淫词，有乖风化者，内而科道，外而督抚，访实何书系何人编造，指名题参，交与该部议罪。"② 康熙五十三年清政府又颁布相关禁毁法令，其中说道："近见坊间多卖小说淫词，荒唐俚鄙，殊非正理；不但诱惑愚民，即缙绅士子，未免游目而蛊心焉。所关于风俗者非细。应即通行严禁，其书作何销毁，市卖者作何问罪，著九卿詹事科道会议具奏。寻议，凡坊肆市卖一应小说淫词，在内交与八旗都统、都察院、顺天府，在外交与督抚，转行所属文武官弁，严查禁绝，将板与书，一并尽行销毁。如仍行造作刻印者，系官革职，军民杖一百，流三千里；市卖者杖一百，徒三年。该管官不行查出者，初次罚俸六个月，二次罚俸一年，三次降一级调用。"③ 此项禁令于雍正二年、乾隆三年、嘉庆七年④均作为定例重新颁布施行。清同治七年（1868年）江苏巡抚丁日昌就任之初就两次查禁"淫词小说"，还专门开列了具体书目、篇目以明确查禁的对象，其中就包括"小本淫词唱片目"⑤。这些禁绝歌谣时调的政令和举动对于民间歌谣时调的实际生长和传播并没有造成很大的负面影响，清代民间歌谣时调蓬勃生长的状态即是明证。然而，慑于大清律例之严，见惯文字狱酷烈之威的清代文人，尤其是在文化学术界有影响的文士，却不会冒着触犯刑律之险，像明代中后期文人那样去亲近和公然赞赏民间歌谣时调。

由此可见，在清代文化界整体上复归雅正、崇雅鄙俗的文化氛围中，

---

① 王利器辑录：《元明清三代禁毁小说戏曲史料》（增订本），上海古籍出版社1981年版，第29页。

② 同上书，第23页。

③ 同上书，第27—28页。

④ 同上书，第32、41—42、56页。

⑤ 同上书，第145页。

清代的民间歌谣时调没有得到如明代中后期那样的文人关注度，我们大多只能在一些影响力很有限的下层文人笔记杂著中见到有关歌谣时调流传情况的记载（上一章“互动轨迹研究”中多有显示，此处不再重复），且这些记录多是对它们流行传播状况的客观实录，很少有如明代中后期文人那样的对歌谣时调的珍视赞美之词。

二　散曲家对歌谣时调的态度以及学习歌谣时调的环境

在上一部分中，通过分析比较我们可以明显看到，由于社会政治背景和文化思潮的巨大差异，明代中后期文士与清代文士尤其是有文坛号召力的文士对待歌谣时调的态度非常不同，这种不同的态度当然也会对处于不同时期文化文学场中的散曲家造成影响。处于不同社会文化思潮之中，加诸具体散曲家经历、性情与喜好的差异，从而最终决定了不同时期散曲创作受到民间歌谣时调影响的具体情况。

（一）明代散曲的发展状况、散曲家对歌谣时调的态度及学习歌谣时调的环境

何良俊《曲论》中有言：“祖宗开国，尊崇儒术，士大夫耻留心辞曲。”① 朱明王朝建立之后，统治者对人才的培养和选拔非常重视，着意规定“四书五经”作为学校教育和科举考试的主要内容，文人学士晋身仕途的机会与元代相比大为增加，文士举子们怀着用世报国之心苦读诗书、锐意进取，期望跻身仕途以展露才华、实现抱负。因而，此时醉心于四书五经、科举八股的文人士子比比皆是，顺利入仕者摄于统治者的严威亦恭谨驯顺，文坛多为雍容端和的庙堂景象和盛世之音。另外，明初对民间娱乐也是严加控制，对有违禁令者予以严厉打击。《客座赘语》卷十“国初榜文”记录：“洪武二十二年三月二十五日，奉圣旨：‘在京但有军官军人学唱的，割了舌头；下棋打双陆的，断手；蹴圆的，卸脚；做买卖的，发边远充军。’府军卫千户虞让男虞端故违吹箫唱曲，将上唇连鼻尖割了。”② 清代李光地《榕村语录》卷二十二“历代”记载道：“元时，

---

① 何良俊：《四友斋丛说》，上海古籍出版社 2012 年校点本，第 243—244 页。

② 顾起元：《客座赘语》，《明代笔记小说大观》，上海古籍出版社 2005 年校点本，第二册，第 1462 页。

人多恒舞酣歌，不事生产。明太祖于中街立高楼，令卒侦望其上，闻有弦管饮博者，即缚至，倒悬楼上，饮水三日而死。”① 在这种背景下，散曲创作并未随着明朝国势的趋稳而呈现发展繁荣的态势，在以汤式、贾仲明为代表的身历两朝的“国朝一十六人”相继离世之后，散曲发展进入了空前的衰落期，自永乐后期至成化前期的半个多世纪中，散曲坛上勉强支撑局面的只有朱有燉、朱权和李昌祺三人。

明代散曲创作的低迷状态在明代中期有了改观。《明史》卷一八五《赞》曰：“明至英宗以后，幸门日开，传奉请乞，官冗役繁，用度奢汰，盛极孽衰，国计坐绌。……国家当承平殷阜之世，侈心易萌，近习乘之，靡费日广。”② 与风气的转变相继，明代中期出现了几位喜好娱乐及俗乐曲词的帝王。李开先《〈张小山小令〉后序》记载道：“人言宪庙好听杂剧及散词，搜罗海内词本殆尽。又武宗亦好之，有进者即蒙厚赏。如杨循吉、徐霖、陈符所进，不止数千本。”③ 《明史·乐志》中记录道“正德三年，武宗谕内钟鼓司康能等曰：‘庆成大宴，华夷臣工所观瞻，宜举大乐。迩者音乐废缺，无以重朝廷。’礼部乃请选三院乐工年壮者，严督肄之，仍移各省司取艺精者赴京供应。顾所隶益猥杂，筋斗百戏之类日盛于禁廷。既而河间等府奉诏送乐户，居之新宅。乐工既得幸，时时言居外者不宜独逸，乃复移各省司所送技精者于教坊。于是乘传续食者又数百人，俳优之势大张。臧贤以伶人进，与诸佞倖角宠窃权矣。”④ 正德皇帝不仅宠信伶人臧贤，还对臧贤举荐的擅长制作词曲的文人徐霖、杨循吉等宠爱有加。何良俊《四友斋丛说》卷十八有：“徐髯仙少有异才，在庠序赫然有声，南都诸公甚重之。……后武宗南巡，献乐府，遂得供奉。”⑤ 《明史·文苑传》有杨循吉因制曲获宠的记录：“武宗驻跸南都，召赋《打虎曲》，称旨，易武人装，日侍御前为乐府、小令。”⑥ 除了宠幸擅制词曲的

---

① 李光地：《榕村语录》，中华书局 1995 年点校本，第 402 页。

② 张廷玉等：《明史》，中华书局 1974 年标点本，第 4912 页。

③ 李开先：《〈张小山小令〉后序》，《闲居集》，李开先著，卜键笺校《李开先全集》，文化艺术出版社 2004 年版，第 533 页。

④ 张廷玉等：《明史》，中华书局 1974 年标点本，第 1509 页。

⑤ 何良俊：《四友斋丛说》，上海古籍出版社 2012 年校点本，第 116 页。

⑥ 张廷玉等：《明史》，中华书局 1974 年标点本，第 7351 页。

文人，明武宗本人也“制小词，有‘野花偏有色，村酒醉人多’”[①]之语。统治者对娱乐及散曲的喜爱在某种程度上对明代散曲的复兴乃至繁荣起到了一定的推动作用。

自明代成化后期开始，随着个性自觉新思潮的涌动和江南城市经济的日益繁荣及豪奢风习在江南的逐渐盛行，陈铎、王磐、祝允明、唐寅等江南才子借散曲舒展才华，以市井气息颇为浓厚的散曲创作率先打破了散曲坛衰残的局面，将明代散曲带入复兴。之后的正德嘉靖曲坛更是呈现出一派繁盛景象，康海、王九思、常伦、李开先、冯惟敏等北派散曲家与杨廷和、沈仕、杨慎、金銮等南派散曲家的创作交相辉映，风格各异、才情流溢的佳篇杰作纷纷闪耀着各自的光彩。此后直至明代末年，散曲创作并未随明朝国势之衰而同趋衰落，反而承续了前一时期的繁荣态势，除了梁辰鱼、王骥德等散曲家以南曲创作的香软婉丽之作大量涌现，成为散曲坛上一大盛景之外，还有诸如薛论道、施绍莘等极具个性的散曲家所创作的不同于流风的别样佳作，这些散曲作家共同绘制了明代后期散曲创作的斑斓图景。

纵观明代散曲的发展可以看到，虽然明代散曲总体上有向着讲究格式音律、追求写作技巧、注重语词锤炼等雅致化方向发展的趋势，但是并非每位散曲家的创作均是如此，散曲家们也并未刻意避俗，明代散曲在整体雅致化的趋势中时时会跃出充满俚俗趣味的浪花、不少曲作亦充满了市井气息。这种情形的出现，既与文人文学创作的一般规律相符合，又与明代中后期文化文学领域趋俗入俗、尚俗师俗的思想潮流有关。与此同时，在趋俗入俗的潮流盛行之时，许多散曲家在深入市井街巷或流连青楼歌馆时，会自然而然地接触到彼时盛行的民间歌谣时调；也是由于身处于尚俗师俗的文化潮流之中，一些散曲家会不带任何心理负担地学习和模拟民间歌谣时调，还有一些散曲家则会不自觉地在散曲创作中受到民间歌谣时调风格的影响。

明代中后期至明末，由于个性解放新思潮的影响和城市经济生活的发展繁荣，声色之好受到文人士大夫的肯定并成为一种时尚。李梦阳就曾对声色之存在进行了充分肯定，认为声色乃是天地之间自然生长、不可或缺

① 钱谦益：《列朝诗集小传》，上海古籍出版社2008年标点本，第4页。

之物："五音令人耳聋，五色令人目盲，人自聋自盲耳，音色使之哉？阴阳消长，五行生克，发之声为音，吐其采为色，腾之为气，滋之为味。天以之成，人以之生，贪者戕，淫者荒，音色之罪哉？"① 在肯定了声色存在的合理性之后，李梦阳进而认为人沉溺于声色之间不足为怪，乃是合乎情理之事："天地间惟声色，人安能不溺之？声色者，五行精华之气以之为神者也。凡物有窍则声，无色则敝，超乎此而不离乎此，谓之不溺。"② 李梦阳的观点在当时颇有代表性，我们亦可以在一些史料中见到许多士夫文人耽于声伎的记录。《明史·文苑传二》中记录了康海、王九思在罢归之后沉溺于声伎，"每相聚沜东鄠、杜间，挟声伎酣饮，制乐造歌曲，自比俳优，以寄其怫郁。九思尝费重赀购乐工学琵琶，海擪弹尤善"③。何良俊《四友斋丛说》记载顾璘"每燕必用乐，乃教坊乐工也，以筝琶佐觞"④，文徵明"最喜童子唱曲，有曲则竟日亦不厌倦"⑤；此外，"西北士大夫饮酒，皆用伎乐"⑥，"北方士大夫家，闺壶女人，皆晓音乐，自江以北皆然。扬州人言，朱射陂夫人，琵琶绝高"⑦；李开先罢归后，家中蓄养"戏子几二三十人，女妓二人，女僮歌者数人"⑧；何良俊"小时喜听曲，中年病废，教童子习唱，遂能解其音调，知其节拍而已"⑨，等等。

除了在家中蓄养乐人、以声伎为乐之外，冶游之风在明代中后期的文人士子圈子中也非常盛行。余怀《板桥杂记》记载道："金陵都会之地，南曲靡丽之乡，纨茵浪子，潇洒词人，往来游戏。马如游龙，车相接也。其间风月楼台，尊罍丝管，以及娈童狎客，杂妓名优，献媚争妍，络绎奔赴。"⑩ 朱彝尊《静志居诗话》卷二三《教坊》中也有相关记载："明制南、北都各立教坊司，北有东、西二院，南有十四楼。其后南都旧院特

① 李梦阳：《空同集》，上海古籍出版社1991年影印本，第603页。
② 同上书，第590页。
③ 张廷玉等：《明史》，中华书局1974年标点本，第7349页。
④ 何良俊：《四友斋丛说》，上海古籍出版社2012年校点本，第91页。
⑤ 同上书，第116页。
⑥ 同上书，第117页。
⑦ 同上。
⑧ 同上。
⑨ 何良俊：《四友斋丛说》，上海古籍出版社2012年校点本，第243页。
⑩ 余怀：《板桥杂记》，上海古籍出版社2000年校点本，第53页。

盛。成弘间，院中色艺优者，结二三十姓为手帕姊妹，每月节，以春檠巧具殽核相斗，名为‘盒子会’。沈启南曾为作图，系以长句……隆、万以来，冶游渐盛，浙有沈水部某，托名冰华梅史，以北京东、西院妓郝筠等四十人，配作叶子牌。金沙曹编修大章，立莲台新会，以南曲妓王赛玉等一十四人，比诸进士榜。一时词客，各狎所知，假手作诗词曲子，以长其声价。于是北里鲜有不作韵语者，其伪真无由而辨识矣。”① 钱谦益《列朝诗集小传》丁集上《金陵社集诸诗人》中记录了金陵文人的社集活动，其中也涉及了文士之冶游：“海宇承平，陪京佳丽，仕宦者夸为仙都，游谭者指为乐土。弘、正之间，顾华玉、王钦佩，以文章立墠，陈大声、徐子仁，以词曲擅场。江山妍淑，士女清华，才俊翕集，风流弘长。嘉靖中年，朱子价、何元朗为寓公，金在衡、盛仲交为地主，皇甫子循、黄淳父之流为旅人，相与授简分题，征歌选胜。秦淮一曲，烟水竞其风华；桃叶诸姬，梅柳滋其妍翠。此金陵之初盛也。万历初年，陈宁乡芹，解组石城，卜居笛步，置驿邀宾，复修青溪之社。于是在衡、仲交，以旧老而莅盟，幼子、百谷，以胜流而至止。厥后轩车纷遝，唱和频烦。虽词章未娴大雅，而盘游无已太康。此金陵之再盛也。其后二十余年，闽人曹学佺能始回翔棘寺，游宴冶城，宾朋过从，名胜延眺，缙绅则臧晋叔、陈德远为眉目，布衣则吴非熊、吴允兆、柳陈父、盛太古为领袖。台城怀古，爰发凭吊之篇；新亭送客，亦有伤离之作。笔墨横飞，篇帙腾涌。此金陵之极盛也。”②

除金陵之外，其他地方的文人也多有冶游之好。钱谦益《列朝诗集小传》丙集《祝京兆允明》中记载：“允明，字希哲，长洲人。……好酒色六博，善度新声，少年习歌之，间傅粉墨登场，梨园子弟相顾弗如也。海内索其文及书，贽币踵门，辄辞弗见，伺其狎游，使女伎掩之，皆捆载以去。”③ 康海“小时即任诞不羁，其所娶尚夫人甚贤。对山每日游处狭斜中，与夫人大不相洽。后遣之归”④，“常与妓女同跨一蹇驴，令从人赍

① 朱彝尊：《静志居诗话》，人民文学出版社 1990 年版，第 761—762 页。

② 钱谦益：《列朝诗集小传》，上海古籍出版社 2008 年标点本，第 462—463 页。

③ 同上书，第 299 页。

④ 何良俊：《四友斋丛说》，上海古籍出版社 2012 年校点本，第 93 页。

琵琶自随，游行道中，傲然不屑”[①]。《列朝诗集小传》丙集《康修撰海》中也有：“海，字德涵，武功人。……既罢免，以山水声妓自娱，……尝生日邀名妓百人，为百年会，酒阑，各书小令一阕，命送诸王邸，曰：‘此差胜锦缠头也’。”[②] 王骥德《曲律》中记载了同乡前辈名士绍兴海樵山人陈鹤颇具才艺、常常混迹于青楼之事：“陈鸣野先生，以诗、画、书翰推重一时。生平好游狭斜，故多赠青楼之作，儇俏清便，亦一词场骏足。”[③] 文人们流连于歌馆青楼之间，品藻名花仙姬，享受声色之娱，还以诗词曲作与佳丽名姬们酬唱应答，成为一时之盛景。

王书奴先生认为：“促成有宋词的黄金时代，‘词人’、‘妓女’均有莫大的勋劳。”[④] 同样，明清歌谣时调的繁盛也与青楼歌馆中人有着密不可分的关系，青楼歌馆是民间歌谣时调重要的演唱、传播环境。沈德符称明代中后期时“北方唯盛爱〔数落山坡羊〕，其曲自宣、大、辽东三镇传来。今京师妓女，惯以充弦索北调，其语秽亵鄙浅，并桑濮之音亦离去已远。而羁人游士，嗜之独深，丙夜开樽，争相招致”[⑤]。张岱的《广陵二十四桥风月》中也记录了明末青楼女子以歌谣时调来吸引客人的情况：“广陵二十四桥风月，邗沟尚存其意……沉沉二漏，灯烛将烬……诸妓醵钱向茶博士买烛寸许，以待迟客。或发娇声唱〔劈破玉〕等小词。”[⑥] 另外，明代歌谣时调中为数众多的作品均与青楼中男女之情有关，因而，周玉波将明代娼妓与民间歌谣时调的关系称作“天作地合的‘联姻’”[⑦]。

青楼歌馆既是歌谣时调的创作、传播环境，同时也是散曲家接触和学习歌谣时调的重要环境。在歌馆青楼享受声色之乐的散曲家们，自然会接触到许多盛传于其间的歌谣时调，对其感兴趣者还会有意记诵、整理这些

---

① 何良俊：《四友斋丛说》，上海古籍出版社 2012 年校点本，第 117 页。

② 钱谦益：《列朝诗集小传》，上海古籍出版社 2008 年标点本，第 312—313 页。

③ 王骥德：《曲律》，《中国古典戏曲论著集成》，中国戏剧出版社 1959 年版，第四册，第 168 页。

④ 王书奴：《中国娼妓史》，生活·读书·新知三联书店上海分店 1988 年版，第 138 页。

⑤ 沈德符：《万历野获编》，《明代笔记小说大观》，上海古籍出版社 2005 年校点本，第三册，第 2579 页。

⑥ 张岱：《陶庵梦忆》，上海古籍出版社 1982 年校点本，第 35 页。

⑦ 周玉波：《明代民歌研究》，凤凰出版社 2005 年版，第 103 页。

作品。比如与青楼中人接触颇多的冯梦龙就倾力搜集整理民间歌谣时调并将其编定成集，他辑录的《挂枝儿》中有大半均与青楼间男女之情有关。冯梦龙还在《挂枝儿》卷四《送别》注中记载了名妓冯喜生授其歌谣时调的情形："喜美容止，善谐谑，与余称好友。将适人之前一夕，招余话别。夜半，余且去，问喜曰：'子尚有不了语否？'喜曰：'儿犹记《打草竿》及《吴歌》各一，所未语若者独此耳。'因为余歌之。"[①]

除了青楼歌馆之外，民间市井里巷也是歌谣时调创作传播的重要环境，同时也是散曲家接触和学习歌谣时调的另一重要环境。李开先《词谑》记录"有学诗文于李崆峒者，自旁郡而之汴省。崆峒教以：'若似得传唱〔锁南枝〕，则诗文无以加矣。'请问其详，崆峒告以：'不能悉记也，只在街市上闲行，必有唱之者。'越数日，果闻之，喜跃如获重宝，即至崆峒处谢曰：'诚如尊教！'"[②] 沈德符称，"比年以来，又有〔打枣竿〕、〔挂枝儿〕二曲，其腔调约略相似，则不问南北，不问男女，不问老幼良贱，人人习之，亦人人喜听之，以至刊布成帙，举世传诵，沁人心腑。其谱不知从何而来，真可骇叹。"[③] 顾起元同样记载了歌谣时调在里巷市井间的流传情况："里弄童孺妇媪之所喜闻者，旧惟有〔傍妆台〕、〔驻云飞〕、〔耍孩儿〕、〔皂罗袍〕、〔醉太平〕、〔西江月〕诸小令……"[④] 范濂的《云间据目抄》中亦有"里中恶少燕闲，必群唱〔银绞丝〕、〔干荷叶〕、〔打枣竿〕，竟不知此风从何而起也"[⑤]。袁宏道也提到了歌谣时调如"〔擘破玉〕、〔打枣竿〕之类"是由"今闾阎妇人孺子所唱"[⑥]。可以看到，里巷闾阎也是民间歌谣时调盛传的又一个重要环境。

明代中后期的散曲家们生活在民间歌谣时调盛传的环境之中，于市井

---

① 冯梦龙：《挂枝儿》，《明清民歌时调集》（上），上海古籍出版社 1987 年版，第 107 页。

② 李开先：《词谑》，李开先著，卜键笺校《李开先全集》，文化艺术出版社 2004 年版，第 1276 页。

③ 沈德符：《万历野获编》，《明代笔记小说大观》，上海古籍出版社 2005 年校点本，第三册，第 2578—2579 页。

④ 顾起元：《客座赘语》，《明代笔记小说大观》，上海古籍出版社 2005 年校点本，第二册，第 1430 页。

⑤ 范濂：《云间据目抄》，《笔记小说大观》，江苏广陵古籍刻印社 1983 年影印本，第十三册，第 113 页。

⑥ 袁宏道著，钱伯城笺校：《袁宏道集笺校》，上海古籍出版社 2008 年版，第 188 页。

间也可以轻易听到这些歌谣时调。有些散曲家如李开先就被民间歌谣时调的真情和鲜活的生命力所感染，亲自动手搜集了许多当时“哗于市井”、“淫艳亵狎，不堪入耳”、“语意则直出肝肺，不加雕刻”[①] 的歌谣时调并将其与一些拟作共同结集为《市井艳词》。可见，在明代中后期民间歌谣时调流行之时，散曲家们有很多机会在青楼歌馆和市井街巷间接触到歌谣时调。虽然在当时也有文士以颇为不屑的态度看待歌谣时调，比如刘良臣认为，“其民间之歌，或伤于雄厉急促，在调之者何如耳，明眼者当自识之”[②]。万历庚寅胡汝钦在为薛论道散曲集所作序言中也明确说道：“其如里巷歌谣，艳声娇响，尤不足以置喙。”[③] 然而，如上文分析论述的那样，在明代中后期趋俗入俗、尚俗师俗的文化文学主潮之中，许多位尊望重或很有影响力的著名文人如李梦阳、何景明、李开先、袁宏道、徐渭、冯梦龙、王骥德等都以喜爱和称赏的态度看待歌谣时调并在当时形成了一种潮流，这种对民间歌谣时调大加赞赏的潮流使得接触到民间歌谣时调的散曲家们不会以聆听、喜爱这些民间歌曲为耻。

尚俗师俗和赞美民间歌谣时调的风潮裹挟着一些具有特定经历、性情和喜好的散曲家，使得他们在好奇心的作用下以随意玩乐的态度学习民间歌谣时调、亲自动手拟作歌谣时调，进而将歌谣时调风味带入一些散曲作品的创作中去。与此同时，有的散曲家虽然没有直接拟作过歌谣时调，但是在歌谣时调风行且受到许多文人赞赏的风气中不觉间受到了歌谣时调风味的浸染，其有的散曲作品也自然而然地带上了歌谣时调风味。需要说明的是，从目前可见的资料来看，散曲家们对于歌谣时调的学习仅是出于一种兴致，他们被歌谣时调的风味所感染进而影响到自身的散曲创作，这些散曲家主观上并没有借此为散曲除弊的动机。由于民间歌谣时调对明代中后期一些散曲家创作的影响，明代散曲借此也展现出一些新的面貌，散曲中久已不见的“外旋”特质及“蛤蜊”、“蒜酪”味亦被激活。

---

① 李开先：《〈市井艳词〉序》，《闲居集》，李开先著，卜键笺校《李开先全集》，文化艺术出版社 2004 年版，第 469 页。

② 刘良臣：《西郊野唱引》，谢伯阳编《全明散曲》，齐鲁书社 1994 年版，第 1332 页。

③ 胡汝钦：《林石逸兴序》，谢伯阳编《全明散曲》，齐鲁书社 1994 年版，第 2899 页。

（二）雅化氛围笼罩下的清代散曲创作与散曲家对歌谣时调的态度

入清之后，山河巨变为散曲坛带来了极大震动，曲家们以慷慨悲歌和沉痛哀吟抒写亡国之悲和故国之思，将散曲坛柔媚软艳的香风荡涤殆尽，使日趋颓靡的散曲创作焕然展现出短暂的生机。然而，之后的清代散曲却再也未显现出如昔日般之盛景，而是以衰败零落为基调书写着清代中后期散曲创作剩余的篇章。清代中期，文坛崇雅复古之风盛行，散曲亦因“浮艳卑俗”遭到官方的直接打压。《四库全书》编纂之时，乾隆曾有“上谕”曰：“朕辑《四库全书》，当采诗文之有关世道人心者，若此等诗句，岂可以体近香奁，概行采录？所有《美人八咏诗》，著即行撤出。至此外各种诗集内有似此者，亦著该总裁督同总校、分校等，详细检查，一并撤出，以示朕厘正诗体，崇尚醇雅之至意。”① 在“崇尚醇雅”的指导思想之下，以书写失意牢骚、描绘男女情爱见长的散曲文学当然会被《四库全书》排斥在外，有幸被存目的元明散曲别集也是借于批判之需而存在的。《四库全书》之《张小山小令》“提要”云：“自五代至宋，诗降而为词；自宋至元，词降而为曲。文人学士，往往以是擅长，如关汉卿、马致远、郑德辉、宫大用之类，皆藉以知名于世，可谓敝精神于无用。然其抒情写景，亦时能得乐府之遗。小道可观，遂亦不能尽废。”② 为王九思《碧山乐府》所作“提要”中评价散曲曰：“故论其体格，于文章为最下，而入格乃复至难。……是编所录，……可谓声音文字兼擅其胜，然以士大夫而殚力于此，与伶官歌妓较短长，虽穷极窈眇，是亦不可以已乎！”③ 这些提要足可以见出清代官方及正统文士们对散曲的鄙视贬斥之意以及对文人士大夫用力于此的不满与鄙夷。

官方以如此明确的态度贬抑散曲，加上清代统治者整肃文化界酷烈手段的强大震慑力，在清代整体上崇雅复古的文化环境中，清代文士们自然不会再像元代和明代中后期散曲家那样，以极大的热情投入到散曲创作中去，更不会像前代许多散曲家那样以豪辣恣纵、俚俗跳脱之笔尽情宣泄牢骚不平，展现世俗生活和热辣情感。尤侗曾经在为曲作所作的“悔庵自

---

① 永瑢等：《四库全书总目》，中华书局 1965 年影印本，第 7 页。

② 同上书，第 1835—1836 页。

③ 同上书，第 1836 页。

跋”中说道：“予少而嬉戏，中年落魄无聊，好作诗余及南北院本杂曲，绮艳叠陈，诙谐间出；知我者以为空中语，罪我者以为有伤名教，不只白璧微瑕而已！”[①] 实际上，其时文士们将作曲填词且有绮语、谐语视为有伤名教、白璧微瑕，正是当时雅正文学观的体现。在笼罩文坛的浓厚雅正氛围之中，清代的散曲家数量和散曲作品数量都较前代大为缩减，清代散曲尤其是中后期散曲作品的质量也大为下降，散曲创作在典雅化、案头化的道路上越走越远，曲作整体上也越来越丧失了散曲特有的“曲味”，雅化词化、醇雅清隽、文士气息浓厚的散曲作品大量涌现。如果说清初散曲因时代政治之剧烈变动还能在题材内容和风格气韵方面令读者耳目一新的话，那么其后的绝大多数散曲作品却令人觉得毫无生趣甚至陈腐可厌，在许多曲作者手中，散曲沦为了闲玩雅赏、酬和赠答、展示技巧、显摆学问的工具。例如，沈谦使用散曲曲牌来谱写杨慎、秦观的词作使作品摇身一变为散曲小令[②]；剑叟用散曲套曲来演述诗经“风雅颂”的内容，解释说这样的作品可以“今声”来传毛诗以达美刺从而最终达到“翼经”的目的[③]；陆楙则作有套曲《人伦之至》、《经解演》、《二十四孝》、《烈女四则》、《三教师赞》、《归去来辞》、《化测》等，以儒家经义、伦理教化、前人作品、宗教易算等内容入曲，充满腐朽之气；张潮有诸多檃栝前人经典作品的曲子，如《檃栝出师表》、《檃栝陈情表》、《檃栝祭十二郎文》等，曲作重新演述旧作，全无新意。黄图珌小令均为集曲，曲作多为祝寿、雅集、题画、自娱而创作，作品描绘花月林泉，抒写隐逸幽怀，语言雅致、文人趣味浓厚；另外，黄图珌的散曲小令几乎每支之前均有小序，所用之曲全为集曲，集后新名称与小令内容相合或者相关，如〔南中吕好佛子〕《痴和尚》，〔南黄钟月宫花〕《山庄月桂》，可见其散曲不仅在语言、趣味上求雅，形式上也更加讲究、更加典雅细巧。谢春溶套曲《闺中十二曲》中用〔如梦令〕、〔昭君怨〕、〔浣溪沙〕、〔虞美人〕等与词牌同名的曲牌，这也是散曲雅化词化的表现。除此之外，徐旭旦多有集曲、集唐诗之作，吴锡麟、沈清瑞、范驹、高

---

① 谢伯阳、凌景埏编：《全清散曲》（增补版），齐鲁书社2006年版，第328页。

② 同上书，第367页。

③ 同上书，第400—413页。

继珩、周闲、黄振钧、江顺诒等多作有题图、题像之曲，另外，文人们如宋存标叔侄、兄弟、朋友之间多有用散曲酬答唱和之作。诸如此类题图题像、赠答寄兴以及写景咏物、述怀记事、游赏怀古的作品在清代尤其是清代中后期屡见不鲜，这些作品绝大多数为文士们的案头文字，只是他们闲来无事的精神寄托，不可能广为传唱，只会将散曲带上脱离歌场、脱离生活的零落衰亡之路。

与清代散曲创作雅化词化相适应的是清代散曲家雅正化的散曲创作观念，虽然雅正化的散曲创作观并非起自清代，但是在清代崇雅鄙俗的整体文化文学潮流中，这种雅正化的散曲创作观便更加有了存在的切实依托和适宜环境，它与散曲雅化词化的创作实践相互应和，共同营造了几乎完全笼罩散曲坛的雅化氛围。例如宋征璧以“措辞必雅，出语便秀。逍遥屈宋之间，窈窕天人之际”① 的作品为佳作，认为“散套贵乎大雅”②。许光治在《江山风月谱自序》中认为“至元曲，几谓里言诽语矣。然张小山、乔梦符散曲，犹有前人规矩在。俪词追乐府之工，散句撷唐宋之秀”③。显然，许光治认为张小山、乔梦符之散曲才是元曲之代表，当与汉乐府、唐诗宋词一脉相承，可见他是以工雅清丽派散曲为正宗。另外，刘熙载在《昨非曲自序》中辩驳“曲体之卑”说、有意提高曲体地位，“或问曰：‘曲，殆不足为诗余乎？’余曰：‘何也？’曰：‘体卑于词也。’曰：‘是当论其实，不当论其体，且子之所谓诗者，当必不遗三百篇也。诗以三百篇为至，非以其实乎？后世之作，苟无其实，虽诗亦不足谓之诗余也。苟有其实，虽曲亦何不足以当之哉？’余向之语，或者如此。然余不欲多为曲，姑即偶为者，存之以见志，于实而未逮云。”④ 从中不难看出，刘熙载并不是从散曲独有之文体特征方面来肯定、抬高散曲之地位，而是极力从“实”即散曲所书写的内容方面出发来辩驳“曲体之卑”说，实质上也就是以传统雅正化的诗学观为基调来肯定内容雅正化的散曲作品。除此之外，刘熙载在最后还特别以自己的散曲作品“于实而未逮”

---

① 谢伯阳、凌景埏编：《全清散曲》（增补版），齐鲁书社 2006 年版，第 239 页。

② 同上书，第 262 页。

③ 同上书，第 1548 页。

④ 同上书，第 1572 页。

为理由，表明自己“不欲多为曲，姑即偶为者，存之以见志”的态度；这种态度微妙地透露了刘熙载的矛盾心态：既不满于“曲体之卑”说因而出语辩驳，但是辩驳的同时又显得底气不足因而表明自己“不欲多为曲”、仅是“偶为”，这正显现了清代崇雅鄙俗、鄙弃散曲风潮影响力之强大。

乾隆年间珠泉居士在《续板桥杂记》中说：“河亭设宴，向止小童歌唱，佑以弦索笙箫。年来教习女优，凡十岁以上，十五以下，声容并美者派以生旦，各擅所长，粧束登场，神移四座，缠头之费，十倍梨园。至于名妓仙娃，亦各娴法曲，非知音密席，不肯轻啭歌喉。若〔寄生草〕、〔剪靛花〕，淫靡之音，乃倚门献笑者歌之，名姬不屑也。”[①] 可见在当时，虽然民间歌谣时调在民间仍然很是流行，但是在许多文士们眼中却是“淫靡之音”，甚至连有些青楼“名姬”都不屑歌唱。

由此可见，在清代整体上崇雅正鄙俚俗、复归古雅的思潮之中和官方鄙弃散曲、禁绝歌谣时调的态度之下，兼之清代文字狱对文人巨大的震慑力，清代没有出现如明代中后期那样的著名文士关注赞赏歌谣时调的风潮。清代散曲创作本身也笼罩在雅化词化、复古鄙俗的氛围之中，散曲家不像明代中后期散曲家一样入俗爱俗，取而代之的是避俗尚雅、弃俗求雅。即使清代散曲家于青楼市井中接触到民间歌谣时调，绝大多数作者也是对民间歌谣时调不屑一顾、视而不见，根本无意向其学习进而亲自拟作。因此，我们便几乎看不到清代散曲受到民间歌谣时调影响之痕迹，只有极个别散曲作者如蒲松龄等在其散曲作品中偶见民间歌谣时调之风味。

以上，我们结合不同时代的社会文化思潮、散曲发展状况和散曲家对民间歌谣时调的态度分析了明清歌谣时调对明清散曲创作产生影响的原因及施加影响的环境及途径。可以看到，民间歌谣时调之所以在明代中后期对文人散曲创作造成值得瞩目的影响，是与明代中后期直至明末的趋俗入俗、尚俗师俗的潮流及文人关注赞赏歌谣时调的风潮有着密切关系的；在这种文化氛围中，明代散曲发展虽有雅化之势，但并不刻意避俗离俗，许

---

① 珠泉居士：《续板桥杂记》，余怀、珠泉居士等《板桥杂记·续板桥杂记·板桥杂记补》，南京出版社 2006 年点校本，第 54—55 页。

多散曲家在生活与创作中乐于近俗入俗，乐于在接触了民间歌谣时调之后向其学习，从而使歌谣时调在整体上对明代中后期的散曲发展产生了不容忽视的作用。与明代中后期形成对比的是，清代尤其是清代前期之后笼罩文化文学界的崇雅复古、鄙俗离俗的氛围令清代民间歌谣时调不可能得到包括绝大多数散曲家在内的文士们的关注和赞赏，清代散曲整体上雅化词化、崇雅鄙俗的创作潮流也使得散曲家们不可能乐于向民间歌谣时调学习，因而民间歌谣时调未能像明代中后期那样对文人散曲的创作和发展造成明显影响便是情理之中的事了。

第二节　明清歌谣时调学习散曲的原因及条件

相比于在具体作家的作品创作方面对明清散曲产生影响，明清歌谣时调则主要在整体外部形式上向散曲学习：借用散曲的曲牌使之成为歌谣时调的流行曲调、学习散曲的体制使得自身形式繁复化、借鉴散曲的一些俳体形式从而以更为多样化的方式产生作品等。就时间阶段而言，明清民间歌谣时调向散曲学习的时间主要在明代中叶至清代前期这一时期。散曲之所以会对歌谣时调的发展产生影响，是与二者的近缘性及传播演唱环境的交叉有着密切关系的。

明代民间歌谣时调自散曲小令衍生之后，渐渐在市井街巷间风行传播，逐渐沿着自己的轨迹发展下去。在民间歌谣时调发展的过程中，不仅市井青楼间用于佐酒助兴、调笑娱乐的歌谣时调继续产生和流传，还出现了将演唱歌谣时调作为专门谋生手段的表演：例如《霓裳续谱》卷七《凤阳歌来了》用较大篇幅叙述了平民百姓家请来民间艺人演唱歌谣时调的全过程，包括表演之前的招待、演唱的内容、演出效果等；卷八《留神听》一曲则叙述了市井间盲艺人演唱歌谣时调以谋生的场景和演唱的内容。另外，还有沿门乞讨者也通过演唱歌谣时调换得几枚铜钱以维持生活的，清代捧花生《画舫余谭》中有记：“〔绣荷包〕新调，不知始于谁氏，画舫青楼，一时争尚，继则坊市妇稚亦能之，甚或担夫负贩皆能之，久且卑田院中人，藉以沿门觅食，亦无不能之，声音感人，至于此极，尝见某者，鹑衣鹄面，行泮宫前，持破磁二片，击之有声，唱〔绣荷包〕，靡靡动听，人或以数文钱给之。”① 在明清歌谣时调不断发展的过程中，歌谣时调由起初的短小篇幅逐渐发展出中长篇幅的作品，形式上渐渐繁复化；与此同时，在民间歌谣时调的传播发展过程中，其创作手法和方式也更加多样化。随着歌谣时调的发展，不仅用于表达简单情思、一时情绪、片段场景的短小篇章继续出现和流播，还出现了用于铺陈情节、演述故事的中长篇幅的歌谣时调。

民间歌谣时调自身发展的规律使得它们自然、适度地向繁复化方向发展，散曲、戏曲及其他文艺形式都成为歌谣时调由简而繁发展过程中可能被学习的对象，客观上已经成熟的散曲曲牌系统、体制形式、创作方式等也为此提供了保障。与此同时，明清歌谣时调与散曲的近缘亲近关系和二者流播环境的交叉则最终成就了歌谣时调向散曲学习的这种可能性。由于明清两代不同时期散曲的发展情况各有不同，散曲在不同时期内的可歌性和流播环境也有很大差异；明代中后期至清代末年，散曲在雅化之路上越走越远，随着散曲一步步的雅化、案头化，其可歌性和民间娱乐性逐渐弱化，流播环境也随之狭窄化，最终几乎不再与民间歌谣时调的流播环境有交叉，民间歌谣时调也便逐渐不再从散曲中汲取营养了。

一　明清时期散曲的歌唱性与传播环境的变化

散曲作为起自民间的又一种诗体文学，有元一代便在市井百姓、下层文士和公卿文人间广泛传唱，郑振铎先生在《中国俗文学史》中将元散曲归之于“俗文学”的范畴②，谢桃坊先生在《中国市民文学史》中亦将元散曲归入“市民文学”③。如任中敏先生所说：“曲之初创，本属一种游戏文字，填实民间已传之音调，茶余酒后，以资笑乐者耳。初非同于庙堂之乐章，亦无所谓风诗之比兴也；及关、马、乔、张之辈继出，胡侍所谓皆终其身沉抑下僚、郁郁不得志者，激而愤世、放而玩世，乃利用此不关紧要之曲体，以供其喜笑怒骂、嘲讥戏谑，固无足怪、亦不足责也。自

① 捧花生：《画舫余谭》，《艳史丛钞》，扬州江苏广陵古籍刻印社 1995 年影印本，第四册，第 14—15 页。

② 郑振铎：《中国俗文学史》，商务印书馆 2005 年版，第 379 页。

③ 谢桃坊：《中国市民文学史》，四川人民出版社 1997 年版，第 164 页。

后因音乐传播之广，作者兴起之杂，虽梨园行院，亦复有绿巾之词，其他可想：有才者始则激而为此、放而为此，不才者继乃惟此是好、惟此能仿，此风乃愈煽而愈张，文字乃有是而有不是矣。”① 可见散曲在元代实为全民可作的文学样式，非文人士大夫专属。

《录鬼簿》卷上说元曲在“茶坊中嗑，勾肆里嘲”②。周德清《中原音韵起例》中亦说道：“乐府之盛、之备、之难，莫如今时。其盛，则自缙绅及闾阎，歌咏者众。”③ 元代燕南芝庵《唱论》记载了当时曲的歌唱场所：“凡歌之所：桃花扇、竹叶樽、柳枝词、桃叶怨、尧民鼓腹、壮士击节、牛僮马仆、闾阎女子、天涯游客、洞里仙人、闺中怨女、江边商妇、场上少年、阛阓优伶、华屋兰堂、衣冠文会、小楼狭阁、月馆风亭、雨窗雪屋、柳外花前。”④ 由这些记载可以看到散曲在元代堪称全民流行歌曲，元散曲的传播范围由市井街巷、青楼歌馆至文人雅聚、缙绅宴集，几乎无所不至，不可谓不广；歌唱散曲、欣赏散曲在元代不仅是文人士夫们的专属娱乐项目，更是市井细民们的一种重要娱乐方式，具有很强的民间娱乐性。

入明代之后，散曲发展经历了低潮之后走向复兴和繁荣，清代散曲则在清初短暂的振拔之后一步步趋向衰颓。明清散曲整体上趋于雅化，其间越来越多地出现了文士自我遣兴、雅集赠答、仅在小范围文士圈中歌唱的雅致作品，散曲的歌唱性和民间娱乐性逐渐弱化，最终甚至丧失了歌唱性，沦为文人案头雅赏的玩意儿。然而与此同时，明清时期尤其是明代中后期之间仍有大量散曲作品在市井歌馆、平民妇孺间传唱，它们的存在保留了散曲原有的歌唱性和民间娱乐性，为民间歌谣时调学习散曲创造了有利条件。

---

① 任讷：《词曲通义》，商务印书馆 1931 年版，第 32—33 页。

② 钟嗣成等：《录鬼簿（外四种）》，上海古籍出版社 1978 年点校本，第 15 页。

③ 周德清：《中原音韵起例》，《四库全书》，上海古籍出版社 1987 年影印本，集部，第 1496 册，第 661 页。

④ 燕南芝庵：《唱论》，王耀萃、方宝川主编《中国古代音乐文献集成》，国家图书馆出版社 2012 年影印本，第二辑，第 12 册，第 498—499 页。

（一）明代中后期至清初散曲流播范围与歌谣时调流播范围尚存有交叉

邹迪光在《词林逸响序》中说道："曲肇于元，手腕之巧思欲绝。至我明，而名公逸士嗽芳撷润之余，杂剧传奇种种，青出古人之蓝，而称创获。其所为时曲者不征事实，独肖神情。……自王公贵游，以逮街途巷陌之黄发白竖，无不习也。……天启癸亥中秋日，勾吴愚谷老人题于白堤舟次。"① 虽然从现存作品的比例来看，明代散曲中文士雅致之曲的比重远大于元代，明代散曲作品整体上的民间娱乐性渐渐弱化，但是这段颇具总结性的话语还是点明了有明一代散曲仍是可歌的，而且歌唱场所由名公逸士的雅集之所至街途巷陌的市井之间，范围也还是非常广泛的。

明初邱濬在《五伦全备记开场白说》中有言："曾见古时老先生每说古人之诗如今之歌曲，古人歌诗而今见在，虽读书秀才说与他也晓不得，况其余人；不独是古诗，今人做的律绝选诗，说与小人妇女，也不知他说个甚的。若是今世南北歌曲，虽是街市子弟、田里农夫，人人都晓得唱念，其在今日亦如古诗之在古时，其言语既易知，其感人尤易入。"② 王世贞《曲藻》中有记："周宪王者，定王子也。好临摹古书帖，晓音律。所作杂剧凡三十余种，散曲百余，虽才情未至，而音调颇谐，至今中原弦索多用之。李献吉在《汴中元宵绝句》中有云：'齐唱宪王新乐府，金梁桥上月如霜。'盖实录也。"③ 另外，王世贞在《嘲梁伯龙》诗作中亦有"吴阊白面冶游儿，争唱梁郎雪艳词"④。这些都可以说明在散曲处于发展低谷的明代前期，曲家的散曲作品仍旧传播甚广，连街巷间百姓也以歌唱这些曲作为娱乐。张禄在《重刊增益词林摘艳叙》（嘉靖十八年刊本）中说道："亦有太平乐府，升平乐府，使小民童稚，歌于闾巷，以乐太平之

---

① 邹迪光：《词林逸响序》，俞为民、孙蓉蓉编《历代曲话汇编：新编中国古典戏曲论著集成》，黄山书社 2009 年版，明代编第一集，第 748 页。

② 邱濬：《五伦全备记开场白说》，俞为民、孙蓉蓉编《历代曲话汇编：新编中国古典戏曲论著集成》，黄山书社 2009 年版，明代编第一集，第 211 页。

③ 王世贞：《曲藻》，《中国古典戏曲论著集成》，中国戏剧出版社 1959 年版，第四册，第 34 页。

④ 王世贞：《嘲梁伯龙》，《弇州四部稿》卷 49，《四库全书》，上海古籍出版社 1987 年影印本，集部，第 1279 册，第 625 页。

治化。"[①] 可见其时散曲仍可在小民童稚间传唱。

万历年间汤有光所作《精订陈大声乐府全集序》中有："乐府诗之变也，而调谐律吕，字辨阴阳，较诗实难为之。……乃今三星逸客，按拍花前，两京教坊，弹丝樽畔，才一开口便度陈大声诸曲，直令听者神动色飞。"[②] 万历辛亥汪廷讷在《刻陈大声全集自序》中称："大声以簪缨世家，生当江左风流之地，淘泻襟抱，恣吐才华，布景传情，动成美善。其所著……言言蒜酪，更复擅场。借使骚雅属耳，击节赏音，里人闻之，亦且心醉。"[③] 李开先归田后撰有百首〔傍妆台〕小令，谢东村在为其所作跋语中说："中麓李子，言出而人信之，词出而人传之，其为〔傍妆台〕也，稿尚未脱，歌喉已溢里巷中矣。索借者众，应酬为难，因取副墨，寿之木工，歌而和之者将遍东国，独里巷也而已哉?"[④] 纪后墅称："中麓夫子，山东杰士也。……每闻巷间中争歌夫子小令，脍炙人口。……付之善歌者，播诸管弦，词有论而音有伦，令人听之，不觉心神潇洒。"[⑤] 此外，冯惟敏在《李中麓归田》套数之前有小引曰："吾乡中麓李公，博学正谊，予心慕之。……顷抗疏归田，娱情述作，绍作大雅，讨论秘文，杂兴所及，时涉新谱，其亦游戏翰墨故邪，抑定乐之无繇也? 仆因得而听之，意真味婉，气正声平，借使达者属耳，击节赏音，里人闻之，亦足以发流通之妙，不再兹乎!"[⑥] 从这些序跋中可知一些散曲家的作品在当时雅俗共赏，连市井巷闾间里人亦乐于歌唱。

此外，姚燮的《今乐考证》中有记录："明钱希言（万历四十年即1612年前后在世）《辽邸纪闻》云：'辽王雅工诗赋，尤嗜宫商。其自制小词、艳曲、杂剧、传奇，最称独步，有《春风十调》、《唾窗绒》、《误归期》、《玉阑干》、《金丸弄丸记》，皆极婉丽才情。寻后安置凤阳，又编置〔卖花声〕诸调百阕，流传江表，含思凄楚，不减南唐后主'春意阑

---

① 张禄：《重刊增益词林摘艳叙》，俞为民、孙蓉蓉编《历代曲话汇编：新编中国古典戏曲论著集成》，黄山书社2009年版，明代编第一集，第240页。

② 谢伯阳编：《全明散曲》，齐鲁书社1994年版，第687页。

③ 同上书，第688页。

④ 同上书，第1853页。

⑤ 同上书，第1869页。

⑥ 同上书，第2014—2015页。

珊’。至今章华台前老妓，半是流落宫人，犹能弹出‘箜篌弦上，一曲伊州泪万行’也’。”① 从中可知身为藩王的辽王所作之曲“流传江表”，至晚明时仍于青楼歌伎间传唱。

以上这些杂记、诗句、序言、跋语、散记等材料都说明了有明一代的散曲中仍有许多作品不仅得到文士们喜爱，而且仍然是可以在市井闾巷的普通百姓中广为传唱的。

此外，通过对散曲家作品内容的阅读，我们也可以知晓明代中后期至明末许多散曲家的作品与歌馆青楼有着密切关系。赵义山通过对具体作家作品全面深入的研究，认为成化、弘治年间活动在江南的陈铎、王磐、杨循吉、祝允明、唐寅等词场才子作家群体是“随成、弘时期江南奢华的世风和明中叶前期个性张扬的人文思潮而涌现出来的作家群体，他们共同的人生旨趣是疏离政治，弃雅从俗，恋世乐生，追求闲情逸趣，多在青楼红袖间以曲应歌”，“总体上都是为着歌舞词场的演唱需要而创作，其作品的市井气息较浓，其题材内容大多以迎合市民欣赏情趣的艳情、闺情和其他世俗情调为主”，作品“具有较浓厚的青楼市井气息”。② 不仅成弘年间的这些散曲家为歌舞词场之需而创作，明代中后期至明末的许多散曲家也都有此类作品，刘效祖、赵南星、陈铎、沈仕、金銮、王骥德、冯梦龙、施绍莘等曲家都有许多直接赠妓的曲作，这些作品与其他应歌舞词场之需而作的散曲作品一同流传于青楼歌馆之间，乃是顺理成章之事。另一方面，晚明散曲仍然可歌，也在青楼间传播，但是平民娱乐性却已经弱化，在市井百姓间已经不如元代时一样受欢迎。此时的多数散曲可以通过青楼对民间歌谣时调产生影响，但是却较少通过市井闾巷对民间歌谣时调产生作用了。

整体来看，明代散曲尤其是明代中后期散曲的流播范围尽管与元代相比有所缩小，但是尚有许多散曲作品得以在市井闾巷的平民百姓之间传唱，也有许多作品在歌馆青楼中传播流行。另外，就清代现存散曲作品而言，我们在清初一些散曲家如沈自晋、顾伯起、袁晋、毛莹、徐石麒、沈

---

① 姚燮：《今乐考证》，《中国古典戏曲论著集成》，中国戏剧出版社 1959 年版，第十册，第 22 页。

② 赵义山：《明清散曲史》，人民出版社 2007 年版，第 454 页。

谦等人的作品中尚可见到一些赠妓曲作，这在一定程度上说明清初有的散曲尚可在青楼歌馆中传唱。所以，总体而言，明代中后期至清初散曲整体上的传唱范围虽然在逐步缩小，然而尚存的民间娱乐性和歌唱性使得一些作品仍可以在市井平民和歌馆青楼中歌唱，这就为民间歌谣时调向散曲学习提供了条件和机会。

（二）清代尤其是清代中后期散曲的流播范围基本与歌谣时调不复有交叉

“曲在元代，实为平民文学，并非资才超绝者方能为；虽优伶娼妓，尚有‘绿巾之词’。”[①] 然而，这种曾经的“平民文学”却在清代最终走向了衰亡。“清代的散曲也和明代的一样，已成了文人的作品，不复是民间的东西了。明代的南北曲……还能被歌唱，还能流行于民间；但清代的散曲……除了少数的例外，大多数的南北曲都已不能被之弦歌，都已不能流行于民间。散曲作家们的气魄也不复像元、明二代之豪迈。他们不是过于趋向尖新鲜丽之途、在一字一句之间争奇斗胜，便是拘守格律，不敢一步出曲谱外，变成了死气沉沉的活尸。”[②]

早在晚明南散曲盛行之时，散曲的流播范围就已经在进一步缩小，其民间娱乐性也在进一步弱化。沈德符《万历野获编》卷二十五“词曲”之“时尚小令”条中记载了明代中后期诸如〔银绞丝〕、〔打枣竿〕、〔挂枝儿〕等民间歌谣时调的盛行状况之后，说道“又〔山坡羊〕者，李、何二公所喜，今南北词俱有此名。但北方唯盛爱〔数落山坡羊〕，其曲自宣、大、辽东三镇传来。今京师妓女，惯以充弦索北调，其语秽亵鄙浅，并桑濮之音亦离去已远。而羁人游士，嗜之独深，丙夜开樽，争相招致。而教坊所隶筝□（竹字头，下面为秦字）等色，及九宫十二则，皆不知为何物矣。俗乐中之雅乐，尚不谐里耳如此，况真雅乐乎！”[③] 由此记载我们可以了解到，晚明京师妓女多以歌谣时调飨客，且喜听者众，而作为“俗乐中之雅乐”的散曲则渐渐在民间失去市场，流播范围已经逐渐狭窄

① 任中敏：《散曲概论》，任中敏编著《散曲丛刊》，凤凰出版社2013年版，第十四种，第1108页。

② 郑振铎：《中国俗文学史》，商务印书馆2005年版，第635页。

③ 沈德符：《万历野获编》，《明代笔记小说大观》，上海古籍出版社2005年校点本，第三册，第2579页。

化了。

另外，冯梦龙在《太霞新奏序》中论及当时散曲创作之弊时说道："三百篇之可以兴人者，唯其发于中情，自然而然故也。自唐人用以取士，而诗入于套；六朝用以见才，而诗入于艰；宋人用以讲学，而诗入于腐。而从来性情之郁，不得不变而之词曲。胜国尚北，皇明专尚南，盖易弦索而箫管，陶激烈于和柔。令听者解烦释滞，油然觉化日之悠长，此亦太平鸣豫之一征已。先辈巨儒文匠，无不兼通词学者，而法门大启，实始于沈铨部《九宫谱》之一修。于是海内才人，思联臂而游宫商之林。然传奇就事敷演，易于转换，散套推陈致新，戛戛乎难之。……作者不能歌，每袭前人之舛谬，而莫察其腔之忤合；歌者不能作，但尊世俗之流传，而孰辨其词之美丑。自非知音人，亟为提其耳而开其矇。则今日之曲，又将为昔日之诗，词肤调乱，而不足以达人之情性，势必再变而之〔粉红莲〕、〔打枣竿〕矣，不亦伤乎！"[①] 从这段话中不难看出，晚明散曲创作虽然很繁盛，但是弊病颇多，已经出现了"作者不能歌"、"歌者不能作"的现象；此时的散曲已经与元代大不相同，多数作品虽然仍然可以歌唱，但是已经不再是平民百姓乐于创作、歌唱的歌曲了，其民间娱乐性已经在悄然丧失、被民间歌谣时调所接替了。

散曲的这种发展趋势在清代延续了下去，随着清代散曲创作中雅化、案头化现象的愈演愈烈，清代散曲的歌唱性渐渐弱化，流播范围日趋狭窄，曲作变成了文士小圈子中甚至文人案头上的寄兴闲玩之物，平民百姓的娱乐生活中几乎不再出现散曲的身影。清初署名"于陵孟公"者为宋征璧散曲所作跋文中有言："今乐府不作，古诗不歌，欲人时时传咏，必出于元人优伶之调，此填词所由作也。呜呼，吾辈鸿文雅辞，人既以为诘曲而不可读；其或正言侃论，陈指政事，又以为出位妄言，恶其害己，文又乌可作哉？独此规摩音律，抒写才华，引事不离猿鸟，缘情尽出乎闺闼，便成放怀妖丽，极志神仙，人可谅其无他，罪止邻于任诞。而延年、车子之流，穷工揣拟，杳渺流离，以审其致，虽谓歌童舞伎之知吾辈，甚

① 冯梦龙辑：《太霞新奏序》，顾廷龙主编《续修四库全书》，上海古籍出版社2002年影印本，子部，第1744册，第1—2页。

于荐绅先生可矣。”[①] 从这段话中我们颇能看到清代众多文士们创作散曲的心态、目的及作品中所写之内容。

从整体上看，清代文人所作散曲多为个人展才、抒怀寄意的闲情之作，这种作品或者仅在小范围文士圈中传唱，或者只是为文人自娱自乐。例如清初江苏华亭宋氏一族中的宋存标、宋征璧、宋子璧、宋思玉兄弟、叔侄之间多有相互唱和之作，其中咏物散曲为数众多。这些作品均为闲来赏玩遣兴之作，言辞雅致婉丽，弥漫着浓厚的斟词酌句的文士气息。另外，宋征璧在套曲《咏雁》后的“自记”中说此作“差足免其鄙俚”[②]，也可见这些作品之艺术追求，它们本就不为在民间百姓间传播而作，当然也不可能广泛传唱于市井平民间。此外，李继燕在散套《寄陈献孟》小序中说明自己“爰有闲情之赋，讵无子夜之歌。词按新腔，裁成散套，但此种无珍珠喉，红牙板，无可与者，是用贻诸同志”[③]。乾嘉间孔广林也在小令〔北正宫塞鸿秋〕《选录元明名人小令题后》之后的小记中表明“予素好元曲，年来老且病，疏懒寄傲，时作小令自遣”[④]。此作本身就是模仿前人作品格式、句法的自我遣兴作品，毫无新意，纯为自赏而作。另外，就清代现存散曲作品而言，我们在清初一些散曲家如沈自晋、顾伯起、袁晋、毛莹、徐石麒、沈谦等人的作品中尚可见到一些赠妓曲作，而清代中后期散曲中赠妓及与青楼歌馆相关的曲作却很少见到了，这在某种程度上说明了至清代中后期，即使青楼歌馆中也很少传唱散曲作品了。

虽然大多数的清代散曲家并未在作曲时表明自己的作曲目的，虽然清代散曲中也有少量的作品尚有俚俗气息，但是从现存绝大多数清代散曲的内容、格调、语词风格上我们仍不难看出清代散曲整体上浓重的文士气息。在上一节中，我们已经论到，清代散曲中题画题像、写景咏物、述怀寄兴、游赏记事的曲作俯拾皆是，绝大多数清代散曲在字斟句酌、语词雅致精巧化的同时丧失了随口歌出时所具有的生机与灵性，自然不适合民间百姓的欣赏口味，不会再传之于市井之间了。清代绝大多数散曲作品脱离

---

① 谢伯阳、凌景埏编：《全清散曲》（增补版），齐鲁书社 2006 年版，第 243 页。

② 同上书，第 257 页。

③ 同上书，第 417 页。

④ 同上书，第 1018 页。

了市井民众、失去了平民娱乐性，甚至最终丧失了歌唱性、从歌场中退出，其原有的民间歌场中的平民娱乐功能基本上被民间歌谣时调完全取代。因而，从整体上看清代散曲流播范围相比于明代又更进一步狭窄化，散曲最终“上升”，仅存在于文士圈中甚至文人案头。

通过对相关材料的分析，我们可以发现由元代至清代，散曲的演唱传播环境在逐步缩小：散曲由起初的可以同时在市井间和文士圈中演唱传播，到几乎仅能在文人圈中歌唱传播，再到最终失去歌唱性、成为文士案头雅赏闲玩之物，其歌唱性与民间娱乐性步步弱化，其流播范围也渐渐狭窄化。

二　传播环境的交叉为明清歌谣时调学习散曲创造了条件

在上一个问题中，我们发现明清散曲的流播范围在逐渐缩小，在明代中后期至清代初期，一些散曲尚可在闾阎市井及青楼歌馆中传唱，这一时期散曲的流播范围与民间歌谣时调的传播范围产生了一定的交叉，这为民间歌谣时调学习散曲提供了机会。

在明代中后期至清初流传于街巷青楼中的散曲作品中，除了当时作家创作的散曲作品之外，也有许多这一时期之前包括元代散曲作家作品在内的曲作。目前我们可以见到的许多明代编辑的散曲集中都收有元代散曲作品，例如明代无名氏所辑专收小令的《乐府群珠》中绝大部分是元代作品，明代臧贤辑《盛世新声》中亦收有不少元曲，明代张禄辑《词林摘艳》收元代散曲作家四十余人的作品，明代郭勋所辑《雍熙乐府》中亦收有元代散曲，明代陈所闻编《新镌古今大雅北宫词纪》收有许多元代曲家的北曲套数，明代窦彦斌所编《词林白雪》收有元代二十位散曲家的散套，明代张栩所编《彩笔情辞》中也收有近三十位元代散曲家的作品。当然，这些散曲集中的作品并非全部是在民间传唱之作，但是它们的存在提醒我们不应当排除一些元代散曲作品仍传唱于明代的可能性，同样我们也不能排除一些元明散曲作品在清代传唱的可能性。因此，明清民间歌谣学习的对象既包括明代中后期至清初时作家创作的作品，当然也包括这一时期之前作家创作的、本时期仍然流传于市井街巷和青楼歌场的作品。

任讷先生谈及明代歌谣时调的产生时说：“曲之流行，遍于民间，民间变其声词，以畅情思，于是乎有小曲。”① 散曲的产生本来与宋金时期的民间歌曲有着密切关联，在散曲发展为成熟的文体之后，一些在百姓之间受欢迎的散曲作品反过来又会对民间歌谣时调的衍生产生影响。姚燮《今乐考证》引述明代钱希言《辽邸纪闻》中语：“辽王……寻后安置凤阳，又编置〔卖花声〕诸调百阕，流传江表，含思凄楚，不减南唐后主‘春意阑珊’。至今章华台前老妓，半是流落宫人，犹能弹出‘箜篌弦上，一曲伊州泪万行’也。”② 之后姚燮有按语曰：“此当为渐变今日小曲之始。”③

的确，由于一些文人所作的散曲在民间市井和青楼歌馆中流传，市井间百姓就会借用其曲牌来填入自己的歌词，久而久之也就会自然衍生为民间的歌谣时调。例如李开先在《词谑》之“嘲谎”中就记述了一段趣事：“匠作以谎为常，而缝衣、打铁者尤甚。马惠善制衣，以吾家所久用，稍不敢脱空，在他处则不然矣。有一严锁，久不用，生涩难开，底且有坏处，付之铁工靳循，略加整磋，往来索取，坐积岁时不获。偶遇诸途，靳遂引避酒肆厕中。马如厕，提其耳出之，对众高唱〔清江引〕词曰：‘我来访君君莫躲，一把锁烦加磋。年前许送来，今尚无归落。谁知你的谎儿大似我！’众皆为之绝倒。至今传流里巷云。”④ 这则趣事某种程度上颇能说明一些衍自散曲的民间歌谣时调的产生过程。随着民间歌谣时调的发展，它们渐渐有了自己的自创专属曲调，形成了自己的发展方向和特色，在市井歌馆间流传并受到普通百姓和一些文人的喜爱。与此同时，明代中后期至清代初期，一些散曲作品同样也在市井歌馆中传唱，这为歌谣时调从散曲中汲取营养使自己得到更大发展创造了条件。

在《金瓶梅词话》第六十一回中韩道国宴请西门庆，席间叫来申二姐，先让她唱了两支“小唱”，分别是取自白朴《韩翠颦御水流红叶》杂剧〔正宫·端正好〕的首曲“秋香亭”和取自王实甫《西厢记》第二本

---

① 任讷：《词曲通义》，商务印书馆 1931 年版，第 4 页。

② 姚燮：《今乐考证》，《中国古典戏曲论著集成》，中国戏剧出版社 1959 年版，第十册，第 22 页。

③ 同上。

④ 李开先：《词谑》，李开先著，卜键笺校《李开先全集》，文化艺术出版社 2004 年版，第 1270 页。

第三折〔中吕·粉蝶儿〕套曲的“半万贼兵”，之后西门庆叫申二姐唱“小词”，申二姐弹唱了两支〔四不应山坡羊〕和两支〔锁南枝〕小曲，其中的〔四不应山坡羊〕之一如下：

意中人，两下里悬心挂意，意儿里不得和你两个眉来眼去。去了时强挨孤枕，枕儿寒衾儿剩瑶琴独对。病体如柴，瘦损了腰肢。知道你夫人行应难离，倒等的我寸心如醉。最关心伴着这一盏寒灯来呵，又被风弄竹声，只道多情到矣。急忙忙，出离了书帏。不想是花影轻摇，月明如水。

其中的一支〔锁南枝〕如下：

初相会，可意娇，月貌花容风尘中最少。瘦腰肢一捻堪描，俏心肠百事难学，恨只恨和他相逢不早。常则愿席上樽前，浅斟低唱相偎抱。一觑一个真，一看一个饱。虽然是半霎欢娱，权且将闷减愁消。①

同一回中，西门庆家开重阳家宴，又叫来申二姐弹唱，“问他套数，倒会不多；若题诸般小曲儿〔山坡羊〕、〔锁南枝〕兼数落，倒记的有十来个。”② 先是唱了一套雅致的套曲，其中首曲曲牌是〔折腰一枝花〕，曲子如下：

紫陌红径，丹青手难画成，触目繁华如铺锦。料应是春负我，我非是辜负了春。为着我心上人，对景越添愁闷。③

后来又唱了四支〔罗江怨〕“小词儿”，其中之一如下：

---

① 兰陵笑笑生：《金瓶梅词话》，人民文学出版社2000年版，第755—756页。
② 同上书，第761页。
③ 同上书，第762页。

> 恹恹病转浓，甚日消融？春思夏想秋又冬。满怀愁闷诉与天公也，天有知呵，怎不把恩情送。恩多也是个空，情多也是个空，都做了南柯梦。①

申二姐演唱的“小唱”皆是取自文人散曲戏曲作品中的较为文雅的曲段，“小词”则是市井间较为俚俗直露的歌谣时调，《金瓶梅》所反映的是明代中后期的社会生活图景，从中我们也可以了解到当时散曲与民间歌谣时调在演唱和流传环境方面是有交叉之处的。

明代中后期至清代初期，民间歌谣时调处于衍生、发展并渐渐繁复化的过程中，此时的散曲已经是具有完善曲牌系统、体制及多种创作方法的成熟诗体形式了，歌唱流播环境与民间歌谣时调有一定交叉的散曲就自然而然地成了歌谣时调学习的对象，民间歌谣时调便从散曲中借用曲牌成为自用曲调、学习散曲的体制使得作品篇幅得以扩展、借鉴散曲的俳体形式从而以更多的方式产生新的作品等。

清代前期及其后，由作品雅化、歌唱性与民间娱乐性步步弱化等因素导致了散曲流播范围的进一步狭窄化，从而使得散曲与民间歌谣时调的传播演唱环境几乎不复有任何交叉。清代中后期散曲最终“上升”，仅存在于小范围的文士圈中甚至是文人案头，这无疑使得民间歌谣时调逐渐失去了向散曲学习的机会。与此同时，民间歌谣时调继续兴盛于民间娱乐场所，并且更加繁盛、多样化，此时的歌谣时调填补了散曲离去后的民间歌场，承接了散曲曾经具备的民间娱乐性。散曲在民间百姓中已不再受欢迎，已经成熟并有了自己的体系的民间歌谣时调此时也不再向不合民间百姓欣赏口味的文人散曲学习了。歌谣时调在民间市井传播的特点使它不需要在适度学习了散曲体制和做法、适度繁复化后，继续学习散曲的体制令自身规范化、严整化，散曲格律、内容、格调的雅正化也使得歌谣时调不可能在这些方面继续向散曲学习，否则就违背了民间歌谣时调灵活多变性的特征。

综上所述，散曲的歌唱传播范围由元代至清代呈现上升缩小之势，即由全民上升缩小至文人圈。与此同时，民间歌谣时调在散曲歌唱传播范围

---

① 兰陵笑笑生：《金瓶梅词话》，人民文学出版社 2000 年版，第 768 页。

缩小时逐渐填补了它在民间市井歌馆中空出的流播空间。明代中后期至清初，当散曲仍然可以传唱于市井街巷和青楼歌馆之时，它们的歌唱流播范围与民间歌谣的流播范围便产生了交叉，这为正处于衍生发展期的明清民间歌谣时调在曲调、体制、创作方式上向散曲学习创造了有利条件，因而此时歌谣时调不断从散曲（包括还在流传的元代散曲，散曲已经成熟的曲牌、体制及创作方法等也离不开元代散曲的积累和完善）中汲取营养使自身得以发展。而在清代前期及其后，当散曲由于雅化、歌唱性弱化导致的传唱环境狭窄化到一定程度时，它们的流播范围就几乎不再与民间歌谣时调的流播范围有任何交集了，加之此时正处于繁盛期的民间歌谣时调本身在形式上已经较为成熟，因而歌谣时调也就不再向散曲学习什么了。在此期间，歌谣时调之前由散曲中学习而来的一些体制特点和做法则会继续在其发展过程中出现、运用甚至铺展开来。

本章小结

通过本章的研究，我们对明清散曲与明清歌谣时调的互动原因及环境有了了解。对于二者来说，造成它们学习对方的具体原因是不尽相同的，而明清散曲和歌谣时调各自的性质和成熟度也决定了它们受到对方影响的具体表现点是不同的。

对明清散曲而言，歌谣时调对它的影响更多地取决于散曲家对歌谣时调的态度，明清不同的社会文化氛围、文学文化思潮及散曲的发展状况共同决定了不同时期散曲家的不同态度。在明代后期散曲家可以于青楼歌馆、市井闾巷接触到歌谣时调的前提之下，一些散曲家入俗乐俗、乐于学习歌谣时调的态度成就了歌谣时调对其散曲创作的影响，青楼歌馆和市井闾阎便是散曲家们向歌谣时调学习的主要环境。而对于明中期至清初处在繁复化发展进程中的歌谣时调来说，与散曲存在部分交叉的流播环境则是它学习散曲的一个重要条件，它最终成就了明清散曲对歌谣时调的影响。在互相交叉的流播环境中，歌谣时调有机会向体制及做法体系均以完整成熟的散曲学习，从而满足自身发展的需求。在特定的条件和环境之中，明清散曲和歌谣时调之间的互动显得自然而然，对歌谣时调来说，与散曲天然的近缘关系、繁复化发展的需求、散曲已经成熟的体系及二者传播环境的部分交叉共同促成了散曲对它的影响；而对散曲而言，尚俗入俗和赞美歌谣时调的风潮裹挟着一些具有特定经历和性情的散曲家，使得他们在好奇心的作用下以闲玩的态度模拟歌谣时调或者不经意间使得自己的作品染上歌谣时调风味，并没有哪位曲家为了扭转散曲的发展趋势、拯救散曲于积弊之中而刻意向歌谣时调学习。

另外，明清散曲和歌谣时调受到对方影响的具体表现点和程度也有所不同。散曲发展到明清之时，整体上已经是一种体系完整成熟、相对稳固封闭的文人文学样式了，这种形式上的既定性决定了明清散曲在沿着自身轨迹发展之时，仅是在一些具体作家的某些作品创作方面受到了来自歌谣时调的刺激，这种刺激与歌谣时调给予散曲家的新鲜感有关。而明代中期至清初的歌谣时调处于发展成长期，其发展性、不成熟性和开放性使得它有繁复化的需求和空间，与它在流播环境上有部分交叉的散曲恰好可以在一些体制和做法上成为它学习的对象，为歌谣时调的整体发展与繁荣提供助推力。

第三章

明清散曲与歌谣时调互动的意义

艺术史学家阿诺德·豪泽尔曾经说过："精英艺术、民间艺术和通俗艺术的概念都是理想化的概念；其实它们是很少以纯粹的形式出现的。艺术史上出现的艺术样式几乎都是混杂形式。"① 的确，由于不同艺术样式之间不可避免的相互学习和影响，它们几乎都不可能以"纯粹"的状态存在。就文学创作而言，也正是因为不同文学样式之间的种种互动，各种文学样式在不同时期的社会人文环境中才会呈现出更多的发展变化和更加丰富多样的存在状态。明清散曲和明清歌谣时调各有自己的发展系统和轨迹，在沿着各自轨迹行进之时，在特定的社会文化氛围之中和一定的条件之下，处于不同发展状态的散曲和歌谣时调之间产生了许多交流与互动，这些互动为对方的发展提供了助推力或是刺激，在对方的发展过程中留下了不容忽视的痕迹。

第一节　明清歌谣时调的影响之于明清散曲的意义

"当民间发生了一种新的文体时，学士大夫们起初是完全忽视的，是鄙夷不屑一读的。但渐渐的，有勇气的文人学士们采取这种新鲜的新文体作为自己的创作形式了，渐渐的这种新文体得到大多数的文人学士们的支持了。渐渐的这种新文体升格成为王家贵族的东西了。至此，而他们渐

① 【匈】阿诺德·豪泽尔：《艺术社会学》，居延安译编，学林出版社 1987 年版，第 207 页。

渐地远离了民间，而成为正统的文学的一体了。”[①] 尽管散曲文学在官方和文人雅士眼中一直是小道末技、鄙俚之词，最终也未升格为“王家贵族的东西”、“成为正统的文学的一体”，但是散曲自诞生以来，却一直向着雅致化方向发展，的确是离民间越来越远。雅化词化是中国古代散曲发展的整体趋势，当散曲的雅化词化达到了一定程度，几乎完全丧失了自身的文体特征之时，也就失去了作为一种独立文体的立身之本和存在价值，其发展之路也就走到了尽头。

一　散曲“蛤蜊”、“蒜酪”味的重现及其散曲史意义

（一）散曲本有的“蛤蜊”、“蒜酪”味随其雅化词化而逐渐丧失

散曲作为诗词之后出现的又一种诗体文学形式，是一种独立存在的文体，有着与诗歌和词这两种诗体文学形式明显不同的特点。关于这一点，前人有过很多论述。

元代钟嗣成在《录鬼簿自序》中介绍了作书之因后说道：“若夫高尚之士，性理之学，余有得罪于圣门者，吾党且啖蛤蜊，别与知味者道。”[②] 明代何良俊在《四友斋丛说》中评价《琵琶记》曰：“高则成才藻富丽，如《琵琶记》‘长空万里’，是一篇好赋，岂词曲能尽之！然既谓之曲，须要有蒜酪，而此曲全无，正如王公大人之席，驼峰、熊掌，肥腯盈前，而无蔬、笋、蚬、蛤，所欠者，风味耳。”[③] 钟嗣成与何良俊所言“蛤蜊”、“蒜酪”之味即为曲文学有别于诗词的独特风味，然而“蛤蜊”、“蒜酪”究竟是何滋味，两家都未明言详说。

钟嗣成、何良俊之后，文人学者中多有通过诗词曲之比较以凸显曲之特征者，使得我们对于曲体文学的独有特征有了更为明晰准确的认识。王骥德《曲律》卷四中有言：“吾谓诗不如词，词不如曲，故是渐近人情。……诗与词，不得以谐语方言入，而曲则惟吾意之欲至，口之欲宣，纵横出入，无之而无不可也。故吾谓：快人情者，要毋过于曲也。”[④] 李

---

① 郑振铎：《中国俗文学史》，商务印书馆2005年版，第2页。

② 钟嗣成等：《录鬼簿（外四种）》，上海古籍出版社1978年标点本，第2页。

③ 何良俊：《四友斋丛说》，上海古籍出版社2012年校点本，第247页。

④ 王骥德：《曲律》，顾廷龙主编《续修四库全书》，上海古籍出版社2002年影印本，子部，第1758册，第476页。

渔在《窥词管见》中对比了诗词曲不同的“腔调”：“诗有诗之腔调，曲有曲之腔调。诗之腔调宜古雅，曲之腔调宜近俗，词之腔调则在雅俗相和之间。”① 徐大椿在《乐府传声》“元曲家门”中也通过比较解析了曲之特点：“元曲……其体则全与诗词各别，取直而不取曲，取俚而不取文，取显而不取隐，……若必铺叙故事，点染词华，何不竟作诗文，而立此体耶?”② 清代严廷中认为“曲虽小道，却别是一种笔墨，似诗不可，似词不可，此人所共知也。若不，但着一温柔敦厚语不可，且着一平正稳重字不可。不难于越俗越雅，而难于越雅越俗。某四十年沉酣于此，颇有会心。尝谓：‘诗如夫人，以大方温雅胜；词如姬妾，流丽中尚不妨少兼端重；曲则如平康名妓，动人处正在放诞风流，轻狂妖媚耳’。”③ 吴梅先生亦对散曲之“俚俗”颇为重视：“余尝谓元词之不可及，正在俚俗处。在明人以冶丽之词作北曲，而蒜酪遗风渺不可得，余窃有志焉而未逮也。”④ 诸家所论散曲之特征时表述方式虽不尽相同，但所论散曲之独有特点不外“直”、“俚”、“显”、“俗”诸端，这些正是散曲整体上有别于诗词的独特之处。

“歌，诗，词，曲，我以为原是民间物，文人取为已有，越做越难懂，弄得变成僵石，他们就又去取一样，又来慢慢的绞死它。”⑤ 散曲如诗词一样，在文人取为已有之后，无可避免地走上了雅化之路，其标志性的特征也在散曲被琢磨、被规范的过程中消失殆尽。实际上，早在元代散曲之雅化就已经开始，这是一种“总体上的变化，它包括精神境界的扩展和深入、传统诗歌艺术手法的移入、语言的淬炼等”⑥。在具体的作品创作方面，语言、内容、风格等方面的雅化自散曲入文人之手时已经在悄无声息地进行中，具体到创作流派方面，乔吉、张可久的清丽一派已开雅化之端。此外，散曲雅化还表现在其他方面。元前期散曲家王恽的〔正

① 李渔：《闲情偶寄·窥词管见》，中国社会科学出版社 2009 年校注本，第 245 页。

② 徐大椿著，吴同宾、李光译：《乐府传声译注》，中国戏剧出版社 1982 年版，第 14 页。

③ 严廷中：《秋槎与友人单为锪（伯平）论曲代序》，谢伯阳、凌景埏编《全清散曲》（增补版），齐鲁书社 2006 年版，第 2562 页。

④ 吴梅：《瞿安读曲记·黄粱梦》，载王卫民编《吴梅戏曲论文集》，中国戏剧出版社 1983 年版，第 393 页。

⑤ 鲁迅：《致姚克》，载《鲁迅全集》第十三卷，人民文学出版社 2005 年版，第 28 页。

⑥ 李昌集：《中国古代散曲史》，华东师范大学出版社 1991 年版，第 336 页。

宫·黑漆弩〕《游金山寺》之前有一则短序，其中记录了当时有人建议将“曲名似未雅”的〔黑漆弩〕改名为〔江南烟雨〕的事情，序曰：“邻曲子严伯昌尝以〔黑漆弩〕侑酒，省郎仲先谓余曰：‘词虽佳，曲名似未雅，若就以“江南烟雨”目之，何如？’余曰：‘昔东坡作《念奴曲》，后人爱之，易其名曰〔酹江月〕，其谁曰不然？’仲先因请余效颦，遂追赋《游金山寺》一阕，倚其声而歌之。”① 杨维桢在《周月湖今乐府序》中有言：“夫词曲本古诗之流，既以乐府名编，则宜有风雅余韵在焉。苟专逐时变，竞俗趋，不自知其流于街谈市谚之陋，而不见夫锦脏绣腑之为懿也，则亦何取于今之乐府可被于弦竹者哉！”② 元代之后，明清时期诸如此类作品创作、形式规范及散曲理论方面的雅致化表现更是比比皆是，它们共同推进着古代散曲的雅化进程。然而，这些在创作观念和创作实践方面的雅化表现与散曲“直”、“俚”、“显”、“俗”特质尤其是“蛤蜊”、“蒜酪”味的保持与延续无疑是相悖的。

纵观明清散曲的发展过程，我们可以看到明中叶前期成、弘时散曲家陈铎的作品比较多地保留和延续了元散曲本初时所具有的俏皮俚俗、跳脱显露的趣味，也就是久违的“蛤蜊”、“蒜酪”味，因而，夏咸淳评价“《滑稽余韵》是中国散曲中的一幅《清明上河图》，是明代通俗文学大繁荣时代行将来临而先期吐蕾发华的一支绿萼，陈大声呢，则是晚明文坛趋俗风气盛行时期徐渭、李贽、汤显祖、袁宏道、冯梦龙等俊士的前驱”③。

此后，在明代嘉靖之后，随着昆腔的兴起，南散曲愈加盛行④，散曲在整体上进一步雅化。任中敏先生在《散曲概论》中说道：“昆腔以后……南曲又多参词法以为之，形成所谓南词，而曲亡矣。”⑤ 任先生所言“曲亡矣”并不是说明代之后没有散曲、散曲灭亡了，而应当是从散

---

① 隋树森编：《全元散曲》，中华书局1964年版，第96页。

② 杨维桢：《周月湖今乐府序》，俞为民、孙蓉蓉编《历代曲话汇编：新编中国古典戏曲论著集成》，黄山书社2006年版，唐宋元编，第424页。

③ 夏咸淳：《明中叶市井百象——论陈大声散曲集〈滑稽余韵〉》，载赵义山编《新世纪曲学研究文存两种》，上海古籍出版社2003年版，第296页。

④ 关于明代南北曲盛衰时间及与昆腔兴起的时间先后问题，赵义山先生在《明清散曲史》第21—27页已经根据确凿证据辨析论述清楚，此处不再赘述。

⑤ 任中敏：《散曲概论》，任中敏编著《散曲丛刊》，凤凰出版社2013年版，第十四种，第1097页。

曲文体特征存在与否的角度来下此断语的。此时的散曲创作以雅化词化为主潮，对此，凌濛初很是担忧地说道："曲始于胡元，大略贵当行不贵藻丽。……自梁伯龙出，而始为工丽之滥觞，一时词名赫然。盖其生嘉、隆间，正七子雄长之会，崇尚华靡。弇州公以维桑之谊，盛为吹嘘，且其实于此道不深，以为词如是观止矣，而不知其非当行也。以故吴音一派，竞为剿袭。靡词如绣阁罗帏、铜壶银箭、黄莺紫燕、狂蜂浪蝶之类，启口即是，千篇一律。甚者使僻事、绘隐语，词须累诠，意如商谜，不惟曲家一种本色语抹尽无余，即人间一种真情话，埋没不露已。至今胡元之窍，塞而未开，间以语人，如痼疾不解，亦此道之一大劫哉！"[①] 可见，在晚明南散曲雅化词化的大潮之中，散曲本色真情的丧失令人痛心，散曲本有的特质实在不易得见。

明代嘉靖之后散曲坛婉丽之风盛行之时，尚有北派散曲家薛论道以其本色自然、率真质朴的曲作独树一帜，这对于渐渐失去"自然"、"率直"特色的晚明散曲是弥足珍贵的。然而薛论道的散曲观念却属于"雅正"一类，在作于万历十六年（1588 年）的《〈林石逸兴〉序》中，薛论道有言："粤汉之武宣，乐府兴而声律盛，其来邈矣。事细迹微，而代不绝音者，以其歌颂国家遗美，未可以阙之也。千百年来，体制音调大不古侔。弗失于律，则离于体；弗过于文，则伤于俗。夫失乎律则音乖，离乎体则本谬，过于文则言晦，伤乎俗则语陋。之数者，殆非所以尽声律之微，而发歌咏之妙也。迨我圣朝人文极盛，政化是务，而声律渺矣！儒者陋而莫为，庸者为而莫耻，是以清歌雅调，烟灭灰飞，俚语淫声，塞衢盈耳。休明盛世，而声教坠之若此，宁无惜乎！余少读章句，时趋庭履市，过则掩鼻，深不欲污吾之耳。"[②] 由此可见，薛论道对当时流行于市井街巷间的"俚语淫声"非常反感，而对"清歌雅调"的"烟灭灰飞"很是惋惜。在这样的观念之下，薛论道散曲虽率真自然却无热辣俏皮之味，虽本色质朴却无俚俗跳脱之趣，所谓"蛤蜊"、"蒜酪"之味不见于其作自然在情理之中。

---

① 凌濛初：《南音三籁》，顾廷龙主编《续修四库全书》，上海古籍出版社 2002 年影印本，子部，第 1744 册，第 211 页。

② 薛论道：《〈林石逸兴〉序》，谢伯阳编《全明散曲》，齐鲁书社 1994 年版，第 2902 页。

（二）歌谣时调刺激之下明代后期散曲中重现“蛤蜊”、“蒜酪”之味

所幸的是，继陈铎之后，在明代后期散曲雅化词化的大潮中，也有一些散曲家的作品在民间歌谣时调的刺激之下，重现了元代散曲俚直、佻达、热辣的特质；虽然总的来看这些作品的数量很有限，但久违的“蛤蜊”、“蒜酪”之味足以令它们在明代后期尤其是弥漫着软艳柔靡之风的晚明散曲坛上散发出独特耀目的光芒。

“一般说来，一种文体的发展，总是经由口传文学到书面文学、或从民间文学到作家文学的嬗变过程，也就是由野而史、由俗而雅的过程；但也有逆向取野取俗的趋势。”[①] 明代中后期，民间歌谣时调风行于街巷闾阎之间，被誉为“我明一绝”[②] 的这些民间歌曲以其鲜活的俚趣俗韵感染了众多文人，一些散曲家如李开先、丁綵、丁惟恕、刘效祖、赵南星、朱载堉、冯梦龙等亲自拟作了拟歌谣时调，继而影响到了自身的散曲创作。另有一些散曲家如沈仕、王骥德、施绍莘等，就目前资料而言他们的作品中虽未见有拟歌谣时调作品，但是在歌谣时调盛行之时，在关注称赏歌谣时调的风气裹挟之下，这些散曲家的一些散曲作品也带有民间歌谣时调风味，这都使我们看到了重具“蛤蜊”、“蒜酪”风味的散曲作品。

嘉靖二十一年罢归的李开先，倾力搜集、改定市井歌谣时调并将其结集为《市井艳词》，他创作的百首散曲小令〔傍妆台〕中不少作品亦染上歌谣时调俚俗之风。主要生活于正德至万历前期的丁綵与其子丁惟恕分别拟作过歌谣时调〔劈破玉〕、〔干荷叶〕和〔河南韵〕等，生活于明嘉靖元年至万历十七年的刘效祖拟作有〔挂枝儿〕、〔双叠翠〕、〔锁南枝〕等歌谣时调数百首，生活于嘉靖二十九年至天启七年的赵南星也使用民间歌谣时调的曲调〔银纽丝〕、〔劈破玉〕、〔一口气〕、〔喜连声〕和〔山坡羊〕创作了一些拟歌谣时调，生活于明代嘉靖十五年至万历三十八年左右的朱载堉使用民间歌谣时调的曲调〔劈破玉〕、〔山坡羊〕、〔耍孩儿〕、〔黄莺儿〕也创作了不少拟作，生活于明万历二年至清代顺治三年的冯梦

---

① 王水照：《文体丕变与宋代文学新貌》，《中国文学研究》1996 年第 4 期，第 40 页。

② 陈弘绪：《寒夜录》，《续修四库全书》，上海古籍出版社 2002 年影印本，子部，第 1134 册，第 700 页。

龙也使用〔挂枝儿〕创作过拟歌谣时调。明代嘉靖之后正是民间歌谣时调已成盛行之势的时候，这些散曲家拟作歌谣时调的创作活动对他们的散曲创作自然而然地带来了影响，在他们现存的散曲作品中我们看到了一些风格与当时流风不同的曲作，例如：

〔南仙吕·傍妆台〕（李开先）

傻哥哥，识人多处是非多，怎禁对面丢圈套，平地起干戈。片石要打千金磨，尺水翻成一丈波。南无菩萨，阿弥陀佛，得高歌处且高歌。[①]

〔南南吕·一江风〕（刘效祖）

望天涯，买遍金钱卦，泪湿鲛绡帕。歹冤家，弃旧迎新，负德辜恩，忘了当初话。薄情谁似他，痴心谁似咱，恨起来提着名儿骂。[②]

〔北双调·清江引〕（朱载堉）

半夜三更睡不着，闹得心焦躁。圪蹬响一声，尽力吓一跳，把一股脊梁筋穷透了。[③]

〔南仙吕入双调·玉抱肚〕《赠书》（冯梦龙）

频频书寄，不过叙寒温别无甚奇。你便一日间千遍书来，我心中又不嫌聒絮。书呵，原非要紧好东西，为甚一日无他便泪垂？[④]

在明代嘉靖之后至明末的散曲坛上，除薛论道、施绍莘等少数曲家的作品之外，我们目之所及基本上均为委婉柔媚之作，丽词雅句、香风软语在这一时期的散曲作品中比比皆是。在这种背景之下，出现在以上曲家众多曲作中的一些别具俚俗趣味的作品便显得格外耀目了。这些作品给人似曾相识之感，它们的出现重现了元散曲本初时的俏皮跳脱、俚俗鲜活之趣。在元散曲中，有不少作品带有浓厚的俚俗趣味，例如：

---

① 谢伯阳编：《全明散曲》，齐鲁书社 1994 年版，第 1822 页。

② 同上书，第 2323 页。

③ 谢伯阳编：《重订朱载堉散曲并记》，《中国韵文学刊》2012 年第 3 期，第 105 页。

④ 谢伯阳编：《全明散曲》，齐鲁书社 1994 年版，第 3586 页。

〔中吕·红绣鞋〕（贯云石）

挨着靠着云窗同坐，偎着抱着月枕双歌，听着数着愁着怕着早四更过。四更过情未足，情未足夜如梭，天啊，更闰一更儿妨甚么！[①]

〔仙吕·一半儿〕《题情》（关汉卿）

碧纱窗外静无人，跪在床前忙要亲。骂了个负心回转身。虽是我话儿嗔，一半儿推辞一半儿肯。[②]

〔双调·碧玉箫〕（关汉卿）

你性随邪，迷恋不来也。我性痴呆，等到月儿斜。你欢娱受用别，我凄凉为甚迭？休谎说，不索寻吴越。喈，负心的教天灭！[③]

这些元散曲小令的鲜活气息扑面而来，然而随着散曲发展整体的雅化词化，诸如此类的曲作逐渐不易见到。李开先、丁綵、丁惟恕、刘效祖、赵南星、朱载堉、冯梦龙等散曲家由于学习并拟作了当时民间的歌谣时调，从而使得一些作品中重新显现了“蛤蜊”、“蒜酪”之味。

以上诸家的散曲创作活动基本上都在明代嘉靖之后，此时的散曲创作整体上正处于昆腔兴起、南散曲继续兴盛、工丽香软之曲逐渐席卷散曲坛之时。在第一章中我们已经看到，大致自嘉靖时起，民间歌谣时调更为兴盛，呈现出风行大江南北之势，李开先、丁綵、丁惟恕、刘效祖、赵南星、朱载堉、冯梦龙等散曲家几乎也都是在此时受到了歌谣时调的影响。在民间歌谣时调的影响之下，处于雅化大势之中的这些散曲家“逆向取野取俗”[④]，拟作歌谣时调从而使得散曲在某种程度上重现俚俗佻达、活泼直露的本初特质。从现存资料来看，这些散曲家拟作歌谣时调都是一种闲时随兴之举，并没有哪位散曲家为了使自己的散曲在呈泛滥之势的柔靡婉丽曲作中显得独特别致而刻意为之，也没有哪位散曲家企图通过拟作歌谣时调从而影响散曲创作的方式来除危救弊、挽救散曲，一切都是在自然而然中发生的。然而，从散曲整体发展的角度来看，在散曲于雅化词化之

① 隋树森编：《全元散曲》，中华书局 1964 年版，第 363—364 页。

② 同上书，第 156 页。

③ 同上书，第 164 页。

④ 王水照：《文体丕变与宋代文学新貌》，《中国文学研究》1996 年第 4 期，第 40 页。

路上越走越远的大势之下，这种由于歌谣时调的刺激所带来的闲玩式的拟作活动所产生的结果，客观上为明代后期的散曲创作涂上了一抹亮色。

“散曲发展到了元代后期，逐渐走向了雅化的道路。追求词采，讲究声律，初期那种俚俗、粗豪、裸露、质朴的蒜酪味，逐渐减弱了、消失了。……曲的逐渐雅化，由市民文学走上文人雅士的殿堂，是散曲发展的必然趋势。”① 进入明代后，散曲发展经历了低落与复兴，终于再现鼎盛之态，但是曲中之雅化潮流始终未改其趋势。虽然有陈铎等人之曲描绘市井百态、颇为接近民生，但是散曲离开民间土壤久矣，元代散曲中许多可贵的品质如率意痛快、俚俗机慧、跳脱佻达等于明散曲中并不多见。嘉靖之后，明代散曲之主流整体上向词风靠近，趋于雅丽婉妍。“我们……常能发现那些处于发展势头良好而显出兴旺气象的韵文文体，大多是处于刚刚吸纳或正在吸纳民间韵文质素之滋养的文体；而那些处于发展末势而显出衰微症状的韵文文体，则大多是处于长期脱离民间韵文质素之滋养的文体。……在我们对‘一代之文学’的任何一体作衰退期研究时，我们不妨都有意识地检视一下，此一文体究竟是否还有现实生活中的民间韵文作为继续其生命力的活水源头，同时也检视一下，此一文体在脱离民众而囿于案牍的文人化道路上究竟已经走了多远……”② 明代后期散曲正是由于脱离民间、走上了文人化、案头化的道路而逐渐丧失了活力，而此时民间歌谣时调的流行及其对散曲家创作产生的影响重新拉近了散曲与民间的距离，激活了散曲原有的一些特质。

鲁迅先生在《门外文谈》中说民间文艺作品“偶有一点为文人所见，往往倒吃惊，吸入自己的作品中，作为新的养料。旧文学衰颓时，因为摄取民间文学或国外文学而起一个新的转变，这例子是常见于文学史上的”③。但是，就散曲文学的整体发展来看，明清散曲却并没有因为歌谣时调的刺激出现一个新转变，歌谣时调对明代后期至晚明散曲的整体创作而言，就如同几枚绚丽的彩石在散曲雅化大潮之中激起了几朵活力充盈的浪花，其力之所极引人瞩目但其力量却不足以改变散曲发展的潮流所向。

① 羊春秋：《散曲通论》，岳麓书社 1992 年版，第 258 页。

② 蒋长栋主编：《中国韵文文体演变史研究》，岳麓书社 2008 年版，第 44—45 页。

③ 鲁迅：《门外文谈》，载《鲁迅全集》第六卷，人民文学出版社 2005 年版，第 97 页。

在明代中后期尚俗趋俗的特殊文化氛围之中，歌谣时调通过一些散曲家对散曲创作产生了一些不可忽视的影响，提振了当时散曲坛的生气。但是散曲家们主观上并没有刻意做过散曲民歌化的探索，他们只是在歌谣时调盛行并受到众多文士关注、称赏的氛围中为歌谣时调的风味所感染，从而使得自身散曲创作受到影响。此后，在经历了明清易代的家国剧变后，清代绝大多数散曲家在尚雅鄙俗的文化背景下，延续了晚明南散曲家们崇尚婉丽工雅的传统。清代极个别散曲家如蒲松龄等虽然也曾拟作过歌谣时调，歌谣时调对他们的散曲创作虽然也有过一点影响，但是对清代散曲整体发展而言，民间歌谣时调的影响力几乎可以忽略不计，散曲总体上在更进一步的雅化词化中走向了彻底衰颓。

二　散曲家曲学观念的变化及其散曲学史意义

明清歌谣时调除了在一些散曲家的作品创作中留下值得注意的痕迹，对个别散曲家的曲学观念也带来了一些影响，李开先散曲“求俗”观念的出现及王九思散曲“谑”、“俗”观念的复归均与歌谣时调的影响有关。

李开先曾经在《〈张小山小令〉后序》中讲到自己学做散曲的往事：“予自游乡校，读书或有余力，则以学词。词独爱张小山之作，以其超出尘俗，不但矍劲而已。”① 由此可见，李开先起初对于雅化一派、超出尘俗的张小山作品格外钟爱。然而在《〈市井艳词〉又序》中，李开先的观念却发生了转变：“学诗者，初则恐其不古，久则恐其不淡；学文者，初则恐其不奇，久则恐其不平；学书、学词者，初则恐其不劲、不文，久则恐其不软、不俗。……予词散见者勿论，已行世者，辛卯春有《赠对山》，秋有《卧病江皋》，甲辰有《南吕小令》。《登坛》及《宝剑记》，脱稿于丁未夏，皆俗以渐加，而文随俗远。至于《市井艳词》，鄙俚甚矣，而予安之，远近传之。……予独无他长，长于词，岁久愈长愈俗。”② 由钟爱雅致超尘之作到散曲创作中的求俗乐俗，李开先的散曲观念明显发

---

① 李开先：《〈张小山小令〉后序》，《闲居集》，李开先著，卜键笺校《李开先全集》，文化艺术出版社 2004 年版，第 533 页。

② 李开先：《〈市井艳词〉又序》，《闲居集》，李开先著，卜键笺校《李开先全集》，文化艺术出版社 2004 年版，第 470—471 页。

生了转变，不能不说的是，这种转变与他倾力搜集、整理、拟作歌谣时调并最终编订《市井艳词》是有着密切关系的（具体考辨分析详见下编第二章，此处重在提出李开先“求俗”观念与歌谣时调的关系之后探讨其散曲学意义）。

李开先曾经将所作百首〔傍妆台〕小令交予诸多友人评阅，这些受到歌谣时调影响的散曲小令颇得友人们称赞，其中也包括王九思。王九思本人也曾经创作了许多散曲作品，并在一些序评中表达了自己的作曲心得。他在自作的《碧山续稿序》中说道：“予为《碧山乐府》，浒东先生既序而刻诸木矣。四三年来，乃复有作。兴之所至，或以片纸书之，已既弃去。……或兴激而语谑，或托之以寄意，大抵顺乎情性而已……嘉靖癸巳春二月甲子碧山野叟自序。”[①] 从中可见，王九思在嘉靖癸巳时对自己所做“兴激而语谑”的作品未觉有甚不妥，反而略有自得之意。但是此后由于朋友的劝诫，王九思的这种观点有所变化，而在阅读了李开先颇受歌谣时调影响的百首〔傍妆台〕之后，王九思肯定散曲“谑”、“俗”的观念又重新回归（详细考辨将在下编第二章呈现，此处重在提出王九思的观点与歌谣时调的关系）。王九思肯定散曲“谑”、“俗”观念的最终回归，与他阅读、评点李开先的百首〔傍妆台〕有关，这也体现了民间歌谣时调对王九思散曲观念的间接影响。

可见，李开先“求俗乐俗”散曲观念的出现以及王九思肯定散曲“谑”、“俗”观念的回归，均与歌谣时调有关。就明清散曲学的整体情况而言，二位散曲家在歌谣时调的作用下产生或复归的散曲观念有着重要意义。

中国古代散曲发展中的雅化不仅体现在作品创作方面，还表现在肯定雅化、主张散曲雅化词化的创作观念上，这种观念在元明清散曲学史上可谓在在有之。例如：元代散曲家刘时中在为张可久散曲集《吴盐稿》所作跋中有言：“小山乐府行于世久矣，《吴盐稿》最后出，漉沙构白，熬波出素，变化神奇，雪飞花舞，真擅场之工也。盖小山读书多，积于中而发于外，调和醯醢，淹囗配菽，诚可为食殽之将蜀酱楚酪，风期乐天矣。

① 王九思：《碧山续稿序》，谢伯阳编《全明散曲》，齐鲁书社 1994 年版，第 996—997 页。

间有作者，俗鄙而涩，柔脆而苦，一再咀嚼，满口败絮，见此稿宁不为愧！"① 刘时中在跋语中以吴盐生产提纯的过程来比喻张可久的散曲创作，并明确表示了对"俗鄙"之作的鄙视。杨维桢在《周月湖今乐府序》中也明确说道："夫词曲本古诗之流，既以乐府名编，则宜有风雅余韵在焉。苟专逐时变，竞俗趋，不自知其流于街谈市谚之陋，而不见夫锦脏绣腑之为懿也，则亦何取于今之乐府可被于弦竹者哉！"② 这同样也是主张散曲创作应当雅致的观点。

明代朱有燉在〔北正宫白鹤子〕《咏秋景有引》中有言："或曰：'古诗为正音，今曲乃郑卫之声，何可同日而语耶？'予曰：'不然，郑卫之声，乃其立意不正，声句淫佚，非其体格音响比之雅、颂有不同也。今时但见词曲中有《西厢记》、《黑旋风》等戏谑之编为亵狎，遂一概以郑卫之声目之，岂不冤哉！《国朝集》雅颂正音中，以曲子〔天净纱〕数阕编入名公诗列，可谓达理之见矣。体格虽与古之不同，其若可兴、可观、可群、可怨，其言志之述，未尝不同也。'"③ 作者为散曲受到鄙视鸣不平，但是却以传统雅正文学观念中"立意"之正与否来辩驳对方，实际上是要以散曲之体写雅正之内容，实在是主张散曲雅化的又一种表现。另外，明代王克笃在《适暮稿小引》中曾经记录："余囊效颦，编〔哪吒令〕一韵十首。客有过我者，索而歌之，因戒曰：'曲制重雅驯，一涉嘲谑，非礼也。'余愧而火其稿……万历二十二年新正三日暮，寿里菊逸氏自记。"④ 其中也可见当时主张散曲应"雅驯"的观点。清代宋征璧套数〔南仙吕醉扶归〕《芳草》后有其弟其武的评语曰："措辞必雅，出语便秀。逍遥屈宋之间，窈窕天人之际者矣。"⑤ 另外，宋征璧本人也认为"戏曲宜于通俗，散套贵乎大雅"⑥。这些也都是主张散曲应当雅致的

---

① 刘时中：《〈吴盐稿〉跋》，转引自杨栋《中国散曲学史研究》，高等教育出版社 1998 年版，第 101—102 页。

② 杨维桢：《周月湖今乐府序》，俞为民、孙蓉蓉编《历代曲话汇编：新编中国古典戏曲论著集成》，黄山书社 2006 年版，唐宋元编，第 424 页。

③ 朱有燉：《咏秋景有引》，谢伯阳编《全明散曲》，齐鲁书社 1994 年版，第 277—278 页。

④ 王克笃：《适暮稿小引》，谢伯阳编《全明散曲》，齐鲁书社 1994 年版，第 2476 页。

⑤ 谢伯阳、凌景埏编：《全清散曲》（增补版），齐鲁书社 2006 年版，第 239 页。

⑥ 宋征璧：《客问十则》，谢伯阳、凌景埏编《全清散曲》（增补版），齐鲁书社 2006 年版，第 262 页。

观念。

李开先、王九思并没有像后世的一些曲学家如李渔、徐大椿、严廷中、吴梅等一样，明确地意识到并指出散曲不同于诗词的文体特质之一正在于“俗”（各家具体观点本章第一个问题中已有详细介绍，此处不再赘述），但是他们却能对具备“俗”、“谑”特点的散曲进行肯定，不耻俗、不避俗反而乐俗、求俗，在明清散曲学史尚雅重雅观念频现的背景之下，二人这种观念和态度本身就未落俗套，是非常值得珍视和肯定的。

以上我们分别考察了明清歌谣时调的影响之于明清散曲创作、整体发展和散曲学的意义。可以看到，一些明清散曲家由于向歌谣时调学习而使自身的一些作品重现了元代散曲本初时的“蛤蜊”、“蒜酪”味，这为明清散曲创作增添了亮色；但是歌谣时调对于一些散曲家创作所产生的影响并没有改变明清散曲整体的发展趋势；与此同时，歌谣时调也对个别散曲家的散曲创作观念带来了一些影响。虽然歌谣时调对明清散曲的整体发展和散曲学的影响力都比较有限，但是由于这种影响力的存在，明清散曲史及散曲学史上均增加了许多引人瞩目的亮点。

第二节　明清散曲的影响之于明清歌谣时调发展演进的意义

如果说明清歌谣时调之于明清散曲的影响是一种激发其活力的刺激，那么明清散曲对歌谣时调的影响，则是一种促进其发展的助推力，它推动了歌谣时调以更为多样化、繁复化的状态在民间广为传唱，促进了歌谣时调的迅速衍生及繁荣。

一　歌谣时调相关体制及做法的繁复化

纵观明清歌谣时调的整体发展情况，我们可以看到，歌谣时调的形式由起初单纯的单支曲调变得更为繁复多样，出现了使用多支曲调、以多种形式组合而成的作品。现存可见的明代歌谣时调在篇幅上大多比较短小，单篇作品的内容也较为简单；随着歌谣时调的发展，歌谣时调单篇作品的篇幅逐渐增长，内容含量也逐渐丰富。明清歌谣时调这种存在状态上的繁复化（单篇作品形式的多样化、复杂化及整体作品内容的丰富化）与其向散曲体制及做法的学习是密不可分的。

在现存可见的明代歌谣时调中，绝大多数作品都是由一种曲调单独做就的一支短小歌曲，例如冯梦龙所编《挂枝儿》中“欢部”的《描真》：

> 碧纱窗下描郎像，描一笔画一笔想着才郎，描不成画不成就添惆怅。描只描你风流态，描只描你可意庞。描不出你温存也，停着笔儿想。①

《乐府玉树英》中的“新增劈破玉歌”《思》：

> 想亲亲想得肝肠断，念亲亲念得口儿干，望亲亲望得眼儿穿。有缘千里会，无缘对面难。我想我的乖亲亲，不知乖亲想我也不想。②

《大明春》中的“古今人物挂真儿歌”《琵琶记》：

> 蔡伯喈一去求名利，抛别妻儿，赵五娘受尽孤凄，三年荒旱难存济。公婆双弃世，独自筑坟堆。身背琵琶，身背琵琶，天，京都来寻你。③

《摘锦奇音》中的“劈破玉歌”《花》：

> 玉簪花种向明园内，长青枝发绿叶委实奇哉，蜜蜂不住枝头恋。佳人齐来采，才子笑微微。一见新鲜，一见新鲜，花，人人爱戴你。④

可以看到，以上歌谣时调都是只用了一种曲调，它们或者描写一个简单的

---

① 周玉波、陈书录编：《明代民歌集》，南京师范大学出版社2009年版，第231页。

② 同上书，第158页。

③ 同上书，第202页。

④ 同上书，第188页。

场景，或者诉说一种单一的情绪，还有的简略叙述事件的梗概或者简单描写一种事物等。由于所用曲调单一、形式简单，此时单篇歌谣时调的容量也就很有限，内容也相对比较简略，基本见不到铺叙和更为丰富复杂的情节。这些作品有短小精悍、易唱易记的优势，但同时，也正是由于篇幅短小，这样由单支曲调做就的短小作品在讲述事件过程、铺叙情节、渲染情绪等方面就显得有些力不从心。另外，由于这样的歌谣时调只使用一种曲调来表情达意，在音乐曲调方面就缺少变化，久而久之，难免令听者对其音乐曲调产生厌倦之感。

随着歌谣时调的逐步发展繁荣，一些长篇作品较多地产生出来，这些作品的出现与歌谣时调学习散曲的体制、借鉴散曲的多种曲调组合方式是有密切关系的。由于歌唱传播环境的交叉，民间歌谣时调有条件向体制自成系统并已经成熟的散曲学习，借鉴引进散曲的一些曲调组合方式，从而使得单篇作品所用曲调及其组合方式变得多样化、作品篇幅得以扩展、作品内容更为丰富。在现存可见的明清歌谣时调作品中，我们可以发现散曲中的套曲、带过曲、折腰犯以及集曲等形式都对歌谣时调的曲调组合方式造成了影响，改变了明清歌谣时调起初由单一的单支曲调来抒情写境的情况。

例如：《万花小曲》中收录的《闺女思嫁》一作，用一支〔西江月〕加上二十五支〔两头忙〕再加一支〔清江引〕组合为一套曲子，曲调组合形式与散曲套曲的曲调组合方式几乎相同。这篇《闺女思嫁》的首曲〔西江月〕简单介绍此作的梗概，之后以二十五支〔两头忙〕详尽细致地铺陈了女孩儿思嫁心切、暗地埋怨爹娘、媒人说亲、婆婆相看、梳妆待嫁、洞房花烛等情节，对思嫁女孩在整个过程中的情态心理等均作了非常细腻的描绘，最后用一支〔清江引〕作结，其丰富的内容和细致的铺陈对使用单一曲调的短小歌谣时调来说是不可想象的。又如《霓裳续谱》卷六名为《春色儿娇》的歌谣时调，使用四支〔玉娥郎〕来详细描写铺叙一年四季的佳景人情、节日民俗等，最后用一支〔清江引〕为全曲作结。类似散曲套曲多曲调连缀组合形式的歌谣时调在清代还有一些，将多支曲调组合连缀在一起，一般都会比单支曲调单独存在时的篇幅长出许多。很显然，这些作品较使用单支曲调的歌谣时调而言，篇幅上有很大扩展，内容也更加丰满，铺陈描摹更为细致，更适于讲述一些故事情节或是铺叙景物与情态，表现空间的拓展很好地提升了作品内容方面的表现力。另外，类似散曲套曲形式的歌谣时调都是在一篇作品中同时使用了一种以上的曲调组合演唱，除上述两例之外，这类作品还有很多，如《霓裳续谱》卷五的《扬子江心》使用了〔粉红莲〕、〔锁南枝〕、〔尾声〕三种曲调，《霓裳续谱》卷五的《乡里亲家我瞧瞧亲家》使用了〔银纽丝〕、〔秦吹腔〕、〔京调〕、〔数岔〕、〔南罗儿〕、〔秦腔尾〕多种曲调。这种在一篇歌谣时调中使用多种曲调组合演唱的方式，使得作品在音乐上富于变化，增加了作品的音乐表现力，不至于令听者感到厌倦。

明清歌谣时调除了学习散曲套曲的曲调组合方式之外，还借鉴了散曲中的多种犯调形式，我们在现存的明清歌谣时调中便可以见到许多曲调组合方式借鉴散曲带过曲、折腰犯和集曲的作品。例如《风月锦囊》卷一中有数支〔新增楚江秋后联清江引〕就是在〔楚江秋〕曲后带〔清江引〕，其中的《路远音稀》如下：

> 〔楚江秋〕相思病渐昏，关山劳梦魂，三年一去稀音信。怎么的尺书不寄意中人，心下评论，多应路远风无顺。情儿可是真，意儿可是真，归来毕竟从头问。〔清江引〕归来毕竟从头问，诉与相思恨。知他知不知，罗带都宽尽。只落得，只落得晓夜里心不稳。①

《风月锦囊》中这组歌谣时调共有十九首，都如上例一样使用了两支不同的曲调连缀而成，用以诉说相思情状。类似的作品在清代亦有一些，比如《霓裳续谱》卷四中的《三月里清明节》也是将〔重叠序〕与〔寄生草〕两支曲调连缀组合起来叙述别离之苦。这样的歌谣时调在形式上明显是学习了散曲带过曲的曲调组合方式，将两支曲调先后连缀在一起做就一篇作品，这使得作品的篇幅相较单支曲有所扩展，为比较充分地表情达意提供了空间。

与借鉴散曲带过曲形式的歌谣时调相比，使用散曲折腰犯形式来组合安排曲调的歌谣时调在现存明清歌谣时调中更加常见。例如冯梦龙所编《山歌》卷七之《寂寞》在标题之下就明确标明“中犯〔皂罗袍〕五

---

① 周玉波、陈书录编：《明代民歌集》，南京师范大学出版社2009年版，第41页。

句”，曲作如下：

> 昨夜郎来热了介忙，今夜无郎冷了介慌。千恩万爱，思量几场，孤灯只影，凄凉满床，阳台梦杳魂飘荡。姐道郎呀，褥子上番身无席摸，千条锦被弗如郎。①

这支歌谣时调就是在原“山歌”中犯入了“千恩万爱……阳台梦杳魂飘荡”五句〔皂罗袍〕曲调的曲词。有的歌谣时调则是在原本的一支曲调中间犯入另外一支完整的其他曲调，如《山歌》卷九之《鞋子》就是在原“山歌”之中犯入一支完整的〔驻云飞〕：

> ……〔驻云飞〕我是绸绢通身，举步生风前后云。里外多帮衬，行动都齐整。嗏，只为足下欠真诚，脚斜不正。弄得我头绽跟穿，龌龊无干净。如今个弃旧怜新恼杀人，骂你胡行老脚跟。……②

除此之外，还有的歌谣时调是在本曲之中犯入多支其他曲调的整支曲或其中几句，例如《霓裳续谱》卷四的《腮边现放着牙痕印》就是在本曲〔寄生草〕中间犯入了三句〔银纽丝〕和两句〔刮地风〕，《霓裳续谱》卷五《王瑞兰进花园自解自叹》是在本曲〔黄沥调〕中间犯入了一支〔江儿水〕、一支〔香柳娘〕、一支〔黄沥调〕、四句〔园林好〕和一支〔雁儿落〕，《白雪遗音》卷三的《妓女悲伤》则是在本曲〔八角鼓〕中间犯入了〔四大景〕、〔碧桃花〕、〔叠断桥〕各一支，〔南罗儿〕五句、〔罗江怨〕、〔太平年〕各一支，〔倒推船〕两句、〔诗篇〕和〔高腔〕各一支。这些多种多样的曲调组合形式，都是歌谣时调学习了散曲折腰犯形式之后对其进行的灵活运用，这些不同的曲调组合形式使得歌谣时调在形式方面更加多姿多彩，同时也对扩展单篇歌谣时调的篇幅有所助益。

此外，我们还可以在现存明清歌谣时调中见到个别借鉴散曲集曲形式来组合曲调的歌谣时调，例如《白雪遗音》卷二的《王昭君》使用五句

---

① 周玉波、陈书录编：《明代民歌集》，南京师范大学出版社2009年版，第339页。

② 同上书，第348—349页。

〔满江红〕、一句“昆腔”、三句“乱弹”和四句〔满江红〕组合成一支新的曲子，虽然其中的“昆腔”和“乱弹”都不是曲调名称，但是这种曲句组合形式是借自散曲集曲的。

通过研究我们可以发现，明清歌谣时调对散曲带过曲、折腰犯、集曲形式的学习一方面有助于扩大单篇作品的篇幅，为作品叙写更丰富的内容、更加细致地抒情、状物、叙事提供更大空间；另一方面也使得歌谣时调的曲调组合方式呈现出更多不同的形式，给听者以变幻多姿的感受。明清歌谣时调学习散曲套曲、带过曲、折腰犯和集曲的曲调组合方式，推动了自身由单一的单支小篇幅作品向以多种方式组合多支曲调的较长篇幅作品的发展演变，使得歌谣时调的内容和音乐曲调都更加丰满且富于变化，促进了歌谣时调在内容和音乐方面表现力的提升。

在上文中我们通过分析看到歌谣时调学习散曲套曲、犯调的曲调组合方式可以使每一个单篇作品的容量加大、内容更为丰富，那么歌谣时调对散曲俳体形式中“集名体”的学习则使得明清歌谣时调整体上的题材范围得以拓展，避免了内容的单一化。在中国古代散曲中有许多俳体形式，其中的“集调名体”、“集药名体”和“集剧名体”[①] 就是分别以曲调名称、中药名称和戏剧名称相连缀以成曲文的散曲体式，本书将它们统称为“集名体”。“集名体”曲作中的名称往往很好地融化于曲词之中，它们的存在使得曲作在抒情叙事的同时又饶有趣味。明清歌谣时调向散曲学习了这种作曲的方式，亦产生了不少佳作。例如：《大明天下春》卷四中的〔楚江秋曲〕：

虞美人病缠，倘秀才忙把药来点，山坡羊宰倒告苍天。焚动桂枝香，保佑他身清健。那时节集贤宾贺太平，好姐姐都欢忭，称人心无嗟怨。普天乐吾门独盛，快活三喜共团圆。[②]

曲作中连缀了〔虞美人〕、〔倘秀才〕、〔山坡羊〕、〔桂枝香〕、〔集贤宾〕、

① 任中敏：《散曲概论》，任中敏编著《散曲丛刊》，凤凰出版社 2013 年版，第十四种，第 1086 页。

② 周玉波、陈书录编：《明代民歌集》，南京师范大学出版社 2009 年版，第 83 页。

〔贺太平〕、〔好姐姐〕、〔普天乐〕、〔快活三〕等曲牌名称。《风月锦囊》卷一中有〔新增山坡羊〕《药名》：

想槟榔相思成病，寄杏仁一封书信，因何半夏白芷不见一张影。我为你焚沉香叩茯神，我为你使君子拜南星。指望当归远志，谁知甘草口改变做个黄连意。闪得我好似柴胡也，哎，麦门冬请太医。伤悲，到把三梭针住我的大腹皮。孤凄，哎，三黄汤交奴怎的吃。思知，枳实茴香莫待迟。①

作品以“槟榔”、“杏仁”、“半夏”、“白芷”、“沉香”、“茯苓”、“使君子”、“天南星”、“当归”、“远志”、“甘草”、“黄连”、“柴胡”、“麦门冬”、“枳实”、“茴香”等中药名称连缀成篇。《白雪遗音》卷二中有一则〔马头调〕《戏名》：

庆有余的长生殿，巧缘合卺，加官团圆，郭子仪，七子八婿把笏献。麒麟阁，金瓶戏凤桃花扇。西厢彩楼，金雀钗钏杏花天。水浒三国平妖传，富贵图，十五贯钱也不换。②

曲作中的《长生殿》、《合卺》、《麒麟阁》、《桃花扇》、《西厢》、《彩楼》、《金雀》、《钗钏》、《富贵图》、《十五贯》等都是戏曲作品的名称。

以上三篇歌谣时调代表了明清歌谣时调由散曲学得的三种集合不同类事物名称以成篇的创作方式，歌谣时调除了将散曲集调名、药名、剧名的作曲方式很好地用于创作之中，还将这些学自散曲俳体的创作方式进行发展推演，从而出现了许多集骨牌名称、歌谣时调曲调名称、鸟名、叶名、歌谣时调曲作名称等以成新作的篇目（详见下编第一章）。可以说，明清歌谣时调学习散曲“集名体”的作曲方式使得歌谣时调自身在做法上更加多样，所涉及的题材也更加多姿多彩，避免了歌谣时

① 周玉波、陈书录编：《明代民歌集》，南京师范大学出版社 2009 年版，第 52 页。

② 华广生编：《白雪遗音》，《明清民歌时调集》（下），上海古籍出版社 1987 年版，第 601 页。

调题材内容方面的单一化。另外，这些歌谣时调所兼具的知识性和趣味性也使得它们易于受到市井百姓的青睐，有助于明清歌谣时调在民间的传播繁荣。

二　对散曲翻谱体的学习促进歌谣时调新作迅速产生

明清歌谣时调除了向散曲学习了套曲及犯调的曲调组合形式以及散曲俳体中“集名体”的作曲方式之外，还学习了散曲俳体的另一种形式，即翻谱体。歌谣时调将散曲家创作翻谱体所使用的翻谱改调的方式用于自身的生产，从而在短期内产生了许多采用新曲调而曲文与旧作大致相同的歌谣时调新作。

在目前现存可见的明清歌谣时调中，我们可以见到大量的翻谱改调作品，其中以用〔劈破玉〕来翻〔挂枝儿〕原曲文和以〔马头调〕来翻〔寄生草〕原曲文的两组作品数量最多（详细的翻谱改调情况见下编第一章，此处重点探讨歌谣时调学习散曲翻谱改调做法的意义）。例如《徽池雅调》卷一“精选劈破玉歌”中有：

耐心

熨斗儿熨不开眉间皱，快剪刀剪不断我的心内愁，绣花针绣不出鸳鸯扣。两下都有意，人前难下手。该是我的姻缘也，耐着心儿守。①

《挂枝儿》卷一中有：

耐心

熨斗儿熨不开眉间皱，快剪刀剪不断我的心内愁，绣花针绣不出鸳鸯扣。两下都有意，人前难下手。该是我的姻缘也，哥，耐着心儿守。②

① 周玉波、陈书录编：《明代民歌集》，南京师范大学出版社2009年版，第168页。

② 同上书，第221页。

这组作品就是使用新曲调〔劈破玉〕对旧曲〔挂枝儿〕的曲文进行了翻谱改调，除了使用新的曲调之外，新作只是将原作曲文中的衬字变为了正文，将原作中的一个“哥”字删掉了，整体上几乎没有什么变化。同样，《白雪遗音》中也收录了许多使用新曲调〔马头调〕对旧曲〔寄生草〕的曲文进行翻谱改调的作品，例如《白雪遗音》卷二的〔马头调〕《红纱扇》和《霓裳续谱》卷四的〔寄生草〕《情人送奴一把扇》：

〔马头调〕红纱扇

情人送我一把红纱扇，一面画水，一面画山。画的山，层层叠叠实好看。画的水，万里长河流不断。偺二人相交，如山水相连，要离别，除非山倒水流断，要离别，除非山倒水流断。①

〔寄生草〕情人送奴一把扇

情人送奴一把扇，一面是水，一面是山。画的山层层叠叠真好看。画的水曲曲弯弯流不断。山靠水来水靠山，山要离别，除非山崩水流断，要离别，除非山崩水流断。②

这组作品在使用新曲调〔马头调〕对旧作〔寄生草〕进行翻谱改调时，变换了原作的曲名，改动了旧作的一些字句，但基本保持了旧作曲文的面貌。很显然，这些翻谱改调的歌谣时调只是使用了新的曲调来谱写旧作，同时对旧曲作的曲文作了稍许改动。

明清歌谣时调中的翻谱改调作品不同于散曲中翻谱体作品之处在于，散曲中的翻谱体曲作是散曲家们游戏文字的产物，而歌谣时调学习散曲翻谱体的创作方式则与民间流行曲调的迅速变换、新曲调的层出不穷有着很大关系。沈德符《万历野获编》卷二十五之“时尚小令”条记载了明代民间流行的歌谣时调迅速变换的情况：“自宣、正至成、弘后，中原又行〔锁南枝〕、〔傍妆台〕、〔山坡羊〕之属。……自兹以后，又有〔耍孩

① 华广生编：《白雪遗音》，《明清民歌时调集》（下），上海古籍出版社 1987 年版，第 604 页。

② 王廷绍编：《霓裳续谱》，《明清民歌时调集》（下），上海古籍出版社 1987 年版，第 196 页。

儿〕、〔驻云飞〕、〔醉太平〕诸曲……嘉、隆间乃兴‘闹五更’、〔寄生草〕、〔罗江怨〕、〔哭皇天〕、〔干荷叶〕、〔粉红莲〕、‘桐城歌’、〔银绞丝〕之属……比年以来，又有〔打枣竿〕、〔挂枝儿〕二曲……”[①] 清初刘廷玑《在园杂志》中也记录了明清间歌谣时调不断更迭的情况：“‘小曲’者……在南则始于〔挂枝儿〕……一变为〔劈破玉〕，再变为〔陈垂调〕，再变为〔黄鹂调〕。……在北则始于〔边关调〕……再变为〔呀呀优〕……如〔倒扳桨〕、〔靛花开〕、〔跌落金钱〕，不一而类。”[②] 李斗《扬州画舫录》卷十一“虹桥录下”第十五条同样有相关的记载：“小唱……最先有〔银纽丝〕、〔四大景〕、〔倒扳桨〕、〔剪靛花〕、〔吉祥草〕、〔倒花篮〕诸调，以〔劈破玉〕为最佳……二十年前，尚哀泣之声，谓之〔到春花〕，又谓之〔木兰花〕。后以下河土腔唱〔剪靛花〕，谓之〔网调〕。近来群尚〔满江红〕、〔湘江浪〕，皆本调也。其〔京舵子〕、〔起字调〕、〔马头调〕、〔南京调〕之类，传自四方……”[③] 这三段文字记载说明了在明清时期民间流传的歌谣时调一直在不断产生新的曲调，随着新曲调的风行，许多旧的曲调不再受欢迎而被新曲调取代，这种新旧更迭的速度非常之快，几乎令人应接不暇。

歌谣时调向散曲学习翻谱改调的创作方式，使用新流行的曲调来翻写甚至全部使用旧曲调的曲文，这样既满足了听者喜听新曲的音乐方面的需求，又弥补了新曲调不断涌现而曲文生产一时难以跟上的不足，同时还可以保留一些为民间百姓所熟悉和喜爱的旧作曲文，可谓一举三得。

通过以上的分析，我们了解到：明清歌谣时调通过借鉴学习散曲套曲、带过曲、折腰犯、集曲等形式的曲调组合方式，使得单篇作品的容量增大、内容更丰富、表现力更强，同时也使得单篇曲作的音乐形式更加摇曳多姿。歌谣时调学习散曲俳体中“集名体”的创作方式在整体上拓展了明清歌谣时调的题材范围，使歌谣时调的创作方式更加多样；而歌谣时调对散曲俳体中“翻谱体”之翻谱改调方式的学习则推动了短时期内大

---

① 沈德符：《万历野获编》，《明代笔记小说大观》，上海古籍出版社 2005 年校点本，第三册，第 2578—2579 页。

② 刘廷玑：《在园杂志》，《清代笔记小说大观》，上海古籍出版社 2007 年校点本，第三册，第 2178 页。

③ 李斗：《扬州画舫录》，中华书局 1980 年校点本，第 257 页。

量新作的诞生。总而言之，明清散曲在体制和做法方面对歌谣时调产生的影响为明清歌谣时调由简单到繁复、由单一到多样的繁复化进程提供了重要的助推力，促进了明清歌谣时调的整体繁荣。

本章小结

“俗文学的发展，推动、刺激了雅文学向着俗化的方向演变，而俗文学自身也在雅文学的规范、熏陶下趋向雅化。明代文学就在较之前代更为广泛和深入的俗与雅的相互交融、相互促进、相互转化的过程中留下了独特的发展轨迹。”[①] 雅俗共存与互补是文学发展过程中的常见现象和普遍规律，同时雅俗的存在也具有相对性。

散曲是正统文人眼中的俗文体，但是就其内部发展的主流来看，散曲自诞生至成熟后，一直雅化终至死亡，所以它又是俗中之雅。俗使散曲具有独特的文体特征、彰显独有的魅力，也是其存在的文体价值的显现，明清歌谣时调对明清散曲产生的作用主要体现在激活了这种特质。明清歌谣时调对明清散曲的影响只是集中于明代中后期至明末尤其是晚明这一特定时期之内，歌谣时调只是在这一时期内对散曲的创作和发展带来了一种值得关注的刺激，这种刺激在短时期内、一定范围之中改变了散曲的创作状况，为明清散曲的发展带来了亮点。但是明清歌谣时调对明清散曲的影响终究未能也不可能扭转散曲整体发展的大趋势，它没有将散曲从整体雅化词化之路上拉回，这对散曲来说无疑是一种遗憾。

而歌谣时调本身在文人来看，是俗中之俗，但就其发展的内部情况来看，也有雅化的因子，歌谣时调在形式上吸收散曲的一些体制特点和做法，使得一些作品的形式稍显规整，同时也使得作品的存在状态更为多姿多彩。明清散曲在明清歌谣时调繁复化的进程中起到了重要的助推作用，但是歌谣时调对散曲体制和做法的学习是灵活自由的、具有开放性的学习，这种学习在促进自身繁荣发展的同时并没有成为束缚自己的桎梏，明清歌谣时调始终在民间以大俗的面貌和自由的姿态生存传播，这对明清歌谣时调而言乃是一大幸事。

明清散曲和歌谣时调在各自的发展进程中，在一些特定因素的作用之

---

① 袁行霈主编：《中国文学史》（四），高等教育出版社 1999 年版，第 17 页。

下产生了碰撞和互动，出现了许多引人瞩目的交会点。但与此同时，因为明清散曲和明清歌谣时调各成体系、各有方向、各自的创作者和欣赏对象等均有差异，因而无论它们是为对方的某个方面提供了刺激，还是为对方的发展繁荣提供了助推力，二者都只是在对方的发展过程中留下了或深或浅的痕迹，终究都改变不了对方的发展方向和整体局面。

下　　编

第一章

明清散曲与歌谣时调之互动表现研究之一

——散曲对明清歌谣时调的影响

通过前文中的梳理和考察，我们可以看到，明清散曲和歌谣时调的整体互动经历了初起期、兴发期、延续期和消歇期，二者在每个阶段的整体互动都呈现出不同的面貌和特点。明清散曲和歌谣时调之间的“互动”是就整体而言，在这一前提之下，二者的“互动”具体到某一方面时，并不一定会呈现出“相互”影响，往往是某一方对另一方的单方面影响表现得明显一些。在曲牌、体制、俳体形式等方面，明清散曲与歌谣时调之间的关系就表现为散曲对歌谣时调的影响。本章就将对散曲在这几方面对明清歌谣时调的影响进行深入研究，展现出这些影响在明清不同时期、不同方面的特点，同时呈现出歌谣时调在借用、学习、吸纳了散曲的相关曲调、体制特征及做法之后，对其所进行的不同方式和程度的变化改易。

第一节　散曲在曲调方面对明清歌谣时调的影响

明代前中期，随着散曲小令的传布流行，市井民间逐渐衍生出一些时尚的俚俗歌曲，这些歌谣时调起初只是借用南北散曲的曲调，后来逐渐自创并大量使用歌谣时调的自创专属曲调，而借用自南北散曲的曲调则逐渐从歌谣时调的曲调系统中淡出，最终所存常用者仅有零星几种。与之相对，目前有一些学者认为明清歌谣时调的曲调也对明清散曲造成了影响。因此，在厘清了歌谣时调自南北散曲曲牌系统中借用曲调的时间脉络之后，既为“互动”研究，我们也有必要就歌谣时调在曲调方面对明清散曲的影响进行一番探究和辨析。此外，借用自南北散曲曲牌系统的曲调在不同时期歌谣时调中的具体使用情况也是本节要重点考察的问题。

一 关于明清散曲与歌谣时调“相互”借用与吸收曲调的考辨

在本书第一章中，通过对明清各个时段有关歌谣时调的相关资料所进行的全面梳理，我们已经可以清晰地看到散曲在曲调方面对歌谣时调的整体影响。

明代宣德至正德末年的近百年里，歌谣时调所使用的〔锁南枝〕、〔傍妆台〕、〔山坡羊〕、〔耍孩儿〕、〔驻云飞〕、〔醉太平〕、〔皂罗袍〕等曲调均是从南北散曲曲牌系统中吸收借用的。明代嘉靖、隆庆间，歌谣时调一边继续从南北散曲曲牌系统中吸收借用曲调，一边也自创了几种专属于歌谣时调的曲调，明代万历后期直至明末，歌谣时调已经很少再从南北散曲曲牌系统中借用曲牌了；嘉靖至明末的歌谣时调新从南北散曲曲牌系统中借用了〔寄生草〕、〔罗江怨〕、〔干荷叶〕、〔哭皇天〕、〔河西六娘子〕、〔一封书〕、〔楚江秋〕、〔清江引〕、〔黄莺儿〕、〔红绣鞋〕、〔刮地风〕等曲调。清代初年至嘉庆末年，歌谣时调自创曲调的出现呈勃发状态，整个时期内歌谣时调虽然也向南北散曲借用了曲调，但是这些曲调均为偶一借用，根本不像之前的借用曲调那样多数成为歌谣时调的常用曲调并盛行开去；本时期内可以看到的新借自南北散曲曲牌系统的曲调有〔一江风〕、〔雁儿落〕、〔沽美酒〕、〔园林好〕、〔孝顺歌〕，这些曲调中除〔一江风〕同时偶现于单支曲作和犯调中，其余曲调只在犯调形式的曲作中作为犯入曲使用过一两次而已，与明代歌谣时调中的借用曲调实属不同情况。清代道光初年至清末间，就现存资料而言，歌谣时调中仅偶见〔滚绣球〕一种新借自南北散曲曲牌系统的曲调，它同样也非常用盛行之曲调，其余均为新创的歌谣时调曲调和旧有的自创曲调及借用曲调。可以看到：歌谣时调在曲调使用方面经历了自南北散曲曲牌系统中借用曲调到自创专属曲调的过程，散曲对歌谣时调在曲调方面的影响总体呈现出逐渐削减终至消逝的趋向。歌谣时调从南北散曲曲牌系统中借用曲调与歌谣时调自创专属曲调之间呈现出了相反相对的发展趋势，随着歌谣时调自创专属曲调的出现和不断增多，借用自南北散曲曲牌系统的曲调在不断减少，这实际上正体现了歌谣时调自元人小令衍生后，不断发展、逐渐自成体系的必然趋势。

现在，我们已经可以肯定的是：歌谣时调在明代宣德至万历中期之间曾经从南北散曲曲牌系统中大量借用曲调，这些借用曲调在歌谣时调中被经常使用并盛行一时。那么与之相对应，明清时代的南北散曲有没有在曲牌方面受到过歌谣时调的影响呢？许多研究者在这一问题上持肯定态度。

李昌集在《中国古代散曲史》中有言："小曲丰富了散曲一体的样式，更明确地说，即小曲向文人散曲输入了一些新的曲牌。……明代较早风行的小曲〔锁南枝〕、〔驻云飞〕、〔罗江怨〕、〔江儿水〕等，在明中叶时便已成为南曲中的稳定曲牌。"① 赵义山也认为："明人的时尚小曲，……不仅从文学精神上为明散曲创作吹进新风，影响了明代曲家的创作，而且直接丰富了散曲的音乐曲调，如〔锁南枝〕、〔罗江怨〕、〔挂枝儿〕、〔驻云飞〕等，都渐渐地成为文人喜用的曲牌。"② 周玉波也持同样观点，他认为："韵文的民歌化，……在晚明，这样的证据可以说触目皆是。……从形式上看，晚明的文人们有意识地仿作乐府和时兴民歌，与此同时，民歌的曲调直接影响了散曲的曲牌和戏曲的声腔，文人小曲大量流行，众多的民歌'腔调'演进成为固定的曲牌，一时间曲牌大为丰富。"③"民歌的曲调直接影响了散曲的曲牌"，这句话若是指散曲起源阶段的曲牌形成情况，是没有什么问题的。根据现存资料记载可知，起源阶段的散曲曲牌中有许多都与民间俚俗歌曲关系密切，然而由于具体歌谣时调作品的缺失，具体实例的具体演变过程几乎不能看到。但是根据"晚明"、"文人小曲大量流行"等词句及上下文的意思，这句话的语境当是晚明时期，是散曲的曲牌系统早已成熟之时。那么作者的意思当是认为晚明盛行的歌谣时调"腔调"为明代散曲的曲牌系统带来了之前没有的新鲜曲牌，使散曲曲牌因此而"大为丰富"。

综合以上几位学者的观点，他们都认为明代中后期风行的歌谣时调在曲牌方面对明代散曲造成了明显影响，即明代歌谣时调为明代散曲输入了

① 李昌集：《中国古代散曲史》，华东师范大学出版社 1991 年版，第 411—412 页。

② 赵义山：《明清散曲史》，人民出版社 2007 年版，第 307—308 页。

③ 周玉波：《明代民歌研究》，凤凰出版社 2005 年版，第 133 页。

新的曲牌，使散曲的曲牌因此更为丰富，他们还特别提到〔锁南枝〕、〔驻云飞〕、〔罗江怨〕、〔江儿水〕、〔挂枝儿〕这几种曲牌作为例证。这种观点在目前的学界较有代表性，常常作为歌谣时调对文人散曲造成影响的表现之一而被时常提及。然而，从明清歌谣时调的发展及其与散曲关系的实际情况来看，这种观点多有偏差，并不准确。

目前我们可以了解到：明清歌谣时调所使用的曲调主要有两种，一种是名称可见于南北散曲曲牌系统的曲调，另一种是歌谣时调自创的专属曲调，那么我们就分别来考察一下这两类曲调与明清散曲曲牌的关系，以辨析以上诸位学者的观点是否与事实相符合。

首先，我们来考察第一类曲调，即歌谣时调所用曲调的名称可见于南北散曲曲牌系统的，如〔锁南枝〕、〔驻云飞〕、〔罗江怨〕、〔江儿水〕等曲调。

明清歌谣时调兴起之初及发展前期，除了少数歌谣时调自创的专属曲调之外，其他所用曲调在南北散曲曲牌系统中早已有之，对于南北散曲而言，这些曲牌是它们已有的曲牌系统中已经存在并正在使用着的。明代宣德至正德末年间，歌谣时调所使用的曲调〔锁南枝〕、〔傍妆台〕、〔山坡羊〕、〔耍孩儿〕、〔驻云飞〕、〔醉太平〕、〔皂罗袍〕等在当时及之前的南北散曲曲牌系统中均可见其名。明代嘉靖至明末间，歌谣时调所用的〔寄生草〕、〔罗江怨〕、〔干荷叶〕、〔哭皇天〕、〔河西六娘子〕、〔一封书〕、〔清江引〕、〔黄莺儿〕、〔红绣鞋〕、〔刮地风〕等在当时及之前的南北散曲曲牌系统中也都可见其名。在被歌谣时调借用之前，这些曲牌就已经是南北曲中正在使用的稳定曲牌了。

比如：〔锁南枝〕曲牌为〔南双调锁南枝〕，早在南戏《琵琶记·关粮》中就已有使用，元末明初擅长作南散曲的刘兑也用此曲牌作过散曲，他所作的套曲《别情》中就使用了〔南双调锁南枝〕。〔驻云飞〕曲牌为〔南中吕驻云飞〕，在南戏《拜月亭·招商谐偶》、南戏《吕蒙正》“漫忆侯园”曲中已经出现过，主要生活、创作于明代成化、弘治年间的陈铎也使用这一曲牌创作过许多散曲，如〔南中吕驻云飞〕《春情集古》四支、〔南中吕驻云飞〕《夏景》一支、〔南中吕驻云飞〕《题情》七支等。〔罗江怨〕为〔南南吕罗江怨〕，又名〔南南吕楚江清〕，洪武十二年至正统四年在世的朱有燉就曾使用这一曲牌创作散曲，并将曲牌名改为

〔楚江清〕。朱有燉在一组〔南南吕楚江清〕《春》、《夏》、《秋》、《冬》的小令之前有小记曰："迩者，闻人有歌南曲〔罗江怨〕者，予爱其音韵抑扬，有一唱三叹之妙。乃令其歌之十余度，予始能记其音调，遂制四时词四篇，更其名曰〔楚江清〕。"①〔清江引〕（又名〔江儿水〕），有〔北双调清江引〕和〔南双调清江引〕，〔北双调清江引〕早在元代就被众多散曲家用来创作散曲，如马致远的小令〔双调清江引〕《野兴》八支、张养浩的小令〔双调清江引〕《咏秋日海棠》十一支、乔吉的小令〔双调清江引〕《笑靥儿》四支等等；〔南双调清江引〕在元代无名氏所作的南双调套曲《离思》中已有使用，明初也被刘兑、朱权用于散曲创作，刘兑的南曲散套《别情》和朱权的南北双调合套套曲《乐道》中均使用了〔南双调江儿水〕即〔南双调清江引〕这一曲牌。

其他的曲牌也是同样的状况，在出现于歌谣时调中之前，就已经是南北曲散曲和戏曲中正在使用的曲牌了。可见，歌谣时调所用的诸如〔锁南枝〕、〔驻云飞〕、〔罗江怨〕、〔江儿水〕等曲调本就是南北散曲曲牌系统中已有的稳定曲牌，是歌谣时调自明前中期始从南北散曲曲牌系统中借用的，在歌谣时调使用它们之前这些曲牌就早已被南北散曲作家使用过，所以，歌谣时调中使用这类与南北散曲曲牌名称相同曲调的作品不存在向明清散曲输送新鲜曲牌的情况，也没有对明清散曲的曲牌系统造成什么影响。

大致自万历后期始，歌谣时调中就已经不再大量从南北散曲曲牌系统中借用曲调且使之成为常用流行曲调了，〔排歌〕、〔桂南枝〕、〔玉抱肚〕、〔猫儿坠〕、〔桂枝香〕、〔懒画眉〕、〔香柳娘〕、〔一江风〕、〔雁儿落〕、〔沽美酒〕、〔园林好〕、〔孝顺歌〕、〔滚绣球〕这些曲调均是偶一借用、大多作为犯入曲出现在犯调形式的歌谣时调之中，在于万历后期至清中期的时段内偶尔被借入歌谣时调之前，这些曲牌在万历后期之前也都已是南北散曲曲牌系统中的稳定曲牌了，它们在南北散曲创作中也早已经被广为使用了。因而，使用这些曲调的歌谣时调就更不可能向明清散曲输送新鲜曲牌，从而对明清散曲的曲牌系统造成什么影响了。

其次，我们来考察歌谣时调自创的专属曲调，看这类曲调中有没有进

---

① 谢伯阳编：《全明散曲》，齐鲁书社 1994 年版，第 285 页。

入南北散曲曲牌系统成为其固定曲牌者。

大致自明代嘉靖时开始，歌谣时调中出现了一些自创的专属曲调如〔粉红莲〕、〔银绞丝〕、〔打枣竿〕、〔挂枝儿〕、〔金纽丝〕、〔劈破玉〕、〔河南韵〕等；清代初年至清代嘉庆末年，大量新创的歌谣时调专属曲调纷纷涌现，主要有〔边关调〕、〔秋来景〕、〔西调〕、〔玉娥郎〕、〔岔曲〕、〔叠断桥〕、〔马头调〕、〔倒扳桨〕、〔勾调〕、〔绣荷包〕、〔九连环〕、〔鲜花调〕等；自清道光至清末，歌谣时调中又出现了一些新的自创专属曲调，如〔杭调〕、〔南京调〕、〔福建调〕、〔湘江浪〕等。

在第一章中，我们已经了解到，明清两代的文人散曲家对民间歌谣时调的主要关注期是在明代中后期至明代末年，其间有不少散曲家曾经拟作过歌谣时调。例如，刘效祖曾经使用歌谣时调自创专属曲调〔挂枝儿〕和〔双叠翠〕分别创作了二十首拟歌谣时调作品，丁綵使用〔劈破玉〕创作了六支拟歌谣时调作品，朱载堉使用〔劈破玉〕、〔诵子令〕各创作了七支拟歌谣时调作品，另外，赵南星、丁惟恕和叶华等也都分别使用〔劈破玉〕、〔银纽丝〕、〔一口气〕、〔河南韵〕、〔金纽丝〕等歌谣时调自创的专属曲调来拟作歌谣时调。虽然这些散曲家饱含热情地使用这些曲调创作过一些拟歌谣时调，但是在此之后，除了蒲松龄使用〔叠断桥〕创作了为数不多的几支拟歌谣时调外，便极少有散曲作家再使用这类歌谣时调自创专属曲调来拟作歌谣时调了。虽然在特定的时期内，有一些文人散曲家使用过歌谣时调自创专属曲调来创作作品，但是进行拟作的作家数量和拟歌谣时调作品数量毕竟很有限，这使得这类曲调还不具备足够的影响力以最终进入明清散曲的曲牌系统。遍寻目前现存可见的明清文人散曲作品，我们根本看不到歌谣时调自创专属曲调的身影，明清散曲发展史上也从未出现过文人吸纳歌谣时调自创专属曲调，并使之成为散曲固定曲牌的现象。

通过以上对歌谣时调所用两类曲调的考察，我们可以清楚地看到：明清歌谣时调并没有向明清散曲的曲牌系统输入新鲜的曲牌，也没有直接丰富散曲的音乐曲调，更没有使明清散曲的曲牌一时间大为丰富。那么，造成几位学者观点偏差的原因是什么呢？除了对明清歌谣时调所用曲调的来源、不同时期的特点及变化发展情况不甚明晰之外，这种观点的出现恐怕还与对任讷先生的一段话的不确定理解有关。

任讷先生在《散曲概论》"派别"中说："小曲之音调兼源于南北曲，而文字则得于北曲者独多，其声所及，昆腔以后之各家小令，无一不受其影响者，即康冯辈之小令中，亦每存小曲面目也。……可见小曲精神，虽因缘北地而来，而南人固亦优为之，甚至所以优为之者，不仅在小曲本身，且侵入南北小令之中矣。此前人所未言及者，兹为别出，并举例以明之。(以下为所列举的各家小令作品)〔月云高〕(康海)……〔玉抱肚〕(冯惟敏)……〔风入松〕(陈铎)……〔锁南枝〕(沈仕)……〔驻云飞〕(梁辰鱼)……〔锁南枝〕(王骥德)……〔驻云飞〕(施绍莘)……〔江儿水〕(龙子犹)……诸调之中，如〔锁南枝〕、〔驻云飞〕犹可谓之本为小曲用调，若其余者，固皆南曲也。然诸家之文字，则一例化于小曲矣。"①

结合上下文意，任先生的意思是说，以上所举的诸位散曲家所作的散曲例曲，均受到歌谣时调之影响，有民间市井歌谣时调之风味——"文字化于小曲"。就这些例曲所用的曲牌而言，〔锁南枝〕、〔驻云飞〕是歌谣时调曾经借用过的曲牌，即"所用之调"，其他曲牌则是南散曲小令专用的曲牌、不曾被歌谣时调使用过的。〔锁南枝〕、〔驻云飞〕"本为小曲用调"是说它们本来就是歌谣时调常用之调，这里并没有否定〔锁南枝〕、〔驻云飞〕原本就是南北散曲曲牌系统中的曲牌的意思，任先生也并未明言这两种曲调本为歌谣时调自创专属曲调。此话本意是对这些有歌谣时调风味的文人散曲作品所用的曲牌，从歌谣时调和散曲的"使用"角度作以简单区分，肯定二曲为"小曲用调"的同时并未否定它们原本就是南北散曲所用的固定曲牌。由于任先生所论重点在散曲，并没有探究歌谣时调所用曲调发展演变及影响情况之意，所以所言甚简，仅涉及了一点歌谣时调的曲调使用情况。李昌集和赵义山两位当是特别注意了"本为小曲用调"中"本为"二字，将其理解为"最初是小曲用调"，即"本属于歌谣时调自创专属曲调"之意，并且认为这两种曲调后来进入了明清散曲的曲牌系统。其实，通过上文的梳理考辨，我们已经可以看到〔锁南枝〕和〔驻云飞〕等曲牌本来就是南北散曲曲牌系统中的稳定曲

---

① 任中敏：《散曲概论》，任中敏编著《散曲丛刊》，凤凰出版社2013年版，第十四种，第1101—1102页。

牌，后被歌谣时调借用并广泛使用。与此同时，这些曲牌并没有在文人散曲系统中消失，它们继续为文人散曲家所用；有的散曲家由于受到盛行于民间的歌谣时调的影响，用这些曲牌创作的散曲难免带上了歌谣时调之风，这也成为晚明曲坛一种值得注目的现象。

通过上文的辨析，我们看到，歌谣时调在初起期和发展前期，所用的曲调主要借用自南北散曲曲牌系统。与之相对的是，明清散曲并没有从明清歌谣时调中吸纳新鲜曲调并使之成为散曲的固定曲牌，李昌集、赵义山及周玉波等学者所认为的“歌谣时调向明清散曲输入了新的曲牌”，实际上是颠倒了二者在曲调使用和影响方面的先后次序。可见，明清散曲与明清歌谣时调之间并没有“相互”借用吸收曲牌，只是歌谣时调从南北散曲曲牌系统中借用了曲调而已。

二　借自散曲曲牌系统的曲调在明清歌谣时调中使用情况的考察

通过之前的一系列详细考察，我们可以看到，自明代万历后期始，歌谣时调已经很少再向南北散曲借用新的曲调了。在大量歌谣时调自创专属曲调层出不穷的同时，歌谣时调中也还保留使用了一些旧有的借自南北散曲曲牌系统的曲调，如〔山坡羊〕、〔刮地风〕、〔寄生草〕、〔醉太平〕、〔黄莺儿〕、〔锁南枝〕、〔罗江怨〕、〔哭皇天〕、〔耍孩儿〕、〔红绣鞋〕、〔清江引〕等，这些曲调在明末至清代歌谣时调中的使用频率各不相同，但除了〔寄生草〕之外，其余都已经不再是常用流行曲调，已很少使用了。在对现存可见的各种资料和明清歌谣时调集进行认真查检后，可以发现：使用以上曲调的歌谣时调，多可见于明清相关文献记载，而于明清两代均有作品留存的主要有以下几种：〔山坡羊〕、〔寄生草〕、〔罗江怨〕、〔锁南枝〕、〔耍孩儿〕、〔哭皇天〕、〔黄莺儿〕和〔清江引〕。下面，我就对这几种借自南北散曲曲牌系统的曲调在明清歌谣时调中的使用情况进行考察，以揭示出这些曲调在明清歌谣时调中流行的情况，呈现出它们被借用、保留、改造的具体状况。

（一）关于〔山坡羊〕

关于歌谣时调〔山坡羊〕的情况，明代的笔记资料和曲学论著中多有记录。李开先《〈市井艳词〉序》：“正德初尚〔山坡羊〕，嘉靖初尚〔锁南枝〕。……二词哗于市井，虽儿女子初学言者，亦知歌之。但淫艳亵狎，不堪入耳，其声则然矣。语意则直出肝肺，不加雕刻，俱男女相与之情，虽君臣友朋，亦多有托此者，以其情尤足感人也。故风出谣口，真诗直在民间。”① 在《〈市井艳词〉后序》中，李开先说：“〔山坡羊〕有二……北简而南繁，歌声繁简亦随之，然而相类。”② 沈德符《万历野获编》卷二十五之“时尚小令”条中有：“元人小令行于燕赵后，浸淫日盛。自宣、正至成、弘后，中原又行〔锁南枝〕、〔傍妆台〕、〔山坡羊〕之属。……嘉、隆间乃兴……〔山坡羊〕者，李、何二公所喜，今南北词俱有此名。但北方唯盛爱〔数落山坡羊〕，其曲自宣、大、辽东三镇传来。今京师妓女，惯以此充弦索北调，其语秽亵鄙浅，并桑濮之音亦离去已远。而羁人游婿，嗜之独深，丙夜开樽，争相招致。”③ 顾起元《客座赘语》卷九“俚曲”条中有：“〔山坡羊〕有‘沉水调’，有‘数落’，已为淫靡矣。”④ 沈宠绥《度曲须知》上卷之“曲运隆衰”亦有记载：“予犹疑南土未谐北调，失之江以南，当留之江以北，乃历稽彼俗……惟是散种如〔罗江怨〕、〔山坡羊〕等曲……彼俗尚存一二……而江左所习〔山坡羊〕，声情指法，罕有及焉。虽非正音，仅名“侉调”，然其怆怨之致，所堪舞潜蛟而泣嫠妇者，犹是当年逸响云。”⑤

将以上的材料综合起来看，我们可以大致得知民间歌谣时调〔山坡羊〕的演变流行情况。首先，在出现及盛行时间方面，“自宣、正至成、弘后”，由元代小令衍生而出的歌谣时调〔山坡羊〕逐渐流行并成为市井民间的时尚之曲。李开先与沈德符所记录虽未完全相合，但是并不矛盾。“自宣、正至成、弘后”的时间下限“成、弘后”是一个模糊概念，但结合后文“嘉、隆间乃兴……”便可知下限大致应当在正德末年前后，这

---

① 李开先：《〈市井艳词〉序》，《闲居集》，李开先著，卜键笺校《李开先全集》，文化艺术出版社 2004 年版，第 469 页。

② 李开先：《〈市井艳词〉后序》，《闲居集》，李开先著，卜键笺校《李开先全集》，文化艺术出版社 2004 年版，第 469—470 页。

③ 沈德符：《万历野获编》，《明代笔记小说大观》，上海古籍出版社 2005 年校点本，第三册，第 2578—2579 页。

④ 顾起元：《客座赘语》，《明代笔记小说大观》，上海古籍出版社 2005 年校点本，第二册，第 1430 页。

⑤ 沈宠绥：《度曲须知》，俞为民、孙蓉蓉编《历代曲话汇编：新编中国古典戏曲论著集成》，黄山书社 2009 年版，明代编第二集，第 618 页。

与李开先所记“正德初尚〔山坡羊〕”不矛盾。其次，在流行与传播区域方面，歌谣时调〔山坡羊〕始行于中原，后传至江南，遂有南北两种歌谣时调〔山坡羊〕。再次，在流变方面，歌谣时调〔山坡羊〕在晚明出现了许多变体如〔数落山坡羊〕、〔沉水调山坡羊〕和〔侉调山坡羊〕，有的尚略存北散曲〔山坡羊〕之趣，但格调上已经与北散曲〔山坡羊〕相去甚远。据沈德符所记，盛行于北方的〔数落山坡羊〕常被妓女用以充作弦索北曲，“充”字既说明二者略有似处，又说明二者绝不可相提并论。沈宠绥以为北调〔山坡羊〕失之于江南，便在北方歌谣时调〔山坡羊〕中寻觅，尚可略得北曲〔山坡羊〕之趣；而江南的〔侉调山坡羊〕也略有北曲〔山坡羊〕之风。这都说明了歌谣时调〔山坡羊〕与散曲〔山坡羊〕之关系，也显现出了歌谣时调〔山坡羊〕在民间的自由衍变。

除了明代相关资料中出现的〔山坡羊〕变体，我们还可以在一些明代小说中见到另外一些变体〔山坡羊〕的名目。这些小说中的拟歌谣时调虽然不是真正意义上的歌谣时调，但是却也能反映出当时流行的歌谣时调的情况。在兰陵笑笑生所作《金瓶梅词话》六十一回中，申二姐弹了个〔四不应山坡羊〕，在《金屋梦》（《后金瓶梅》）四十二回中，提及应伯爵学了一套走街的〔四不应山坡羊〕弦子，这种〔四不应山坡羊〕也是〔山坡羊〕的一种变体，“四不应”是一种将弦调低、使整支曲子曲调都低的演奏方法。[①] 凌濛初《初刻拍案惊奇》的第三十二卷和《二刻拍案惊奇》第十七卷中都出现了一种〔畲调山坡羊〕，这是〔山坡羊〕的又一种变体。

查检曲谱可知，北曲〔山坡羊〕为〔北中吕山坡羊〕，共有十一句，每句字数为四、四、七、三、三、七、七、一、三、一、三，句句押韵。南曲〔山坡羊〕是〔南商调山坡羊〕，全曲十一句，每句押韵，每句字数依次为六、六、七、三、五、七、七、二、五、二、五。目前现存可见的明清歌谣时调〔山坡羊〕已经与南北曲〔山坡羊〕格式大为不同，有的曲子只有从末尾的两个二字短句尚可依稀辨出其渊源，有的则全然失去散曲〔山坡羊〕的格式特征，徒留〔山坡羊〕虚名。

---

① 张继光：《明清小曲研究》，博士学位论文，台湾“中国文化大学”，1993 年，第 427 页。

李开先所作《词谑》中有〔山坡羊〕三支，第一支十六句，第二支二十一句，第三支十五句，都已非句句押韵，每一句的字数也与散曲格式差异甚大；除了末尾的两个二字短句之外，简直无规律可循、看不出是〔山坡羊〕了。嘉靖间所刊《风月锦囊》中有〔新增山坡羊〕十八支。这些曲子从十二句到二十句不等，每句字数、押韵也全无定格，只是末尾基本都有两个标志性的二字句。万历时期的《大明天下春》中有〔新山坡羊〕两支，一支七十八句，一支二十句，句数、字数、押韵全无规律，而且末尾也没有标志性的两个二字句，只是徒有〔山坡羊〕之名而已。从现存资料来看，歌谣时调〔山坡羊〕至清代已不再流行，目前我们仅在收于清代乾隆初年《昆曲谱》中的《杂曲》中可以见到两支〔山坡羊〕，在《霓裳续谱》和《白雪遗音》中可各见到一支。《杂曲》中的两支〔山坡羊〕分别有十三句和三十六句，曲子全无章法，非常随意，字数、句数、押韵毫无规律可循。《霓裳续谱》和《白雪遗音》中的两支曲属于一组犯调形式的改调作品，其中犯入的几句〔山坡羊〕完全相同。《霓裳续谱》中的〔呀呀呦〕《叫声丫鬟》一曲中犯入五句〔山坡羊〕，依次为三、三、三、三、八字，第一、三、五句押韵。《白雪遗音》中〔起字呀呀呦〕《逛花园》一曲中犯入了五句〔山坡羊〕，依次为三、三、三、三、八字，一、三、五句押韵。其中的〔山坡羊〕虽然仅有五句，但这所存五句亦与散曲〔山坡羊〕之风格大异。

此外，冯梦龙所编《挂枝儿》卷三《帐》之后附有一首〔诉落山坡羊〕，这支变体〔山坡羊〕一共有五十二句，极尽叙述铺张之能事，句数、字数、韵律全无规律，但是末尾的两个二字句“悲伤……悲伤……”还可隐约显现出它的渊源。同样，卷五《是非》之后附有一支〔侉调山坡羊〕，此曲一共十七句，字数、句数和押韵也都难见原格，同样只是末尾两个二字句“天天……天天……”还隐约显现出其源头〔南商调山坡羊〕的特征。

可以看到，在民间流传的时间越久，衍生自散曲〔山坡羊〕的歌谣时调〔山坡羊〕所保留的原曲牌特征就越稀见，与散曲〔山坡羊〕的距离就越远，最终除了共有的名称之外，别无其他相同之处。

（二）关于〔寄生草〕

沈德符《万历野获编》卷二十五中“时尚小令”有言：“嘉、隆间乃兴‘闹五更’、〔寄生草〕……之属，自两淮以致江南，渐与词曲相远。不过写淫媟情态，略具抑扬而已。”① 由此可知，衍自散曲的歌谣时调〔寄生草〕于嘉靖、隆庆间兴起，随着它们的流播演变，逐渐与词曲相远。此后，〔寄生草〕于民间一直颇受喜爱、广为流传，这种状况一直持续到清代中期，这在众多借自散曲的歌谣时调曲牌中是不多见的。清代乾嘉道间人范锴在《汉口丛谈》中记录有：“昔时妓馆竞尚‘小曲’，如〔满江红〕、〔剪剪花〕、〔寄生草〕之类。近日多习燕、齐〔马头调〕，兼工弦索。”② 这一记载说明了〔寄生草〕在清中期时还很受欢迎，这与刊刻于乾隆六十年的《霓裳续谱》中收有各种〔寄生草〕近一百五十首的情况是相合的。

由于歌谣时调〔寄生草〕的曲调原是由散曲曲牌系统中借用而来，因而就出现了一些将散曲小令〔寄生草〕与歌谣时调〔寄生草〕相混淆的说法。比如梁乙真就在《元明散曲小史》中认为，“明初已有很好的小曲出现于当时的曲坛。如我们看到明宣宗已有小曲〔寄生草〕二首，可知它的诞生至晚当在宣宗之前，不是元末必是明初了。”③ 实际上，论者是将明宣宗所作地道的散曲小令误作“小曲”即民间歌谣时调，从而将明代歌谣时调衍生出的时间提前至元末或者明初。

罗锦堂有《明代小曲》一文，其中论述了明代民间歌谣时调的发展情况，但是其中也将散曲小令〔寄生草〕与民间歌谣时调〔寄生草〕混为一谈。文中罗先生说：“甚至贵为天子的朱瞻基（明宣宗），也曾写过一卷小曲，其中两首〔寄生草〕，颇为名贵，论者以为可与宋徽宗的《燕山亭》并传千古。近人任中敏的《曲谐》中也说：‘有明诸帝，大都好玩杂剧，娱赏声容，有如小儿，难言其自为艺事也；则宣宗之独有此卷，大可矜重，非但足以自张本朝，亦且愧其胜国矣。’在这些评语里，所说‘非但足以自张本朝，亦且愧其胜国’，当然指的是小曲而言，由此就可

① 沈德符：《万历野获编》，《明代笔记小说大观》，上海古籍出版社 2005 年校点本，第三册，第 2578 页。

② 范锴：《汉口丛谈》，转引自张庚、郭汉城主编《中国戏曲通史》（下），中国戏剧出版社 2006 年版，第 773 页。

③ 梁乙真：《元明散曲小史》，商务印书馆 1998 年影印版，第 68 页。

看出它的地位的崇高了。"[①]《明代小曲》一文中的语句和内容多承袭自任讷先生《散曲概论》之"派别第九"中论述"小曲一派"[②]的文字，任先生此中所论之"小曲"即是民间流行之歌谣时调，他认为康海、冯惟敏、陈铎、沈仕、施绍莘、冯梦龙等人的散曲小令在文字与精神上有小曲之风，但是并没有将他们的小令径自称为"小曲"；而任先生在《曲谐》卷四之《明宣宗曲》一则中所提到的明宣宗的两支〔寄生草〕实际上是明宣宗的两支散曲小令，任先生还特别提及"按《千顷堂书目》有《宣宗御制乐府》一卷，可见所作，必不止此"[③]。在《明宣宗曲》一则开头，任中敏先生有言称"明宣宗所作小曲两枝"[④]，然而此处的"小曲"一词明显指的是散曲小令，而不是民间流传的歌谣时调，与《散曲概论》之"派别第九"中所论"小曲一派"中的"小曲"所指非为一物。

罗锦堂先生将任讷先生两处的论述合二为一，不仅直接称康、冯、陈、沈等人的散曲小令为"小曲"，并且还认为任讷先生所说明宣宗之作"当然指的是小曲"，因而就认为明宣宗朱瞻基写过一卷小曲，其中有两首〔寄生草〕。包括明宣宗在内的这些曲家所作的所谓"小曲"并非民间流行之歌谣时调，而是标准的文人散曲。《全明散曲》中有著录曰："朱瞻基，……著有御制乐府一卷，今佚。"[⑤]目前，我们可以于《全明散曲》中见到朱瞻基所剩的两支〔北仙吕寄生草〕小令[⑥]：

赛烂漫三春景，称清和四月天。绿杨烟罩绒丝线，彩莲水映红妆面，翠芭蕉风飐青罗扇。林泉尽日好流连，池塘长夏宜清遣。

有郁馥荷香度，看微茫野色连。几行鹭印平沙遍，一群鱼跃清波浅，数声樵唱西山远。茸茸芳草紫骝嘶，阴阴乔木黄鹂啭。

---

① 罗锦堂：《明代小曲》，《大陆杂志》1954年卷九第1期，第25页。

② 任中敏：《散曲概论》，任中敏编著《散曲丛刊》，凤凰出版社2013年版，第十四种，第1101页。

③ 任中敏：《曲谐》，任中敏编著《散曲丛刊》，凤凰出版社2013年版，第十五种，第1290页。

④ 同上。

⑤ 谢伯阳编：《全明散曲》，齐鲁书社1994年版，第401页。

⑥ 同上。

可以看到，朱瞻基的这两首作品从句数、句式、押韵、对仗来看均符合散曲小令〔北仙吕寄生草〕的曲牌格式，而且作品语言雅炼、文人气息浓厚，是文人小令而非拟作的歌谣时调。罗先生在《明代小曲》一文第二段的末尾说："这里，不但说明小曲的价值与诗词曲并重；而且又说明了小曲与元曲是截然不同的。无论在调名、风格、体裁上，绝不能与元曲混为一谈。"① 可见，罗先生也认为他文中所论之"小曲"（即本文所称之歌谣时调）与散曲不同，但是在本段前半部分他却将众位散曲家的散曲作品径称为"小曲"，造成了前后矛盾。实际上，明宣宗朱瞻基的这两首〔北仙吕寄生草〕与元代白朴、范康等人的散曲小令〔北仙吕寄生草〕并无不同，是文人散曲作品，而不是"小曲"即歌谣时调。

查检曲谱，散曲所用之〔寄生草〕是〔北仙吕寄生草〕，全曲共七句，每句字数为三、三、七、七、七、七、七，第二、三、四、五、七句押韵，第三、四、五句当呈扇面对。明代嘉靖年间刊刻的《雍熙乐府》中有四支〔寄生草〕，每支均有七句，每句字数为六、六、八、八、八、八、八，第二、三、四、五、七句押韵，没有扇面对，从头至尾使用顶针，即每句末三字与下句头三字相同。可以看到，此时的歌谣时调〔寄生草〕由于自散曲〔寄生草〕衍生出不久，句数尚未改变，每句字数也还变化不算太大，押韵情况也与散曲〔寄生草〕相同，只是没有了规整的扇面对。可见，自歌谣时调衍生出不久的歌谣时调与散曲相比，格式方面已经有了趋于自由发展而进行的改变，但是尚可以看出其渊源所在。

清代乾隆初年所刻《丝弦小曲》中有十三首〔寄生草〕，其中十首为六句，两首为七句，一首为五句，除一支外，其余曲子开头两句均为六字句，所有曲子后面几句为六字至十三字不等；第一、二、三、八、九、十、十二、十三支曲子每句押韵，第四、五、十一支除首句外其余句均押韵，第六、七两支除倒数第二句外其余均押韵；押韵方面与明代歌谣时调相比也有变化。这些〔寄生草〕的格式与明代歌谣时调〔寄生草〕的格式已经很不相同，与散曲〔寄生草〕的格式也几乎无相同之处了。清乾隆六十年刊刻的《霓裳续谱》中也有各种〔寄生草〕近一百五十首，其中单纯以〔寄生草〕为曲调的有一百一十余首。这些单纯的〔寄生草〕

① 罗锦堂：《明代小曲》，《大陆杂志》1954 年卷九第 1 期，第 25 页。

形式相当自由随意，句数从七句至十九句不等，每句字数全无定数，押韵亦完全无规律可循；只是有许多〔寄生草〕的末句要重复一次，这也非所有〔寄生草〕的特点，只能勉强算作是清代歌谣时调〔寄生草〕的一个标志。《霓裳续谱》中除了单纯以〔寄生草〕本调为曲调的曲子外，还有各种花样繁多的〔寄生草〕变体：〔北寄生草〕、〔怯寄生草〕、〔寄生草带尾〕、〔南寄生草〕、〔怯音寄生草〕、〔便音寄生草〕、〔垛字寄生草〕、〔寄生草便音〕、〔番调寄生草〕、〔矮调寄生草〕、〔寄生草带白〕等。这说明了衍自散曲小令的〔寄生草〕在民间流传多时之后，也像〔山坡羊〕那样衍生出了众多的变体。另外，嘉庆间《时兴呀呀呦》中也有歌谣时调〔寄生草〕的身影，这些〔寄生草〕每支曲句数均不同，从七句到十三句不等，每句字数、押韵也无定格，没有扇面对，唯有末尾两句为相同句重复都一样，这与《霓裳续谱》中的一部分〔寄生草〕特点相同。

通过对明清歌谣时调〔寄生草〕的考察，可以很清晰地看到衍生自散曲〔寄生草〕的歌谣时调在明清的演变过程：在自散曲衍生出不久时，歌谣时调〔寄生草〕的格式虽然有了一些趋于自由化的改变，但是仍然基本保留了许多散曲〔寄生草〕格式上的特征；到了清代中期，于民间传唱已久的歌谣时调〔寄生草〕与散曲〔寄生草〕相比，句式、押韵等方面全无定格，已经变得面目全非，徒存〔寄生草〕之名了，这种格式上渐趋自由随意的特点正是歌谣时调灵活随意性的体现；除此之外，〔寄生草〕在清代前中期还出现了各种变体，每一种〔寄生草〕变体除了名称之外，格式上也完全没有什么区别性标志将其与其他曲调分别开来，这也体现了歌谣时调相当大的自由随意性。

（三）关于〔罗江怨〕

现存可见关于歌谣时调〔罗江怨〕的记载可见于沈德符《万历野获编》卷二十五之“时尚小令”条：“嘉、隆间乃兴‘闹五更’、〔寄生草〕、〔罗江怨〕、〔哭皇天〕……之属，自两淮以致江南，渐与词曲相远。不过写淫媟情态，略具抑扬而已。”① 散曲〔罗江怨〕是〔南南吕罗江怨〕，共有九句，每句字数为五、四、七、七、四、五、五、五、六，第

① 沈德符：《万历野获编》，《明代笔记小说大观》，上海古籍出版社 2005 年校点本，第三册，第 2578 页。

一、二、三、四、六、七、九句押韵。

明代万历年间刊刻的《词林一枝》卷一有多支歌谣时调〔新增楚歌罗江怨〕，这些曲子大部分为十三句，也有十句、十一句、十四句的，开头几乎都是“纱窗外，月儿……”的两个三字句，其余大多为七字句，除个别句子外，几乎句句押韵；此书卷三中的〔续罗江怨〕仍是开头有两个三字句，这些曲子的篇幅更长，二十五句、二十七句、四十六句的曲子都有，在句数、字数和押韵上看不出什么规范。另外，清代《丝弦小曲》中也有八首歌谣时调〔罗江怨〕，它们均为十三句，前两句为三字句，其余为七字句，除了首句外，几乎都押韵。这些曲子的格式与《词林一枝》卷一中的比较相近。

在《霓裳续谱》中，《思想多娇》一曲中间犯入〔罗江怨〕，此曲共有十四句，每句字数为八、七、九、八、七、十一、九、八、十、三、五、三、四、十，除了第十、十二句之外，其余句子全部押韵，首句为“纱窗外月影儿高”。《莺莺红娘》在〔寄生草〕中犯入〔罗江怨〕，此曲也有十四句，每句字数为八、七、九、三、三、五、五、九、六、七、九、八、八、十一，第四、六句不押韵，首句为“纱窗儿外月影儿移”。这两支〔罗江怨〕在开头和句数上相同，但是已与散曲〔罗江怨〕的格式大为相异。在《白雪遗音》中，《盼郎不归》一曲在〔起字呀呀呦〕中犯入〔罗江怨〕，曲子共有十二句，依次为四、五、三、四、四、六、五、四、四、四、七、六字，第一、三、七、九句不押韵。《万事如意》在〔八角鼓〕中犯入〔罗江怨〕，曲子共有十句，分别为四、四、四、四、十、五、四、四、四、九个字，第一、三、六、八句不押韵。《妓女悲伤》在〔八角鼓〕中犯入〔罗江怨〕，曲子共有十一句，每句字数分别为四、四、四、四、九、四、四、四、四、三、十，第一、三、六、八、十句不押韵。《酒鬼》在〔八角鼓〕中犯入〔罗江怨〕，曲子共有十三句，每句字数分别为十、八、十、四、四、四、四、四、五、四、五、七、十一，第四、六、八、十句不押韵。这些曲子句数及字数不等，押韵方面略有相似，但是差异也很大，难以看出有什么共同的形式特征。

由此可见，现存明清歌谣时调〔罗江怨〕与散曲〔罗江怨〕在格式方面相去甚远，明代的歌谣时调〔罗江怨〕尚有一些在格式上很是接近，到了清代，歌谣时调〔罗江怨〕便更无定格，也更加自由多变了。

（四）关于〔锁南枝〕

有关歌谣时调〔锁南枝〕，李开先在《〈市井艳词〉序》中说："正德初尚〔山坡羊〕，嘉靖初尚〔锁南枝〕。……二词哗于市井，虽儿女子初学言者，亦知歌之。……故风出谣口，真诗只在民间。"① 沈德符在《万历野获编》卷二十五之"时尚小令"条中也记录了歌谣时调〔锁南枝〕的流行情况："元人小令行于燕赵后，浸淫日盛。自宣、正至成、弘后，中原又行〔锁南枝〕、〔傍妆台〕、〔山坡羊〕之属。李崆峒先生初自庆阳徙居汴梁，闻之，以为可继国风之后。何大复继至，亦酷爱之。"② 可见，宣正至成弘后，中原地区就已经有歌谣时调〔锁南枝〕了，在嘉靖初期，〔锁南枝〕依然流行于民间。

散曲中之〔锁南枝〕为〔南双调锁南枝〕，共有九句，每句字数依次为三、三、七、七、五、三、三、三、三，第二、三、五、七、九句押韵。李开先《〈市井艳词〉后序》有言："〔锁南枝〕亦有二，有南无北。……有南无北者，一则句短而碎，一则长短夹杂，而歌声敻然不同。"③ 可见，散曲〔锁南枝〕曲牌被歌谣时调借用之后，逐渐衍生出两种歌谣时调〔锁南枝〕，一种句子短而且碎，当与散曲〔锁南枝〕原本格式较为相近，另一种〔锁南枝〕则是长句短句夹杂，与散曲〔锁南枝〕原本的格式已经有较大不同，这两种歌谣时调〔锁南枝〕在演唱时的歌声亦有很大差别。

在李开先所编《一笑散》中有〔锁南枝〕三支，最后一支有名字《鞋打卦》。首支"傻酸角"十三句，每句字数为三、三、九、五、五、八、八、六、六、五、五、八、八，除了一、四、八、十、十二句之外均押韵，每句字数和句法全无定格。第二支"提起你的势"共有十四句，第一、三、八、十、十二、十四句不押韵，每句字数和句法全无定格。第三支《鞋打卦》共有十五句，第八、十、十二、十四句不押韵，每句字

---

① 李开先：《〈市井艳词〉序》，《闲居集》，李开先著，卜键笺校《李开先全集》，文化艺术出版社 2004 年版，第 469 页。

② 沈德符：《万历野获编》，《明代笔记小说大观》，上海古籍出版社 2005 年校点本，第三册，第 2578 页。

③ 李开先：《〈市井艳词〉后序》，《闲居集》，李开先著，卜键笺校《李开先全集》，文化艺术出版社 2004 年版，第 469—470 页。

数和句法全无定格。而清代的歌谣时调〔锁南枝〕目前仅可见一种，《霓裳续谱》卷六《周羽妻泪如麻》一曲，在〔重重续〕中犯入〔锁南枝〕，这支曲子共有八句，每句字数为六、三、五、六、七、四、七、五，第一、三、五、八句押韵，与原来的散曲曲牌〔锁南枝〕格式差异甚大。

可以看到，明清所存可见的歌谣时调〔锁南枝〕在格式上都与散曲〔锁南枝〕的格式有很大差异，这些同名歌谣时调之间也几乎看不到什么格式上的共同之处，李开先提到的两种歌谣时调〔锁南枝〕格式也难以找到较为对应的曲子。但无论怎样，〔锁南枝〕这个借自散曲的曲调对明清歌谣时调来说，仅剩这一名称与原曲牌相关。

（五）关于〔耍孩儿〕

歌谣时调〔耍孩儿〕在明代中期始出现，沈德符在《万历野获编》卷二十五之“时尚小令”记载道：“元人小令行于燕赵后，浸淫日盛。自宣、正至成、弘后，中原又行〔锁南枝〕、〔傍妆台〕、〔山坡羊〕之属。……自兹以后，又有〔耍孩儿〕、〔驻云飞〕、〔醉太平〕诸曲，然不如三曲之盛。”① 可见，明代中期民间虽然出现了歌谣时调〔耍孩儿〕，但并不是非常盛行。清代顺康间的蒲松龄在《幸云曲》第一回中的〔耍孩儿〕写道：“新曲一年一遭换，〔银纽丝儿〕才丢下，后来兴起〔打枣杆〕，……〔耍孩儿〕异样的新鲜。”② 康乾间的徐大椿在《洄溪道情》自序中也提到了民间流行的歌谣时调〔耍孩儿〕：“迨今久失其传，仅存时俗所唱之〔耍孩儿〕、〔清江引〕数曲，卑靡庸浊，全无超世出尘之响。”③ 可见，歌谣时调〔耍孩儿〕直至清代中叶还在民间传唱。

元明散曲中的〔耍孩儿〕为〔北般涉调耍孩儿〕，此曲共有九句，每句字数分别为七、七、八、六、八、八、三、五、五，其中第五、八句不押韵，第五、六句和八、九句分别形成两组合璧对。现存可见的明清歌谣时调〔耍孩儿〕数量有限，而且从格式上也已经完全看不出有什么统一的规则了。在万历年间刊刻的《玉谷新簧》中有《时兴各处讥妓耍孩儿

① 沈德符：《万历野获编》，《明代笔记小说大观》，上海古籍出版社 2005 年校点本，第三册，第 2578 页。

② 蒲松龄著，盛伟编校：《蒲松龄全集》，学林出版社 1998 年版，第 3155 页。

③ 徐大椿：《洄溪道情》，上海锦文堂书局《徐灵胎医书三十二种廿四》，第 1 页。

歌》，这些歌谣时调与万历年间的《大明天下春》中《新增协韵耍孩儿》相同，曲子均为七句，除第三句外均押韵，每句字数为七、七、七、七、三、三、七。晚清歌谣时调集《晓风残月》中有〔耍孩儿〕《春》、《夏》、《秋》、《冬》共四支，每支十句，每句字数为三、三、三、三、七、七、七、七、七、七，第三、三、六、九句不押韵。另外有〔耍孩儿调〕《劝君休贪野草闲花》两支，格式与之前四支相同。还有〔耍孩儿〕《劝人戒酒》一支，共有十句，每句字数同之前六支曲，第一、三、四、七、九句不押韵。可以看到，《晓风残月》中诸支〔耍孩儿〕的格式除了押韵方面有出入外，其余特征基本相同。

由上可知，明清歌谣时调中现存可见的〔耍孩儿〕仅有两组，它们的格式与散曲〔耍孩儿〕都不同，且这两组〔耍孩儿〕在格式方面也没有什么相同点。

（六）关于〔哭皇天〕

歌谣时调〔哭皇天〕是在明代嘉靖隆庆年间兴起的，沈德符《万历野获编》卷二十五之“时尚小令”中有：“嘉、隆间乃兴‘闹五更’、〔寄生草〕、〔罗江怨〕、〔哭皇天〕……之属，自两淮以至江南，渐与词曲相远。不过写淫媟情态，略具抑扬而已。”[①] 歌谣时调〔哭皇天〕兴起的时间与〔寄生草〕大致相同，但是在明清两代的流行情况却无法与〔寄生草〕相比。

散曲〔哭皇天〕即〔北南吕哭皇天〕，又名〔北南吕玄鹤鸣〕，此曲共有八句，句句押韵，每句字数为七、七、九、九、七、八、四、四。明代万历年间《词林一枝》中有〔哭皇天歌〕《闹五更》五支，均为十六句，每句字数基本为十、九、四、六、四、九、四、六、六、八、四、六、六、七、三、四，押韵不尽相同，可见此时的〔哭皇天〕形式已经很是随意了，不仅句数大为增加，而且押韵也没有什么定格。另外，《词林一枝》中还有〔哭皇天歌〕《香袋》一支，这支〔哭皇天〕的格式又与前面五支不同，曲子共有十句，每句字数分别为十、九、四、十、六、四、五、五、八、四，倒数三、四句句式“行也一阵香，坐也一阵香”

---

① 沈德符：《万历野获编》，《明代笔记小说大观》，上海古籍出版社 2005 年校点本，第三册，第 2578 页。

与清代《丝弦小曲》中〔哭皇天〕倒数二、三句句式相同。清代《丝弦小曲》中有四支〔哭皇天〕分别写四季景物，曲作均为九句，前六句都是十字句，前三首的后三句字数为六、六、十三，第四首的后三句字数为六、六、十，每支均为句句押韵。

可以看到，明清歌谣时调中现存可见的〔哭皇天〕格式与散曲〔哭皇天〕格式都不同，只是有的不同曲子在某些句法上略有相同之处。

（七）关于〔黄莺儿〕

目前，我们在明清一些歌谣时调集中可以见到歌谣时调〔黄莺儿〕，但在明代的相关资料中未见有关歌谣时调〔黄莺儿〕流行情况的记载。清前期彭孙遹《金粟词话》中有："柳七亦自有唐人妙境，今人但从浅俚处求之，遂使《金荃》、《兰畹》之音，流入'挂枝'、'黄莺'之调，此学柳之过也。"[①] 可见，清代前期，〔黄莺儿〕仍是同〔挂枝儿〕一样在民间流行既久的歌谣时调。

散曲中的〔黄莺儿〕为〔南商调黄莺儿〕，共有九句，每句字数分别为五、六、七、四、四、七、三、四、五，只有第八句不押韵。李开先《词谑》中有〔黄莺儿〕《弄猴》，共有九句，每句字数分别为五、六、七、四、四、七、三、四、五，第八句不押韵，与散曲〔南商调黄莺儿〕格式全同。陈所闻辑录的《南宫词纪》中有〔黄莺儿〕"嘲妓"曲三十四首，其中二十九首标为孙百川作，另外五首为无名氏作。题浮白山人辑的《黄莺儿》中也收有〔黄莺儿〕嘲妓曲四十首。《南宫词纪》、《黄莺儿》中所收〔黄莺儿〕大多亦见于《大明天下春》卷六中栏的《新编百妓品评》，《新编百妓品评》没有标明宫调，但它们与《南宫词纪》、《黄莺儿》中的〔黄莺儿〕基本全部相同，从格式上来看亦是〔黄莺儿〕。这些〔黄莺儿〕无论在字数、句数，还是押韵等方面均与散曲〔南商调黄莺儿〕没有差异。除格式上完全与散曲〔南商调黄莺儿〕相同之外，这些嘲妓曲中的语言虽有俚俗之味，但是"踯躅步难娇"（《跛妓》）、"湘妃泪凝"（《黑斑》）、"寿阳翠轻"（《黑斑》）、"惹灵犀透子宫"（《孕妓》）、"霞侵鸟道丹泉流"（《月妓》）、"又献后庭花"（《淫妓》）、"梦回楚阳台"（《偷妓》）、"游丝缭绕朱门闭"（《丛毛妓》）等词句或暗含典

① 彭孙遹：《金粟词话》，唐圭璋编《词话丛编》，中华书局1986年排印本，第723页。

故、或雅致凝练，这些都显现出文人作品的特色。另外，《南宫词纪》本就是辑录文人散曲的集子，且有二十九首〔黄莺儿〕明确题为孙百川作。再者，这些作品是以戏谑者的立场专为嘲谑各样青楼女子而作，格式、趣味整齐划一，这也能多少说明这些〔黄莺儿〕的作者为颇具文学文化修养但趣味堕入恶俗的文人。

可见，《词谑》、《南宫词纪》、《大明天下春》和《黄莺儿》中的这些〔黄莺儿〕并非真正意义上的歌谣时调，它们极有可能是文人所作的散曲作品，由于稍具俗趣，后来流传于市井间，引起百姓们对〔黄莺儿〕的关注喜爱，进而对歌谣时调自散曲〔南商调黄莺儿〕衍生而出做好了准备，起到了促进作用。歌谣时调自散曲衍生出的过程是渐变过程，不可能存在截然之界限，这些略具俚趣的散曲〔黄莺儿〕流传到民间其实就是歌谣时调自散曲中衍生出的必备过程，展现了歌谣时调衍生之初甚至更早的实际状况。

至于明代的歌谣时调〔黄莺儿〕，我们可以在冯梦龙编辑的《山歌》中见到它的身影。《山歌》中所收是真正流行于民间的歌谣时调，其中《老鼠》一篇中插入了一支〔黄莺儿〕，曲子共有九句，每句字数分别为五、六、八、四、四、七、五、六、七，第八句不押韵，这支〔黄莺儿〕与散曲〔黄莺儿〕相比，句数和押韵尚相同，每句字数却已有变，文辞风格已经全为民间之风。《镬子》中也插入了一支〔黄莺儿〕，曲子共有九句，每句字数分别为五、六、七、四、四、七、三、六、七，第二、五、八、九句不押韵，此曲句数、字数大致与散曲〔黄莺儿〕一致，但是押韵方面已经大有变化，比较随意。《汤婆子竹夫人相骂》中间插入了两支〔黄莺儿〕，均为十句，每句字数分别为五、三、三、九、八、五、十一、六、七、六和五、三、三、十、五、五、七、三、六、七，第一支曲子的一、三、五、六、七、十句押韵，第二支曲子第一、三、七、十句押韵。可以看出，这两支〔黄莺儿〕的格式已有很大变化，大为随意了。此外，清代《万花小曲》中有四支〔黄莺儿〕咏风花雪月，每支格式相同，均有八句，每句字数为五、六、七、五、五、七、三、四、五，第八句不押韵，与散曲格式较为一致。《晓风残月》中有〔黄莺儿〕《劝君休贪野草闲花》，共有七句，每句字数分别为五、六、七、七、七、七、五，每句押韵，业已非原格了。

可见，歌谣时调〔黄莺儿〕自散曲〔黄莺儿〕衍出之后，随着在民间百姓间的流传，格式也渐渐趋于随意自由了。

(八) 关于〔清江引〕

我们在明清一些歌谣时调集中可以见到歌谣时调〔清江引〕的身影，另外，清代康乾隆间的徐大椿曾在他的《洄溪道情》自序中提及民间歌谣时调〔清江引〕："迨今久失其传，仅存时俗所唱之〔耍孩儿〕、〔清江引〕数曲，卑靡庸浊，全无超世出尘之响。"① 散曲中有南北两种〔清江引〕，〔南双调清江引〕是对〔北双调清江引〕的借用，其格式为：五句，每句字数分别为七、五、五、五、七，第三句不押韵。

嘉靖年间刊刻的《风月锦囊》中有"新增楚江秋后联清江引"十九首，其中的〔清江引〕与散曲格律略相似，除个别曲首句为九字外，其余曲子首句为七字，第二、三、四句均为五字，末句一般为九个字，第三句不押韵；但是曲子都有六句，第五句均是三个字，与第六句前三字相同，若将第五句视作衬字，那么这些〔清江引〕的格式绝大多数便是七、五、五、五（三）、九，与散曲〔清江引〕的格式差别并不很大。可以看到，此处的〔清江引〕格式与散曲〔清江引〕格式相比，有共同之处也有变化。万历时刊刻的《大明天下春》也有数首〔清江引调〕，每支曲六句，每句字数基本上为七、六（或为五）、五、五、三、六，第三句不押韵，这些〔清江引〕与原格相比也有不算太大的变化。

清代《万花小曲》中《西调鼓儿天》在十八支〔西调〕后加上一支〔清江引〕作为结尾，此曲五句，每句字数分别为七、五、五、五、十，第三句不押韵。〔银纽丝〕《五更十二月》在十七支〔银纽丝〕叙述了五更十二月相思之后，用一支〔清江引〕作结，此曲有五句，每句字数分别为八、五、五、五、十，第三、五句不押韵。《闺女思嫁》在一支〔西江月〕、二十五支〔两头忙〕之后，加上一支〔清江引〕，曲作有五句，每句字数分别为七、五、五、五、八，第二、五句押韵。以上三支〔清江引〕的格式有变化但仍保留了原散曲〔清江引〕的一些特点，差异不算太大。《吴歌》在五支〔吴歌〕之后加上一支〔清江引〕作为尾声，曲作有五句，每句字数分别为八、六、五、五、十，押韵很乱。〔金纽

---

① 徐大椿：《洄溪道情》，上海锦文堂书局《徐灵胎医书三十二种廿四》，第 1 页。

丝〕《四大景》中四支〔金纽丝〕之后加上一支〔清江引〕作为结尾，曲子有六句，每句字数分别为七、五、五、五、三、八，第三、五句不押韵。这两支〔清江引〕与散曲〔清江引〕原格相比就有了比较多的变化，显得更为随意一些。

另外，清乾隆六十年所刻《霓裳续谱》中《春色儿娇》一曲在四支〔玉娥郎〕之后加上一支〔清江引〕，曲子每句分别有八、五、五、五、十字，共有五句，第三句不押韵。《昨宵同梦到天台》用〔南词弹黄调〕之后带〔清江引〕，曲子有六句，每句分别有四、四、五、五、五、八字，句句押韵。《一更里天》在五支〔边关调〕后加一支〔清江引〕作为结尾，曲作有六句，每句分别有四、五、六、六、六、十字，第三句不押韵。道光八年刊刻的《白雪遗音》中也可见〔清江引〕，在卷二有《盼五更》一曲，使用十支〔银纽丝〕叙述五更离情，末尾用一支〔清江引〕作结；此〔清江引〕共有五句，每句字数为七、六、五、五、八，第三句不押韵。以上出现在《霓裳续谱》和《白雪遗音》中的歌谣时调〔清江引〕，其格式与散曲〔清江引〕原格相比，均有变化但不是很大，尤其是字句方面保留了原格的一些特点。

可以看到，歌谣时调〔清江引〕与〔山坡羊〕、〔寄生草〕、〔锁南枝〕、〔罗江怨〕等歌谣时调相比，在明清两代于民间的流传过程中，格式上的变化并不剧烈，其格式还保留了一些原来散曲〔清江引〕的一些特点，从字句等格式上还依稀可见其渊源，并没有像其他衍自散曲的歌谣时调那样变得面目全非、仅留虚名。

以上，我们对几种使用借用曲调的明清歌谣时调的曲调使用情况进行了考察，在对每种歌谣时调在明清两代的曲调形式特点及变化过程进行综合之后，可以发现：借用自南北散曲曲牌系统的曲调在进入歌谣时调系统之后，无一完全保留原来的面貌，均向着自由随意的方向发生了程度不同的变化。这种变化体现在两个方面：首先，有的南北散曲曲牌被歌谣时调借用之后，衍生出了许多变体，曲调名称也有相应的变化；如由〔山坡羊〕衍生出了〔数落山坡羊〕、〔沉水调山坡羊〕和〔侉调山坡羊〕等变体，由〔寄生草〕衍生出了〔北寄生草〕、〔怯寄生草〕、〔寄生草带尾〕、〔南寄生草〕、〔怯音寄生草〕、〔便音寄生草〕等变体。其次，未衍生出变体、保留使用原借用曲牌名称的歌谣时调，在明代中期至清代的漫长岁月中，随着流传时间的不断加长，曲调格式与其散曲曲牌母体的差异越来越大，绝大多数最终变得面目全非，只留曲牌的虚名。这些曲调方面的变化实际上正是民间歌谣时调自由发展、不拘成法的一种体现，这些变化和发展也是歌谣时调具有勃勃生机与活力的来源。

第二节　散曲在体制方面对明清歌谣时调的影响

纵观明清歌谣时调的发展历程，可以发现，在使用单一曲调的歌谣时调一直流传于民间的同时，随着时间的推移，歌谣时调中还出现了为数众多的体制形式繁复化的作品，这些作品的体制形式与散曲之套曲、犯调等的曲调组合形式相类，已经不是单纯的单曲调歌谣时调了。在明代前中期至清代末年散曲与歌谣时调的整体互动期内，散曲在体制形式、曲调组合方式方面对歌谣时调的影响随时间的推移总体上呈现出以下状态：明嘉靖至明末期间，为数不多的明代歌谣时调中出现了类似散曲犯调、套曲形式的作品，成为清代前中期大量歌谣时调体制形式繁复化的先声。清初至嘉庆末年间，散曲在体制形式方面对歌谣时调的影响进一步铺展开来，类似套曲形式尤其是犯调形式的歌谣时调大量出现。自清道光至清末，歌谣时调在体制形式方面保留了以前学习散曲的痕迹和结果，但是散曲没有再对歌谣时调的体制形式产生什么新的影响。

一　明清歌谣时调对散曲套曲形式的粗放型学习

散曲中的套曲又名散套，相对于各种散曲小令形式，它的篇幅大为加长，是可以用来表达更为复杂丰富内容的形式。散套通常是由使用同一宫调的若干曲子连缀而成，一套套曲必须首尾一韵到底。散套的形式非常多样，北曲散套一般由若干支曲加尾声组成，也有个别无尾声的北曲散套；南曲散套的形式更加灵活多样，南散套一般由引子、正曲（过曲）和尾声组成，也有许多套曲不用引子或尾声的，南曲散套中的重头加尾声之套和重头无尾声之套是北曲散套中不曾有过的形式。歌谣时调自从散曲小令中衍生出来之后，起初只是以类似散曲小令的单支小曲的形式流传，每支歌谣时调的篇幅比较短小。随着时间的推移，歌谣时调中逐渐出现了类似散曲套曲的多曲连缀形式的长篇作品，它们的出现使得作品的内容得以丰富，使得歌谣时调的表现力得以增强，体现了歌谣时调发展过程中由简而繁的客观规律。这类套曲形式的歌谣时调学到了散曲套曲多曲连缀成一整体的外部形式特征，但是也对散曲套曲的某些重要特征进行了改变，以适应歌谣时调灵活自由发展的需要。（详见附录中表格一：套曲形式的明清歌谣时调）从形式上看，明清歌谣时调中套曲形式的作品主要有寻常套曲、重头加尾套曲和重头无尾套曲几种。

我们在《霓裳续谱》中可以见到几种由不同曲调组合而成的套曲形式的歌谣时调，这种歌谣时调的外部形式与普通的散曲套曲很相似，都是使用数支不同曲调的曲子组合成一套来进行叙事抒情。例如卷五的《深闺静悄》就依次使用了〔慢西调〕、〔慢岔〕、〔西调〕、〔岔〕、〔西调〕、〔岔〕、〔西调〕几支曲子组成一套来叙写女子思春情状。卷五中的《扬子江心》也是依次使用了〔粉红莲〕、〔锁南枝〕、〔锁南枝〕、〔锁南枝〕、〔锁南枝〕、〔莲花落〕、〔尾声〕几支曲子组合成一体来叙述渔家四季之事。这种曲子往往篇幅很长，中间有一些铺叙或情节，分为一两个角色来演唱，是日后由歌谣时调演变成民间小戏的先声。

现存可见的明清歌谣时调中，更多的套曲形式作品是重头加尾声形式的歌谣时调。任讷先生在《散曲之研究》之四“体段”中列有“重头加尾声之套”的形式，他说：“由一调重头以成套，南曲中始有之。北套之至简者，有仅一调一煞者，稍长则为一调、一幺篇、一煞；此一调一幺加以一煞之局格，不啻即南套中重头加尾声之滥觞也。”① 这种重头加尾声形式的套曲在清代歌谣时调中所存颇多，我们在《万花小曲》、《霓裳续谱》和《白雪遗音》中均可以见到不少。这些作品有的在题目中即标明“一套”，如《万花小曲》中的《西调鼓儿天·五更一套》使用十八支〔西调〕加一支〔清江引〕组合成了一套曲子，除了从内容上可以看出数曲属于一套的情况，其题目中也已经显示了下面的曲子是一套而非各自分散独立的；有的作品则是有一个篇名以示其中之曲为一套，如《霓裳续谱》卷六的《春色儿娇》使用四支〔玉娥郎〕加一支〔清江引〕组合成一套曲子，其篇名和内容均可以说明这五支曲子是一套而非各自分散独立的。这些作品中曲子的组合方式也不同，有同调名曲子重叠多次后加

① 任二北：《散曲之研究》，《东方杂志》1926年第二十三卷第七号，第107页。

〔尾〕组成一套的，如《霓裳续谱》卷七中的《郭巨埋儿》使用七支〔莲花落〕加〔尾〕组成一套曲子；大多数则是同调名曲子重叠多次后加上一支〔清江引〕作为尾声来组合成一套曲子，如《白雪遗音》卷二《盼五更》使用十支〔银纽丝〕加一支〔清江引〕组成一套，这种组合方式在重头加尾声套曲形式的歌谣时调中最为常见。这种重头加尾声的套曲形式在歌谣时调中之所以最为常见，当与各曲组合方式的简单易行很有关系，它们的出现既满足了歌谣时调繁复化的要求，同时操作起来又很简便，仅需多次重叠使用同调曲子再加上尾声即可，所以它们在套曲形式的歌谣时调中比较常见。

此外，我们在明清歌谣时调中还可以见到重头无尾套曲形式的作品。任讷先生在《散曲之研究》中说："南曲中两调或四调重头即可成套。"[①]"南套成因，各种不同。……此外有因题定套者，（如咏八景则成八调之套，咏四时则成四调之套）。"[②] 另外，《散曲之研究》之四"体段"中还列有"重头无尾声之套"条："重头无尾声，惟南曲中有之。沈璟《南曲谱》曰：'一个牌名做二曲，或四曲、六曲、八曲，及两个牌名各止一二曲者，俱不用尾声。'——此重头无尾声最早之说也。"[③] 在现存明清歌谣时调中，我们于《风月锦囊》、《词林一枝》、《风月词珍》、《乐府万象新》、《摘锦奇音》、《大明春》、《白雪遗音》中均可以看到这种重头无尾声套曲形式的作品。这些作品多为使用同曲牌曲子叙述五更或十二时情状的，有的作品有篇名以示曲子为一套，如《词林一枝》中的《哭皇天·闹五更》使用五支〔哭皇天歌〕叙述五更相思，《风月词珍》中的《时兴十二时闺情妙曲·金纽丝》使用十二支〔金纽丝〕叙述十二时相思，《白雪遗音》卷二《补雀裘》使用两支〔银纽丝〕做开头、后面用五支〔银纽丝〕叙述五更补雀裘；也有的作品虽然没有总的篇名，但是曲作内容说明了曲子是一套的，如《风月锦囊》和《乐府万象新》中各有五支〔北一封书〕和五支〔两头忙歌〕叙述五更离情，虽然曲子没有总题目，但是内容是一体的。

---

① 任二北：《散曲之研究》，《东方杂志》1926 年第二十三卷第七号，第 101 页。

② 同上书，第 106 页。

③ 同上书，第 108 页。

从以上论述可以看到，受到散曲套曲各种形式的影响，明清歌谣时调借鉴了散曲套曲的各种外部形式，将数支曲子连缀起来，使作品的篇幅加大，表现力增强，从而推动了歌谣时调繁复化的进程。然而，歌谣时调对散曲套曲形式的学习并不是原封不动的，它们没有全盘接受散曲套曲的所有规则和特点，而多只是在保持很强自由度的前提下，对“多曲连缀”、“可以使用〔清江引〕代替尾声”等外部表面形式的学习，这是一种粗放型、不拘细节的学习，符合歌谣时调自由随意的发展特点。

首先，我们在所有现存的歌谣时调作品中从未见过标明宫调的作品，这些套曲形式的歌谣时调也不例外。那些借用自散曲的曲调在被歌谣时调使用之后，大多数格式已经变得面目全非，还何论宫调？歌谣时调自创的专属曲牌就如徐渭所言：“本无宫调，亦罕节奏，徒取其畸农、市女顺口可歌而已，谚所谓‘随心令’者，即其技欤？间有一二叶音律，终不可以例其余，乌有所谓九宫？”① 徐渭所论为南曲初始之态，其实明清歌谣时调的自创专属曲调也是同样状况。既然没有宫调，套曲形式的歌谣时调在连缀曲调时自然不必管所连缀的曲子是否属于同一宫调，也不考虑曲子之间在音韵格律上是否承接，也未见有固定的曲牌连接规则。从使用的曲调来看，套曲形式的明清歌谣时调中，有的作品全部使用歌谣时调自创曲调，如《霓裳续谱》卷五中的《深闺静悄》使用的曲调有〔慢西调〕、〔慢岔〕、〔西调〕、〔岔〕；有的作品混合使用歌谣时调自创专属曲调和借用自散曲的曲调，如《霓裳续谱》卷五《扬子江心》使用了〔粉红莲〕、〔锁南枝〕、〔莲花落〕几种曲调，其中〔粉红莲〕和〔莲花落〕是歌谣时调自创专属曲调，而〔锁南枝〕则是借自散曲的曲调；有作品使用的曲子甚至连曲调名也没有，如《吴歌·五更一套》使用五支“吴歌”加一支〔清江引〕组成套曲，其中的“吴歌”本文已经在第一章第一节中辨明非歌谣时调所用曲调的名称，只是对流行于吴地的某一种歌谣时调的称呼而已。

其次，散曲套曲的关键特征之一是所有曲子同韵，套曲从头至尾一韵到底。任讷先生在《散曲之研究》之四“体段”中有言：“论散套则无论

① 徐渭：《南词叙录》，顾廷龙主编《续修四库全书》，上海古籍出版社 2002 年影印本，子部，第 1758 册，第 412 页。

短长，全套要必叶一韵”[①]、“全套首尾一韵，此层最紧要”[②]。然而，我们在现存的套曲形式的明清歌谣时调中只看到《霓裳续谱》卷五的《暗中偷觑》和《深闺静悄》两种作品从头至尾押同一个韵，其余作品中使用的各支曲子都是各自用韵（详见附录表一：套曲形式的明清歌谣时调）。由此可见，歌谣时调在向散曲套曲学习时，保留了多曲连缀这一最表层的形式特征，而对多曲在押韵方面须一致、整套曲子要一韵到底的标志性特征却完全置之不理。

另外，在对散曲套曲之尾声的学习方面，歌谣时调也将学到的散曲形式特点做了很大简化，将其变得非常简便易行。“套数在元人，轻易无无尾声者。其无尾声者，大抵有下列三种情形：……（丙）所用末调，可以代尾者，则不再用尾。如……双调套以〔清江引〕结者甚多。”[③] 在散曲的双调套曲中，〔清江引〕可以被用来代替尾声，但并不是所有套曲均可以其作为结尾，须是使用双调的套曲才可以。然而，我们看到，在现存的重头加尾声套曲形式的明清歌谣时调中，〔清江引〕似乎成了放于任何处皆可的“万能尾声”，绝大多数此类作品都是在同牌曲子多次重复后，加上一支〔清江引〕作为尾声来构成一套完整的曲子，根本不管前面使用的是什么调子的曲子、有什么音律特点或衔接规则。这种以〔清江引〕作为尾声的结尾方式使用起来非常简便，当然，也很单一，但是它却符合民间歌谣时调自由随意的发展和存在特点。

综合以上的考察结果可见，散曲套曲在外部形式上对明清歌谣时调中套曲形式的作品产生了影响，但是歌谣时调对散曲套曲形式的学习仅限于对最表层形式的学习。这种学习方式没有太大的难度，是适合歌谣时调生产方式、传播方式及传唱环境的一种捷径，它满足了歌谣时调繁复化的需求，促进了明清歌谣时调的发展。

二 明清歌谣时调对散曲犯调形式的学习及灵活运用

根据俞为民先生的研究成果，犯调是早在唐代俗曲和宋代词调中就已

---

① 任二北：《散曲之研究》，《东方杂志》1926 年第二十三卷第七号，第 99 页。

② 同上书，第 105 页。

③ 同上书，第 108 页。

经存在的一种形式，在曲体文学中，犯调形式也非常常见。“所谓犯调，也就是不同曲调或不同宫调之间的相犯”①，有不同曲调之间的相犯和借宫转调两大类。黄图珌《看山阁集闲笔》“犯调”条有云：“割此曲而合彼曲，采集一名命之，为‘犯调’，知音者往往为之。”②《钦定曲谱》卷首之《九宫谱定论说》谓：“犯者，割此曲而合于彼曲之谓，别命以名。”③ 这两处所论的犯调就是不同曲调之间的相犯、即相互组合连接，犯调往往会在旧曲名的基础上重新取一新名。在南北散曲中，存在多种犯调形式，如带过曲、折腰式犯调、集曲等，在晚明散曲中犯调形式更是大量出现。明清歌谣时调从南北散曲的一些犯调形式中汲取营养，从而使自身的形式更为丰富多样，促进了歌谣时调的繁复化和整体发展。

（一）散曲带过曲形式对明清歌谣时调的影响

带过曲本来是北散曲中的一种特殊小令形式，是将两支或者三支音律上能够谐和相接的单支曲子连接组合成一支新的曲子，押韵方面一韵到底，后来南散曲中也出现了这种形式。带过曲可以在曲牌中使用“带”、“过”、“兼”、“带过”显示出来，如〔脱布衫带小梁州〕、〔十二月过尧民歌〕、〔醉高歌兼摊破喜春来〕、〔雁儿落带过得胜令〕，也有的不在曲牌中标明这几个字，直接将曲牌名联并起来，如〔骂玉郎感皇恩采茶歌〕，也有混合的表示方法如〔雁儿落带清江引碧玉箫〕、〔快活三带朝天子四边静〕。

目前，在现存可见的明清歌谣时调中，带过曲形式的作品并不是很多，主要集中于明代的《风月锦囊》和清代的《霓裳续谱》之中，它们可以被看作歌谣时调在繁复化过程中的一种过渡性形式。目前所存可见的带过曲形式歌谣时调，在押韵方面全部都首尾一韵，这些作品有全部使用歌谣时调自创专属曲牌的，如《霓裳续谱》卷七《咱们开言先把孝贤歌儿唱》就使用一支〔隶津调〕带一支〔叠断桥〕；也有的作品混合使用借自散曲的曲调和歌谣时调自创曲调，如《霓裳续谱》卷四《三月里清明

---

① 俞为民：《中国古代曲体文学格律研究》，中华书局2012年版，第378页。

② 黄图珌：《看山阁集闲笔》，《中国古典戏曲论著集成》，中国戏剧出版社1959年版，第七册，第142页。

③ 《钦定曲谱》，上海扫叶山房1919年石印本，第14页。

节》使用一支〔重叠序〕带一支〔寄生草〕，卷七《双双手儿捧玉钟》使用一支〔南叠落金钱〕带一支〔一江风〕。（详见附录中表格二：带过曲形式的明清歌谣时调）明清歌谣时调在学习散曲带过曲形式时，保持了全曲相接组合成新曲及一韵到底的特点，但是在另一些方面并没有保留散曲带过曲的特点，而是作了一些改变。明代嘉靖年间刊刻的《风月锦囊》卷一中收有十九首〔新增楚江秋后联清江引〕。这些歌谣时调各自都有一个四字题目如《闺阁怀春》、《情何以堪》等，都是由一支〔楚江秋〕加一支〔清江引〕组成，〔楚江秋〕曲的最后一句与〔清江引〕的第一句相同，构成顶针格。这些歌谣时调的曲调名中并没有使用表示带过曲的“带”、“过”、“兼”字，而是在第一首曲子之前总的标有〔新增楚江秋后联清江引〕的曲调名，其中的“后联”二字相当于散曲带过曲曲牌中常见的“带”、“过”、“兼”字。这些歌谣时调作品中组成带过曲的〔楚江秋〕和〔清江引〕还都在各自的曲文之前标明了各自的曲调名，不是像散曲带过曲那样将曲文直接接合在一起，成为一个整体，如〔新增楚江秋后联清江引〕《闺阁怀春》：

〔楚江秋〕相思病渐浓，海棠花又红，主人别后身如梦。怎禁他无端黄鸟闹春风，声在墙东，猛然把我愁怀动。眉头两翠重，心头万恨重，扑梭梭泪水眼珍珠迸。〔清江引〕扑梭梭泪水眼珍珠迸，滴湿吴笺重。书成和泪封，没个人儿送。越思量，越思量越教人心痛。[①]

这种情况在《霓裳续谱》中的带过曲形式歌谣时调中最常见，例如《三月里清明节》由〔重叠序〕和〔寄生草〕前后相接而成，但是两支曲子前都各标有曲调名，作品之前只标明了题目，并没有标出一个组合后的曲牌名〔重叠序带寄生草〕。《霓裳续谱》中仅有卷四《摘头换鞋》一首作品在曲子开头标明了〔平岔带马头调〕，之后的曲文中没有再分别标示。

比较之后可以发现，散曲中的带过曲，其组合后的曲牌已经形成定式，等于是产生了新的曲牌，成为带过曲常用的固定曲牌；而带过曲形式的歌谣时调，其曲子组合只是暂时的，曲作也都基本上没有将原来的曲调

---

① 周玉波、陈书录编：《明代民歌集》，南京师范大学出版社 2009 年版，第 39 页。

合并起来标在作品之前，更没有将其变成新的相对固定的歌谣时调带过曲曲调。由此可见，歌谣时调学习散曲带过曲形式时，主要是学习其外部的曲子组合方式，并不在乎曲调名称的变化融合，更无意借此创出新的曲调形式。

（二）散曲折腰犯形式对明清歌谣时调的影响

在南曲中，有一种犯调形式是将原有的一支曲一分为二，成为前后两段，在中间插入其他曲子的几句，成为一支新的曲子，俞为民将这种形式称为"'折腰式'，也就是张大复所说的'串犯'，'将曲分为前后两截，后半先完前半，后曲重起。'即在一支曲调中间，串入别的曲调的曲句，与他曲相犯后，又转接原曲末几句。有如一完整的曲调中间被折断，故名。……有的折腰式的犯调，在曲调名中注明了'折腰'二字，如《南曲九宫正始》册五〔南吕引子·折腰一枝花〕便是在〔南吕·一枝花〕本调第四句插入〔恋芳春〕、〔惜春慢〕各一句，下再接〔一枝花〕后五句，相犯而成"①。这支〔南吕引子·折腰一枝花〕是明代散套《点检名园》中使用的一支曲子。这种折腰式的犯调形式也对明清歌谣时调造成了影响，从目前现存的明清歌谣时调来看，其影响力要远大于套曲形式和带过曲形式对明清歌谣时调造成的影响。我们在《山歌》、《霓裳续谱》、《白雪遗音》中均可以见到大量折腰犯形式的歌谣时调。（详见附录中表格三：折腰犯、集曲形式的明清歌谣时调）

在冯梦龙编辑的《山歌》卷七《私情杂体》中，《约》、《咒骂》、《敲门》和《锯子》等十三支歌谣时调都将《山歌》本体一分为二，在《山歌》的第二句后犯入了四句〔皂罗袍〕曲词，之后又接上《山歌》的后半部分，这些曲子统一在《约》的题目旁标明了"以下中犯〔皂罗袍〕四句"；《寂寞》一曲也是将《山歌》一分为二，在《山歌》的第二句之后犯入了五句〔皂罗袍〕曲词，之后同样接上《山歌》的后面几句，作品题目旁标明了"中犯〔皂罗袍〕五句"。在《霓裳续谱》卷四的《腮边现放着牙痕印》中，本曲〔寄生草〕被拦腰截为前后两段，中间插入了三句〔银纽丝〕曲词和两句〔刮地风〕曲词：

---

① 俞为民：《中国古代曲体文学格律研究》，中华书局2012年版，第390页。

〔寄生草〕腮边现放着牙痕的印，咬你的是何人。〔银纽丝〕咬的是你的肉，疼的是我的心，为什么问着你就不答应。〔刮地风〕你可快快的说原因，你可快快的说原因。〔寄生草〕若不说，我就和你拼了命。说出来，我和那人拼了命。腮边不是牙痕的印，我家来往无有外人，姐妹贪玩耍，怎去认真，腮边上掐了几个指甲印。你可快快的住声，你可快快的住声，说出来可惜奴家一条命，说出来可惜奴家一条命。①

类似的在一支完整曲子中间犯入其他曲子几句曲词的情况在《山歌》卷八的《竹夫人》，《霓裳续谱》卷四的《俏佳人独坐凉亭上》、《卸残妆等候才郎》、卷五的《女大思春》，《白雪遗音》卷三的《杨柳青》等曲作中也可以看到。很显然，这些歌谣时调的曲子组合方式就是完全受到了散曲中折腰式犯调形式的影响，我们可以明显看到其曲子组合形式的渊源所在。

明清歌谣时调在从散曲中学到了折腰犯的形式之后，并没有原封不动地使用这种曲调组合方式，而是对其进行了改进和发展，将犯入整曲的内容由几句曲词拓展为一支完整的曲子，继而又进一步拓展为数支完整的曲子。冯梦龙所编《山歌》卷八的《笼灯》、《老鼠》和卷九的《陈妈妈》、《鞋子》就分别在《山歌》本体中犯入了整支的〔打枣歌〕、〔黄莺儿〕、〔皂罗袍〕、〔驻云飞〕，卷八的《困弗着》在《山歌》本体中犯入了整支的〔皂罗袍〕和〔桂南枝〕，卷九的《烧香娘娘》则是在《山歌》本体中犯入了整支的〔猫儿坠〕、〔桂枝香〕、〔驻云飞〕、〔懒画眉〕、〔皂罗袍〕、〔香柳娘〕共六支曲子，以上这几种形式在《霓裳续谱》和《白雪遗音》中还可以见到许多。可以看到，明清歌谣时调在学习了散曲折腰犯的曲子组合方式后，不断对其进行改进和发展，继而将其与散曲套曲多曲连缀的曲子组合方式相融合，从而出现了折腰犯形式中又有套曲多曲连缀形式的复杂组合方式，大大扩展了歌谣时调的容量，推动了明清歌谣时调的发展。

---

① 王廷绍编：《霓裳续谱》，《明清民歌时调集》（下），上海古籍出版社 1987 年版，第 184—185 页。

以上我们分析了散曲折腰犯形式对明清歌谣时调曲调组合方式的影响，并且讨论了明清歌谣时调对折腰犯形式的改进与发展。张继光认为这种歌谣时调的曲调组合方式渊源于南曲中的犯调①，张先生的观点很有启发性，但是却不够准确具体。上文中我们已经说明了犯调有许多种，对此类歌谣时调形式造成影响的应该是犯调中的一种形式——折腰式犯调，而不能仅笼统地称“犯调”。

明清歌谣时调自散曲中学到了折腰犯的形式，与对散曲套曲及带过曲形式的学习一样，歌谣时调主要关注学习的是最为表层的曲子曲句的组合方式，而对曲调的韵律及曲调的融合并不在意。在上文中提到的三种折腰犯式歌谣时调中，犯入几句曲句和犯入一支整曲的作品在押韵方面大都是头尾一韵的，而犯入数支整曲的作品大多是本体曲子押一个韵，犯入的每支整曲又各自用韵。例如《霓裳续谱》卷四《卸残妆等候才郎》一曲，是在本曲〔岔曲〕中间犯入三句〔弦子腔〕、四句〔吹腔〕、四句〔黄沥调〕、四句〔剪靛花〕和三句〔银纽丝〕，无论本曲还是犯入的曲句，从头至尾均是押同一韵。《霓裳续谱》卷五《静坐幽斋》在本曲〔岔曲〕中间犯入一支整曲〔王大娘〕，曲作从头至尾、无论本曲还是犯入曲均押同一韵。《白雪遗音》卷一《叹五更》在本曲〔马头调〕中间犯入完整的五支〔银纽丝〕，本曲〔马头调〕和五支〔银纽丝〕分别押了不同的韵。（详见附录表格三）犯入数支整曲的折腰犯式歌谣时调在押韵方面的情况与套曲形式歌谣时调的押韵情况构成呼应，即各曲均未押同一韵；但是从另一方面看，这却是对散曲折腰犯韵律要求的一种破坏，说明了歌谣时调在学习折腰犯形式时对曲调格律要求的忽略。

另外，散曲中的折腰犯曲子都会在曲牌中明示出曲中的犯调情况如〔南吕引子·折腰一枝花〕，这种情况与散曲带过曲曲牌一样，类似于新产生了相对固定的曲牌，同时，在曲文中就不再于原曲调的曲文前标注曲牌名了。折腰犯形式的歌谣时调在这一方面恰恰相反，我们在作品题目旁看不到明确标出的融合后的曲调名称，如《霓裳续谱》卷四的《俏佳人独坐凉亭上》在本曲〔寄生草〕中犯入了五句〔银纽丝〕曲词，但是曲

---

① 张继光：《明清小曲研究》，博士学位论文，台湾“中国文化大学”，1993 年，第 472—474 页。

作并没有在题目中特别标示出〔折腰寄生草〕或其他能显示出曲作中有折腰犯现象的曲调名，只是作品在各自曲调前都还标示出了原来各自的曲调名。

综上所述，明清歌谣时调向散曲折腰犯形式进行了学习，但是并没有接受其所有规则，在学到了折腰犯的曲调组合方式之后，歌谣时调还结合自身发展的需要，对折腰犯的形式进行了改进和发展，真正做到了活学活用。

（三）散曲集曲形式对明清歌谣时调的影响

集曲是南散曲中最为常见的犯调形式，就是从几支甚至十几支曲子中截取原作的零句，将它们重新连接组合为一支音律和谐的新曲调，新曲调的名称一般由原来的曲调中撷取一两个字糅合而成。如黄钟宫〔画眉序〕的前四句接〔调角儿〕的后五句再接〔狮子序〕的末二句，集成新曲〔画角序〕。也有一些由很多曲调的零句集合而成的集曲，它们的曲调名一般是要重新取一个嵌有所集曲调数目字的新名字，如〔三仙桥〕、〔白练序〕、〔醉太平〕、〔普天乐〕、〔犯胡兵〕、〔香遍满〕、〔琐窗寒〕、〔刘泼帽〕、〔三换头〕、〔贺新郎〕、〔节节高〕、〔东瓯令〕十二个曲调共同集合成新曲调〔巫山十二峰〕。集曲要求所集曲调应当在声律上相近，后来由于文人们对这种方式很是喜爱，集曲便成为南曲产生新曲的一种常见方法，甚至有泛滥之势，对音律的要求也变得不再严格，难以尽善。清代杨恩寿《续词余丛话》卷一《原律续》中有："曲谱无新，曲牌名有新。狡狯文人，好奇斗巧，以二曲、三曲串为一曲，别立新名，以炫耳目。"①清代梁廷枏在《曲话》中说："其集曲有名义可取，而声律失调者，有节奏克谐而名义欠雅者。"②

任讷先生在《散曲之研究》之四"体段"中说道："集曲犹词中之犯与摊破，专属于南，……集曲多细腔赠板，自足阐发昆腔妙处，若无体格，则全出拼凑，因而论其文字，亦大抵饾饤，读之陈言泛语，味同嚼蜡

① 杨恩寿：《续词余丛话》，《杨恩寿集》，岳麓书社2010年校点本，第355页。

② 梁廷枏：《曲话》，《中国古典戏曲论著集成》，中国戏剧出版社1960年版，第八册，第283页。

者居多，豪情胜慨，固难以言，即首尾一贯，不支不复者，亦鲜见也。”①可见，能够成功运用集曲创作出优秀作品并非易事，著名曲家沈璟、王骥德、沈自晋的散曲作品中就有许多集曲，但是佳作很是有限。尽管如此，集曲这种形式仍然是自明中后期便逐渐开始流行的一种犯调形式，它对明清歌谣时调的形式也造成了一些影响，我们在清代的歌谣时调中便可见到一些这种形式的作品。《霓裳续谱》卷四的《三更月照湘帘外》一曲将九句〔寄生草〕的曲词和七句〔隶津调〕的曲词结合起来，组合成一支新的曲调，均押同一韵，来叙述一段完整的内容。卷六的《寻思默默没计奈何》也是分别截取了〔平岔〕、〔寄生草〕、〔隶津调〕的部分曲词组合为一支新的曲调，曲子从头至尾押同一韵。类似作品还有一些，它们的形式显然是受到了南散曲集曲的影响。（详见附录中表格三：折腰犯、集曲形式的明清歌谣时调）

歌谣时调在向散曲集曲形式进行学习时，与学习带过曲、折腰犯一样，均是将其曲子曲句的外部组合形式学习过来，而对曲子组合之后改换新曲调名这一特征则并未理会。散曲集曲除集合不同曲调的曲句之外，其曲调名称也是在原来曲调名称的基础之上集成的；而集曲式歌谣时调在集合了原来曲调的零句后，并没有标出一个新的集成曲名，同样也只是在曲文中相应的曲调之前对原曲调名有所标示。

以上我们分别考察了南北散曲中的几种犯调形式——带过曲、折腰犯及集曲对明清歌谣时调体制形式的影响，总的来看，明清歌谣时调对这三种犯调形式的学习主要集中于对构成犯调的各曲表面组合形式的学习，而对于各种犯调形式新曲调名的生成形式并不在意，而且在曲调音韵方面也没有完全按照散曲中各犯调形式的规则来执行。

综合本节的考察结果，我们可以很明显地看到散曲中的套曲、带过曲、折腰犯、集曲等体制形式均对明清歌谣时调造成了不小的影响。明清歌谣时调向散曲学习了多种不同的曲调连接组合方式，从而使明清歌谣时调的形式变得多种多样、趋于繁复，大大增加了歌谣时调的容量，增强了作品的表现力，促进了明清歌谣时调的整体发展。明清歌谣时调在向散曲的多种体制形式学习时，并没有全盘吸收它们的所有特点，而是有选择、

① 任二北：《散曲之研究》，《东方杂志》1926 年第二十三卷第七号，第 100 页。

有变化、有发展地进行学习；这是一种表面化、简单化、民间化的学习方式，这种学习和借鉴的方式是与歌谣时调的民间性、简易性相适应的，它既能满足歌谣时调多样化、繁复化的发展要求，同时又保持了歌谣时调灵活自由、浅显易做的特点。

第三节 散曲俳体形式对明清歌谣时调的影响

散曲的一些体制形式对明清歌谣时调曲调组合方式的多样化及作品结构的繁复化产生了很大影响，除此之外，散曲中的一些特殊体式也对歌谣时调造成了影响，促进了歌谣时调的传播发展及其题材内容的丰富化。散曲中有所谓“俳体”者，任讷先生有言：“惟散曲之重俳体，出于异常，而非寻常，有不得不另条以明之者。”[①] 他将“俳体”定义为“凡一切就形式上材料上翻新出奇、逞才弄巧，或意境上调笑讥嘲、游戏娱乐之作，一概属之”。[②] 在任先生所列的二十五种散曲俳体中，“关于材料者”中之“翻谱体”、“集调名体”、“集药名体”和“集剧名体”都对明清歌谣时调产生了不可忽略的影响。

一 明清歌谣时调对散曲翻谱体的简易化学习

散曲翻谱体是以翻谱改调的方式创作散曲的一种体式。翻谱改调是指将前人旧作的文句加以改易之后，填入新的曲调，这种作曲之法承袭原作曲意及字词颇多，是一种缺乏独创性的作曲方式。任讷先生《散曲之研究》“之八内容”中有：“翻谱体，与前一体相仿，惟此之所翻，用意犹在声谱，大抵取材于古乐府及诗余。又明清人翻北曲为南曲者尤多，亦属此类。”[③] 翻谱改调在散曲中早已有之，但很长时期之内只是曲家游戏文字、偶一为之的一种形式，并未成风。至明代后期始，散曲创作中出现了翻谱改调之风，所翻之作有宋词、元曲，尤以元代北曲为多。翻谱改调之风至清代一直不衰，这实际上是散曲创作渐失活力的一种表现，同时也是

---

① 任二北：《散曲之研究》，《东方杂志》1927 年第二十四卷第五号，第 72 页。
② 同上书，第 74 页。
③ 同上书，第 76 页。

散曲走向衰亡的原因之一。

在明清散曲家中，沈璟是喜作翻谱体散曲的曲家之一，比如其套曲〔南中吕驻马听〕《秋闺》就是一篇翻谱改调之作，原作是元代郑光祖的〔北双调驻马听近〕《秋闺》，二作如下：

〔南中吕驻马听〕《秋闺翻郑德辉北词》

〔南中吕驻马〕听败叶萧萧，雨霁天高催水杪。江乡潇洒，衰柳千株，笼罩平桥。云寒波冷翠荷凋，露浓霜重丹枫老，景色寥寥，晴虹散彩，落霞余照。

〔泣颜回换头〕云消，岩谷瘦山腰，雨多水面肥饶。横空翔雁，行行占得秋高，昏鸦万点，茂林中守着呀呀叫。画船归红日衔山，月儿芽百鸟寻巢。

……①

〔北双调驻马听近〕《秋闺》

败叶将残，雨霁天高催木杪。江乡潇洒，数株衰柳罩平桥。露寒波冷翠荷凋，雾浓霜重丹枫老。暮云收，晴虹散，落霞飘。

〔幺〕雨过池塘肥水面，云归岩谷瘦山腰，横空几行塞鸿高，茂林千点昏鸦噪。日衔山，船舣岸，鸟寻巢。

……②

与原作相比，作品的宫调、曲牌都被替换了，因而作品的语句也做了相应的改写，虽然曲意和重要的意象、词语均承袭自原作，但是新作却不如原作凝练简洁、韵味悠长。任讷先生曾经评价沈璟的翻谱之作道：“沈氏好翻北曲为南曲，《曲海青冰》二卷皆是也。目的专在使一时歌场，繁衍南声，故材料剪取前人之现成者亦可，不必由己出也。其文既为声而发者多，为文而发者少，则其受韵律之拘牵，而生气剥夺，尚待言乎？……原其初意，盖欲纳北曲文字之美者，入于南曲声音之美中，以收声文并美之效；而实则檃栝体、词翻北、北翻南、集曲，种种办法，同一补于声音者

① 谢伯阳编：《全明散曲》，齐鲁书社 1994 年版，第 3264 页。

② 隋树森编：《全元散曲》，中华书局 1964 年版，第 465 页。

鲜，而害于文字者多，得不偿失耳。”① “南词翻谱之风，宁庵实启之。”②沈璟作为当时曲坛之大家，作翻谱体散曲有“繁衍南声”、省时省力的初衷，但是于散曲创作本身而言不仅毫无助益，反于散曲坛开了一种不良的创作风气，此后至清代，翻谱改调便成为散曲创作中一种较为常见的体式。

清代散曲家沈谦也多以南曲来翻元人北曲，他常将周德清、乔吉、张可久、关汉卿、曾瑞卿等元散曲家的小令翻作南散曲，然佳者甚少，例如：

〔南中吕红孩儿〕《书所见翻周德清北曲 新翻》

〔红芍药〕笼两鬓脸似朝霞，陪将来实是屈他。自见了红娘倒牵挂，更知情说些儿话。〔耍孩儿〕量珠，他又解语还比花无价。若得伊便算我从来怕，咱倒了葡萄架。③

〔中吕朝天子〕《书所见》

鬓鸦，脸霞，屈杀将陪嫁。规模全是大人家，不在红娘下。笑眼偷瞧，交谈回话，真如解语花。若咱，得他，倒了葡萄架。④

沈谦所用曲调是新的南曲集曲〔红孩儿〕，曲文是取原作之意和一些词句重新写就的，但是与周德清的原作相比却显得冗沓而缺乏活力。

实际上，大多数翻谱体散曲的创作者是在南曲兴盛之后，一时兴之所至，以游戏文章的态度将北散曲旧作与南曲曲调相结合，从而创造出这些作品的。卢前先生将其称作曲中两大恶习之一，认为它们“大抵以词就腔，为声音之悦耳，不遑求文字之工整。采取陈篇削足就履，从此有可歌之曲，而无可读之曲矣。倘二习不除，曲尚有何文章之可言？”⑤

翻谱改调之风于散曲创作中盛行之时，歌谣时调也经历着逐渐发展繁荣的过程，此风对歌谣时调的发展演变也产生了很大影响。明清歌谣时调

① 任二北：《散曲之研究》，《东方杂志》1927年第二十四卷第六号，第55页。
② 卢前：《论曲绝句》，《卢前曲学四种》，中华书局2006年版，第251—252页。
③ 谢伯阳、凌景埏编：《全清散曲》（增补版），齐鲁书社2006年版，第365页。
④ 隋树森编：《全元散曲》，中华书局1964年版，第1334页。
⑤ 卢前：《饮虹曲话》，《卢前曲学四种》，中华书局2006年版，第261页。

中的翻谱改调之作大致有两种：一是像散曲翻谱体作品那样，以新的语句和曲调来翻原作曲意、只保留原作少量词句和曲意的作品，此类作品在明清歌谣时调中数量有限；二是以新曲调来翻旧作，基本保持旧作曲文不变，只少量改动字句的作品，这类作品在明清歌谣时调中大量存在。（详见附录中表格四至表格七）

我们在《白雪遗音》卷三可以看到一支篇幅较长的歌谣时调〔八角鼓〕《才郎夜读书》：

> 才郎夜读书，俏佳人袖掩红烛。喜孜孜，乜斜杏眼，嗔瞅着夫，几次整钗环，含羞欲语言又住。半晌问君何时也。呀。朦胧敢是月放出，刘阮到天台，牛女双过渡，问君果识此桃源路，不作美的天河，也不知有无。才郎笑说：雅化关雎，因得内助，歌钟鼓，乐诗赋，乃有别，成夫妇。发悬梁，锥刺股，如囊萤，雪当烛，比不叫尔自辛苦。到后来，才得这万里鹏程，青云独步。佳人闻听心发怒，说这等郎君你请看书！羞答答，回绣户，才郎赶入碧纱橱。佳人含恨说：君请出，茅屋不敢劳尊步，看奴这，藕丝缚住你的这鹏程路。才郎笑说卿何苦，反目皆因这几句书，良宵休辜负，及第待何如，看来自有天定数。叫丫环，撤银烛，卿若是不倦，偺共偎红炉。①

如果我们将其与元代白朴的北曲小令〔北中吕阳春曲〕《题情》做一比较，便可以明显看出二者之间的关系：

> 笑将红袖遮银烛，不放才郎夜看书，相偎相抱取欢娱，止不过迭应举，及第待何如。②

很显然，歌谣时调《才郎夜读书》渊源自元代北散曲小令《题情》。新作中保留了原曲作“袖遮红烛”、“才郎夜看书”、“相偎”、“及第待何如”

---

① 华广生编：《白雪遗音》，《明清民歌时调集》（下），上海古籍出版社1987年版，第753—754页。

② 隋树森编：《全元散曲》，中华书局1964年版，第195页。

的主干内容，同时，为适应新的曲调〔八角鼓〕，歌谣时调的篇幅大大加长，其中增加了大量铺叙和细节，人物情状更加细致逼真，作品内容更为丰富，是一篇成功的翻谱改调作品。此外，这篇作品的内容本身亦可见散曲对歌谣时调的影响，但是这种以歌谣时调曲调来翻做散曲旧作的作品目前所见甚少。

明清歌谣时调中绝大部分的翻谱改调还是发生在歌谣时调系统内部的，其中有少量作品如散曲翻谱体一样，以新的曲调和语句来翻原作曲意、只保留原作少量语词，《八能奏锦》中的“新增急催玉歌”《钦天监》、《挂枝儿》卷七的〔挂枝儿〕《鸡》和《山歌》卷二中的《五更头》之间就属于这种情况：

新增急催玉歌

钦天监造历的人儿不知趣，偏闰年，偏闰月，不闰五更，鸳鸯枕上情难尽。刚才合着眼，不觉就鸡鸣。恨的是更儿，恼的是鸡儿，可怜我的人儿，热烘烘丢开，心下如何忍。①

〔挂枝儿〕鸡

五更鸡叫得我心慌缭乱，枕儿边说几句离别言，一声声只怨着钦天监。（你做）闰年并闰月，（何不）闰下（了）一更天。日儿里能长也，夜儿里这么样短。②

五更头

姐听情哥郎正在床上哼喽喽，忽然鸡叫咦是五更头。世上官员只有钦天监第一无见识，你做闰年闰月那了正弗闰子介个五更头。③

这几支歌谣时调所用曲调不同，曲文亦不同，但是通过“埋怨钦天监不多闰一更”来表达不舍情人的曲意却是一样的。这种方式正与散曲中的翻谱改调方式相同，它承袭旧作曲意和关键字词，重新写作曲文，尚有一定的创造性。

---

① 周玉波、陈书录编：《明代民歌集》，南京师范大学出版社 2009 年版，第 77 页。
② 同上书，第 268 页。
③ 同上书，第 309 页。

然而，明清歌谣时调中大量存在的却是以新曲调来翻旧作，基本保持旧作所有曲文不变、只少量改动字句的作品，这类作品基本上只是替换了曲调而已，几乎全无创造性。我们目前可以在明清歌谣时调中看到有两种曲调之间有过大规模的翻谱改调，此外，一些其他单曲体的歌谣时调之间和一些组合式曲调的歌谣时调之间也存在翻谱改调的现象。

清初刘廷玑的《在园杂志》中记载了一些明清歌谣时调的流行情况："'小曲'者，别于昆弋'大曲'也。在南则始于〔挂枝儿〕……一变为〔劈破玉〕，再变为〔陈垂调〕，再变为〔黄鹂调〕。"① 刊行于康熙四十四年的张潮的《尺牍偶存》中也有同类记载："独明朝未闻别立体裁，惟〔挂枝儿〕、〔打枣竿〕之类，可云妙绝千古。我朝数十年中，变为〔劈破玉〕，犹有纪律可循……"② 由他们的记载可知，〔劈破玉〕的大量流行当是在〔挂枝儿〕之后。目前我们可以在明代后期的《徽池雅调》和清代乾隆初年的《万花小曲》、《丝弦小曲》中见到大量〔劈破玉〕，其中的许多作品除个别字句稍有变化之外，句数、曲文与冯梦龙所编《挂枝儿》中的〔挂枝儿〕几乎全部相同，例如：

〔挂枝儿〕缘法

有缘法那在容和貌，有缘法那在前后相交，有缘法那在钱和钞。有缘千里会，无缘对面遥。用尽心机也，（也要）缘法来凑巧。③

〔劈破玉〕缘法

有缘法那在容和貌，有缘法那在前后相交，有缘法那在钱和钞。有缘千里会，无缘对面遥。用尽心机也，也要缘法来凑巧。④

将两个曲调的作品进行比照之后可以发现，绝大多数〔挂枝儿〕中的衬字在〔劈破玉〕中成了正文（详见附录中表格四：明清歌谣时调中的翻

① 刘廷玑：《在园杂志》，《清代笔记小说大观》，上海古籍出版社 2007 年校点本，第三册，第 2178 页。

② 张潮：《尺牍偶存》，转引自孟繁树《中国板式变化体戏曲源流研究》，文化艺术出版社 2002 年版，第 127 页。

③ 周玉波、陈书录编：《明代民歌集》，南京师范大学出版社 2009 年版，第 221 页。

④ 同上书，第 168 页。

谱改调作品——〔挂枝儿〕与〔劈破玉〕)。另外,《挂枝儿》中原含有几支的成组作品在《徽池雅调》等书中的〔劈破玉〕里仅剩了一支,如《花蝶》原是问答两支一组,《徽池雅调》中剩了前一支;《心变》原有两篇,《万花小曲》中的〔劈破玉〕里剩下一支;《错认》原有四支,《徽池雅调》的〔劈破玉〕中仅有一支等。由此可知,是后起的曲调〔劈破玉〕对曾经颇受欢迎的〔挂枝儿〕的曲文进行了翻谱改调,这一方面适应了新曲调的流行,另一方面保留了那些受百姓喜爱的曲词,可谓一举两得。

刻于万历年间的《八能奏锦》中的〔劈破玉〕均是八句,前三句较长,大致为七或八个字,后五句较短,五字居多,倒数二、三句重复。万历年间刊刻的《乐府玉树英》中的〔劈破玉〕格式与《八能奏锦》中同,有的末句之前加了一个单独的衬字。而《徽池雅调》中的〔劈破玉〕则是七句,前三句较长,多为七或八个字,后四句较短,五六个字居多;这种格式比《八能奏锦》和《乐府玉树英》中的〔劈破玉〕少了那个重复句,与它所翻谱改调的〔挂枝儿〕的格式几乎全同。可见,〔劈破玉〕原本有自己较为固定的格式,对〔挂枝儿〕进行翻谱改调时,为了迁就〔挂枝儿〕,形式变得几乎与〔挂枝儿〕相同。至于清代《霓裳续谱》、《白雪遗音》、《俚曲钞》中的〔劈破玉〕,其格式更是变得相当随意,长至几十句。比如《霓裳续谱》卷七〔劈破玉〕《玉美人在绣楼》有二十六句,卷七〔劈破玉〕《江山万代》共有三十四句,〔劈破玉〕《正盼佳期》共有四十九句,句法格式完全没有规律可循。这说明了〔劈破玉〕格式并非是一成不变的。

除了使用〔劈破玉〕曲调对歌谣时调〔挂枝儿〕进行大量翻谱改调之外,清代还有大量使用〔马头调〕(包括〔马头调带把〕)对歌谣时调〔寄生草〕进行翻谱改调的作品(详见表格五:明清歌谣时调中的翻谱改调作品——〔寄生草〕与〔马头调〕)。赵景深先生在《略谈〈白雪遗音〉》中说"〔寄生草〕与〔马头调〕。每每大同小异",他通过对比发现《霓裳续谱》卷四中的三首〔寄生草〕《三月里桃花放》、《哎呦呦实难过》与《绿柳儿垂金线》的"第一句都只有六个字,但马头调第一句都应该是七个字。因此,'三月里桃花放',不得不改为'三月清明桃花放';'哎呦呦实难过',不得不改为'哎呦哎呦实难过';'绿柳儿垂金线'，不得不改为'绿柳发青垂金线'。这就是我断定〔马头调〕不是〔寄生草〕的别名而是借用了〔寄生草〕词句的理由"①。之后，赵先生又比较了两种曲调每句的字数，进一步来说明〔马头调〕在翻〔寄生草〕时对字句的细微改动。此外，我们还可以通过两种曲调曲文及题目的差异证明是〔马头调〕对〔寄生草〕进行了翻谱改调，而不是反之。

比如，《霓裳续谱》卷四的〔寄生草〕《玉美人儿娇模样》与《白雪遗音》卷一的〔马头调带把〕《玉美人》相比，除个别字词不同外，后者在第七句后加了一句，前者末句后的重复句被改换为另外一句，后者的曲文分为七个句段，每个句段后加上了四或五字的"把"。

〔寄生草〕玉美人儿娇模样

玉美人儿娇模样，玉簪花儿插在了鬓旁，小金莲咯噔咯噔把楼梯儿上。上的楼来，推开纱窗往外望，叫了声春梅，唤了声海棠，你看那满园的花儿都开放，你看那满园的花儿都开放。②

〔马头调带把〕玉美人其二

玉美人儿娇模样，(美貌无双,) 玉针棒儿斜插在鬓傍，(阵阵清香。) 小金莲咯噔咯噔咯噔咯地把楼梯上，(不慌不忙)。上楼来，玉腕推窗往外望，(用手开纱窗)。叫了声秋菊，唤了声海棠，(转过小春香,) 你顺着我的手儿瞧，满园花儿都开放，(牡丹茂堂堂,) 观不尽，碧桃芍药成锦帐，(紫燕来双双)。③

很显然，改换和添加句子是为了保证〔马头调〕的格式，因为从曲意上看，添加的句子明显可有可无。类似情况还有许多。

此外，从题目的改换上也可以看出是〔马头调〕对〔寄生草〕进行了翻谱改调。在《霓裳续谱》中使用〔寄生草〕的这些歌谣时调多是以

---

① 赵景深：《略谈〈白雪遗音〉》，载赵景深著《曲艺丛谈》，中国曲艺出版社 1982 年版，第 29—31 页。

② 王廷绍编：《霓裳续谱》，《明清民歌时调集》(下)，上海古籍出版社 1987 年版，第 190 页。

③ 华广生编：《白雪遗音》，《明清民歌时调集》(下)，上海古籍出版社 1987 年版，第 531—532 页。

第一句作为本支曲子的题目，而《白雪遗音》中有一些曲文与〔寄生草〕大致相同的〔马头调〕则是根据曲文内容重新拟出了题目，比如：与《霓裳续谱》卷四〔寄生草〕《孤灯闪闪》曲文大致相同的〔马头调〕将题目改为《恨月老》，与《霓裳续谱》卷四〔寄生草〕《哎呦呦实难过》曲文大致相同的〔马头调〕将题目改为了《睡鞋占课》，与《霓裳续谱》卷四〔北寄生草〕《阎婆惜的魂灵到正三更》曲文基本相同的〔马头调〕将原作题目改为《活捉》，与《霓裳续谱》卷四《我这心里一大块》曲文基本相同的〔马头调〕将题目改为《相思债》等，改换之后的曲作题目与内容更为贴切，也更准确简练。因此，从对题目的改换上来看，也应当是以〔马头调〕来对〔寄生草〕进行翻谱改调。

除了使用〔劈破玉〕与〔挂枝儿〕的歌谣时调及使用〔马头调〕与〔寄生草〕的歌谣时调间存在大量翻谱改调的情况，明清歌谣时调中也有许多其他的翻谱改调情况（详见附录中表格六：明清歌谣时调中的其他翻谱改调作品），它们的翻谱改调方式同以上两组歌谣时调一样，都是改用了新的曲调，曲文方面除了个别字句的改换变动之外基本与原作曲文相同。在明清歌谣时调中，翻谱体作品的最主要存在状态就是这样的——仅改换曲调，对曲文基本不做重新演绎改写，除了为适应新曲调的格式对个别词句进行改换添减之外，基本保持原作曲文的面貌。这种翻谱改调方式与散曲中改换曲调和曲词，只保留原作曲意的翻谱改调方式是不完全相同的，因而可以说，明清歌谣时调在向散曲学习了翻谱改调的方式之后，同样没有完全照搬，而是根据自己的发展需要对翻谱改调的方式进行了最为简便易行的变化，有所变通地运用于新作品的创作生产当中。

通过以上的分析和论述，我们可以知道，明清歌谣时调向散曲学习了翻谱改调这种创作方法，对其进行了变通性的使用，并将其发扬光大，使明清歌谣时调中出现了成批的翻谱改调作品。这种现象的出现与明清歌谣时调中不断变换流行新曲调有着很大关系，在第一章第二节、第三节中我们了解到，在明清的不同时期内，民间流行的歌谣时调曲调是在不断变换着的，新的曲调层出不穷，市井街巷间广为传唱的歌曲不会长时期内仅拘泥于不变的几种。相对于新曲调的产生，广受喜爱的曲词的出现要显得困难许多，那么使用翻谱改调的方式就可以解决这一问题。明清歌谣时调中的翻谱体作品多只是换了新的曲调，曲词几乎保持原貌，只是稍微添减改动了些字句。这是一种非常省时省力的懒惰改法，不必用心去改易曲词，几乎没有原创元素，只是为了适应新的流行曲调。这些翻谱体的歌谣时调使用新的流行曲调来演唱旧的百姓喜闻乐见的曲词，作者易做，唱者易记，听者喜听，弥补了短时期内新创曲词不足的缺憾。

二　明清歌谣时调对散曲集名体的学习及拓展式运用

在散曲的众多俳体中，有“集调名体”、“集药名体”和“集剧名体”几种，这几类体式的散曲作品分别将曲调名称、药名、剧名连缀并融化于曲词之间，使作品在叙事抒情的同时别具一番趣味。由于它们所集的内容均是各种“名字”，所以本文将它们统称为“集名体”。冯梦龙在谈及这类作品时曾经说道：“凡集曲名、牌名、花名、药名作词，须以己意融化点缀，不露痕迹，方为做手，最忌牵强生拗。”①看来，集名体散曲不只是要求作者将各种名称连缀于曲文中，更重要的是要使这些名字融化于曲文、曲意之中，不能有丝毫牵强之感。散曲中这种集合连缀各种名称以成作的方法对明清歌谣时调也产生了影响，歌谣时调在学习吸收了这种方式之后，还对其进行了发展推衍，使我们于现存的明清歌谣时调中可以见到更多不同种类的集名体作品（详见附录中表格八：明清歌谣时调中的集名体作品）。

集调名体我们在元代散曲中就可以见到，元代散曲家王仲元创作过两个散套〔中吕粉蝶儿〕《题秋怨》和〔中吕粉蝶儿〕《题情》，明代中期散曲家陈铎、徐文昭等也都作过这类散曲，这些作品均是以各个曲牌连缀成曲句曲文以抒情达意的，如王仲元《题情》中的〔中吕粉蝶儿〕一曲：

> 金盏儿里倦饮香醪，盼到那赏花时甚实会欢笑。别人都喜春来，惟我心焦。出得那庆东原，离亭宴，暗伤怀抱，贪看那喜游蜂蝶恋花梢，想起贺新郎不知消耗。②

---

① 冯梦龙：《太霞新奏》，俞为民、孙蓉蓉编《历代曲话汇编：新编中国古典戏曲论著集成》，黄山书社2009年版，明代编第三集，第12页。

② 隋树森编：《全元散曲》，中华书局1964年版，第1101页。

曲子中使用了〔金盏儿〕、〔赏花时〕、〔喜春来〕、〔庆东原〕、〔离亭宴〕、〔蝶恋花〕、〔贺新郎〕等曲牌连缀成句，曲牌使用自然无痕，融于曲意之中。

我们在明清歌谣时调中也可以看到不少这样的集调名体作品，比如《摘锦奇音》中有一支歌谣时调〔劈破玉〕《曲牌名》：

> 集贤宾亲亲来陪奉，沽美酒莫把金杯空，双声子唱一曲花心动。点绛唇儿窄，脸带小桃红。沉醉东风，沉醉东风，情况大不同。①

很显然，这支使用〔劈破玉〕曲调的歌谣时调中集合连缀了〔集贤宾〕、〔沽美酒〕、〔双声子〕、〔点绛唇〕、〔小桃红〕、〔沉醉东风〕这些散曲曲牌名称。以散曲曲牌名称作为素材来创作歌谣时调，这本身就说明了散曲对歌谣时调所产生的影响；同时，这种连缀曲牌名来作曲的方式也说明了散曲对歌谣时调的创作方式产生了影响。

明清歌谣时调在学习了集调名体这种体式之后，还对其进行了发展推衍。明清歌谣时调中还有一些专门连缀歌谣时调自创专属曲调名和混合连缀散曲曲牌名与歌谣时调自创专属曲调名的作品，例如《霓裳续谱》卷八的〔平岔〕《手拿着打枣竿》中，就使用了一些歌谣时调自创专属曲调名来连缀成曲文：

> 手拿着打枣竿，呀呀呦，恨只恨那小靠山。他和我两头瞒，叠落金钱被你诓了去，把一个黄鹂调儿，砸了个七八瓣。你还背地里，欺负我的粉红莲儿。②

这支曲子中的〔打枣竿〕、〔呀呀呦〕、〔小靠山〕、〔两头瞒〕、〔叠落金钱〕、〔黄鹂调〕、〔粉红莲〕都是歌谣时调的自创专属曲调；而《白雪遗音》卷三有一首〔八角鼓〕《曲牌》则是混合连缀了两类曲调名：

---

① 周玉波、陈书录编：《明代民歌集》，南京师范大学出版社 2009 年版，第 199 页。

② 王廷绍编：《霓裳续谱》，《明清民歌时调集》（下），上海古籍出版社 1987 年版，第 414—415 页。

南罗耍孩，叠落金钱银纽丝，编定剪靛花，玉娥郎，相亲哩啰莲。刮地风吹动打枣竿，寄生草生在罗江怨。小开门，太平年，柳青娘怀抱孝顺歌，哭皇天，一心要坐个倒推船。①

曲子中的〔耍孩儿〕、〔刮地风〕、〔寄生草〕、〔罗江怨〕、〔孝顺歌〕、〔哭皇天〕是来自散曲的曲牌，而〔南罗儿〕、〔叠落金钱〕、〔银纽丝〕、〔剪靛花〕、〔玉娥郎〕、〔打枣竿〕、〔太平年〕、〔柳青娘〕和〔倒推船〕则是歌谣时调自创的曲调；以上歌谣时调中的这两种连缀曲调名称的方式都是对散曲集调名体创作方式的发展。

此外，在明清歌谣时调中，集调名体还衍生出了集合连缀骨牌名的作品，如《摘锦奇音》中的〔劈破玉〕《骨牌名》：

俏冤家我与你双携手，踏梯望月，昼夜亭上情欢娱。取下八珠环，脱了锦裙襕。好似蝶恋着花枝，好似蝶恋着花枝，双龙入了海。②

其中的“踏梯望月”、“八珠环”、“锦裙襕”、“蝶恋花枝”、“双龙入海”都是骨牌名。这类作品在明清歌谣时调中还有不少（详见附录中表格八：明清歌谣时调中的集名体作品），这些作品的出现都说明了明清歌谣时调在学习了散曲的集调名形式之后不仅能够很好地运用，而且还对其进行了发展。

除了集调名体之外，我们还可以见到一些集药名和花名的散曲作品，虽然集药名花名的作品不是最早出现于散曲之中，但是明清歌谣时调与散曲有着天然的密切关系和相互交叉的传播环境，因而说散曲之集药名、花名体对明清歌谣时调产生了影响也是合乎实际情况的。散曲中的集药名、花名之作并没有大量出现，但是现有的作品读来却令人觉得颇有一点趣

① 华广生编：《白雪遗音》，《明清民歌时调集》（下），上海古籍出版社1987年版，第746页。

② 周玉波、陈书录编：《明代民歌集》，南京师范大学出版社2009年版，第200页。

味，如明代中期徐文昭所作的〔南商调黄莺儿〕《药名》和陈铎的南北中吕合套《闺情集花名》：

〔南商调黄莺儿〕药名

贝母拜南星，热沉檀叩茯神，为桃即惹下相思症。川芎桔梗，没药茵陈，麦门冬望不见茴香信。谩沉吟，为愿杏仁，远志免使泪猪苓。①

〔南北中吕合套〕闺情集花名

粉蝶儿北〕笑眼睁开，一团儿海棠娇态，结春愁豆蔻含胎。瘦伶仃宽掩过合欢罗带，锁梨花暮雨亭台，杜鹃声碧纱窗外。……②

这样的作品都是文人闲情所致，作者运用药物和花卉名称加以巧思结构而成，其特殊的趣味使其成为散曲众多体式中颇为别致的一种。这种体式对明清歌谣时调也产生了影响，明清歌谣时调中使用流行曲调〔山坡羊〕、〔挂枝儿〕、〔劈破玉〕、〔寄生草〕、〔马头调〕等创作的作品中都出现过集药名、花名的作品（详见附录中表格八），可见其在市井百姓间的受欢迎程度。例如《摘锦奇音》中的〔劈破玉〕《药名》：

裁白芷写下离情调，寄槟榔休忘了石羔，当归时直送在红花道。乳香远又远，常山高又高。使君子不来，叫人一片脑。③

曲中的“白芷”、“槟榔”、“石羔”、“当归”、“红花”、“乳香”、“常山”、“使君子”、“脑”（樟脑）都是药名。另外，《霓裳续谱》卷四中有〔寄生草〕《玉美人梳妆罢》：

玉美人儿梳妆罢，鬓边斜戴石榴花。移金莲，咯噔噔把楼梯儿下。下楼来，轻轻来到荼蘼架，叫了声秋菊，唤了声春花，你看那荷

---

① 谢伯阳编：《全明散曲》，齐鲁书社1994年版，第823页。

② 同上书，第637页。

③ 周玉波、陈书录编：《明代民歌集》，南京师范大学出版社2009年版，第200页。

花池内鸳鸯，他翻飞上下，他翻飞上下。[1]

其中的“玉美人”、“石榴”、“金莲”、“荼蘼”、“秋菊”、“荷花”都是花卉名称。

这两支曲作的作曲方式与散曲中的集药名、花名体无异，均将药名、花名恰到好处地融合在了曲文曲意之中。

此外，明清歌谣时调还将这种集合药名、花名以成曲作的方式推广使用，于是我们便可以见到一些与集药名、花名体同类的歌谣时调作品了。在《偶存各调》中有一篇连缀各种叶子名称的歌谣时调：

〔寄生草〕柳叶儿我为你双眉皱

柳叶儿我为你双眉皱，藤叶儿我为你缠住心头，竹叶儿我为你空心自守。菜叶得病黄皮瘦，红叶题诗句，荷叶泪珠流：怎能个茶叶儿团团共一篓！怎能个茶叶儿团团共一篓！[2]

《白雪遗音》卷四有一支作品则是连缀了各种鸟名：

〔南词〕凤姑愁闷

凤姑娘愁闷想鹦哥，懒画眉毛心事多，半载不通鸿雁信，相思堆积在心窝。记得鸾衾曾赴巫山会，比翼交欢恩爱多，鸳鸯枕上山盟誓，白头偕老共欢娱。赠君一对双飞燕，郎将金雀答奴奴。郎啊，闻你终日白鸧街上走，不来必是怕慈乌。我六甲子规身有孕，莺声洪亮柳腰粗。告天子，香一炉，只求早早回归见鹧鸪。免得我，朝朝心乱如麻雀，鹊桥重会渡银河，愁闷顿消磨。[3]

---

① 王廷绍编：《霓裳续谱》，《明清民歌时调集》（下），上海古籍出版社 1987 年版，第 178—179 页。

② 沈氏辑：《偶存各调》，蒲泉、群明编《明清民歌选》乙集，上海古典文学出版社 1956 年版，第 55 页。

③ 华广生编：《白雪遗音》，《明清民歌时调集》（下），上海古籍出版社 1987 年版，第 820 页。

显然，这两支作品所集内容虽然不同，但是使用的创作方法却与集药名、花名体完全一样，可见歌谣时调将散曲中连缀药名、花名的作曲方式推而广之，变成了可以连缀自然界许多事物名称的一种方式。

在集名体散曲作品中，还有一类作品是对戏曲作品的名称进行连缀，其做法与集调名体、集药名、花名体作品基本相同。元代孙季昌有〔正宫端正好〕《集杂剧名咏情》一套，其首支曲内容如下：

> 鸳鸯被半床闲，蝴蝶梦孤帏静，常则是哭香囊两泪盈盈。若是这姻缘簿上合该定，有一日双驾车把香肩并。①

在这支曲中作者集合了《鸳鸯被》、《蝴蝶梦》、《哭香囊》、《鸳鸯簿》、《双驾车》这几种杂剧的剧名。另外，沈璟的〔南仙吕八声甘州〕《集杂剧名翻元人吴昌龄北词》也是同类作品。这种集剧名体作品与前述几种集名体作品一样，都是文人游戏之作，而创作这种既有游戏趣味又带有一些知识性的作品所使用的方法，对于因为游戏娱乐而生的明清歌谣时调自然也产生了一些影响。

在《白雪遗音》卷二中有一则〔马头调〕《戏名》，其曲文中连缀了许多戏曲的名称：

> 庆有余的长生殿，巧缘合卺，加官团圆，郭子仪，七子八婿把笏献。麒麟阁，金瓶戏凤桃花扇。西厢彩楼，金雀钗钏杏花天。水浒三国平妖传，富贵图，十五贯钱也不换。②

曲作中的《长生殿》、《合卺》、《麒麟阁》、《桃花扇》、《西厢》、《彩楼》、《金雀》、《钗钏》、《富贵图》、《十五贯》等都是戏曲作品的名称。与之前对其他集名体形式的学习一样，歌谣时调中的集戏名体也出现了它的衍生形式，在《白雪遗音》中，我们可以看到一种集合连缀〔马头调〕

① 隋树森编：《全元散曲》，中华书局1964年版，第1239页。

② 华广生编：《白雪遗音》，《明清民歌时调集》（下），上海古籍出版社1987年版，第601页。

作品曲头即首句的作品，由于这种作品往往以首句来命名，所以其集合连缀曲头即是连缀曲名。例如，《白雪遗音》卷一中的〔马头调〕《闲唱》：

> 闲来时，闲唱个马头调，(免得心焦。)花前月下，把弦子轻挑，(调儿弹的高。)唱一个，望江楼儿灯花爆，(紧接着高君宝，)再唱那，哈巴狗儿汪汪叫，(情人似鲜桃，)小小尼姑，锦屏春晓，(明月当空照。)有心事儿常常梦，桐叶惊风秋来到，(最喜的这一对鸟，)饶一个，河里有个鱼儿跳，(吵得人睡不着。)①

这支曲子中就连缀了《望江楼儿》、《灯花爆》、《哈巴狗儿》、《情人好比》、《锦屏春晓》、《有心事儿》、《桐叶惊风》等曲名（头），这种形式显然是受了集剧名体的影响。

通过以上的分类研究可以看到，散曲中的集名体在创作方式上对明清歌谣造成了不小影响，使得歌谣时调中也出现了许多集调名、药名、花名、剧名的作品。不仅如此，明清歌谣时调还对散曲集名体的创作方式进行了拓展式运用，其结果是在明清歌谣时调中出现了一些集骨牌名、集叶名、鸟名、集歌谣时调曲名的作品。

翻谱体和集名体原本都是散曲中的俳体形式，明清歌谣时调在向散曲的这两种体式学习之后，也出现了大量翻谱改调作品和许多连缀各种名称的作品。比较之后可以发现，歌谣时调中的翻谱改调是对散曲中翻谱改调方式最大限度的简化使用，而歌谣时调中出现的不同种类的集名体作品则体现了其对集名体散曲作曲方式的拓展式运用。

本章小结

以上我们就明清散曲在曲调、体制、俳体形式方面对歌谣时调的影响进行了详细考察。明清歌谣时调从散曲南北曲曲牌系统中借用了不少曲调，但是明清歌谣时调并没有向散曲输入任何新的曲牌。此外，歌谣时调还从散曲套曲、犯调形式中学习了各种不同的曲调组合方式，还向散曲俳体形式中的翻谱体和集名体学习了相应的创作方法，这些都使得明清歌谣

① 华广生编：《白雪遗音》，《明清民歌时调集》（下），上海古籍出版社 1987 年版，第 512—513 页。

时调得以不断发展繁复。

在对明清歌谣时调具体作品的曲牌、体制形式及相关做法进行详细考察分析后，可以看到散曲在这几方面对歌谣时调产生影响的具体表现和特点都有差异。但是从另一方面来看，明清歌谣时调在这几方面对散曲的学习又表现出一个共同特点，即以最为简便易行的方式学习和运用散曲相应的最为表层的特征，之后根据自身的特点和发展需要对这些形式特征或创作方式进行变化和推广，使其既能满足歌谣时调繁复化发展的需求，同时又保持自身形式足够的自由度和简易性。

总体来看，散曲在曲调、体制、俳体形式方面对明清歌谣时调的发展产生了不可忽略的重要影响，促进了明清歌谣时调体制形式的复杂多样化和创作方式的不断变换，推动了明清歌谣时调的发展与成熟。

第二章

明清散曲与歌谣时调之互动表现研究之二

——歌谣时调对明清散曲的影响

自明代中叶起，散曲创作呈现出复兴态势，自此而后直至明末，明代散曲坛名家辈出、佳作频现，一派繁荣兴盛景象。与此同时，民间的歌谣时调也逐渐自成体系，于街巷市井间蓬勃发展，展现出勃勃生机。明代中期之后，民间歌谣时调的勃兴引起了许多散曲家的注意，然诸家对歌谣时调的评价和态度却不甚相同。有些散曲家对民间歌谣时调颇为不屑，刘良臣、薛论道的观点较有代表性。刘良臣在《西郊野唱引》中说："其民间之歌，或伤于雄厉急促，在调之者何如耳，明眼者当自识之。"① 胡汝钦在为薛论道散曲集作序时有言："其如里巷歌谣，艳声娇响，尤不足以置喙。"② 薛论道也有相似观点："追我圣朝人文极盛，政化是务，而声律渺矣！儒者陋而莫为，庸者为而莫耻，是以清歌雅调，烟灭灰飞，俚语淫声，塞衢盈耳。……万历戊子孟夏上浣日薛论道自述。"③ 可见，刘良臣主要是不满于民间歌谣时调在音调方面的不足，而胡汝钦和薛论道则主要对民间歌谣时调中充斥"俚语淫声"颇为厌弃。然而，另有一些散曲家却对这些兼备真情俚趣和跃动生机的"俚语淫声"颇感兴趣甚至爱不释手，以至于倾力搜集、亲自拟作，或不觉间受其风熏染，这种态度和举动也影响到了这些散曲家的散曲创作及散曲观念，令我们清楚地看到了民间

---

① 刘良臣：《西郊野唱引》，谢伯阳编《全明散曲》，齐鲁书社 1994 年版，第 1332 页。

② 胡汝钦：《〈林石逸兴〉序》，谢伯阳编《全明散曲》，齐鲁书社 1994 年版，第 2899 页。

③ 薛论道：《〈林石逸兴〉序》，谢伯阳编《全明散曲》，齐鲁书社 1994 年版，第 2902 页。

歌谣时调对明代中后期散曲所产生的影响。入清之后，散曲的整体发展继承了晚明的雅化趋势，整个清代只有极个别散曲家的创作有受民间歌谣时调影响的痕迹。

本章就将结合具体作品来分析探讨民间歌谣时调在作品创作及创作理论方面对明清散曲产生的影响，呈现不同散曲家的创作及理论受到歌谣时调影响的不同表现形态。

第一节 相关概念的辨析和界定

在对各位散曲家受到歌谣时调影响的不同情况展开具体研究之前，我们有必要先明确一下有关概念的含义。

在明清歌谣时调风行于民间之时，有一些散曲家曾经使用过歌谣时调的曲调创作过一些作品，这些作品显然不是散曲作品，也不应当归入民间歌谣时调之中，我们将其称为文人散曲家的“拟歌谣时调”。一些研究者在提及相关散曲作家拟作的歌谣时调及带有歌谣时调风味的文人散曲小令时，常常会将二者与民间歌谣时调混合起来对待。如罗锦堂先生将民间流行的歌谣时调和带有歌谣时调风味的散曲小令混称为“小曲”①。梁乙真先生在《元明散曲小史》中说：“明宣宗已有小曲〔寄生草〕二首，……大曲家如康海、冯惟敏、陈铎、沈仕诸人，小令中每存有小曲的面目，至嘉靖以后，如梁辰鱼、王骥德、施绍莘、冯梦龙诸人，所作小曲尤多……”②在本书第四章第一节中我们已经辨析过，明宣宗的两支〔寄生草〕是标准的文人散曲小令，并未有模仿民间歌谣时调〔寄生草〕的任何痕迹，梁先生却因为歌谣时调中有借用散曲曲牌〔寄生草〕所作的作品而径自将明宣宗的这两支小令称作“小曲”；此外，就现存作品情况来看，梁辰鱼、冯惟敏、施绍莘等人并没有直接拟作歌谣时调，只是他们的一些散曲小令带有歌谣时调风味罢了；因而，梁先生实际上也是将民间歌谣时调和有歌谣时调风味的文人散曲小令混在一起，混称为“小曲”了。

---

① 罗锦堂：《明代小曲》，《大陆杂志》1954年卷九第1期，第25页。

② 梁乙真：《元明散曲小史》，商务印书馆1998年影印版，第68页。

郑振铎先生在《中国俗文学史》第十章“明代的民歌”[①]里论及明代民间歌曲时，同样是将孙百川、徐渭、冯梦龙、金銮、刘效祖、赵南星等人的带有歌谣时调风味的散曲小令及拟歌谣时调作品与民间流行的歌谣时调放在一起，混称作“俗曲”。另外，张继光先生认为康海、李开先、王九思、金銮、沈仕、冯惟敏、王骥德、陈铎、朱载堉、刘效祖、赵南星等人都有“小曲作品”[②]；实际上，这些“小曲作品”中有的是带有歌谣时调风味的散曲小令，有的是散曲家模拟民间歌谣时调所创作的拟作。以上这些在指称方面的混一情况与各家所用的概念范畴的界定有关，但是客观上却混淆了文人散曲作品、文人拟作歌谣时调作品和民间歌谣时调作品的界限，不利于厘清明清散曲与歌谣时调之间的互动情况及其表现，也不利于就二者对彼此发展的意义进行准确的定位。

明代的民间歌谣时调与文人散曲关系密切，在实际存在和传播中（尤其是在民间歌谣时调的初起期），一些偏于俚俗的文人散曲作品、文人模拟民间歌谣时调的作品以及民间流传的歌谣时调一定会有某种程度上混融共生的状态存在。章培恒、骆玉明在《中国文学史》第七编第八章《明代散曲与民歌》中在论述了明代散曲与民歌的区别之后，又说散曲与民歌小曲的“区别也不是绝对的。明代文人与市井生活原本有密切的关联，许多人也喜民间俗曲，他们的作品不免会受民歌的影响。而明代的民歌看起来泼辣拙朴，下层社会的气息较浓，与前代的民歌（如六朝乐府之类）有所区别，但元明以来，雅俗混融，文人从事这一类创作而流传于民间也不是什么稀罕之事，如冯梦龙所辑《山歌》中，有些就注明是他本人或他的朋友所作”[③]。尽管如此，由于文人散曲和民间歌谣时调是不同的文学样式，各自有着自身的体系和特征，因此二者绝对不能混为一谈，这一点前代学者已经有过辨析[④]，我们在绪论中也已经再次明确过。所以在进行理论研究时就应当将文人散曲作品与民间歌谣时调区别对待，对各自系统中与对方关系密切的相关作品如文人散曲家的拟歌谣时调、带

---

① 郑振铎：《中国俗文学史》，商务印书馆 2005 年版，第 486—535 页。

② 张继光：《明清小曲研究》，博士学位论文，台湾“中国文化大学”，1993 年，第 405、566 页。

③ 章培恒、骆玉明：《中国文学史》（下），复旦大学出版社 1996 年版，第 367—368 页。

④ 见本书《绪论》第三个大问题。

有歌谣时调之风的文人散曲小令等进行分类细化。这种细化在一些学者的相关著作中已经可以看到一些。例如，赵义山将散曲家们模拟歌谣时调的作品称为“仿作的时尚小曲”、“拟作”[①]。李昌集使用“文人小曲”[②]一词来指称陈铎、康海、王磐、沈仕、金銮、刘效祖、赵南星、冯梦龙等人的有歌谣时调之风的散曲作品和拟歌谣时调作品。将文人拟作的歌谣时调归入“文人小曲”，“文人”二字就有了一定的区分度，表明这些由文人所拟作的作品已经不属于民间歌谣时调的范畴了；但是另一方面，将有歌谣时调之风的散曲小令也归入“文人小曲”却又混淆了文人散曲与歌谣时调的界限，当然，这与著者对“小曲”这一概念的范畴界定有关。

为了能够清楚地揭示出明清散曲创作与明清歌谣时调之间的关系，我们应当将民间歌谣时调作品、文人散曲中带有歌谣时调风味的散曲作品、文人散曲家拟作的歌谣时调作品三者明确地区分开来。前两种作品从所用曲调或曲牌的名称及格式韵律上即可明辨，那么，怎么辨认文人散曲家拟作的歌谣时调呢？从所使用的曲调来看，明清歌谣时调主要有使用借自散曲曲调的作品和使用自创专属曲调的作品。从现存资料和作品来看，在明清散曲史上，有近十位散曲家直接进行过模拟歌谣时调的创作活动，他们的拟作也因曲调的差异可以分为两种情况。在散曲家们的拟作中，有一种从所用曲调上就可以明显看出，因为这些拟作所使用的曲调是歌谣时调自创专属曲调，如〔挂枝儿〕、〔银纽丝〕、〔劈破玉〕等。而另外一些带有明显歌谣时调风味却使用散曲曲调的文人散曲家作品则较难以区分，它们究竟是应当算作散曲家创作的拟歌谣时调，还是应当算作受到歌谣时调影响之后、文人散曲家创作的带有歌谣时调风味的散曲小令？笔者认为区分这种作品，关键要看它在字句、押韵等方面是否符合散曲曲牌的格式及押韵要求。因为，虽然现存可见的明代歌谣时调最初是由散曲小令衍生而来，它们起初使用的曲调即是从散曲曲牌系统中借用的，然而这些借用曲调随着时间的推移，其格式韵律在歌谣时调系统中发生了很大变化，有的几乎面目全非，关于这一问题，我们

---

① 赵义山：《明清散曲史》，人民出版社 2007 年版，第 297 页。

② 李昌集：《中国古代散曲史》，华东师范大学出版社 1991 年版，第 407 页。

已经在第四章第一节中探讨过并得出了结论。而使用曾被民间歌谣时调借用过的散曲曲牌创作的文人散曲小令，即便有个别添加的衬字出现，也基本上都与曲牌格式相合。因而，对于那些带有明显歌谣时调风味却使用散曲曲牌的文人散曲家作品，我们将有歌谣时调之风且格式韵律与散曲曲牌差异较大、形式非常自由的文人作品归入拟歌谣时调，如丁綵的〔干荷叶〕、朱载堉的〔山坡羊〕；而那些有歌谣时调之风但是格式韵律严格遵守散曲曲牌规则的文人作品仍然归入文人散曲小令。在承认个别文人散曲作品和民间歌谣时调在一定范围内存在互融难辨状态的前提之下，这样细化之后的分类应当是必要的，因为它既符合文人散曲及明清歌谣时调存在发展的实际情况，又是研究二者在作品创作方面互动情况的必要前提和基础。

被卓珂月赞为“我明一绝”[①] 的明代歌谣时调以对世俗情态的热情描摹得到了普通百姓的喜爱和追捧，当时“不问南北，不问男女，不问老幼良贱，人人习之，亦人人喜听之，以至刊布成帙，举世传诵，沁人心腑”[②]。这些盛行于民间的歌曲还以纯真率直的情致赢得了当时许多文坛名家的称赏和推崇。袁宏道曾称赞道：“吾谓今之诗文不传矣，其万一传者，或今闾阎妇人孺子，所唱〔擘破玉〕〔打草竿〕之类，犹是无闻无识真人所作，故多真声，不效颦于汉魏，不学步于盛唐，任性而发，当能通于人之喜怒哀乐、嗜好情欲，是可喜也。”[③] 一批有识文士纷纷从歌谣时调中汲取营养，活泼跳脱、饱含真趣的民间歌谣时调为明代中后期的散曲坛注入了活力，明代散曲家李开先、丁綵父子、刘效祖、赵南星、朱载堉、冯梦龙都曾创作过拟歌谣时调，他们的散曲创作由于受民间歌谣时调的影响都呈现出了一些新的面貌，另外，清代个别散曲家的个别散曲作品也受到了歌谣时调的影响。下面我们就对明清歌谣时调对明清散曲家的作品创作及散曲观念所造成的影响进行具体研究。

---

① 陈弘绪：《寒夜录》，顾廷龙主编《续修四库全书》，上海古籍出版社 2002 年影印本，子部，第 1134 册，第 700 页。

② 沈德符：《万历野获编》，中华书局 1959 年校点本，第 647 页。

③ 袁宏道著，钱伯城笺校：《袁宏道集笺校》，上海古籍出版社 2008 年版，第 188 页。

第二节 歌谣时调对李开先、王九思散曲观念及创作的影响

一 歌谣时调对李开先散曲观念及创作的影响

李开先，生于弘治十五年（1502年），卒于隆庆二年（1568年），字伯华，号中麓，别署中麓山人、中麓子等，山东章丘人，嘉靖八年（1529年）进士，官至太常寺少卿，嘉靖二十一年（1542年）因抨击朝政为权臣所恨遂被罢官。被罢归的李开先回乡后致力于诗文词曲创作，还被民间歌谣时调的真情所感染，搜集、改订了许多民间歌谣时调，并且亲自拟作，后将这些民间歌谣时调及拟作结集成《市井艳词》。

《市井艳词》今已不可见，但是于现存的几篇序言中我们对其中收录的作品及成书的缘由大致可以有所了解。李开先在《〈市井艳词〉序》中说："正德初尚〔山坡羊〕，嘉靖初尚〔锁南枝〕。……二词哗于市井，虽儿女子初学言者，亦知歌之。但淫艳亵狎，不堪入耳，其声则然矣。语意则直出肝肺，不加雕刻，俱男女相与之情，虽君臣友朋，亦多有托此者，以其情尤足感人也。故风出谣口，真诗只在民间。……尝有一狂客，浼予仿其体，以极一时谑笑，随命笔并改窜传歌未当者，积成一百以三，不应弦，令小仆合唱。市井闻之响应，真一未断俗缘也。久而仆有去者，有忘者，予亦厌而忘之矣。客有老更狂者，坚请目其曲，聆其音，不得已，群仆人于一堂，各述所记忆者，才十之二三耳。……孔子尝欲放郑声，今之二词可放，奚但郑声而已。虽然，放郑声，非放郑诗也，是词可资一时谑笑……"① 由此，我们可以清楚地看到，李开先对语出肝肺、不假雕饰的市井间歌谣时调非常珍视，将其称之为"真诗"。后李开先应友人之请，模仿这些民间歌谣时调的体式风格创作了一些拟作，与此同时，李开先还对搜集到的民间歌谣时调进行了一些改订。编辑《市井艳词》虽仅为"资一时谑笑"，但是李开先对其中经自己改过的歌谣时调和自己的拟歌谣时调还是颇为得意的。李开先所作的《〈市井艳词〉又序》中有："词

① 李开先：《〈市井艳词〉序》，《闲居集》，李开先著，卜键笺校《李开先全集》，文化艺术出版社2004年版，第469页。

出一时狂兴，聊以应客侑觞，不意邑人有录之者，有欲刊之者，又有欲焚之者。录者播恶于人，刊者加灾于木，二者已矣。焚之者其爱我耶？其先有得乎我心耶？然录者百人而有九十人焉，刊者多半，焚者无几，占三人而从二人，寡不敌众，将必有录而刊之者，付之无心而已。呜呼！嗜痂之癖，逐臭之夫，不惟古有之，居今亦有然者矣！"[①] 此序中虽然有自谦之词，又略显现出作为士大夫的一丝顾忌，因而将喜爱、搜集、拟作民间歌谣时调称为"嗜痂之癖"，又自称做"逐臭之夫"，但是李开先对集中作品的爱重及对自己此番举动的满意却是掩饰不住的。

李开先如此喜爱民间歌谣时调且投入心力改作、拟作，自然渐渐对自身的散曲观念和创作造成了一些影响。我们在李开先所作的《〈张小山小令〉后序》中看到："予自游乡校，读书或有余力，则以学词。词独爱张小山之作，以其超出尘俗，不但癯劲而已。当时苦于无书……既登仕籍，书可广求矣，然惟词书难遇，以去元朝将二百年，抄本刻本多散亡。"[②] 由此可见，初学散曲创作时的李开先，对于散曲中雅化一派如张小山的作品情有独钟。然而，随着时间的推移，加之对民间歌谣时调的关注和喜爱，李开先的散曲欣赏和创作观念渐渐发生了变化。在《〈市井艳词〉又序》中，李开先说道："学诗者，初则恐其不古，久则恐其不淡；学文者，初则恐其不奇，久则恐其不平；学书、学词者，初则恐其不劲、不文，久则恐其不软、不俗。……予词散见者勿论，已行世者，辛卯春有《赠对山》，秋有《卧病江皋》，甲辰有《南吕小令》。《登坛》及《宝剑记》，脱稿于丁未夏，皆俗以渐加，而文随俗远。至于《市井艳词》，鄙俚甚矣，而予安之，远近传之。米南宫尝谓东坡：'世皆以某为狂，请质之。'东坡笑曰：'吾从众'。予之狂于词，其亦从众者欤！……予独无他长，长于词，岁久愈长愈俗。"[③] 由对"超出尘俗"的张小山散曲独加青眼到自己的散曲作品"俗以渐加"、"文随俗远"、"愈长愈俗"，可以说

---

① 李开先：《〈市井艳词〉又序》，《闲居集》，李开先著，卜键笺校《李开先全集》，文化艺术出版社 2004 年版，第 470 页。

② 李开先：《〈张小山小令〉后序》，《闲居集》，李开先著，卜键笺校《李开先全集》，文化艺术出版社 2004 年版，第 533 页。

③ 李开先：《〈市井艳词〉又序》，《闲居集》，李开先著，卜键笺校《李开先全集》，文化艺术出版社 2004 年版，第 470—471 页。

李开先渐渐把握住了散曲之所以为散曲而非诗词的最本质的文体特征之一——“俗”,这在散曲发展整体上渐行渐雅的大潮之中，无疑是弥足珍贵的一种眼光，而这种眼光的具备又无疑与李开先长期关注、喜爱并搜集、拟作民间歌谣时调有着密切关联。

李开先在《〈市井艳词〉又序》中提到“甲辰有《南吕小令》”，这《南吕小令》正是“嘉靖甲辰”[①] 所作、集为《中麓小令》的百首〔南仙吕傍妆台〕小令。显然，《〈市井艳词〉又序》作于〔南仙吕傍妆台〕之后，但是，我们却不能以此为据认为李开先关注、喜爱并搜集、拟作歌谣时调也在创作百首〔南仙吕傍妆台〕小令之后。因为，从《市井艳词序》中的“正德初尚〔山坡羊〕，嘉靖初尚〔锁南枝〕……二词哗于市井，虽儿女子初学言者，亦知歌之。……语意则直出肝肺，不加雕刻……其情尤足感人也。故风出谣口，真诗只在民间”[②] 可知，李开先关注并喜爱歌谣时调的时间很早，早于创作百首〔南仙吕傍妆台〕小令的嘉靖甲辰(1544 年)。此外，从“尝有一狂客，浼予仿其体，以极一时谑笑，随命笔并改窜传歌未当者，积成一百以三”[③] 可知，李开先搜集、拟作歌谣时调的活动应当是经历了较长一段时间，与其创作散曲作品当是几乎同步进行的。因而，可以肯定的是，李开先散曲观念的变化及其百首〔南仙吕傍妆台〕小令的创作是与他接触、关注、喜爱并搜集、拟作歌谣时调有密切关系的。

李开先归田后“闲居日长，颇有余力，……不事词曲，自在仕路已然矣。偶有西郡歌童投谒，戏擅南北，科范指点，色色过人，因作〔南仙吕傍妆台〕小令一百，付之歌焉”[④]。这一百首〔南仙吕傍妆台〕小令，“有正有谑”[⑤]，“巷闾中争歌夫子小令，脍炙人口。……有饶歌、童谣之风……付之善歌者，播诸管弦，词有论而音有伦，令人听之，不觉心

---

① 李开先：《中麓山人小令引》，谢伯阳编《全明散曲》，齐鲁书社 1994 年版，第 1852 页。

② 李开先：《〈市井艳词〉序》，《闲居集》，李开先著，卜键笺校《李开先全集》，文化艺术出版社 2004 年版，第 469 页。

③ 同上。

④ 李开先：《中麓山人小令引》，谢伯阳编《全明散曲》，齐鲁书社 1994 年版，第 1852 页。

⑤ 谢伯阳编：《全明散曲》，齐鲁书社 1994 年版，第 1860 页。

神潇洒”①。例如：

〔南仙吕傍妆台〕

傻哥哥，识人多处是非多，怎禁对面丢圈套，平地起干戈。片石要打千金磨，尺水翻成一丈波。南无菩萨，阿弥陀佛，得高歌处且高歌。②

泪悽悽，暖时怕冷饱防饥。常言道要饱家常饭，要暖脚头妻，龙居浅水遭虾戏，虎离深山被犬欺。权装哑，佯不知，得便宜处且便宜。③

兴勃勃，罗襕脱了换渔蓑，闲中才把愁眉放，不惜醉颜酡。红尘路上休骑马，绿草池边好放鹅。随心令，信口歌，得吟哦处且吟哦。④

这样的散曲小令语言简洁浅白，意思一望而知，如随口道出的白话一般，确实有民间歌谣之风。李开先的散曲小令“出而人传之，其为〔南仙吕傍妆台〕也，稿尚未脱，歌喉已溢里巷中矣”⑤。由于语言通俗直白，普通百姓亦爱其曲作甚至为之沉醉，杨东江曾记录道：“予南使，得佳制一册，携至南阳，遇南宫白健斋节推……健斋爱是曲，不忍释手，即于舆中逐一浩歌，舆夫倾听，不觉颠蹶……夫文言不入野人，俚语不入君子，观此则雅俗具备之妙可知矣。古称游鱼出听，六马仰秣，于今不有验耶！”⑥由于李开先亲自搜集拟作过民间的歌谣时调，他的一些散曲作品略带有歌谣时调风味并且广传于市井巷闾便在情理之中。对于民间歌谣时调的搜集拟作使得李开先的散曲作品雅俗兼备，写情抒怀更加自如无拘。

二　歌谣时调对王九思散曲观念转变的间接影响

李开先喜爱、搜集、改作、拟作民间歌谣时调的举动不仅对他自己的

---

① 谢伯阳编：《全明散曲》，齐鲁书社1994年版，第1869页。

② 同上书，第1822页。

③ 同上。

④ 同上书，第1825页。

⑤ 同上书，第1853页。

⑥ 同上书，第1862页。

散曲观念及创作实践造成了显而易见的影响，而且还使得歌谣时调对王九思的一些散曲观念造成了间接影响。

身为“七才子”之一的王九思（1468—1551 年）不仅以诗文著名，而且也创作了许多戏曲散曲作品，他在为自己的散曲集所作的《碧山续稿序》中有言：“予为《碧山乐府》，浒东先生既序而刻诸木矣。四三年来，乃复有作。兴之所至，或以片纸书之，已既弃去。……于是复加诠次，缮写成帙，用佐樽俎。风情逸调，虽大雅君子有所不取，然谪仙、少陵之诗亦往往有艳曲焉。或兴激而语谑，或托之以寄意，大抵顺乎情性而已，感窃附于二子以逭予罪。嘉靖癸巳春二月甲子碧山野叟自序。”[①] 由此序可知，王九思在嘉靖癸巳（1533 年）年时对于己作中“兴激而语谑”的作品并未觉得有甚不妥，反而略有自得之意。然而在“辛丑（1541 年）二月春分日”所作的《碧山新稿自叙》中，王九思却表现出了与之前不同的散曲观念：“豁田先生近辱赐予书曰：‘乐府风情甚矣。《诗》不云乎善戏谑兮，不为虐兮。公其裁之然。’予前此已有反正之惭矣。奉教以来，每有述作，辄加警惕，语虽未工，情则反诸正矣。久而成帙，题曰《碧山新稿》云。……辛丑二月春分日识。”[②] 可以看到，嘉靖辛丑（1541 年）时的王九思接受了豁田先生的劝告，对曲作中“兴激而语谑”的成分加以警惕避免，使得作品得以“反诸正”，免予戏谑之词。

正如杨栋注意到的那样，王九思有关散曲语言“谑”俗的看法并非就此固定不变，而是在之后又发生了变化。[③] 吴孟祺《叙碧山新稿》有：“天地有自然之气机，人声有自然之节奏。消息檃栝，足称作述。自元声失据，古乐不传，而学士大夫，尚能以其触物之感制为新声。抑扬顿挫，比调协律，谓之乐府。大都视古乐府而变化，谐俗言既易知，而感人又易入。犹诗之有选有律，文之有古有今。要皆随时裁制，陈义寄兴，以发抒底里云尔。……吾观渼陂翁新稿，易而典，广而含，喻温润而劲，精切而不迫。……嘉靖丁未（1547 年）二月甲子东郡六泉居人吴孟祺书。”[④] 吴

① 王九思：《碧山续稿序》，谢伯阳编《全明散曲》，齐鲁书社 1994 年版，第 996—997 页。
② 王九思：《碧山新稿自叙》，谢伯阳编《全明散曲》，齐鲁书社 1994 年版，第 997 页。
③ 杨栋：《中国散曲学史研究（续篇）》，山东大学出版社 1998 年版，第 21—22 页。
④ 吴孟祺：《叙碧山新稿》，谢伯阳编《全明散曲》，齐鲁书社 1994 年版，第 997 页。

孟祺在叙中称王九思的散曲“谐俗言既易知，而感人又易入”，王九思将这篇作于嘉靖丁未（1547年）的叙放在《碧山新稿》之中，在某种程度上可以说明此时他对散曲的“谐俗”之言至少不再介意，甚至是与吴孟祺一样对其表示肯定和赞赏。王九思对散曲“谑”语的态度经历了肯定、警惕避免、再肯定的前后变化，其肯定态度的回归与他阅读、评点并和作李开先的百首〔傍妆台〕有关。

王九思在《书〈宝剑记〉后》说过：“音律之学，余未之能深知也。罢官后，间尝命笔，直以取快一时耳，非作家手也，乃对山康子持去刻诸梓云。往年乙巳（1545年）春，东山中麓李公，以其所制〔南仙吕傍妆台〕百首寄予，予不自量，辄敢次韵，序而并刻之，不自知其不可也。……嘉靖己酉（1549年）秋九月九日渼陂八十二山人王九思书。”[①] 李开先在〔傍妆台〕小令做成之后，曾经广邀友人文士为之作评，其中就包括王九思。王渼陂在收到李开先的〔傍妆台〕小令之后说：“不肖今七十八矣！（王九思生于1468年，为李开先作品做评语应当在1546年，古人往往称虚岁，因而又可能是1545年）佳作至，目昏不能捧读，付之歌工，凭几而听之，能使老人复少。傲睨乾坤，急流勇退，此岂可与俗人道哉！圣贤之业，山林之乐，积中发外，可谓不复平生矣！后有续作，幸不惜源源寄赐。鄙作续集三卷，近为抚台翁公取去，许以入梓，倘成，当奉寄请教也。”[②] 此外，王九思在叙及《南曲次韵》的成书过程时也说道：“中麓山人寄予〔南仙吕傍妆台〕百首，盖其归田后作也。暇日，付之歌者，歌而听之，感愤激烈，有正有谑，洋洋乎盈耳哉。可喜也，亦可叹也！可好也，不可忘也！久而技痒，忘其身之老也。欲和之，目昏弗克自检，间令小孙朗诵一二，识而和之。且和且歌，或作或辍，两阅月完矣。……汇次成帙，题曰《南曲次韵》，而述其所由如此。”[③]

由以上几则材料可知，王九思曾收到李作〔南仙吕傍妆台〕小令并为之写下评语，此外王九思还和作了不少曲作并将其结集。王九思认为李

---

① 王九思：《书〈宝剑记〉后》，李开先《新编林冲宝剑记》，李开先著，卜键笺校《李开先全集》，文化艺术出版社2004年版，第1035页。

② 谢伯阳编：《全明散曲》，齐鲁书社1994年版，第1856页。

③ 同上书，第1860—1861页。

开先的〔南仙吕傍妆台〕小令“有正有谑”、甚是可喜，可知此时王九思对于散曲中谐谑之语的态度即与嘉靖辛丑（1541 年）时不同，其观念的变化显然与阅读李开先的〔南仙吕傍妆台〕小令是有关系的。在前文中我们已经论述过，李开先〔南仙吕傍妆台〕小令中的一些作品明显受到了歌谣时调的影响，语言跳脱俚俗、无多拘束，而这些小令又对王九思散曲观念的转变产生了影响，因此可以说，歌谣时调对王九思赞赏散曲“谑俗”语言态度的回归是有间接影响的。

通过对相关材料和作品的分析，我们可以看到，明代中期的民间歌谣时调对李开先的散曲观念及散曲创作均造成了影响，同时通过李开先的〔傍妆台〕小令又对王九思散曲观念的转变带来了间接影响。

第三节 歌谣时调对丁綵父子散曲创作之影响

一 丁綵父子生卒及散曲创作的基本情况

明代散曲家丁綵，号前溪，山东诸城人，有小令一卷；明代山东诸城人丁惟恕，字心田，亦有散曲结集传世。丁綵和丁惟恕实为一对父子，在《全明散曲》的作者介绍中并没有显示出他们之间的关系，但是丁綵曲作之后的两篇《序》和一篇《跋》[①] 却能使我们了解二人的父子关系，这一问题杨东甫先生已经有过详细考论[②]，此处不再赘述。“癸卯秋八月少林邱云嵻”所书的第一篇《序》中介绍了丁綵的性情经历、散曲创作流传情况以及丁綵散曲的结集情况，显然是单为丁綵一人曲作而作；第二篇《序》是崇祯十年正月钟羽正为丁惟恕的《续小令集》所作，从中我们也可了解丁惟恕的经历及作曲情况；而最后的一篇《跋》是丁惟恕的后辈山楼所撰，从内容来看是为丁綵、丁惟恕二人合作的；由此可以得知丁氏父子的散曲作品原应当是合在一起刊刻的。

关于丁氏父子的确切生卒年，目前所能见到的相关资料中没有明确的记载。《全明散曲》中所言丁綵“约生于万历元年（1573 年），卒于崇祯

① 谢伯阳编：《全明散曲》，齐鲁书社 1994 年版，第 3492—3496 页。

② 杨东甫：《散曲家丁綵、王庆澜生卒年及作品断句辨误》，《阅读与写作》2007 年第 11 期，第 34 页。

十年（1637年）之后，年六十五左右”[①] 已经被杨东甫先生证明有误，杨东甫先生经过考证认为丁綵生卒年应当是嘉靖九年（1530年）左右至万历三十一年（1603年）之后[②]，这一结论也不准确。丁氏父子所出身的诸城丁氏是明清时期山东诸城的望族，其家族中有多位成员在文学创作领域均有成就，除丁綵父子之外，丁綵的从弟丁纯及丁纯之孙丁耀亢也皆有文名[③]。丁綵从弟丁纯的确切生年为弘治十七年（1504年），且丁綵于明代正德年间（1506—1521年）与兄丁纬从丁家大村迁居西南五里，由此可知丁綵生年当在弘治十七年之前。丁綵为自己所作的〔南商调山坡羊〕《惊岁周自嘲》的末句说“俺如今六十八九只怕也当的二十二三”[④]，可见丁綵在当时已属长寿之人，年近古稀时依然身心健康。此外，丁綵散曲集之后由丘云嵻所作序言末尾署有“癸卯秋八月”[⑤] 字样，此癸卯当为万历三十一年（1603年），丁綵生于弘治十七年（1504年）之前，若癸卯年仍在世，那么便是百岁老翁，这种可能性不是很大；此序中有“君自弱冠以及垂老”[⑥] 的语句，可见作序之时丁綵多半已经不在人世。因而，综合以上的考察，丁綵应当主要生活于弘治十七年（1504年）之前不久至万历前期（万历元年是1573年）之间。至于丁綵之子丁惟恕，由丘云嵻序言中的“予乃询之麓田公，麓田，君之长公子也”[⑦] 可知，丁惟恕（心田）非丁綵长子。丁惟恕在小令〔北双调折桂令〕中明言自己“过甲子几度春秋”[⑧]，在无牌名曲子中亦有“七十古来稀，这话我不依，活到八十、活到九十、活到一百还不住，一百一。长生不老，福寿与天齐”[⑨] 的语句，可见丁惟恕当与父亲丁綵一样，也是一位性情开朗豁达的高寿者。此外，钟羽正为丁惟恕散曲集所作的序言标明了作于“崇祯十

① 谢伯阳编：《全明散曲》，齐鲁书社1994年版，第3450页。

② 杨东甫：《散曲家丁綵、王庆澜生卒年及作品断句辨误》，《阅读与写作》2007年第11期，第34页。

③ 周潇：《明清诸城丁氏文学成就述要》，《东方论坛》2012年第3期，第102—103页。

④ 谢伯阳编：《全明散曲》，齐鲁书社1994年版，第3477页。

⑤ 同上书，第3493页。

⑥ 同上。

⑦ 同上。

⑧ 同上书，第4106页。

⑨ 同上书，第4132页。

年正月”[1]，序文中称丁惟恕为“丁公”。综合考察丁綵的生年、丁惟恕的排行、丁惟恕作品中语句及钟羽正所作序言之后，我们可以基本知晓丁惟恕应当大致生活于嘉靖前中期至崇祯初期之间，即主要生活于明代后期。

丘云嵻为丁綵曲集所作序言中有曰：“予乡丁君，号前溪者，先公之执友也。……君少年，仗义负气，重然诺，而轻千金，有古豪侠卜式之风。其倜傥风流，诙谐调度，又绝有东方生滑稽气味。至于愤世嫉俗、悲深思苦，虽人不类而事不同，亦仿佛屈、贾之流乎。君才具如此，而不伸其志、不显其迹者，只以早孤不竟所学，一丘一壑，匹夫终身，良可惋惜。……君自弱冠以及垂老，雅好为词曲，其感时触物，一言一曲，往往中肯綮而达关窍，有意在言外者，中或有俚语俗呼，大都乐府小令，用之不嫌。噫嘻！君以布衣老人，学未登阃奥，耳不闻今古，师心率己，辄成一家。真可谓秉灵山岳，自然天真者矣。予既高其为人，复歆其为词，屡求生平以作，令汇为一帙以志不朽。盖乞力者数四，而君再三辞谢曰：‘老夫鄙人，少未尝学问，信口狂歌，聊以寄兴。用以奉清览，犹恐目之污也，安敢灾木以流传人间乎！’……一夕，区中瞽人高智者过予，业弹唱，颇解人颐，会远人在室，乃命之尽其技，以慰佳客。终席所歌，皆君之小令。坐客无不艳羡，无不一一笔记之。……匝岁，仅得百首，余曲大半出自闾里少年，或从王孙公子之口授者，求之君家父子毫无所得也。……癸卯秋八月少林丘云嵻书。”[2] 可见，布衣终身的丁綵性格诙谐豁朗，平生倾力作曲、无意以其博名但曲作却流传甚广，很受欢迎。丁氏父子是明代后期散曲坛上的多产作家，《全明散曲》收丁綵作品一百一十余首、丁惟恕作品近两百首。丁綵父子以散曲摹写闺情离愁、讽叹人情世态、描画山居隐逸，造语圆熟，风格多样。可贵的是，他们在进行散曲创作的同时，都留意、喜爱并从民间歌谣时调中吸取营养，创作了不少拟歌谣时调。以民间歌谣时调为师不仅使丁綵、丁惟恕父子的散曲作品别具一格，而且还令我们感受到了民歌的巨大魅力和强大的影响力。

---

① 谢伯阳编：《全明散曲》，齐鲁书社 1994 年版，第 3495 页。

② 同上书，第 3492—3493 页。

二　丁綵父子的拟歌谣时调创作情况

在丁綵的一百一十余首作品中，除了南北曲小令和一套南北双调合套曲作之外，还有七首拟歌谣时调〔劈破玉〕和一组无牌名的曲子共五首，这些拟作散见于丁綵的散曲作品之间。

丁綵的模拟对象歌谣时调〔劈破玉〕从现存资料来看在明代后期已经较为流行，它的身影在万历元年所刻《八能奏锦》、万历三十九年刊刻的《摘锦奇音》、万历间刊刻之《乐府玉树英》以及《徽池雅调》、《大明春》、《博笑珠玑》中均可见到。张岱在《陶庵梦忆》中记载道："广陵二十四桥风月，邗沟尚存其意……巷口狭而肠曲，寸寸节节，有精房密户，名妓、歪妓杂处之……沉沉二漏，灯烛将烬，茶馆黑黝无人声。茶博士不好请出，惟出呵欠，而诸妓醵钱向茶博士买烛寸许，以待迟客。或发娇声唱〔劈破玉〕等小词，或自相谑浪嘻笑，故作热闹以乱时候。"① 这说明了及至明代末年，〔劈破玉〕仍然是颇为时尚的民间歌曲。入清之后，〔劈破玉〕也一直是广受欢迎的民间歌曲。清初的《南北时尚丝弦小曲》、《时尚南北雅调万花小曲》及乾隆六十年所刻《霓裳续谱》、嘉庆九年所刻《白雪遗音》中都有〔劈破玉〕歌，且其形式随时代而不断演化改编，越来越复杂，篇幅也越来越长。成书于乾隆末年的李斗的《扬州画舫录》记录了〔劈破玉〕在苏州广受欢迎的情况："小唱以琵琶、弦子、月琴、檀板，合动而歌。最先有〔银纽丝〕、〔四大景〕……诸调，以〔劈破玉〕为最佳，有于苏州虎丘唱是调者，苏人奇之，听者数百人，明日来听者益多，唱者改唱大曲，群一噱而散。"② 另外，光绪时黄协埙的《淞南梦影录》也有关于〔劈破玉〕的记载："近日曲中竞尚小调，如〔劈破玉〕……珠喉乍啭，如狎雨莺柔，袅风花软，颇足荡人心志。"③ 由以上记载可见，〔劈破玉〕自明代后期直至清代末年都一直是民间颇为时尚流行的歌曲。与此同时，它也受到了文人的关注和喜爱，丁綵等人更是

① 张岱：《陶庵梦忆》，上海古籍出版社 1982 年点校本，第 35 页。

② 李斗：《扬州画舫录》，中华书局 1980 年校点本，第 257 页。

③ 黄协埙：《淞南梦影录》，葛元煦、黄协埙等《沪游杂记·淞南梦影录·沪游梦影》，上海古籍出版社 1989 年标点本，第 115 页。

投入心力进行模拟，令我们感受到了〔劈破玉〕的巨大魅力。

明代现存的歌谣时调〔劈破玉〕主要保存在《八能奏锦》、《乐府玉树英》、《摘锦奇音》、《大明春》、《博笑珠玑》和《徽池雅调》之中，除《徽池雅调》之外，其他几种书中的〔劈破玉〕格式基本相同：曲子共八句，前三句为长句，后五句为短句，倒数第二、三两句重复，末句之前有的加有一个衬字。如《摘锦奇音》中的《风》：

无形无影檐前闹，窗儿外把花枝影乱摇，心惊错认才郎到。摆得帘儿响，又将铁马敲。吹灭了银灯，吹灭了银灯，乖，添上奴烦恼。①

但是《徽池雅调》中的〔劈破玉〕格式就显得较为杂乱，曲子一般都是七句或七句的变体，个别的为六句；每一句的字数多少较为随意，绝大多数曲子也没有重叠句；但每首曲子的前三句仍然比较长；例如：

荷

露水荷叶珍珠现，是奴家痴心肠把线来缠，谁知你水性儿多更变。这边分散了，又向那边圆。没真性的冤家也，也随着风儿转。②

吃醋

汗巾儿，汗巾儿，谁人扯破。快快说，快快说，不要瞒我，若还不说就有天大的祸。汗巾儿人事小，汗巾儿人意多。作践我的汗巾也，如同作践我。③

丁綵的七首拟歌谣时调〔劈破玉〕有四支没有命名，另外三支则命有题目，全文如下：

世上有几个人知趣，都只爱眼前花娇滴滴，哪知道清淡中的风流

① 周玉波、陈书录编：《明代民歌集》，南京师范大学出版社2009年版，第188页。
② 同上书，第181页。
③ 同上书，第171页。

味。石中藏美玉，缡里裹珍珠，二十年才撞着识货主。[1]

又

一声笛吹下我千行泪，断肠人吃不尽你的亏，聒吱吱那管人憔悴，瘦损伶仃体，怎禁夜夜吹，前世里仇人就是你。[2]

又

秋风清，白露冷，黄花瘦。负心人在哪里恋红楼，提起来割去了心头肉。苦捱中秋节，泪珠尚未收，又愁难捱九月九。[3]

又

窗外鸡那等无情分，俺做一个团圆梦，沙里澄金，你逞高声鸣。你的音和韵，惊了人儿去，叫我没处寻。捋了你那毛衣，煮你一百滚。[4]

旅馆夜听琵琶

强合眼欲赴高唐梦，隔壁儿是谁家琵琶声，几回款拨相思令，合眼难合眼，不听只是听，好睡的陈抟教他拨弄醒。[5]

闺怨（之一）

这两日知不道是什么病，闷恹恹又不痒又不疼，二三日轻来一日重，话儿怕见说，眼儿懒待睁，迷迷痒痒睡着叫不醒。[6]

闺怨（之二）

自离别一刻丢不下，又不知你使的甚么方法，死来到头直上也不怕，一半埋怨你，一半恨自家，没主张的心肠吃了你的假。[7]

这七支拟歌谣时调〔劈破玉〕中的第一首写终于得遇知己的庆幸与感叹，后六支拟作或借断肠笛声、凄清秋景抒写离愁，或以鸡叫、乐声扰梦婉转透出别情，或者直接描画分离后无端的状态和理还乱的心绪。这七支拟作

① 谢伯阳编：《全明散曲》，齐鲁书社1994年版，第3472页。
② 同上书，第3483页。
③ 同上书，第3465页。
④ 同上书，第3467页。
⑤ 同上书，第3475页。
⑥ 同上书，第3484页。
⑦ 同上书，第3485页。

无论在设意上还是用语上都有浓厚的民间歌谣时调风味，尤其是“前世里仇人就是你”、“捋了你那毛衣，煮你一百滚”及“好睡的陈抟教他拨弄醒”这样的语句更得民间歌曲火热跳脱之真趣。

我们可以看到，丁綵所拟〔劈破玉〕多为六句，这在格式上与明代民间歌谣时调〔劈破玉〕的常见格式不同，但保持了前三句为长句的特点。格式上的差异在某种程度上更凸显了歌谣时调的形式在流传中灵活多变的特色，丁綵在拟作之时也未拘泥于形式上的完全一致，而是把握住了民间歌谣时调俚俗直率、充满机趣之精髓，这使得丁綵的拟作较好地展示了民间歌曲的原味，几可乱真。在《摘锦奇音》卷一有一支〔劈破玉歌〕：

> 一更里二更里三更里四更里鸡已啼，扁毛的畜生不知些趣。要叫天明叫，为何五更啼。惊醒我的心肝，惊醒我的心肝，乖，提刀杀了你。①

丁綵的拟作中有一首与此曲风味非常相近：

> 窗外鸡那等无情分，俺做一个团圆梦，沙里澄金，你逞高声鸣。你的音和韵，惊了人儿去，叫我没处寻。捋了你那毛衣，煮你一百滚。②

这两首作品内容题材相近，丁綵的拟作充分保留了民间歌谣时调率意痛快的风格，末句甚至在趣味方面似更胜一筹。

丁綵在进行拟歌谣时调创作时能够不拘泥于单纯的字摹句拟，而是把握住了民间歌谣时调之特质进行创作演绎，所作多为佳品。除了七支〔劈破玉〕拟作之外，丁綵还创作了一组共五支无牌名的曲子③：

---

① 周玉波、陈书录编：《明代民歌集》，南京师范大学出版社 2009 年版，第 192 页。

② 谢伯阳编：《全明散曲》，齐鲁书社 1994 年版，第 3467 页。

③ 同上书，第 3490—3491 页。这一组无牌名的曲子在《全明散曲》被分为两首列出，但据杨东甫先生在《散曲家丁綵、王庆澜生卒年及作品断句辨误》中的辨析，这组曲子实际应当为五首。

月上花梢约定他，半掩窗纱，半开窗纱。乱挽起鬓云把粉淡搽，剪银烛铺下绣榻，煮下新茶。烟内燃香熏绣被，等我的冤家，候我的冤家。早听谯楼二鼓挝，再不想他，再不念他。生生的为他把我就气煞，险些儿为他把我就害杀。

又听谯楼二鼓敲，独坐无聊，闷坐无聊。作怪的冤家他又来了，又是喜，又是闹，佯推睡着。当不得冤家口儿软，再不敢了，跪在床前絮叨叨，暂且饶这一遭。听他那话儿心肠软了，又听他那像生嗤的声笑了。

忍着笑儿转回身骂了声负心，又哄着人等到你夜儿深，细搜寻冷了人的心。既不爱来就不来罢，稀罕你温存。又知道你的手段了，会哄痴人，收起你的舌头去哄别人。

极的（急得）冤家叹一声，眼泡通红，手扶着肩膀细细告诵：打三更才得空出离中庭，恨不得一步就到了。怕有人行，偏有人行，这边去看看，又上那边去看看，战兢兢，冷清清。你若不疼我还有谁疼？我若不疼你哟待把谁疼？

笑吟吟的解罗衫，春满巫山，云满巫山。可意的冤家搂抱着俺，口儿亲，腰儿贴，凤倒颠鸾。魂灵不知那去了，天上的神仙说不出口来，滋味好甜。紧一番，慢一番，轻着些罢，麽哟我的心肝，快这些罢，麽哟我的心肝。

很显然，这是一组情节连贯的组曲，描述了一名女子等待情人、怨其迟到、情人辩白、女子谅解、二人欢会的全过程。这组曲子从题材内容到遣词用语及至风情趣味都与明代歌谣时调中的同类作品极为相似，很显然是受到了民间歌谣时调的影响。这组曲子与《摘锦奇音》卷一中的一组《劈破玉歌》颇为相似①：

一更里约定情人到，唤丫头摆下些酒共肴，来时休与人知道。收拾衾和枕，梦将兰射（麝）烧。熏得香些，熏得香些，乖，莫使乖

① 周玉波、陈书录编：《明代民歌集》，南京师范大学出版社2009年版，第191—192页。

亲恼。

二更里盼不见情哥面，唤梅香把门儿休插拴，免教他在门前站。独□寒衾坐，睡鞋懒换穿。猛听谯楼，猛听谯楼，乖，又把更儿转。

三更里不见情人至，骂一声薄幸徒短命的，今宵贪恋谁家睡。扯碎鲛绡帕，银灯一口吹。你若来敲门，你若来敲门，乖，决不将你理。

四更里才合眼蒙眬睡，谎乔才惊梦醒把门推，慌忙离枕披衣起。悄悄开眼看，原来是失信贼。奴就强面嗔，奴就强面嗔，乖，忧儿变作喜。

五更里不觉鸡声唱，好良宵留恋在何方娱，奴家彻夜悬悬望。若不分明说，谁人敢上床。站到天明，站到天明，乖，你自去慢慢想。

通过对比可以发现：丁綵的拟作和这一组《劈破玉歌》都是情节连贯的组曲，描述了一名女子盼望情人、等待情人、埋怨情人、情人来后虽喜却作嗔的过程。不同的是，〔劈破玉〕原作以五更时序来铺展情节，每支曲写一更，格式较为规整；而丁綵的拟作反显得更加自由随意、不拘形式，虽也有时间顺序但未严格按照更次铺排，每支曲子格式亦不尽相同，句法字数无甚刻意讲究。丁綵的拟作还加入了男子辩白、女子谅解、二人欢会的内容，使组曲情节更为完整。相比之下，歌谣时调〔劈破玉〕原作更重事件的叙述，丁綵的拟作则偏重于情态的细致描画，反而比原作更具有民间歌曲跳脱活泼、鲜活可感的特点。

上文曾经论到丁綵拟歌谣时调中有一支写思妇埋怨雄鸡乱啼，在他的作品〔干荷叶〕中亦有类似题材，只是无辜受怨者由雄鸡换作了促织，而此促织却恰是颇有个性的小虫儿，于是就有了下面这组谐趣横生的作品：

促织儿因甚么不教我睡，才合眼你打伙子闹成堆，不由人睡不着空流泪。要做个团圆梦，吃不尽你的亏，恨将起来一个个扭折腿。[1]

昧着心将俺胡埋怨，你睡不着本与俺不相干，俺浑身是口难分

① 谢伯阳编：《全明散曲》，齐鲁书社 1994 年版，第 3465 页。

辨。等你那人到，听着俺叫唤，您若睡着了俺就啃了您那脸。[①]

这两支作品在构意语词等方面显然受到民间歌谣时调的影响，作者于此分别模拟闺中思妇与受怨促织，一击一还，声口情态惟妙惟肖，作品虽尽用平常白话，但构思奇巧，读之令人忍俊不禁。丁綵的另两支〔干荷叶〕同样颇具民间歌谣时调之奇趣妙趣：

> 对黄昏无语心缭乱，听砧声耳边头过几番，一声声敲的我柔肠断。埋怨无情子，捣衣为谁穿，因甚么把凄凉送给俺。[②]
>
> 狠起来提着他名儿骂，秋将尽因甚么不来家，为甚么寒衣晓夜丢不下。砧声连夜响，谁家狗油花，埋怨我将凄凉送给他。[③]

我们注意到，丁綵的这两支〔干荷叶〕的格式与散曲小令〔北南吕干荷叶〕差异甚大，〔北南吕干荷叶〕又名〔翠盘秋〕，共有七句，每句押韵，每句字数为三、三、五、三、三、七、五。比较之后可以看到，即便将散曲可加衬字的因素考虑进来，丁綵的〔干荷叶〕也已经完全不遵散曲小令〔北南吕干荷叶〕之格律要求，变得面目全非了。

明代顾起元《客座赘语》卷九“俚曲”记载道：“里弄童孺妇媪之所喜闻者……后又有‘桐城歌’、〔挂枝儿〕、〔干荷叶〕、〔打枣竿〕等，虽音节皆仿前谱，而其语益为淫靡，其音亦如之。视桑间濮上之音，又不啻相去千里，诲淫导欲，亦非盛世所宜有也。”[④] 卷十“古词曲”亦有：“晋南渡后，采入乐府者，多取闾巷歌曲为之，亦若今〔干荷叶〕、〔打枣竿〕之类。”[⑤] 沈德符《万历野获编》卷二十五“词曲”之“时尚小令”中也提到过〔干荷叶〕：“嘉、隆间乃兴‘闹五更’……〔干荷叶〕、〔粉红莲〕、‘桐城歌’、〔银纽丝〕之属，自两淮以至江南，渐与词曲相远，

---

① 谢伯阳编：《全明散曲》，齐鲁书社1994年版，第3466页。

② 同上书，第3452页。

③ 同上书，第3453页。

④ 顾起元：《客座赘语》，《明代笔记小说大观》，上海古籍出版社2005年校点本，第二册，第1430页。

⑤ 同上书，第1441页。

不过写淫媟情态，略具抑扬而已。”[①] 可见，〔干荷叶〕是明代嘉靖、隆庆间直至万历年间在市井里巷间非常流行的一种民间歌谣时调，其所用曲牌是自散曲曲牌系统中借用而来的。明代流行的歌谣时调〔干荷叶〕原作现在尚未见到有存世的，但是它们的确存在过并且还曾被散曲家拟作过，丁綵所作的〔干荷叶〕便是明证。

受到父亲的影响，丁惟恕除了创作散曲之外，还创作了更多的拟歌谣时调，这些作品并非散见于散曲之间，而是被统一编排在所有散曲作品之后。其中的拟歌谣时调〔河南韵〕共有三十五首，另外还有一首题名为《嘲李二妻妾大脚》的无牌名作品和两首无牌名、无题目的作品，从作品编排、言语意趣及句式韵律上看亦当为拟歌谣时调，这三支无牌名的作品如下：

嘲李二妻妾大脚

四只金莲两对锛，一半磨眼一半皴，摸去丁丁似蟹眼，揭来片片若鱼鳞。搓灰擦痒天然涩，压担磨肩分外沉。此脚正应李二有，他人那得几回闻。[②]

无牌名曲二首

七十古来稀，这话我不依，活到八十，活到九十，活到一百还不住，一百一，长生不老，福寿与天齐。

不怕五阎罗，又怕你蝎子也脱不过，着我活我就活，着我不活我就不活，有酒终日醉，鼓掌笑呵呵，天是天大哥，我就是天二哥。[③]

这三支曲子或者语多调侃诙谐，或者朴质若白话，字里行间充满了随性与快意，风格情调有如信口吟唱的民间歌曲。〔河南韵〕不是南北散曲曲牌名，有关典籍中鲜有记载解释者。在查阅相关文献资料后，笔者发现在明代马中锡的《东田漫稿》卷五中有一则名为《口号》的短诗：“街头盲叟

① 沈德符：《万历野获编》，《明代笔记小说大观》，上海古籍出版社 2005 年校点本，第三册，第 2578 页。

② 谢伯阳编：《全明散曲》，齐鲁书社 1994 年版，第 4115 页。

③ 同上书，第 4132 页。

抱琵琶，听唱市人来远近。汉卷唐书且未题，为君先抃河南韵。”[①] 短诗中“河南韵”曲调语辞的具体情况我们不得而知，相关典籍中也暂未发现民间原味的〔河南韵〕作品，但从弹唱者的身份——街头盲艺人可以大致推知此“河南韵”当为流行于民间的歌谣时调。《霓裳续谱》卷八《冷冷清清孤孤另另》中使用过〔河南调〕，其曲文为：

仰面长叹，恨有千重，思想起来，我手捶胸，哭的眼睛红，哭的眼睛红。虽然不是糟糠的配，也是我三生有幸，落花流水，在萍水相逢，意合情同。山盟俱是假，海誓更成空，只落得思中想中，情中恨中，忧中愁中，魂中梦中，魂梦之中，我盼不得相逢，减却了芳容。[②]

丁惟恕所作的〔河南韵〕题材涉及咏物、写情、送别、记事等，其语言均为质朴直白之白话并兼有方俗词语，许多作品的情致趣味大有民间歌谣时调之风。例如：

七夕（之一）

今夕何夕人说是牛女的吉日，是吉日可怎么雨儿雨儿点点不住，人说道不是雨点是织女的泪点，是泪点怎么没些花粉香胭脂气。相见时为什么不欢喜，那些儿伤心这等惨凄，经年家不见哭的是离多会少，明朝又去哭的是来的难去的容易。俺没事人还费了一番踌躇也，普天下离人见这等光景不知添多少惨凄。惨凄，仙女还怕别离，休说道俺草木人儿，惨凄，从来说泪哭痛肠，可见这离别是难的。[③]

七夕（之二）

手捻着彩线在乞巧楼上，停针无语凭栏眺望，那银河边鹊桥下怕

① 马中锡：《东田集》，《四库全书存目丛书》，齐鲁书社1997年影印本，集部，第41册，第676页。

② 王廷绍编：《霓裳续谱》，《明清民歌时调集》（下），上海古籍出版社1987年版，第379—380页。

③ 谢伯阳编：《全明散曲》，齐鲁书社1994年版，第4127—4128页。

不有离多会少的牛女，我猜他那里手扯着手眼擎着泪说的是经年家相思帐。好一个苦命的织女薄幸的牛郎，却被那没要紧的银河抵死相防，我恼恨灵鹊不常把银桥修整，你修一座好桥着他一年家多走几趟。看一会星娥又往自家身上寻思寻思，犯起我的病来我好不恓惶。恓惶，我只恨我的才郎又看甚么牛郎，才郎，你又没有天河隔着，这些时羁绊在何方，流落在何方？①

这两首作品模仿普通民间百姓的口吻和心理，展开丰富的联想，通篇虽尽用平常口语白话，却散发出民间歌谣时调中独有的幽默与机慧，尤其第一支开头的两问和第二支“劝灵鹊修桥”及“怨才郎未隔天河却不见来临”两处更得民间歌谣时调之精髓。

三 歌谣时调对丁綵父子散曲创作之影响

丁綵、丁惟恕父子的拟歌谣时调使我们看到，明代中后期的民间歌谣时调不仅受到普通市井百姓的喜爱，还引起了散曲家的关注和喜爱。《全明散曲》中收录的父子二人的拟歌谣时调足以证明他们曾经热情地投入到对民间歌谣时调的学习中，并且因此使自己的散曲作品具有了更加多样化的风貌。

从总体来看，丁綵的散曲多为写情之曲，另外有一些嘲咏、叹世之作。这些小令大多数以直白浅质、不假雕饰的言语写就，真趣、俚趣、谐趣自然流溢于字里行间，许多曲子由此带上了浓郁的民间歌谣时调风味，读之令人爱不释手。由丁綵现存的一些拟歌谣时调作品可以看出，身为布衣作家、“倜傥风流，诙谐调度，又绝有东方生滑稽气味”② 的丁綵，对民间歌谣时调有着浓厚的感情，在赏玩之余还投入心力进行拟作，此举使他在进行散曲创作时自然而然地以民间歌谣时调之营养滋养散曲，从而使自己的许多散曲作品也具备了民间歌曲或尖巧或朴直或恣纵的特质。

抒写离愁别绪、描写相思情状是散曲创作中的重要题材，丁綵的散曲

---

① 谢伯阳编：《全明散曲》，齐鲁书社 1994 年版，第 4128 页。

② 同上书，第 3492 页。

中此类作品亦很常见。在丁綵的写情散曲中，几乎不见绵丽婉转的词句，亦无脂粉雕琢的气息，作者多采用民间歌谣时调常用的以平白语诉衷情之法，又从民间歌谣时调中汲取了一些巧思妙语，因此其写情小令显得别具一格：

〔南商调集贤宾〕情思（之三）

截断柔肠谁会接，会接的怎接惹些，那日不截千万节。才待接却又截折，新截旧接，禁不的接了又截。没处会接，这条肠何日宁帖。①

此曲借因相思而柔肠寸断大做文章，以“肠”断难接凸显相思难了。写相思的作品自古最为常见，可以此作为切入点来写却并不多见，这种蕴含于普通语句中的奇趣和巧思当源于丁綵对民间歌谣时调的学习。此外，诸如“我是前生贩相思的折了本钱的苦鬼，少欠下孽账还不勾”（〔南商调山坡羊·秋怨〕）②，“不指望你为我忧愁，你也该知道对景伤情，离人谁不因秋病。想是你那里没有西风，想是你那里没有寒蛩，想是你没听的寒雁声孤零”（〔南双调锁南枝半插罗江怨·惊秋有怀〕）③ 这样的语句，虽直白却暗含巧思的特色都源自于民间歌谣时调的滋养。

对于丁綵个人而言，他对民间歌谣时调的喜爱和模拟对自身的散曲创作产生了很大影响，使其散曲在整体上风格更加多样化，许多作品充满俚趣机趣，表现力更加充分，具备强烈的感染力。丁惟恕如其父丁綵一样，也曾进行过拟歌谣时调的创作，但从丁惟恕现存的散曲作品来看，其散曲本身并没有受到民间歌谣时调影响的明显痕迹。丁惟恕拟歌谣时调创作活动的主要意义在于为我们提出了有关〔河南韵〕的相关问题，使我们得知明代中后期市井民间不仅流行着〔劈破玉〕、〔挂枝儿〕等歌谣时调，还存在过一种名为〔河南韵〕的歌谣时调。当然，由于资料的缺乏，我

① 谢伯阳编：《全明散曲》，齐鲁书社 1994 年版，第 3459 页。

② 同上书，第 3463 页。

③ 同上书，第 3484 页。

们对有关〔河南韵〕的情况还所知甚少，这一问题还有待进一步深入研究①。

丁綵、丁惟恕父子的拟歌谣时调作品从题材内容到遣词用语乃至风情趣味均得民间歌谣时调之真髓，这些作品为我们研究明代歌谣时调与散曲的互动提供了重要材料。以民间歌谣时调为师使丁綵的散曲作品别具一格，令我们感受到了民间歌谣时调的巨大魅力和强大影响力。

第四节 歌谣时调对刘效祖、赵南星散曲创作之影响

刘效祖与赵南星都是明代散曲史上的重要作家，虽然他们的生年相差近三十年，但是两位散曲家的性情、经历颇为近似，他们都在被罢归之后寄情散曲创作，也都对民间的歌谣时调很感兴趣并且进行过拟作，因而我们把这两位曲家放在一起进行研究。

一 歌谣时调对刘效祖散曲创作的影响

刘效祖，字仲修，号念庵，滨州（今山东惠民）人，侨居北京，明嘉靖元年（1522 年）至万历十七年（1589 年）在世。刘效祖嘉靖二十九年（1550 年）中进士，官至陕西按察副史，严嵩父子曾欲罗致于门下，但被婉拒，后被罢归。刘效祖散曲集名为《词脔》，在康熙九年暮春刘效祖从孙刘芳躅所作的《词脔序》中，我们可知“念庵公，负开济之略……一官龃龉，遽遂初衣，悒郁不自得，恒寄情词曲，以舒泄其愁思。遄往多蒜酪体，新声盛传一时，至闻之禁掖。……惟公所为散曲，都人至今犹歌之”②。在康熙甲戌上巳由刘效祖外曾孙胡介祉所作的《词脔》跋语中亦可见：“念庵公负才不偶……退居林泉，吟咏不辍。翰墨之余，间

① 经查，刘红主编的《天府天籁：成都道教音乐研究》（人民出版社 2009 年版）的第五章《成都道教音乐与其他地区道教音乐的比较》中有“河南韵”的条目，其下解释道：“河南全真道教除应用《全真正韵》以外，还应用河南地方‘应风韵’……一般流行于河南登封、洛阳一带。河南‘迎奉韵’（‘应风韵’）的来历有以下几种说法：1. 来自寇谦之的《云中音诵新科之戒》……2. 来自全真清静孙不二祖师……3. 来自明代著名音乐家朱载堉”。（第 265—267 页）这种道教音乐【河南韵】与丁惟恕所作之【河南韵】有何关系还有待进一步查考。

② 谢伯阳编：《全明散曲》，齐鲁书社 1994 年版，第 2326 页。

为词曲小令，以抒其怀抱，而寄其牢骚。……虽途歌巷谣，人情物态，不啻写声绘影。"[①] 可见，刘效祖在归乡之后，以词曲寄情写怀，抒发胸中不平之气。此间，刘效祖亦受到民间流行之歌谣时调的影响，亲自拟作了许多歌谣时调，这些"途歌巷谣"情意生动，模拟歌谣时调的举动也令刘效祖的散曲作品带上了久违的"蒜酪"之味，流传甚为久远。刘效祖拟作的歌谣时调原有数百首，现存者仅有三十余首了，其中包括〔挂枝儿〕、〔双叠翠〕、〔锁南枝〕等。

〔挂枝儿〕是明代万历以后最为流行的民间歌谣时调之一，沈德符《万历野获编》卷二十五"词曲"中之"时尚小令"条在描述了明代前中期歌谣时调的发展状况之后，又说："嘉、隆间乃兴'闹五更'……'桐城歌'、〔银绞丝〕之属……渐与词曲相远。不过写淫媟情态，略具抑扬而已。比年以来，又有〔打枣竿〕、〔挂枝儿〕二曲，其腔调约略相似，则不问南北，不问男女，不问老幼良贱，人人习之，亦人人喜听之，以至刊布成帙，举世传诵，沁人心腑。"[②] 清前期陈启源在成书于康熙二十六年的《毛诗稽古编》中有言："《山有扶苏》、《遵大路》、《褰裳》诸篇，以朱子之解解之，其淫陋鄙媟，虽近世市井顽童所唱'挂枝词'、'打枣歌'，不是过焉。"[③] 可见，明代后期流行的〔挂枝儿〕在清代前期还依然在市井间传唱。

刘效祖曾经使用歌谣时调的专属曲牌〔挂枝儿〕创作了二十首拟歌谣时调，现存八首[④]：

> 日初长柳绿绽黄金模样，雨才过桃杏花扑面清香。卖花人一声声唤起怀春情况，蝴蝶儿争新绿，燕子儿语雕梁。打点出那小扇轻罗也，还要去流水桥边赏。

---

① 谢伯阳编：《全明散曲》，齐鲁书社1994年版，第2327页。

② 沈德符：《万历野获编》，《明代笔记小说大观》，上海古籍出版社2005年校点本，第三册，第2578—2579页。

③ 陈启源：《毛诗稽古编》，《四库全书》，上海古籍出版社1987年影印本，经部，第85册，第399页。

④ 谢伯阳编：《全明散曲》，齐鲁书社1994年版，第2307—2309页。

又

新竹儿倚朱栏清风可爱，香几儿靠北窗雅称幽斋。千叶榴并蒂莲如相比赛，槐阴下清风静，垂杨外月影筛。忽听的几个娇滴滴的声音也，笑着把茉莉花采。

又

秋海棠喜庭阴偏生娇艳，桂花儿趁西风越弄香妍。金沙叶银纽丝凌霜堪羡。开一尊新酿酒，打叠起绣花奁，听一会窗儿外的芭蕉也，又把细雨声儿显。

又

水仙花娇怯怯流香几案，绿萼梅清影瘦斜倚危栏。剪冰纹霎时间把青松不见，烹茶也自好，对酒且开帘。围上那肉作的屏风也，偏觉的气候儿暖。

又

我教你叫我声只是不应，不等说就叫我才是真情。背地里只你我，推什么佯羞佯性。你口儿里不肯叫，想是心儿里不疼。你若有我的心儿也，如何开口难得紧?

又

我心里但见你就要你叫，你心里怕听见的向外人学。才待叫又不叫，只是低着头儿笑。一面低低叫，一面又把人瞧。叫的虽然艰难也，意思儿其实好。

又

俏冤家但见我就要我叫，一会家不叫你你就心焦。我疼你那在乎叫与不叫。叫是提在口，疼是心想着。我若有你的真心也，就不叫也是好。

又

俏冤家非是我好叫你叫，你叫声儿无福的也自难消。你心不顺怎肯便把我来叫，叫的这声音儿俏，听的往心髓里浇。就是假意儿的勤劳也，.比不叫到底好。

我们注意到，后四支〔挂枝儿〕对民间歌谣时调的模仿非常成功，曲作情态逼真、生动俏皮、情意深切，这样的拟作与民间原作如：

俏冤家人面前瞧奴怎地，墙有风壁有耳切忌（着）疏虞，来一会去一会（叫我）禁持一会。（你的）意儿（我）岂不晓，自心里自家知。不好和你回言也，（只好）咳嗽一声答应你。①

相比在构意、趣味上毫不逊色，几可乱真。然而我们也发现，刘效祖前四支使用〔挂枝儿〕写作的曲子则是用歌谣时调自创专属曲牌来写四季景象，语言雅致清丽，作品抒写文人情怀，文士气息较为浓厚。

刘效祖还做有二十首拟歌谣时调〔双叠翠〕，现存八首。〔双叠翠〕这种歌谣时调不见于明代资料记载，张继光先生在《民歌〔茉莉花〕研究》中经过详细考证认为〔双叠翠〕主要流传于河南、安徽和苏北，就是后来的〔鲜花调〕（〔茉莉花〕）②。清代贮香主人刊刻于嘉庆二十三年（1821 年）的《小慧集》中就收有〔鲜花调〕，另外，晚清钱塘范祖述在《杭俗遗风》中所记录的当时杭州流行的歌谣时调中也有〔鲜花调〕："杭州之吹唢呐……吹出各样调头，最后如〔九连环〕、〔鲜花调〕、'闹五更'、'十八摸'之类，无不一一吹出，真一技之独能也。"③ 刘效祖所作八支〔双叠翠〕④ 如下：

怕逢春，怕逢春，到的春来病转深。捱不过困人天，懒看这红成阵。行也难禁，坐也难禁，越说不想越在心。似这等枉添愁，可不辜负了春花信。

又

夏不宜，夏不宜，绿阴恼煞乱莺啼。一般是解愠风，吹不散愁人意。暗数归期，频卜归期，荷香空自袭人衣。最可怜是明月时，怕自往纱橱去。

① 周玉波、陈书录编：《明代民歌集》，南京师范大学出版社 2009 年版，第 220 页。

② 张继光：《民歌〔茉莉花〕研究》，台北文史哲出版社 2000 年版，第 83—84 页。

③ 范祖述：《杭俗遗风》，上海文艺出版社 1989 年影印本，第 53 页。

④ 谢伯阳编：《全明散曲》，齐鲁书社 1994 年版，第 2310—2312 页。

又

怕逢秋，怕逢秋，一入秋来动是愁。细雨儿阵阵飘，黄叶儿看看骤。打著心头，锁了眉头，鹊桥虽是不长留。他一年一度亲，强如我不成就。

又

冬不宜，冬不宜，愁心只我与灯知。拨尽了一夜灰，盼不出三竿日。展转寻思，颠倒寻思，衾寒枕冷夜深时。只得向梦儿中寻，梦儿中又恐留不住。

又

春相思，春相思，游蜂牵惹断肠丝。忽看见柳絮飞，按不下心间事。闷绕花枝，反恨花枝，秋千想着隔墙时。倒不如不遇春，还不到伤心处。

又

夏相思，夏相思，闲庭不耐午阴迟。热心儿我自知，冷意儿他偏腻。强自支持，懒自支持，兰汤谁惜瘦腰肢。就是捱过这日天长，又愁着秋来至。

又

秋相思，秋相思，西风凉月忒无知。紧自我怕凄凉，偏照著凄凉处。别是秋时，又到秋时，砧声蛩语意如丝。为甚的鸿雁来，不见个平安字。

又

冬相思，冬相思，梅花纸帐似冰池。直待要坐着捱，忽的又尽一日。醒是自知，梦是自知，我便如此你何如。我的愁我自担，又躭着你那里也愁如是。

可以看到，刘效祖这八支用歌谣时调曲调〔双叠翠〕创作的作品在整体风格上已经与原汁原味的民间歌谣时调颇有差异了，虽然作品含义明了，也没有使用意义幽隐深晦的语词，但是字里行间却透出些许文人作品的格调趣味，已不复有民间歌谣时调俚直跳脱、俗趣盎然的特色了。

除了使用〔挂枝儿〕和〔双叠翠〕这两种歌谣时调自创专属曲调进行创作之外，刘效祖还做有一百首拟歌谣时调〔锁南枝〕。〔锁南枝〕

也是明代较早流行的一种民间歌谣时调，它的曲牌是借自散曲的，关于它在明清歌谣时调中的具体使用情况我们已经在第四章第一节中考察过了。刘效祖的百首〔锁南枝〕现存十六首①，这些〔锁南枝〕语言质朴如白话，无论语词、声口还是意趣、构思都洋溢着浓郁的歌谣时调风味，如：

团圆梦梦见他，笑脸儿归来连声问我，我在外几载经过，你在家盼望如何。说一会功名叙一会间阔，唤梅香把酒果忙排，与俺二人权作贺，万种相思一笔勾抹。猛追魂三唱邻鸡，急睁眼一枕南柯。（四支“团圆梦”之一）

又

伤心事对谁说，仔细度量都是我自惹。我为你使破喉舌，我为你费尽周折，谁想恩爱为仇刀刀见血！虽然与你不久相交，一夜夫妻如同百夜，有什么亏心下拼的抛舍。瞒着心只是你精细，吃杀亏认着我痴呆。

又

伤心事对谁学，要见个明白惟天可表。你和我谁厚谁薄，谁情绝谁性儿难调，谁把谁心全然负了？也是俺妇人家痴愚，好心偏不得个好报，瞎虫蚁逃生实撞着你线索。虽不和你见识一般，杀人可恕情理难饶。（四支“伤心事”后两首）

又

长吁气恨满腔，往事都勾话也不须细讲。巧机关你暗里包藏，痴心肠谁做个提防，舍死忘生闯在你网。欲待和姊妹们声说，只恐怕告个折腰状。思之复思想了又想，除非是命丧荒丘，枉死城再做个商量。（“长吁气”之一，从“欲待和姊妹们声说”一句可以看出是模仿妓女声口）

又

冤家债还他不彻，一节不了又添上一节。欲待要乱掩胡遮，怎禁他见鬼随斜。恨只恨冤家心肠似铁，经年家强自支吾，无人知我疼和

① 谢伯阳编：《全明散曲》，齐鲁书社1994年版，第2312—2315页。

热。闷海愁山谁行去诉说，风月中请问个知音，闪赚人算甚么豪杰。（“怨家债”四支之一，“风月中”显示出是模仿妓女声口）

又

怨家债还他不完，不是七长就是八短。信别人巧话儿唆搬，倒把我假意儿撺瞒。糊涂虫冤家全不知冷暖，虽然你不把我留情，只怕藕断时丝还不断。叫一声苍天天如何不管，好共歹也是你着迷，长和短自有人傍观。（“怨家债”四支之四）

又

情书至笑脸儿开，可见我冤家情肠儿不改。件件事与我安排，句句话说的明白。满纸春心犹带着墨色，他说我不久回还，你须权把心肠儿耐，少只在旬朝多不上半载。唤梅香禫净了闲隅，把冤家笔迹儿高抬。（“情书至”两支之一）

此外，这些作品的格式显然已经与散曲〔南双调锁南枝〕的格式（九句，每句字数依次为三、三、七、七、五、三、三、三、三，第二、三、五、七、九句押韵）大不相同，可见这些作品不是散曲〔锁南枝〕，而是模拟民间歌谣时调〔锁南枝〕创作的拟作。

由于致力于拟民间歌谣时调的创作，刘效祖在进行散曲创作时就自然而然地将民间歌谣时调的语词风致带入了散曲小令的创作中，于是我们便在他的散曲作品中见到了不少歌谣时调风味颇浓的作品。刘效祖曾经做有一组《闲中一笑》小令共三百首，现存四十八首，这些小令使用的曲牌有〔南仙吕醉罗歌〕、〔北中吕满庭芳〕、〔北中吕普天乐〕、〔北正宫小梁州〕、〔南正宫玉芙蓉〕、〔北中吕朝天子〕、〔南商调黄莺儿〕、〔北双调沉醉东风〕、〔北正宫醉太平〕、〔南南吕一江风〕。从“闲中一笑”的总题目来看，这些散曲小令当是为游戏而作，其中大部分曲子抒写离情，〔北双调沉醉东风〕一组十支小令则描绘了世态人情。这组小令中的许多作品都带有浓郁的民间歌谣时调风味，显示出了刘效祖拟作民间歌谣时调对自身散曲作品的影响，例如：

〔北中吕满庭芳〕之三

才郎大胆，翻云覆雨，暮四朝三。平白地空把人拖赚，故意儿粧憨，分明是因他瘦减，题起来枉惹羞惭。相思胆，还亏是俺，别个的怎心甘。[①]

之五

相思病染，前生欠少，今世添加。无明业火心头焰，恨蹙眉尖，霹雳性生来好闪，强扭瓜到底不甜。心思念，恹恹瘦脸，空有泪痕沾。[②]

〔北中吕朝天子〕之四

惜花，爱花，露湿凌波袜。思量薄倖在天涯，心性忒奸诈。忽刺八归来輭。屈膝跪下，连声儿说记打。知他，理差，偷眼将奴抹。[③]（末句明显模仿女子）

〔南南吕一江风〕之一

望天涯，买遍金钱卦，泪湿鲛绡帕。歹冤家，弃旧迎新，负德辜恩，忘了当初话。薄情谁似他，痴心谁似咱，恨起来提着名儿骂。[④]

可见，刘效祖已经将民间歌谣时调活泼热辣、佻达直露的鲜明特色带入了一些散曲小令中，这无疑使他个人的散曲风格更加多样化，更富于表现力，使得他在明代散曲史上占据了一席之地。

二　歌谣时调对赵南星散曲创作的影响

赵南星，字梦白，号侪鹤，别署清都散客，直隶高邑（今河北元氏）人，生于嘉靖二十九年（1550 年），卒于天启七年（1627 年），谥号忠毅。赵南星晚于刘效祖近三十年出生，但是二人性情、经历颇为相似，同样仕途坎坷然耿直性情却未被改变。赵南星万历二年（1574 年）中进士，为官刚正，被当权者不容，落职里居后名愈高。天启初年，拜为吏部尚书，敢于与魏忠贤党对抗，被削籍，遣戍代州。同样，赵南星亦以散曲为寄托，以此抒情寄意，也对民间歌谣时调很感兴趣并使用民间歌谣时调的

① 谢伯阳编：《全明散曲》，齐鲁书社 1994 年版，第 2316 页。

② 同上书，第 2317 页。

③ 同上书，第 2319 页。

④ 同上书，第 2323 页。

曲调创作了不少作品。新周居士在为赵南星的《芳茹园乐府》所作的《小序》中说："清都散客为园而名芳茹者……性天活泼，真趣自流。时而为文，时而为诗，又时而为乐府，俱道人所不能言者。余从之久矣……秋色无聊，得乐府若干首，细阅之词章潇洒，慷慨激烈，欢欣鼓舞，殆与时韵俗调大径庭矣。"[①] 新周居士所作的序言中多是套话似的称赏，实际上，赵南星的散曲中有些作品不仅不与"时韵俗调大径庭"，反而带有许多"时韵俗调"的风格趣味，这是与赵南星的拟歌谣时调创作密不可分的。

赵南星使用民间歌谣时调之曲调创作的作品现存有七支〔银纽丝〕、一支〔劈破玉〕、两支〔一口气〕、六支〔喜连声〕和四支〔山坡羊〕。关于这些作品，吴梅先生在《清都散客二种》末尾之"跋"中认为"梦白正人，游戏声歌，本无妨碍。而集中多市井谑浪之言，如〔银纽丝〕、〔一口气〕、〔山坡羊〕、〔喜连声〕、〔劈破玉〕诸曲，再读一过，疑是伪托。……乙亥二月吴梅霜厓题记"[②]。实际上，这些作品确实是赵南星被当时盛行的民间歌谣时调所吸引进而用心模拟创作的结果。钱谦益《列朝诗集小传》中记载道："梦白公忠强直，负意气，重然诺，有燕赵节侠悲歌慷慨之风。乡里后门，依附门下，已而奔趋权利，相背负。酒后耳热，戟手唾骂。更为长歌、小词、廋语、吴歌、〔打枣竿〕之类，以戏侮之。"[③] 尤侗《西堂全集百末词余》自跋云："高邑赵侪鹤冢宰，一代正人也。予于梁宗伯处见其所填歌曲，乃杂取村谣里谚，耍弄打诨，以泄其骯髒不平之气。"[④] 可见，赵南星的拟歌谣时调并非伪托，而是作者借以泄骯髒之气、有时也用以戏侮小人的载体；而且，我们亦可知赵南星除了现存的几种拟歌谣时调之外，还拟作过当时甚为流行的〔打枣竿〕。

赵南星有七支使用民间歌谣时调自创曲牌〔银纽丝〕所作的曲子，〔银纽丝〕是明代较早流行的民间歌谣时调，又名〔银绞丝〕。王骥德在《曲律》卷一中记载道："迩年以来，燕赵之歌童舞女，咸弃其杆

① 谢伯阳编：《全明散曲》，齐鲁书社 1994 年版，第 3231—3232 页。
② 赵南星著，卢冀野校订：《清都散客二种》，中州古籍出版社 1991 年版。
③ 钱谦益：《列朝诗集小传》，上海古籍出版社 2008 年版，第 554 页。
④ 谢伯阳、凌景埏：《全清散曲》（增补版），齐鲁书社 2006 年版，第 328 页。

拨，……至北之滥流，而为〔粉红莲〕、〔银纽丝〕、〔打枣竿〕；南之滥流，而为吴之山歌，越之采茶诸小曲，不啻郑声，然各有其致。”[①]〔银纽丝〕至清代依然较为流行，李斗的《扬州画舫录》卷十一“虹桥录下”第十五条也记录有：“小唱以琵琶、弦子、月琴、檀板，合动而歌。最先有〔银纽丝〕、〔四大景〕、〔倒扳桨〕、〔剪靛花〕、〔吉祥草〕、〔倒花篮〕诸调，以〔劈破玉〕为最佳。”[②] 现存可见的一些明清歌谣时调集如《风月词珍》、《万花小曲》中均可以见到〔银纽丝〕的身影。赵南星使用〔银纽丝〕所作的七支作品[③]如下：

元旦

腊月三十闹攘攘，富家儿女好风光。斗衣裳，时兴宽领袖儿长。金壶盛酒浆，盘中百味香，呀，黄昏里直乱到鸡儿唱。贫家要忙也没得忙，元来也撇不在年那厢。我的天儿嚛，一样春，春一样。

元宵

明月团圆第一遭，何人兴下闹元宵。把天烧，花灯火炮一起着。灯笼挂树梢，薰黑兔儿毛。呀，响声儿唬的金蟾跳，嫦娥天上也心焦，怎似我闲中守寂寥。我的天儿嚛，乐一场，一场乐。

又

到春来难捱受用也慌，百花开遍满林芳。具壶觞，知心一伙赛疏狂。莺舌巧似簧，何须黄四娘，呀，大家齐把襟怀放，欢天喜地度韶光，也是俺前生烧了好香。我的天嚛，唱齐声，齐声唱。

又

到夏来难捱受用也幽，藤床睡起冷飕飕。慢凝眸，荷花池馆看轻鸥。奔忙白汗流，提起我害愁，呀，长安市上红尘臭，清闲自在要人修，念一声佛儿点一点头。我的天嚛，够咱心，咱心够。

---

① 王骥德：《曲律》，顾廷龙主编《续修四库全书》，上海古籍出版社 2002 年影印本，子部，第 1758 册，第 423 页。

② 李斗：《扬州画舫录》，中华书局 1980 年校点本，第 257 页。

③ 谢伯阳编：《全明散曲》，齐鲁书社 1994 年版，第 3209—3211 页。

又

到秋来难捱受用也撑，风吹红叶小琴筝。月儿明，教人如何睡的成，快去请刘伶，合那阮步兵。呀，咱们吃酒胡行令，□（左口右兀）儿喇叫到天明，又赏荷花向小也亭。我的天㗛，兴无边，无边兴。

又

到冬来难捱受用也乔，梅花帐暖足良宵，好清朝，天边瑞雪正飘飘。烹茶滋味高，衔杯情性豪。呀，满斟高唱咱欢乐，争名夺利马蹄劳，这样寒天您怎也么熬。我的天㗛，笑呵呵，呵呵笑。

又

一年家难捱受用也全，家私现有十亩园，菜蔬儿鲜，芹蒲虀菜饱三餐。静来坐会禅，客来顽一顽，呀，有时也把书来念。说咱闲来也不闲，说咱是仙来又是也么仙。我的天㗛，占便宜，便宜占。

可以看到，赵南星这几支〔银纽丝〕的语言虽然浅白，但是却已非民间歌谣时调俚直甚至热辣的语言，其中情调和志意也是文人之作才有；诸如“长安市上红尘臭，清闲自在要人修”、“快去请刘伶，合那阮步兵”、“争名夺利马蹄劳”、“有时也把书来念”等语句透露出的都是文人生活情状、情趣追求，这些都是散曲中逃名避世、乐隐归田之作常有的意思。因此，这几支曲子同前文中论到的刘效祖的前四支〔挂枝儿〕和八支〔双叠翠〕一样，实际上是作者使用歌谣时调原创曲调来抒写文人意趣的作品，已非典型的拟歌谣时调了。

而赵南星其他使用歌谣时调曲调创作的作品，便是典型的民间风味浓厚的拟歌谣时调了。〔劈破玉〕自明代后期直至清代末年都一直是民间颇为时尚流行的歌曲，〔一口气〕和〔喜连声〕两种未见于记载，也没有看见有存世的歌谣时调原作。赵南星所拟的〔劈破玉〕现存仅有一首：

俏冤家我咬你个牙厮对，平空里撞着你，引的我魂飞，无颠无倒，如痴如醉。往常时心似铁，到而今着了迷，舍死忘生只是为你！①

① 谢伯阳编：《全明散曲》，齐鲁书社 1994 年版，第 3221 页。

这支拟作言语爽利直露，情意真挚热烈，与民间市井真正的歌谣时调并无二致。其拟作的〔一口气〕和〔喜连声〕同样得到民间歌谣时调之真趣：

〔一口气〕《有感于梁别驾之事》之二

只怕房先儿，全轻府判儿，勉强相留没个笑脸儿，陪着咱坐似针毡儿。只合先儿们，那们喒儿张三儿。饶你有伶俐聪明，弹唱聪明，沥丁拉丁也还差点儿张三儿。①

〔喜连声〕之六

梦冤家，梦冤家，梦儿里合冤家到了一搭，却被鹦哥儿聒噪在雕檐下。我的冤家，我的冤家，打了个转身儿阻隔天涯，急的我挝着耳挠着腮无处摸，气的我咬着牙恨着齿把鹦哥骂。②

〔一口气〕中几乎贯穿全曲的儿化词及曲中使用的俚词口语均使作品有民间歌谣时调的灵动和俗趣，〔喜连声〕中所呈现的则是民间歌曲中常见的情节场景，人物情态逼真、呼之欲出。

另外，赵南星还有四支拟歌谣时调〔山坡羊〕。关于明清歌谣时调〔山坡羊〕的情况，本文在第四章第一节中已经有过详细考察，我们知道歌谣时调〔山坡羊〕使用的曲牌借自散曲，但是随着时间的推移，其格式与散曲〔山坡羊〕的差异越来越大，最终几乎看不出二者有什么关系。从作品的格式来看，赵南星的这四支〔山坡羊〕明显不是散曲〔山坡羊〕，它们的格式和韵律非常自由随意，应当是赵南星模拟民间歌谣时调〔山坡羊〕所创作的拟作。这四支〔山坡羊〕的第一支如下：

冤业相逢，说不的从来心硬，针芥相投，都只是前生一定。冤家为头儿会你不敢兴心妄想，也是俺运至时来遇缘法便能侥幸，事到而今我还只是昏迷不醒，半虚空掉下来的美满前程。齐着今日今时把风月牌消缴，再遇着任是何人，我的真心不动。知感你好便似顶戴龙

---

① 谢伯阳编：《全明散曲》，齐鲁书社1994年版，第3215页。

② 同上书，第3220页。

天，呖唻啰，使尽了殷勤，不当做奉承。章台路要图一个驰名，显出你文雅风流，咱是个君子交情。①

这几支〔山坡羊〕的格式已经完全不同于散曲〔山坡羊〕的格式了，它们在字数、句数、押韵方面均比较随意，其中第四支中竟然出现了十六字、十八字、二十三字的长句子。从语言和整体趣味上来看，作者对民间歌谣时调的模拟还是比较成功的。

如刘效祖一样，对民间歌谣时调感兴趣并模拟创作也使得赵南星的散曲作品受到了影响，有的小令就带上了些许民间歌谣时调之风，如〔南双调锁南枝带过罗江怨〕《丁未苦雨》：

将天问，要怎么，旱时节盼雨闸定法，没情雨破着工夫下。溜街忽流忽剌，涮房屋扑提扑塌，湿渌渌逃命何方遄。阎王殿挤坏了功曹，古佛堂推倒了哪吒，神灵说我也淋得怕。哭啼啼哀告天爷，肯将人尽做鱼虾，勾咧勾咧饶了吧。②

这支散曲小令语言质直俚俗，作者模拟民间普通百姓声口，“忽流忽剌”、“勾咧勾咧”都是民间方俗词语，将它们用于散曲小令之中使得作品“蒜酪味”十足，这在整体上逐渐雅化的明代散曲作品中显得尤为可贵。

刘效祖和赵南星这两位性情、经历相似的明代散曲家都对民间歌谣时调很感兴趣并使用它们的曲调进行创作，除了几可乱真的拟歌谣时调作品外，他们使用民间歌谣时调曲调创作的作品中也都出现了一种格调较为雅致的作品，这种作品为清代一些文人使用诸如〔西调〕等歌谣时调曲调创作出众多雅化歌谣时调开了先河。此外，二位散曲家拟作民间歌谣时调的举动也给他们自身的散曲创作注入了活力，刘效祖的一些散曲小令以充满机巧灵趣的语词和深挚热烈的情致而带有明显的民间歌谣时调风味，而赵南星的一些散曲小令中则将民间歌谣时调朴质直白的语言风格发挥得淋漓尽致；民间歌谣时调的滋养使得两位散曲家的散曲作品风格更加多样化，也使他们因此在明代散曲史上占有了独特的位置。

---

① 谢伯阳编：《全明散曲》，齐鲁书社 1994 年版，第 3216 页。

② 同上书，第 3215 页。

第五节　歌谣时调对朱载堉散曲创作之影响

一　朱载堉及《醒世词》的基本情况

朱载堉，字伯勤，号勾曲山人，南直隶（今安徽）凤阳人，生于明代嘉靖十五年（1536 年），卒于万历三十八年（1610 年）左右。朱载堉的父亲是明宗室郑恭王厚烷之子，嘉靖三十九年（1560 年）卷入政治斗争、被诬入狱，十五岁的朱载堉筑土室于宫门外，独居十九年。父亲去世后，朱载堉让爵位给人，选择了隐居。王士禛《池北偶谈》有："郑端清世子让国，自称道人，造精舍怀庆郭外居之。每出，坐竹兜，四人舁之。"① 朱载堉精通乐律、数学、历学，著有《乐律全书》、《醒世词》等。

在《全明散曲》中，我们仅可见到二十首朱载堉的作品，这是谢伯阳自《明代歌曲选》中辑出的。朱载堉的《醒世词》又名《郑王词》，其中的作品原是散播流传于民间的，直至道光元年（1821 年）才有了贺汝田刊本，之后又出现了道光四年（1824 年）的王栗园刊本。我们目前所能见到的版本是由中州古籍出版社于 1992 年影印的民国二十四年益智堂本，在这个本子中，阎永仁综合汇集了贺汝田本和王栗园本所收的作品，将朱载堉流传下来的七言诗、五言诗、散曲和拟歌谣时调作品按照"述怀"、"命运"、"劝勉"、"禁戒"、"策励"、"感慨"、"警醒"、"安分"、"谑戏"、"超逸"这些题材进行分类编排，未从体制方面进行分类。在这一版本的作品之前，有"民国十七年仲夏孟县阎永仁"所作的《郑王词分类汇编序》，"民国二十二年中秋节樊学圃"所作《重编郑王词序》以及道光元年贺汝田、道光四年王林春所作的两篇旧序，通过它们我们可以了解到朱载堉这些作品的流传和版本情况。谢伯阳先生近来以益智堂本为底本，对朱载堉的散曲作品进行了增补考订，形成《重订朱载堉散曲并记》一文，发表于《中国韵文学刊》2012 年第 3 期，为朱载堉的散曲

① 王士禛：《池北偶谈》，中华书局 1982 年点校本，第 605 页。

研究提供了方便。[①]

二 歌谣时调对朱载堉散曲创作的影响

在《醒世词》中，我们可以看到朱载堉使用民间歌谣时调之曲调〔劈破玉〕、〔山坡羊〕、〔耍孩儿〕、〔黄莺儿〕所创作的曲作。这几种都是明代中后期曾经流行于民间的歌谣时调，〔劈破玉〕的情况我们在本节前文已有过介绍，〔山坡羊〕、〔耍孩儿〕、〔黄莺儿〕的流行衍变情况在本书第四章第一节也已经详细探讨过。

益智堂本《醒世词》中有四支〔劈破玉〕，其中的《天理循环》和《须行乐》分别代表了两种使用民间歌谣时调曲调进行创作的不同情况：

天理循环

循天理听自然，财和宝不贪恋，但愿人安我也安。也不图万贯腰缠，也不图姓扬名显，安居何用楼台院。也不图美色花颜，也不图绫罗身穿，粗衣淡饭随时便。做一个软弱痴憨，存一点良善心田，由他笑俺无用汉。俺只愿子孝妻贤，称良家喜喜欢欢，无事常把弥陀念。见了些奸汉刁钻，专一味弄巧行奸，狼心狗肺将人骗。也不顾姓名家缘，也不怕唾骂人传，损人利己只管干。有一日天理循环，那其间果报昭然，抛妻撇子遭刑宪。若要是本分为人怎能够获罪于天，善恶自有天照鉴。[②]

须行乐

人生碌碌争短竟长，却不晓荣辱有数得失无常，看来何必苦奔忙。叹秋风金谷夜月乌江，阿房宫冷孔雀台荒。都做了邯郸梦一场，令人凄怆。谁在谁亡谁弱谁强，将今比昔仔细思量。真正是荣华花间露，富贵草上霜。说甚么龙争虎斗，讲甚么利锁名缰，到不如寻几个知心契友野外溪傍。玩一会青山绿水歌一调沧海茫茫，逢时遇酒拾翠寻香。观花堆金砌听鸟说笙簧。或棋局适意或曲水流觞，或讲些真修

---

① 本节中所引用的朱载堉作品合参中州古籍出版社 1992 年版《醒世词》和谢伯阳《重订朱载堉散曲并记》一文。

② 朱载堉：《醒世词》，中州古籍出版社 1992 年版，第 6 页。

妙理或讲些快乐良方。任他们人情反复世态炎凉，只守我无谄无骄自在行藏，俺而今安排延岁月潇洒过时光。①

可以看到，《天理循环》模拟民间歌曲的直白俚语，劝善诫恶，劝人安于自然天理，不要作恶害人，表现的是普通老百姓朴实的生存愿望，曲作可以算是较为典型的拟歌谣时调。而《须行乐》虽然也含有劝诫之意，但是其中以史事、典故串起的句子咏史怀古，又呈现出了典型的文人士子的清雅情趣和生活图景，无论语词句意还是志意追求都带上了浓重的文士气息，这与前文中论过的刘效祖的四支〔挂枝儿〕、八支〔双叠翠〕以及赵南星的〔银纽丝〕均属于一类作品。

然而，总体来看，朱载堉使用民间歌谣时调曲调创作的作品大多数还都具有独特的民间歌谣时调风味，是典型的拟歌谣时调，以下几支曲作都属于这种情况：

〔山坡羊〕《大想头》

穷的我慌了把老天祝赞，你把中用物儿赐与我几件：赐与我酒如东洋大海，赐与我肉普陀山恁大一片，赐与我银太行山恁大两点，赐与我钱南京到北京恁长几串，赐与我妻赛过天仙，赐与我儿连中三元，赐与我官当朝一品，难为我些一不报应。实言，再赐与我长寿灵丹。有这些东西，哝哝捏捏过上几千年，哝哝捏捏过上几千年！②

〔耍孩儿〕《劝工匠》

做工匠却也难，凭手度日年。吃饭不可生憎嫌，说话还要多委婉。样出巧活做坚，自有主顾贪。有等奸工懒馋，只知磨日算天。上工慢散举手恹，好一似磨晌皮犍。活不殷勤食更奸，为嘴头征色发言。嫌好道歹憎酸恶甜，逢人便笑谈。多少主人不敢粘，怕你嫌茶饭，却落得日日清闲。愁一般轰轰烈烈，人挣钱，叫你一旁干钻搅，没人叫受饥寒。③

① 朱载堉：《醒世词》，中州古籍出版社1992年版，第57—58页。
② 同上书，第52页。
③ 同上书，第16—17页。

〔黄莺儿〕《骂钱》

孔圣人怒气冲，骂钱财狗畜生！朝廷王法被你弄，纲常伦理被你坏，杀人仗你不偿命。有理事儿你反复，无理词讼赢上风。俱是你钱财当车，令吾门弟子受你压伏，忠良贤才没你不用。财帛神当道，任你们胡行，公道事儿你灭净。思想起，把钱财刀剁、斧砍、油煎、笼蒸！①

很显然，朱载堉的这几支作品已经不是文人散曲〔山坡羊〕、〔耍孩儿〕和〔黄莺儿〕了，它们的字句押韵已经脱离散曲曲牌格式甚远，是典型的拟歌谣时调。三支曲作模拟民间百姓的声口，分别学习了民间歌谣时调极尽夸张的手法、平白俚直的语句和淋漓痛快的抒情方式，是成功的拟歌谣时调作品。

我们在朱载堉的作品中没有见到展现男女情爱的风情之作，朱载堉创作的散曲多是讥嘲世情百态、劝人为善去恶、描绘归隐之乐的小令。朱载堉喜爱民间歌谣时调并进行拟作也为其散曲带来了一些影响：

〔南商调黄莺儿〕《穷而乍富》

无钱乍有钱，逞乖乖卖狼烟，人间你是把世现。穿一领丝绵，发几句狂言，扭腰捌胯人前站。几文钱，穷而乍富，不说那几年。②

〔南中吕驻云飞〕

不必张罗，自古来多去也多，贫富随时过，莫作贪心货。嗏，笑一声傻哥哥，日月如梭，但得清闲，受用些儿个，皱着眉头当甚么。③

〔北双调清江引〕

半夜三更睡不着，闹得心焦躁。圪蹬响一声，尽力吓一跳，把一股脊梁筋穷透了。④

---

① 朱载堉：《醒世词》，中州古籍出版社1992年版，第33页。

② 同上书，第48页。

③ 同上书，第40页。

④ 同上书，第60页。

以上几支散曲小令的语言极尽俚俗质直，像是从民间普通小民口中直接道出一般，然直白平易的语言却丝毫没有减弱作品的表现力，反而使作者在展现各种情态时显得更为得心应手。可见民间歌谣时调对朱载堉散曲的影响主要表现在作者对民间歌谣时调声气语态的吸收和运用上，这样的学习令朱载堉的散曲在表现人情百态、世态炎凉及民众愿望方面格外成功。

第六节　歌谣时调对冯梦龙及明代其他散曲家创作的影响

一　歌谣时调对冯梦龙散曲创作的影响

冯梦龙，字子龙、犹龙，号姑苏词客、顾曲散人、墨憨子、龙子犹等，长洲（今苏州）人。冯梦龙生于明万历二年（1574 年），卒于清顺治三年（1646 年），一生致力于小说、戏曲、散曲、歌谣时调等的收集、整理与编创，是明代文学史上著名的通俗文学大师。冯梦龙不仅对民间歌谣时调大为称赏，而且还亲自搜集整理，将其编集为《挂枝儿》和《山歌》两种集子，明代后期流传的许多民间歌谣时调赖其得以传存。冯梦龙在编辑这两种民间歌谣时调集时，不仅为许多作品写下评语，还亲自动手拟作过歌谣时调，足见其对这些民间歌曲的钟爱。

根据冯梦龙《挂枝儿》卷四“别部”中《送别》之四后面的记录，我们可知冯喜生、冯梦龙为此支歌谣时调原作均做有一篇翻案曲，他的朋友白石山主人也做有一首翻案曲，楚人丘田叔做了三首翻案曲，冯梦龙和二位友人所作的曲子都是拟歌谣时调。这支〔挂枝儿〕原作及冯喜生和冯梦龙的翻案拟作如下[①]：

送情人直送到无锡路，叫一声烧窑人我的哥，一般窑怎烧出两般样货。砖儿这等厚，瓦儿这等薄。厚的就是他人也，薄的就是我。

劝君家休把那烧窑的气，砖儿厚瓦儿薄总是一样泥，瓦儿反比砖儿贵。砖儿在地下踹，瓦儿头顶着你。脚踹的是他人也，头顶的还

---

① 周玉波、陈书录编：《明代民歌集》，南京师范大学出版社 2009 年版，第 244—245 页。

是你。

据你说烧窑人教我怎么不气，砖儿厚瓦儿薄既是一样泥，把他做砖我做瓦未为无意。便道头顶着我，到与你挡风雨。那脚踹的吃甚么亏，头顶是虚空也，脚踹是着实的。

与原作相比，冯梦龙的拟作丝毫不逊色。无论是构意巧思还是言语口气，都像极了民间流行的歌谣时调原作，冯梦龙的拟作可谓是已得民间歌曲之真趣真髓。

除了直接拟作民间歌谣时调〔挂枝儿〕之外，冯梦龙还别出心裁地创制了一种改调作品。散曲中的改调早已有之，但均是对前人散曲作品进行改调，将前人所作曲文加以改写后谱入新的曲调。冯梦龙则是用散曲曲调谱写民间歌谣时调的曲文，他曾经分别用散曲曲牌〔南仙吕桂枝香〕和〔南南吕一江风〕做过两支小令，名字均为《谱挂枝儿词》，也就是将原有的民间歌谣时调〔挂枝儿〕的曲词重新谱入散曲的曲调〔南仙吕桂枝香〕和〔南南吕一江风〕：

〔南仙吕桂枝香〕《谱挂枝儿词》

帘儿低挂，觑着那人檐下立。声高唤丫鬟，故意兜兜说话，要你聪明人自思，聪明人自思。你缘何惊讶，颠倒把街头急跨。蠢冤家，我倒不怕人瞧破，你男儿胆恁薄。①

〔南南吕一江风〕《谱挂枝儿词》

恨冤家，写着他名儿挂，对着窗儿骂。怪猫儿、错忍鹊儿抓，碎纷纷就打也全不怕。你心亏做事差，猫儿也恨他，我不合错把猫儿打。②

冯梦龙搜集、拟作、改调民间歌谣时调使得他对于民间歌谣时调的用语和构意特征非常熟悉，因而他在创作散曲小令时也将民间歌谣时调的风格特色带入其中：

① 谢伯阳编：《全明散曲》，齐鲁书社 1994 年版，第 3584 页。

② 同上书，第 3585 页。

〔南仙吕入双调·玉抱肚〕《赠书》

频频书寄，不过叙寒温别无甚奇。你便一日间千遍书来，我心中又不嫌聒絮。书呵，原非要紧好东西，为甚一日无他便泪垂？①

〔南仙吕入双调·江儿水〕《偶述》

郎莫开船者！西风又大了些，不如依旧还奴舍。郎要东西和奴说，郎身若冷奴身热，且受用而今这一夜。明日风和，便去也奴心安帖。②

这两支散曲小令使用的虽然是散曲曲牌，但是其曲文与上面的〔南仙吕桂枝香〕和〔南南吕一江风〕情调无异，与冯梦龙所编《挂枝儿》中的众多民间作品风格无异。第一支曲作《赠书》巧借书信这种无奇却又必需的传情工具诉胸中痴情，语言虽然如叙说家常，无甚出奇之处，但是写情切入点的选择方式却是民间歌谣时调中常可见到的。第二支曲作《偶述》则是模拟民间歌谣时调中常见的痴情女子之声口心理，在絮絮诉说叮咛中尽展真挚深厚的难舍情意。因而可以说，由于长期浸润于民间歌谣时调之中，冯梦龙的散曲创作自然而然地受到了民间歌谣时调的滋养，巧思与真情兼具，这正是明代后期许多散曲作品中所缺少的。

冯梦龙的散曲作品除了在风格趣味、语句构思方面受到了民间歌谣时调的影响，对“真情”的重视和表现也体现了民间歌谣时调对其散曲作品的影响。正是由于对饱含真性情的民间歌谣时调的钟爱，冯梦龙倾力编纂了《挂枝儿》、《山歌》两种民间歌谣时调集。在《叙山歌》中，冯梦龙对民间歌谣时调所蕴含的“真情”大为赞赏，并给予了充分肯定：“书契以来，代有歌谣，太史所陈，并称风雅，尚矣。自楚骚唐律，争妍竞畅，而民间性情之响，遂不得列于诗坛，于是别之曰‘山歌’。言田夫野竖矢口寄兴之所为，荐绅学士家不道也。唯诗坛不列，荐绅学士不道，而歌之权越轻，歌者之心亦越浅。今所盛行者，皆私情谱耳。虽然，桑间濮上，国风刺之，尼父录焉，以是为情真而不可废也。山歌虽俚甚矣，独非

① 谢伯阳编：《全明散曲》，齐鲁书社 1994 年版，第 3586 页。

② 同上。

郑、卫之遗欤？且今虽季世，而但有假诗文，无假山歌，则以山歌不与诗文争名，故不屑假。苟其不屑假，而吾借以存真，不亦可乎？抑今人想见上古之陈于太史者如彼，而近代之留于民间者如此，倘亦论世之林云尔。若夫借男女之真情，发名教之伪药，其功于《挂枝儿》等。故录《挂枝词》而次及《山歌》。"[①]

在称赞民间歌谣时调充满"真情"的同时，冯梦龙也指出了当时散曲创作中缺乏"真情"的普遍现象。冯梦龙在《太霞新奏序》中曾经说道："文之善达性情者，无如诗。三百篇之可以兴人者，唯其发于中情，自然而然故也。自唐人用以取士，而诗入于套；六朝用以见才，而诗入于艰；宋人用以讲学，而诗入于腐。而从来性情之郁，不得不变而之词曲。胜国尚北，皇明专尚南，盖易弦索而箫管，陶激烈于和柔。令听者解烦释滞，油然觉化日之悠长……散套推陈致新，戛戛乎难之。……则今日之曲，又将为昔日之诗，词肤调乱，而不足以达人之情性，势必再变而之〔粉红莲〕、〔打枣竿〕矣，不亦伤乎！"[②] 另外，在《叙〈曲律〉》中冯梦龙也充满担忧地说过："数十年来，此风忽炽，人翻窠臼，家画葫芦，传奇不奇，散套成套。"[③] 可以看出，冯梦龙对当时散曲的发展状况非常忧虑，他认为散曲应当发于中情，自然而然地表达性情，而当时的散曲却多为沿袭旧作格套者，词肤调乱，难以很好地表达真实性情，而民间流行的歌谣时调〔粉红莲〕、〔打枣竿〕却能够达人之性情。正因为如此，冯梦龙格外看重散曲作品中之"真"。《太霞新奏》卷十龙子犹《有怀》散套之后也有"子犹诸曲，绝无文采，然有一字过人，曰'真'"[④]。《太霞新奏》卷一冯梦龙为秦复庵散套《暮春初会少华于谯词以纪之》所作评语中有"法律未必尽纯，而铺叙丽情，俱真色动人，大有《北西厢》风味。自是古作家，非近日后学可及。按《曲品》，秦大

① 周玉波、陈书录编：《明代民歌集》，南京师范大学出版社 2009 年版，第 294 页。

② 冯梦龙辑：《太霞新奏》，顾廷龙主编《续修四库全书》，上海古籍出版社 2002 年影印本，子部，第 1744 册，第 1—2 页。

③ 王骥德：《曲律》，顾廷龙主编《续修四库全书》，上海古籍出版社 2002 年影印本，子部，第 1758 册，第 419 页。

④ 冯梦龙：《太霞新奏批语》，俞为民、孙蓉蓉编《历代曲话汇编：新编中国古典戏曲论著集成》，黄山书社 2009 年版，明代编第三集，第 22 页。

夫，亳州人。最工情语，然每带北路〔粉红莲〕腔。然北之〔粉红莲〕、南之〔挂枝〕词，其佳者，语多真至，政自难得。彼以腐套填塞为词者，视此何如?”[①] 可见，冯梦龙对散曲创作中表达真情的重视，他希望散曲作品能够像民间歌谣时调那样多真情至性，而非仅拘于填塞腐套。

冯梦龙在〔仙吕二犯傍妆台〕《情仙曲》序言中曾经有过一番“情论”：“语云：人不灵而鬼灵。余谓鬼不灵而情灵。古有三不朽，以今观之，情又其一矣。无情而人，宁有情而鬼。但恐死无知耳，如有知，而生人所不得遂之情，遂之于鬼。吾犹谓情鬼贤于情人也。且人生而情死非人，人死而情生非鬼。”[②] 如此推崇“真情”，冯梦龙在进行散曲创作时便尤其注重抒写“真情”，例如：

〔南南吕绣带儿〕《怨离词》

离情惨何曾惯者，特受这个磨折！终不然我做代缺的情郎，你做过路的妻妾。批颊，早知这般冤债谁肯惹？被人骂做后生无籍！青楼里少甚调风和弄月，直恁蠢魂灵依依恋着传舍。

〔前腔〕作业，千般样牵肠挂肚，怎做得顺水浪一泻。没见了软款趋承，再休提伶俐帮贴。悲咽，偶将飞燕闲问也，你想不想旧时王谢？心儿里知伊冷热，只奈何少年郎清清捱着长夜。

〔太师引〕他去时节也无牵扯，那其间酥麻我半截。自没个只字见伤也，何曾见眼角差撇。蔷薇花臭味终向野，越说起薄情难赦。不信你自看做寻常狭邪，把绝调的琵琶轻易埋灭。

〔前腔〕几番中热难轻舍，又收拾心狂计劣。譬说道昭君和番去，那汉官家也只索抛卸。姻缘离合，都是天判写。天若肯容人移借，便唱个诸天大喏。算天道无知，怎识得苦离别。

〔三学士〕忽地思量图苟且，少磨勒恁样豪侠。漫道书中自有千钟粟，比着商人终是赊。将此情诉知贤姐姐，从别后我消瘦些。

① 冯梦龙：《太霞新奏批语》，俞为民、孙蓉蓉编《历代曲话汇编：新编中国古典戏曲论著集成》，黄山书社 2009 年版，明代编第三集，第 13 页。

② 谢伯阳编：《全明散曲》，齐鲁书社 1994 年版，第 3587 页。

〔前腔〕这歇案的相思无了绝，怎当得大半世郁结。毕竟书中那有颜如玉，我空向窗前读五车。将此情诉知贤姐姐，从别后你可也消瘦些？[①]

这套曲子是冯梦龙为悼念曾与之热恋的歌妓侯慧卿所作，篇末静啸斋评语曰："子犹自失慧卿，遂绝青楼之好。有《怨离诗》三十首，同社知者甚多，总名曰《郁陶集》。如此曲直是至情迫出，绝无相思套语，至今读之，犹可令人下泪。"[②] 此曲在造语构思上并无甚新奇之处，只是用平常语句诉说永诀的伤痛，但是正因其情出自肺腑，绝无虚饰造作，所以其感人之力量丝毫未被削弱半分，幽咽悲郁的情绪令人动容。

可见，民间歌谣时调对冯梦龙散曲创作的影响不止表现于尖新充满俚趣的外部形态特征，也体现在作者对散曲要像民间歌谣时调一样表达"真情"的重视和践行。

二 歌谣时调对其他明代散曲家创作的影响

明代中后期直至明末，在民间歌谣时调逐渐兴起并风靡大江南北期间，以上的几位明代散曲家都直接使用过民间歌谣时调的曲调进行创作，他们学习并拟作歌谣时调的大胆举动也使得自身的散曲创作受到了值得重视与珍视的影响。除了这几位散曲家外，就目前资料来看，大多数明代中后期的散曲家并没有直接创作过拟歌谣时调，但是由于民间歌谣时调在当时的浩大声势和强大的影响力，也有一些散曲家在进行散曲创作时受到其风之感染，他们的个别散曲小令也便带有了一些民间歌谣时调的面目。例如：

〔南双调锁南枝〕《咏所见》（沈仕）

雕栏畔，曲径边，相逢他猛然丢一眼，教我口儿不能言，腿儿扑地软。他回身去，一道烟，谢得腊梅枝，把他来抓个转。[③]

---

① 谢伯阳编：《全明散曲》，齐鲁书社 1994 年版，第 3592—3593 页。

② 同上书，第 3593 页。

③ 同上书，第 1368 页。

〔北双调沉醉东风〕《风情嘲戏》（金銮）

要好时其实就好，说开交便要开交。尽着你信意儿嫖，沿门子跳，我这里冷眼偷瞧。劝哥哥请个先生再去学，学到老不会到老。①

〔南双调锁南枝〕《人至》（王骥德）

才郎至，喜倒颠，匆匆出迎羞不前。含笑拜嫣然，秋波谩偷转。你把归期误，办取掴打先，谁道见郎时都做一团软。②

〔南中吕驻云飞〕《丢开》（施绍莘）

索性丢开，再不将他记上怀。怕有神明在，嗔我心肠歹。呆！那里有神来，丢开何害。只看他们，抛我如尘芥，毕竟神明欠明白。③

以上诸家中，王骥德曾经在《曲律》卷三“杂论”中称赞过民间歌谣时调：“北人尚余天巧，今所流传〔打枣竿〕诸小曲，有妙入神品者。南人苦学之，决不能入。盖北之〔打枣竿〕，与吴人之山歌，不必文士，皆北里之侠，或闺阃之秀，以无意得之，犹诗郑、卫诸风，修《大雅》者反不能作也。”④ 另外几家虽然没有留下过有关民间歌谣时调的只言片语，但于他们作品中所使用的俚直跳脱的语词、活泼炽烈的情致和整体的民间歌曲风味便可知，他们同王骥德一样，也是喜爱民间歌谣时调并因此而获益的。

关于这一现象，任讷先生在《散曲概论》之“派别”中早已指出过：“小曲……其声所及，昆腔以后之各家小令，无一不受其影响者，即康冯辈之小令中，亦每存小曲面目也。……可见小曲精神……侵入南北小令之中矣。”⑤ 随后，任先生各举出了几位散曲家的作品为例，认为各家小令的文字均化于民间歌谣时调。然而由于没有更为直接的资料和相关的作品，我们对这些散曲家受民间歌谣时调影响的研究也仅能止于此处，仅能

---

① 谢伯阳编：《全明散曲》，齐鲁书社1994年版，第1585—1586页。

② 同上书，第3373页。

③ 同上书，第3738页。

④ 王骥德：《曲律》，顾廷龙主编《续修四库全书》，上海古籍出版社2002年影印本，子部，第1758册，第470页。

⑤ 任中敏：《散曲概论》，任中敏编著《散曲丛刊》，凤凰出版社2013年版，第十四种，第1101页。

从作品总体风格和语句构思特点上得到一些感性的认识。

第七节 歌谣时调对清代散曲家创作之影响

清代散曲从整体上与元明散曲相比，已经明显呈现颓势和衰象，文士中倾力创作散曲者本就不及元明两代，而能够将目光投向民间、主动向民间歌谣时调学习继而拟作民间歌谣时调者更是难得一见。就目前现存可见的资料而言，清代的散曲作者中仅有蒲松龄一人明确表现出对民间歌谣时调的兴趣，进而使用民间歌谣时调的曲调创作了许多俚俗小戏、说唱作品和拟歌谣时调；此外，还有极个别散曲创作者的作品中带有些许民间歌谣时调的风味。这种情况是无法与明代民间歌谣时调对散曲创作之影响相提并论的。

一 歌谣时调对蒲松龄散曲创作之影响

蒲松龄，字留仙、剑臣，号柳泉，别署柳泉居士，人称聊斋先生，山东淄川（今淄博）人，生于明代崇祯十三年（1640 年），卒于清代康熙五十四年（1715 年）。蒲松龄一生困于场屋，数十年课蒙授徒，但是著述甚丰，其中最为著名者便是短篇小说集《聊斋志异》。蒲松龄长期生活于下层百姓之间，对民间流行的歌谣时调非常熟悉和喜爱，曾经使用当时民间流行的曲调模拟创制了一些拟歌谣时调，这些作品被称为“聊斋小曲”。聊斋小曲最初只是散落于蒲松龄的亲朋好友家中，20 世纪 30 年代日本医生平井雅尾到山东淄川任职，工作之余搜集聊斋小曲汇编成《聊斋小曲》。平井所编的《聊斋小曲》中共有七十多首作品，但是专家学者们对其考证辨析后认为其中的绝大多数都非蒲松龄所作，有许多是后人抄录于《白雪遗音》和见于他书的作品，仅有《新婚宴曲》、《尼姑思俗曲》、《赌博五更曲》、《离了家乡》、《道情》、《露水珠儿曲》、《细细雨儿曲》、《李丑三吃狗肉曲》几篇才是蒲松龄模拟民间歌谣时调创作的作品，而《夜雨思夫曲》、《夜雨鳏夫思妻曲》、《五更合欢曲》则是蒲松龄的南散曲[①]。

在蒲松龄所作的拟歌谣时调作品中，《道情》、《露水珠儿曲》、《细细雨儿曲》、《李丑三吃狗肉曲》这四种是单支的无曲牌作品，形式极为自由，语言全是质直白话。《赌博五更曲》和《离了家乡》两种都没有使用曲牌，前一篇写赌徒一更至五更间赌博输光、之后回家挨骂的全过程，后一篇写离乡游子一年十二个月在外漂游之苦。《新婚宴曲》和《尼姑思俗曲》则是蒲松龄使用民间歌谣时调的曲调〔叠断桥〕创作的拟作。

李振声作于康熙三十五年到四十五年（1696—1706年）间的《百戏竹枝词》中有“霸王鞭”一条，其后有注云：“徐沛伎妇，以竹鞭缀金钱，击之节歌，其曲名〔叠断桥〕，甚动听。行每覆蓝帕，作首粧。”[②] 可见，〔叠断桥〕是康熙年间在民间传唱的一种歌谣时调，蒲松龄使用这一曲调创作的《新婚宴曲》和《尼姑思俗曲》都是组曲：

新婚宴曲

小引：胧明春月照花枝，始是新承恩泽时。

长倚玉人心自醉，年年岁岁乐干期。[③]

〔叠断桥〕一更鼓儿敲，一更鼓儿敲，孔雀屏开银灯照。借灯光，细把佳人瞧。轻点朱唇，淡把蛾眉扫。轻点朱唇，淡把蛾眉扫。面庞儿，自来带笑。面庞儿，自来带笑。

〔前调〕二更乐声喧，二更月生喧，陈设酒筵色色鲜。……

〔前调〕三更肴羹萃，三更肴羹萃，交换金樽调美味。……

〔前调〕四更酒兴阑，四更酒兴阑，双携玉手并香肩。……

〔前调〕五更星月稀，五更明霞般骨，似沁雪般肌。星月稀，同

① 参见刘瑞明《所谓〈聊斋小曲〉中的非蒲松龄作品》，《蒲松龄研究》2002年第3期；马振方《关于〈聊斋小曲〉的真伪问题》，《争鸣园地》2003年第1期；关德栋《关于“聊斋随手抄”的〈道情〉》，《蒲松龄研究·创刊三十期纪念专号》；《聊斋小曲·校勘记》，蒲松龄著，盛伟编校《蒲松龄全集》，学林出版社1998年版，总第2434—2435页；赵义山《明清散曲史》，人民出版社2007年版，第438页。

② 李振声：《百戏竹枝词》，路工编选《清代北京竹枝词》，北京古籍出版社1982年版，第158—160页。

③ 赵义山先生辨析了“干期”当为“于斯”二字之误，很有道理，详见《明清散曲史》第438页。

入罗帏同解衣。早现出：那珠辉玉丽，明霞般骨，似沁雪般肌。尽力儿，拥抱偎依。尽力儿，拥抱偎依。①

尼姑思俗曲

小引：尼姑睡蒙胧，梦见一书生。二人恩和爱，铁马响一声。

惊醒南柯梦，翻身是个空。叫声小情郎，影儿无了踪。

〔叠断桥〕一更里，独坐禅堂。一更里，独坐禅堂。手拿着木鱼儿，一阵好悲伤。手拿着木鱼儿，一阵好悲伤。落了发，去修行，离了家乡。最可怜奴在青春未配那少年郎。最可怜奴在青春未配那少年郎。算小奴活不过三六九岁，因此上，二爹娘将小奴舍在庙堂。恨只恨老爹爹行事太错；想当年做此事，二老并未商量。想当年做此事，二老并未商量。

……

三更里，睡正蒙眬，三更里，睡正蒙胧。山门外走进来美貌一书生，山门外走进来美貌一书生。走上前拉住了袍和袖，他言说：同入帏房，叙叙相思情。他言说：同入帏房，叙叙相思情。我二人正在那爱恋之处，忽听得铁马儿，嗳，当啷响了一声。忽听得铁马儿，当啷响了一声，这才是惊醒了南柯一梦！翻翻身，叫情郎，搂抱一场空。翻翻身，叫情郎，搂抱一场空。

……②

《新婚宴曲》之后的《特志事略》记载了此曲诞生的缘由："康熙六年，仲春之月，适在王村，科蒙为业。有村古城，偶往游焉，访古人耳。作席地谈。某之比邻，素亦望族，吉期合卺。新婚之夜，交杯换盏，情爱异常。人生极乐，孰比于斯？岂吾羡之，人人羡之。故作此曲，永久志之。"③《尼姑思俗曲》之后也有附言曰："康熙十有二年，暮春之初，寂寞无廖，与高念东徒步而游。偶至邑城东北之故有莲花庵，即同人随喜。上方佛殿遍览既毕，径憩于禅堂。俄一小尼蹀躞献茶，窥其意旨，颇有思

① 蒲松龄著，盛伟编校：《蒲松龄全集》，学林出版社 1998 年版，第 2425—2426 页。

② 同上书，第 2426—2427 页。

③ 同上书，第 2426 页。

俗之念。偶成此曲，兹志之。”[①] 看来这两种拟歌谣时调均是蒲松龄闲来无事的随意之作，作者使用民间流行之曲调来写民间所见之人与事，内容与形式结合得相当妥帖。此外，这两种拟作不仅所用曲调来自民间歌谣时调，它们的形式也源自民间歌谣时调。我们注意到，这两种拟歌谣时调都是重复使用一种曲调，按照一更至五更的时间顺序来铺叙抒写，实际上，这种“五更体”的形式也来自民间，是当时民间歌谣时调中常常可以见到的形式。

在中国古代歌谣时调中，以五更为时序来叙事抒情的篇什很是常见，这类“五更体”歌谣时调被称为“五更调”、“五更转”或“闹五更”、“叹五更”等。“五更体”歌谣时调自产生之后，随时代变迁在民间沿着自身轨迹不断发展，广受普通百姓喜爱并得以广泛传唱。任半塘先生编著的《敦煌歌辞总编》中保存了十二套唐代的“五更体”作品，其中《五更转（缘名利）》和《五更转（识字）》便是流行于民间的俚俗歌曲，这两套“五更体”民间俚歌同样都以五更为时间顺序来叙事抒情，只是它们在格式上有所不同：

五更转（缘名利）

一更初夜坐调琴，欲奏相思伤妾心，
每恨狂夫薄行迹，一过抛人年月深。
君自去来经几春，不传书信绝知闻，
愿妾变作天边雁，万里悲鸣寻访君。
二更孤帐理琴筝，若个弦中无怨声，
忽忆狂夫镇沙漠，遣妾烦怨双泪盈。
当本只言今载归，谁知一别音信稀，
贱妾犹自姮娥月，一片贞心守空闺。
三更寂寞取箜篌，叹狂夫□□□□，
……[②]

① 蒲松龄著，盛伟编校：《蒲松龄全集》，学林出版社1998年版，第2427—2428页。

② 任半塘：《敦煌歌辞总编》，上海古籍出版社2006年版，第1248页。

这一套“五更体”民歌以五更分章，每章八句，每句七字，每四句一换韵。另一套“五更体”民歌在形式上与其相异：

五更转（识字）

一更初，自恨长养枉生躯，耶娘生来不教授，如今争识文与书？

二更深，孝经一卷不曾寻，之乎者也都不识，如今嗟叹始悲吟。

三更半，到处被他笔头算，纵然身达得官职，公事文书争处断？

四更长，昼夜常如面向墙，男儿到此屈折地，悔不孝经读一行。

五更晓，作人已来都未了，东南西北被驱使，恰如盲人不见道。①

可以看到，除所写内容不同之外，这套俚俗歌曲每章四句，四句字数不等，首句三字，后三句每句七字，同样是每四句一换韵。任半塘先生在《唐声诗》中论道：“‘五更转’……至唐，此曲形制有种种殊：或自身组成单复不一、齐杂兼备之定格联章；或兼‘十二时’十二首，为带过曲；或由任何曲调五首联章，标为五更。”② 可见，“五更体”歌谣时调在唐代甚为流行，被民众广为传唱；它还被佛教徒借以宣扬佛教教义，并衍生出各种不同的型制，这正体现了歌谣时调在发展过程中的蓬勃生命力和自由随性的特色。同时，这些“五更体”歌谣时调在形式上又保持了一个共同特征——以五更作为顺序来铺叙事件、抒写情绪，任半塘先生将这种形式称为“定格联章”③。

至宋代，“五更体”歌谣时调仍然在街市间被普通百姓所传唱。宋代王楙所撰《野客丛书》卷十八“五更转”条目记载道：“陈伏知道《从军五更转》，有曰‘一更刁斗鸣，校尉逴连城。遥闻射雕骑，悬惮将军名。’‘二更愁未央，高城寒夜长。试将弓学月，聊持剑比霜。’‘三更夜警新，横吹独吟春。强听梅花落，误忆柳园人。’似此五转。今教坊以五

① 任半塘：《敦煌歌辞总编》，上海古籍出版社 2006 年版，第 1284 页。

② 任半塘：《唐声诗》，上海古籍出版社 2006 年版，第 343 页。

③ 任半塘：《敦煌曲初探》，上海文艺联合出版社 1954 年版，第 53 页。

更演为五曲，为街市唱，乃知有自。”① 根据王楙的记载，我们知道：在宋代民间流传着的以“五更”形式演唱的街市歌曲，其形式当传承自陈代伏知道的《从军五更转》。

明代，被卓珂月赞为“我明一绝”② 的民间俚俗歌曲以对世俗情态的热情描摹得到了普通百姓的喜爱和追捧。沈德符在《万历野获编》中记载了民歌盛行的状况：“嘉、隆间乃兴‘闹五更’、〔寄生草〕、〔罗江怨〕、〔哭皇天〕、〔干荷叶〕、〔粉红莲〕、‘桐城歌’、〔银纽丝〕之属……比年以来，又有〔打枣竿〕、〔挂枝儿〕二曲，其腔调约略相似，则不问南北，不问男女，不问老幼良贱，人人习之，亦人人喜听之，以至刊布成帙，举世传诵，沁人心腑。”③ 沈德符所记录的盛行于嘉靖、隆庆间的“闹五更”便是“五更体”歌谣时调，其内容多为以五更为时序来抒发由情人不至所致的相思情态和心绪变化。例如：明代刊刻的《摘锦奇音》卷一中有一组“五更体”《劈破玉歌》：

一更里约定情人到，唤丫头摆下些酒共肴，来时休与人知道。收拾衾和枕，梦将兰射（麝）烧。熏得香些，熏得香些，乖，莫使乖亲恼。

二更里盼不见情哥面，唤梅香把门儿休插拴，免教他在门前站。独□寒衾坐，睡鞋懒换穿。猛听谯楼，猛听谯楼，乖，又把更儿转。

三更里不见情人至，骂一声薄幸徒短命的，今宵贪恋谁家睡。扯碎鲛绡帕，银灯一口吹。你若来敲门，你若来敲门，乖，决不将你理。

四更里才合眼蒙眬睡，谎乔才惊梦醒把门推，慌忙离枕披衣起。悄悄开眼看，原来是失信贼。奴就强面嗔，奴就强面嗔，乖，忧儿变作喜。

五更里不觉鸡声唱，好良宵留恋在何方娱，奴家彻夜悬悬望。若

① 王楙：《野客丛书》，上海古籍出版社1991年点校本，第270页。

② 陈弘绪：《寒夜录》，顾廷龙主编《续修四库全书》，上海古籍出版社2002年影印本，子部，第1134册，第700页。

③ 沈德符：《万历野获编》，中华书局1959年校点本，第647页。

不分明说，谁人敢上床。站到天明，站到天明，乖，你自去慢慢想。①

其实，明代嘉靖、隆庆之前，民间就已经有“五更体”歌谣时调在传唱，明代成化七年（1471年）北京金台鲁氏刻本《新编四季五更驻云飞》中就有一组《咏五更离情》：

初鼓频敲，门掩黄昏意攘劳。一盏孤灯照，几扇帏屏靠。嗏，明月上花梢，宿鸟枝头叫。听罢东邻，弦拨相思调，越引奴奴心上焦。

二鼓咚咚，斗转星移夜色浓。锦帐无人共，绣被犹余空。嗏，明月上帘栊，交我离情重。听罢西邻，宴赏琴三弄，翠袖殷勤揾泪重。

三鼓频喧，枕乘衾馀怎的眠。有酒和谁劝，闺阁无人伴。嗏，明月上窗前，无计相留恋。听罢南邻，箫管真堪羡，交我凄凉闷转添。

四鼓频催，吹灭银灯入绣帏。独自和衣睡，孤枕强眠寐，嗏，明月上朱扉，檐下征铁骑。听罢北邻，板响音声细，阁不住恓惶珠泪垂。

五鼓声扬，好梦难成暗断肠。挂起销金帐，倚枕推窗望。嗏，明月下西厢。银汉迢迢，数点残星像。听彻邻家，报晓鸡三唱，无计支吾此夜长。②

明代现存的“五更体”歌谣时调在《风月词珍》、《词林一枝》、《风月锦囊》、《乐府万象新》、《徽池雅调》、《大明春》中也可见到，它们所使用的曲调有〔驻云飞〕、〔劈破玉〕、〔哭皇天〕、〔叠叠锦〕、〔挂枝儿〕、〔两头忙〕、〔银纽丝〕等，这些民间歌谣时调的形式与唐代《五更转》“由任何曲调五首联章，标为五更”③ 的情况是一致的，这也呈现出了“五更体”歌谣时调在民间发展脉络的承继性。

“五更体”歌谣时调在清代仍然兴盛不衰，其繁盛之势一直持续至清

① 周玉波、陈书录编：《明代民歌集》，南京师范大学出版社2009年版，第191—192页。

② 同上书，第8—9页。

③ 任半塘：《唐声诗》，上海古籍出版社2006年版，第343页。

末以至民国时期。清代翟灏在《通俗编》卷三“时序”中有“五更转”条：“《古乐府》有伏知道《从军五更转》，自一更至五更，各五言四句。……今小曲有所谓‘闹五更’者，仿此。”[①] 姚燮在《今乐考证》“缘起”的“小曲”一条中，转述了王楙《野客丛书》中有关“五更调”的部分内容，并且认为“今小曲‘闹五更’、‘五更相思’之类，知由来已久”[②]。翟灏和姚燮所言“今小曲”中的“五更体”歌谣时调，我们在《霓裳续谱》和《白雪遗音》等清代歌谣时调集中均可以见到，其内容主要延续了抒写相思别怨的传统。在现存清末以至民国时期的民间俚俗歌曲中，“五更体”歌谣时调也是甚为常见的一种。傅芸子先生在《〈五更调〉的演变——从敦煌的叹五更到明代的闹五更》一文中提道：“近代俗曲全国最流行的，当以‘五更调’为最普遍……此种‘五更调’……是从在敦煌石室中久经深埋而出现于世的唐五代俗文学的‘五更调’里演变出来的。”[③] 吴立模先生在《五更调与五更转》一文中曾谈到自己在家乡搜集山歌，“四处的收买、抄录，一共大约得到六七百首。其中分着儿歌、民歌、唱本三种。而唱本中以‘五更’分段的竟占了十之二三。”[④] 刘复、李家瑞先生所编《中国俗曲总目稿》中就收录了大量“五更体”歌谣时调。这一时期的“五更体”歌谣时调在题材方面有很大突破，劝诫、时事、世情等内容都是之前不曾见到过的，由于所叙内容繁复化，所以篇幅也随之增加，长篇“五更体”歌谣时调较多。

从现存资料可见，“五更体”歌谣时调自产生以来，一直传唱于民间普通百姓之间，至唐代它已经衍生出多种型制，后又历经明清两代之繁兴，至清末以及民国仍然在民间葆有强大生命力，受到民众的喜爱。蒲松龄所作的两种拟歌谣时调《新婚宴曲》和《尼姑思俗曲》都使用了民间流传已久的“五更体”歌谣时调的形式，而这种对民间歌谣时调形式的学习和模拟便影响到了蒲松龄的散曲创作。蒲松龄的三套散曲作品《夜雨思夫曲》、《夜雨鳏夫思妻曲》和《五更合欢曲》便都使用了“五更

① 翟灏：《通俗编·附直语补证》，商务印书馆 1958 年版，第 54 页。

② 姚燮：《今乐考证》，《中国古典戏曲论著集成》，中国戏剧出版社 1959 年版，第十册，第 21 页。

③ 傅芸子：《正仓院考古记·白川集》，辽宁教育出版社 2000 年版，第 230 页。

④ 吴立模：《五更调与五更转》，《文学周报》1921 年第 95 期，第 4 页。

体”民间歌谣时调的形式：

夜雨思夫曲

小引：难消日影偏迟迟，窗外好鸟唱唧唧。

双眉不待情君扫，自点胭脂自整衣。

〔雁过声〕谯楼一鼓敲，谯楼一鼓敲，佳人忙把银灯挑。不住地往外瞧，盼不到好瞧，愁锁双眉泪珠抛，愁锁双眉泪珠抛。

〔前调〕谯楼二鼓急，谯楼二鼓急……

〔前调〕谯楼三鼓过，谯楼三鼓过……

〔前调〕谯楼四鼓交，谯楼四鼓交……

〔前调〕谯楼五鼓初，谯楼五鼓初，纷纷泪点如雨珠。半壁残灯离迷，雨中因想更凄，声声默默动人思，声声默默动人思。①

夜雨鳏夫思妻曲

小引：半壁残灯闪闪明，雨中因想雨淋零。

伤心一觉兴凶梦，直欲裁书问杳冥。

〔霜天晓角〕黄昏初更交，独将银灯烧。愁深梦杳，白发添多少！最苦佳人逝早，伤独夜，恨闲宵。不堪闲夜雨声频，一念重泉一怆神。挑尽灯花眠不得，凄凉南内更何人。

〔小桃红〕忽听二鼓敲，冷风冷雨战长宵。……

〔下山虎〕三更又来报，风雨仍不消。……

〔五韵美〕四更鼓声高，听淋淋，伤怀抱。……

〔山麻秸〕五更报，鸡鸣了，才蒙眬，猛听喊声娇。……②

五更合欢曲

小引：斗画长眉翠淡浓，远山移入镜当中。

晓窗日射胭脂颊，一朵红酥旋欲融。

〔念奴娇〕初更新合欢，沉吟半晌，怕庸姿下体，不敢陪从椒房。受宠承爱，一霎时，身判人间天上。唯愿取：恩情美满，地久天长。

---

① 蒲松龄著，盛伟编校：《蒲松龄全集》，学林出版社 1998 年版，第 2424 页。

② 同上书，第 2428—2429 页。

〔古轮台〕二更月上窗，下金堂，笼灯就月细相量。……

〔前调〕三更月，月高仙掌，今宵占断好风光。……

〔字字锦〕四更月，花影重，恩从天上浓，缘向前生种。……

〔前调〕五更月落西，奈朝来背地，有人在那里，人在那里。……①

从内容上来看，这三套曲子可以看作是一组作品，前面两套分别写离情相思，最后一套则呈现出和美甜蜜之境。就形式来看，第一套曲子使用一种散曲曲牌重复五次来描写五更相思情状，第二、三两套则是分别使用五支不同的曲子呈现五更情景；这三套曲子使用的虽然是散曲曲牌，但是它们的曲调排列方式及叙事方式却是来自民间歌谣时调的五更体形式，这种形式使得蒲松龄的这几支作品格外别致一些。

除了以上三套曲作之外，蒲松龄还有一篇展现清代士子科场辛酸与窘相的长篇套曲〔北正宫九转货郎儿〕：

〔北正宫九转货郎儿〕

雀顶儿分明癖快，泮池上公然摇摆，真似古丢丢在望乡台。若听起谈天口阔论来，人人是头名好秀才。

〔二转〕远躲开仇雠书架，厌气死酸辛砚瓦，论棋酒聪明俺自佳。那文宗呵，俺则道圣明裁了他，又只道提学不下山东马。况山东偌大，或今遭漏了咱。

〔三转〕岑可差吊牌忽到，这一场惊慌不小。一盆冰水向顶门浇，似阎罗王勾牒至，把狂魂儿惊吊了。半晌间心慌跳，相看时有如木雕。忽然自笑，怕也难逃，恹头搭脑，只得向法场捱一刀。

〔四转〕粜新谷行囊趋办，先找出少年时熟文半卷，又搜得难题目百千篇装成担。似江西书贩，携来寓店，头不抬，身不起，嘛嘛的重新念。旧的当看，新的宜掀，好功夫急切何能遍？救命的菩萨又唤不转。天，饶俺几天，将一部久别的《四书》再一展。

……

① 蒲松龄著，盛伟编校：《蒲松龄全集》，学林出版社1998年版，第2429—2430页。

〔九转〕忙促促写成两块，丢将去凭他怎布摆。出得场门乌喜画笼开，丢笔砚才赴阳台，那块癖早上心来。这一篇似差讹未曾改，那一篇真真可坏，湿淋浸冷汗常揩，悔从前做的是何来！忽传昨宵已把卷箱抬，相顾也失色。陡听的老宗师丢将个川字来，又渐把雄心丢放在九霄外。脱离了鼎镬适刚才，那歪鳖的头巾依旧摔。①

这套曲子纯用白描，将士子应考的全过程细细叙出，深重的辛酸、悲苦与无望从字里行间森森渗出，调侃之词中深蕴的是浸透骨髓的森冷与凄怆。曲作所用语言浅近直白，作者蚀心刻骨的痛楚由夹杂着诙谐揶揄之词的平白语句叙出，这样的语言风格与作者熟悉并拟作民间歌谣时调有着密切的关系，它与本作特殊的题材恰到好处地结合起来，使得这篇套曲在题画、集曲、檃栝、翻调之作泛滥的清代散曲坛上显得极为难得。

可见，对于民间歌谣时调的拟作使得蒲松龄为数不多的散曲作品在结构、叙事形式与语言风格上都受到了影响，这种情况在整个清代散曲史上是难得一见的，蒲松龄的散曲作品也因此显得尤为可贵。

二　歌谣时调对其他清代散曲家创作之影响

除了蒲松龄之外，就目前可见资料来看，清代再无其他散曲家直接进行过拟歌谣时调的创作并因此使自身的曲作受到影响了。然而如明代一样，也有个别散曲家虽没有直接拟作过歌谣时调，但是其散曲中却带有些许民间歌谣时调的风情趣味。

生活于明泰昌元年至清康熙九年（1620—1670年）的沈谦就有两支小令，颇有一点民间歌谣时调生动俚俗的意味：

〔北仙吕寄生草〕《风情》

嗔时散，好处贪。咱经心曾把芳心探，您虚心也把真心鉴，怎多心待把痴心忏。那不做乍嚼橄榄起头难，倒做了顺餐甘蔗梢头淡。②

① 谢伯阳、凌景埏编：《全清散曲》（增补版），齐鲁书社2006年版，第587—589页。
② 同上书，第353页。

〔北双调落梅风〕《闺意》

从分散，整痛嗟，冷清清鸟啼花谢。提名儿骂他心似铁，料伊家耳轮常热。[1]

这两支小令均是曲子的末句稍有一点民间歌谣时调的意趣滋味，但遗憾的是曲作在整体上与明代散曲家的同类作品相较，还是欠缺了一些俚趣和灵气。

浙江仁和人、嘉庆九年中举的沈逢吉有〔南商调黄莺儿〕《咏钱》四支[2]：

最好是铜钱，有了钱，百事全，时来铁也生光艳。亲族尽欢颜，奴婢进谄言，小孩儿也把铜钱骗。满堂前，家人骨肉，不过为铜钱。

莫要说铜钱，说起钱，便无缘，亲朋为此伤情面。争什么家园？夺什么房田？叹恩仇总是铜钱变！更堪怜，沿门求乞，也为一铜钱。

偏要说铜钱，有了钱，通上天，吕仙曾把黄金点。起课怕无钱，推磨鬼来牵，那鬼神尚把铜钱恋。刘海蟾，欢天喜地，因为有铜钱。

莫再说铜钱，说起钱，实可怜，十年几度沧桑变。赚不尽的钱，过得完的年，着财奴钻进铜钱眼。乱山前，纸灰飞蝶，可再要铜钱？

小令之后有“缪莲仙曰：信笔诙谐，颇中情事”[3] 一语，因为作者是“信笔诙谐”，因而曲作不同于那些言语格调雅致的清代散曲，但是也仅是用语浅近、叙写较为痛快淋漓而已。

---

① 谢伯阳、凌景埏编：《全清散曲》（增补版），齐鲁书社 2006 年版，第 362 页。

② 同上书，第 1293—1294 页。

③ 同上书，第 1294 页。

本章小结

通过以上的研究，我们对明清歌谣时调对散曲家个人创作的影响有了较为全面的了解。

从时间上来看，民间歌谣时调对文人散曲家个人散曲创作的影响主要集中于明代中后期至清初这一时期。总体来看，明清两代直接拟作过民间歌谣时调的散曲家在进行散曲创作时，一些作品自然而然地就带上了民间歌谣时调的趣味。从具体表现形态来看，民间歌谣时调对文人散曲家的影响是不尽相同的：李开先、冯梦龙二位由于搜集、整理、拟作了民间歌谣时调使得自身的散曲观念和创作受到了影响；刘效祖、赵南星使用民间歌谣时调的曲调进行创作，不仅有拟歌谣时调并使得自身的散曲作品亦受到影响，还做有一种歌谣时调曲调与雅致类散曲语词风格相融合的特殊作品，它们的出现可被视作清代众多雅化歌谣时调产生的先声；丁綵、朱载堉、蒲松龄通过模拟歌谣时调使得自己的散曲作品带上了浓厚的民间歌谣时调风味；而丁惟恕虽然也有拟歌谣时调，但是他的散曲创作并未受到明显的影响；另外，金銮、王骥德、施绍莘等散曲家虽然没有直接拟作过歌谣时调，但是他们的一些作品也带有浓郁的民间歌谣时调的情味，这也说明了民间歌谣时调在当时的强大感染力。

任讷先生认为，包括康海、冯惟敏在内的昆腔后各位散曲家之小令，均受到民间歌谣时调的影响，各家小令的言语文辞更有许多自民间歌谣时调化出。然而遗憾的是，对于大多数昆腔后散曲家而言，我们只能从其小令文本本身认识、体会民间歌谣时调对其散曲创作造成的影响，却缺乏散曲家直接主动向民间歌谣时调学习的证据资料。而丁綵父子、刘效祖、赵南星、朱载堉、冯梦龙、蒲松龄等人的拟歌谣时调则提供了散曲家向民间歌谣时调学习的直接证据，它们本身也充当了民间歌谣时调影响文人个人散曲创作的桥梁和媒介。明清一些散曲家向民间歌谣时调学习，化用其语句、吸收其巧思、模拟其风格，从而使自己的散曲作品中存有歌谣时调面目，这就促进了散曲家个人散曲风格的多样化。

就整体而言，进入明代后，散曲发展经历了低落与复兴，终于再现鼎盛之态，但是曲中之雅化潮流始终未改其发展趋势。明清歌谣时调的流行及其对散曲家创作产生的影响重新拉近了散曲与民间的距离，为曲坛注入了活力。但是另一方面，从中国古代散曲的整体发展进程来看，文人散曲家拟作歌谣时调继而因此出现带有浓郁民间歌谣时调风味的散曲作品，对于散曲整体发展而言只是雅化过程中的一个小插曲。文人散曲家拟作歌谣时调使得散曲原有的一些特质被激活，但这仅仅是特定时期内的一种刺激，没有也不可能改变文人散曲整体雅化、僵化的总体发展趋势，这不能不说是一桩憾事。

第三章

从雅化〔西调〕看明清散曲与歌谣时调之互动交融

在本书下编第二章第四节中，我们注意到明代散曲家刘效祖和赵南星在使用民间歌谣时调自创专属曲调创作时，不仅创作出了几可乱真的拟歌谣时调，还创作了一种风格与雅致类散曲无异的作品。这种使用民间歌谣时调自创专属曲调来写雅致文人散曲内容的作品既非文人散曲作品，因为它们使用的曲调是民间歌谣时调自创专属曲调；又非文人散曲家的拟歌谣时调，因为它们毫无民间歌谣时调之风；同时由于它们出自文人散曲家之手，语言及风格均呈现明显的雅致趣味，因而当然更不是民间歌谣时调，我们将这种特殊的作品称作“雅化歌谣时调”。在绪论中我们已经说明过，本书中的“歌谣时调”是指在民间市井流传的普通百姓传唱的俚俗歌曲，用“雅化”来限制之后的“歌谣时调”实际上已经显示了它们不再属于普通百姓，而是从歌谣时调中分化出来的一种特殊作品，是散曲与歌谣时调互动交融的一种特殊产物。这些作品是稍具文学修养且对歌谣时调感兴趣的下层文人，使用民间歌谣时调的曲调作就的带有文人散曲风味的歌曲，其曲调取自民间歌谣时调，其语词风格和创作手法则受到雅致一派散曲影响颇多，它们已经不适合在底层百姓间传唱。雅化歌谣时调在明代比较罕见，但是在清代留存下来的《霓裳续谱》前三卷中却可以见到不少，此外清代其他歌谣时调集中也可以见到一些此类作品，其中绝大多数都是使用〔西调〕创作的。本章就重点以〔西调〕为研究对象，展现出明清散曲与歌谣时调的双重影响与互动交融在这类特殊作品身上的表现。

第一节　清代〔西调〕的基本情况

一　清代本传于民间的〔西调〕

〔西调〕本来是清代兴起的由山陕一带传来的民间歌谣时调，与清代之前文献中所记载的“西曲”、“西音”、“西声”并非同一种事物。王骥德《曲律》卷一之“总论南北曲第二”中有：“曲之有南北，非始今日也。关西胡鸿胪侍《真珠船》引刘勰《文心雕龙》谓：‘涂山歌于《候人》，始为南音；有娀谣于《飞燕》，始为北声；及夏甲为东，殷整为西。’古四方皆有音，而今歌曲，但统为南、北。……豫章左克明《古乐府》载：‘晋马南渡，音乐散亡，仅存江南吴歌，荆楚西声。自陈及隋，皆以《子夜》、《欢闻》、《前溪》、《阿子》等曲属吴，以《石城》、《乌棲》、《估客》、《莫愁》等曲属西。’盖吴音故统东南，而西曲则后之，人概目为北音矣。”[①] 焦循《剧说》中有：“《真珠船》云：……‘古之四方皆有音，今歌曲但统为南北二音。如《伊州》、《凉州》、《甘州》、《渭州》，本是西音，今并为北曲。由是观之，则《击壤》、《衢歌》、《卿云》、《南风》、《白云》、《黄泽》之类，《诗》之篇什，汉之乐府，下逮关、郑、白、马之撰，虽词有雅、郑，并北音也。若南音，则《孺子》、《接舆》、《越人》、《紫玉》、吴歈、楚艳以及今之戏文，皆是。然三百篇无南音，《周南》、《召南》皆北方也’。”[②] 可见，不同时期的“西声”、“西曲”、“西音”所指的具体内容是不同的，但是均与音乐曲调兴起的地域——“西”有关，它们都是北方或南方西部的音乐，这些曲调也均被并入“北曲”这一更大的曲调范畴。

然而，清代歌谣时调中的〔西调〕虽然也与兴起的地理位置有关，但是却与前代所称之“西声”、“西曲”、“西音”不同。翟灏《通俗编》卷三十一“俳优”有“西曲”条：“《南史·徐勉传》：武帝择后宫吴声、

---

① 王骥德：《曲律》，顾廷龙主编《续修四库全书》，上海古籍出版社 2002 年影印本，子部，第 1758 册，第 423 页。

② 焦循：《剧说》，《中国古典戏曲论著集成》，中国戏剧出版社 1960 年版，第八册，第 90—91 页。

西曲女妓各一部赍勉。《通典》：梁有吴安泰善歌，后为乐令，初改西曲，以别江南上云乐。《乐府诗集》：西曲歌出于荆郢樊邓之间，因其方俗，谓之西曲。按：今以山陕所唱小曲曰西曲，与古绝殊，然亦因其方俗言之。”① 姚燮《今乐考证》之“西曲”条有：“翟灏云：《南史·徐勉传》：‘武帝择后宫吴声、西曲女妓各一部赍勉’。《通典》：‘梁有吴安泰善歌，后为乐令，初改西曲，以别江南《上云乐》。’《乐府诗集》谓：‘西曲歌于荆郢樊邓之间，因其方俗，谓之西曲。’按：今以山西所唱小曲曰〔西曲〕，与古绝殊，亦因其方俗有之。”② 张潮《虞初新志》卷十一中载陆次云的《圆圆传》记李自成得陈圆圆之后：“惊且喜，遽命歌，奏吴歈，自成蹙额曰：‘何貌甚佳而音殊不可耐也？’即命群姬唱〔西调〕，操阮筝琥珀，己拍掌以合之，繁音激楚，热耳酸心。”③ 可见，清代之〔西调〕又名〔西曲〕，是民间传唱的一种兴起于山西陕西一带的民间歌谣时调。

有关〔西调〕的记载，我们还可以在其他的清代文献中见到。康熙年间的李振声作于康熙三十五年到四十五年（1696—1706年）间的《百戏竹枝词》“打盏儿”条有云：“以牙箸击磁器，唱〔西调〕小曲，能与丝竹相和，都门市坊多有。”④ 清代颜自德辑录、王廷绍编订，乾隆六十年北京文茂斋刊刻的《霓裳续谱》卷八《留神听》一曲中详细叙写了市井间唱曲表演的情况，其中提到的曲调中就有〔西调〕，在末曲〔岔尾〕中有“学会了几点将钱来哄，缺少个人，〔西调〕儿夺弄夺弄，再把我添上就大响了名”⑤。这说明了〔西调〕是在清代前中期民间市井中较受欢迎的一种歌谣时调。在现存的清代歌谣时调集《万花小曲》、《霓裳续谱》和《京都小曲钞》中我们都可以见到〔西调〕的身影，但是《万花小曲》、《京都小曲钞》中的〔西调〕和《霓裳续谱》中的〔西调〕却很不相同。

---

① 翟灏：《通俗编》，商务印书馆1958年版，第687页。

② 姚燮：《今乐考证》，《中国古典戏曲论著集成》，中国戏剧出版社1959年版，第十册，第20页。

③ 张潮：《虞初新志》，上海古籍出版社2012年校点本，第131页。

④ 李振声：《百戏竹枝词》，路工编选《清代北京竹枝词》，北京古籍出版社1982年版，第158—160页。

⑤ 王廷绍编：《霓裳续谱》，《明清民歌时调集》（下），上海古籍出版社1987年版，第414页。

我们首先可以在清代无名氏辑、乾隆九年（1774年）北京永魁斋所刻的《万花小曲》中见到一套《西调鼓儿天》曲子，这是现存可见最早的一篇使用〔西调〕做就的民间歌谣时调：

> 一更鼓儿天，一更鼓儿天，我男征西不见回还，早回还与奴重相见（了呀）。叫了一声天，哭了一声天，满斗焚香亲告苍天，老天爷保佑他早回还，早回还奴把猪羊献（了呀）。
>
> 二更鼓儿多，二更鼓儿多，我男征西无其奈何，没奈何叫奴实难过（了呀）。叫了一声哥，哭了一声哥，我想我哥哥泪如梭，泪如梭不敢把两脚错（了呀）。
>
> ……
>
> 五更鼓儿发，五更鼓儿发，梦儿里梦见我的冤家，手挽手说了几句衷肠话（了呀）。梦里梦见他，梦里梦见他，架上金鸡叫喳喳，惊醒来忽听人说话（了呀）。
>
> 双手把门开，双手把门开，过路的哥哥带将书来，忙接下我这里深深拜（了呀）。二哥请进来，二哥请进来，忙叫丫鬟把酒筛，你那里筛满了酒，我这里定下菜（了呀）。
>
> ……
>
> 奴好心焦，奴好心焦，忽听门外一声一声高，开门瞧却是儿夫到（了呀）。摆摆摆摆，摆摆摆摆，十指尖尖搂抱着，进门时不觉微微笑（了呀）。
>
> 搀手上高厅，搀手上高厅，忙叫丫鬟把酒斟，摆上了新鲜酒，与我郎同欢庆（了呀）。宽衣到销金，宽衣到销金，自从你捎书捣了奴的心，脸皮黄身子又成病（了呀）。
>
> 〔清江引〕说来说来来不到，相会在今朝，欲待口儿噙，又要怀中抱，但不知那一些才为是好。①

这套曲子以十八支〔西调〕和一支〔清江引〕连缀而成，详细叙述夫妇

① 《万花小曲》，王秋桂编《善本戏曲丛刊》，台湾学生书局1987年影印本，第五辑第79册，第38—44页。

别离、女子思妇、夫妻重聚的全过程，其形式如同散曲中的重头加尾声的套曲形式。此作完全以白话叙事写情，所写情境也全是普通百姓生活之状态，充满了民间俚俗气息，是市井百姓间传唱的歌谣时调。

另外，在无名氏辑、清代道光间《京都小曲钞》中也有一支〔西调〕如下：

思凡

俺双亲念着经佛把阴功作，每日里佛堂中烧香拨火。生下奴疾病多，命里犯孤魔，将奴舍入空门，削发为学念佛。荐亡灵，敲动铙钹，经声法号，不住手击磬摇铃，擂鼓捶锣，平白的与地府阴曹把阴功作。多心经也曾念过，孔雀经文好教我参不破；惟有那九卷莲经最难学，俺师傅经心用意，也曾教过。念一声南无佛，哆咀哆娑波呵般若波罗。念的佛无计也是奈何，绕回廊把罗汉数着：一个儿，抱膝头，心儿里想着我；一个儿，手托着腮，口儿里边恨着我；唯有那布袋罗汉笑呵呵，他笑俺把时光错过，青春耽搁，有一日叶落花残，有谁人娶我这年老的婆婆？降龙的，恼着我；伏虎的，他便恨着我；长眉大仙愁着我，愁到老来，那是我的结果？那是我的结果？奴把袈裟扯破，藏经埋了，丢了木鱼，弃了铙钹，学不到罗刹女去降魔！修不到南海水月观音坐！夜深沉，是我独自个；醒来时，是我独自卧。这凄凉，这凄凉，谁人似我？总不如把钟楼佛殿远离却，拜别了佛像，辞别了韦驮，下山去寻上一个年小的哥哥，我与他做夫妻永偕合，任凭他打我、骂我、说我、笑我，一心心不愿成佛，不念弥陀；愿只愿生下个小娃儿，夫妻到老同欢乐，同欢乐！①

同样，这支〔西调〕虽然在曲调形式上和前一作品差异甚大，而且题材内容亦不相同，但是曲作同样是以极平常的白话写就，俚直的气息同样非常浓厚。整篇作品其实就是一个正值青春的小尼姑絮絮叨叨地讲述自己的孤单情绪和内心对俗世生活的渴求，言语再平白不过，情绪再真实不过，

① 《京都小曲钞》，蒲泉、群明编《明清民歌选》乙集，上海古典文学出版社 1956 年版，第 44 页。

它也是真正的民间歌谣时调。

很显然，《万花小曲》和《京都小曲钞》中的〔西调〕是在普通市井百姓之间传唱的作品，它们语词俚俗，是适合闾阎街巷间百姓欣赏口味的歌谣时调。

二　清代雅化之后的〔西调〕

我们在《霓裳续谱》中所见到的〔西调〕却与以上《万花小曲》和《京都小曲钞》中的〔西调〕大不相同。这些作品虽然使用了〔西调〕的曲调，但是格调清雅，是民间歌谣时调的曲调与充满文人气息的词句及内容融合而成的产物。它们使用民间歌谣时调的曲调〔西调〕写就，句法形式上自由随意，押韵也比较灵活；然而作品之风格、情趣、情境和笔法皆为文人作品所有，格调雅致但不深涩隐晦，言语清丽而意义明了。这些雅化〔西调〕绝大多数都是抒写离愁别绪的，“杨柳”、“归雁”、“画舫”、“雕栏”、“梧桐”、“铁马”、“玉漏”、“幽篁”、“秋叶”、“秋水”、“待月”、“画眉”、“流水小桥”、“露冷苍苔”等意象非常常见，作品情味婉转略带含蓄，绝无跳脱直露、热辣俚俗的叙写，曲作往往情景交融、融情于景。例如《霓裳续谱》卷三之《春光明媚》：

> 春光明媚，梁上衔泥燕子归。春回，杏花芳草游人醉，黄鹂枝上叫，青春再不回。风吹，香馥馥，颤巍巍，百花放，蝴蝶飞，一对对形影相随。管弦处处催，又只见王孙公子，花边柳边，喜孜孜畅饮金杯。（叠）魂飞梦飞，秋千院内佳人会。（叠）①

《霓裳续谱》中的〔西调〕均是这种风格，即使用清丽雅致、文人气息颇浓的语词来描写景物、抒写情思，这些曲作已经完全不同于那些流传于街巷市井间、由普通下层百姓传唱的歌谣时调了。与明清其他众多的民间歌谣时调相比，这些西调作品语言不再俚俗甚至粗直，情调也不再直露跳脱，取而代之的是雅致清隽的语词和较为含蓄婉丽的风格。

---

① 王廷绍编：《霓裳续谱》，《明清民歌时调集》（下），上海古籍出版社 1987 年版，第 148 页。

包括雅化〔西调〕在内的雅化歌谣时调已经不再是普通市井小民随口吟唱出的歌谣时调，它们出自有一定文学修养的文人之手，这些文士喜爱民间歌谣时调的曲调，但是却嫌那些作品的语词趣味过于俚俗，因而就采用了民间歌谣时调的曲调，以创作雅派散曲的态度、手法和语言创作出了这些特殊的雅化歌谣时调。乾隆六十年（1795 年）王廷绍为《霓裳续谱》所撰的《序》有云："……其曲词或从诸传奇拆出，或撰自名公巨卿，逮诸骚客，下至衢巷之语，市井之谣，靡不毕具。"[①] 盛安为《霓裳续谱》所作的《序》也说道："朝菌不知晦朔，蟪蛄不知春秋，人之于声也，何独不然。故村谣野谚，每见鄙于文人，绣口锦心，亦难谤于市井。好尚不同，而雅俗共赏之为难也。楷堂先生点订《霓裳续谱》一书，自文人才士之笔，至村妪荡妇之谈，靡不毕具。……况此谱流传，仅为曲部之衣钵。……今以其情词兼丽者，列之于前，可以供骚人文士之娱；下此者足悦俗流之耳。"[②] 可见，"撰自名公巨卿，逮诸骚客"的雅化〔西调〕被列于《霓裳续谱》前三卷，这些作品"情词兼丽"、"可以供骚人文士之娱"，与"见鄙于文人"、"夸于市井"的"衢巷之语，市井之谣"一同存在于《霓裳续谱》中，使《霓裳续谱》中的作品满足了不同层次欣赏者的需求，达到了雅俗共赏的目的。

除了在歌谣时调集《霓裳续谱》中可以见到大量雅化的〔西调〕之外，《西调百种》和《西调黄鹂调集钞》中也有许多这样的作品。这两种歌谣时调集现已不可见到，但是我们通过傅惜华先生的《明清两代北方之俗曲总集》一文可以知晓其中所收作品的大致情况。《西调百种》一卷，乾隆初精抄本，傅惜华先生所藏，这册集子中共收录了一百阕西调，它们均是以首句的前几个字为题目，从题目如《俏东风》、《飒飒西风》、《碧水荷池》、《静坐幽斋》、《梧叶飘飘》、《碧水荷残》、《云敛晴空》、《风轻帘栊》、《翠径吹香》、《竹韵悠悠》、《律转东皇》[③] 等来看，曲作当为风格较为雅致的作品。此外，《西调百种》中许多作品题目与《霓裳续

① 王廷绍编：《霓裳续谱》，《明清民歌时调集》（下），上海古籍出版社 1987 年版，第 19 页。

② 同上书，第 23—24 页。

③ 傅惜华：《明清两代北方之俗曲总集》，载傅惜华著《曲艺论丛》，上海文艺联合出版社 1954 年版，第 14—16 页。

谱》前三卷所收的〔西调〕题目相同，由于《西调百种》中的作品现不可见，所以无法判断它们是否与《霓裳续谱》所收的同名曲作内容完全相同。《西调黄鹂调集钞》二卷，乾隆间抄本，北京孔德学校图书馆藏有一部，傅惜华先生藏有过录本，但是现不可见。这一集子中上卷收录西调一百三十四阕，从作品题目《梅子垂金》、《朔风夜起》、《一树秋声》、《律转东皇》、《芳草含烟》、《晓窗映日》、《丽日融和》、《乍长春昼》、《碧水残荷》、《静坐幽斋》、《冻云残雪》、《绿窥庭院》、《竹韵悠悠》、《梧叶飘飘》、《红藉香残》[①] 等来看，曲作当也是风格较为雅致的作品。此外，《西调黄鹂调集钞》中许多作品题目与《霓裳续谱》前三卷所收的西调以及《西调百种》中作品题目相同，由于《西调百种》、《西调黄鹂调集钞》中的作品现不可见，所以我们同样无法判断它们是否与《霓裳续谱》所收的同名曲作内容完全相同，只能待日后有机会见到这两种集子时再做比较判断。《西调黄鹂调集抄》卷首柳堂序文有云："诸儒所作之〔西调〕，咏春者，觉其暖昼和香，绕于座间；吟秋者，见其鸣蝉衰柳，现于纸上；幽雅清奇，无一句不令人顿涤襟怀也。而时人不自责其愚驽不解，反目为淫佚之词，真天地之大无术者哉！……余每于阴云迷日之际，轻风微雨之间，竹树苍茫之内，高歌此调，至云飞雨霁，明月满山，自谓羲皇上人，不复在于尘世者也。"[②] 由此序言可以知道，《西调黄鹂调》中的〔西调〕也是文人所作的风格与《霓裳续谱》中的雅化〔西调〕相同的作品，然而就是这些格调已经文人化的作品，由于所用曲调是民间歌谣时调之曲调，还是被"目为淫佚之词"。[③]

通过以上的考察，我们可以看到，〔西调〕本来是清代流传于民间的歌谣时调，后来其曲调被一些文人取用，创作了一些格调雅致的作品以供文人娱乐赏玩之需，我们将这些作品称作雅化歌谣时调。类似雅化〔西调〕的雅化歌谣时调还有一些，在《霓裳续谱》前三卷中，我们便可以见到个别使用其他民间歌谣时调曲调创作的雅化歌谣时调。

---

① 傅惜华：《明清两代北方之俗曲总集》，载傅惜华著《曲艺论丛》，上海文艺联合出版社1954年版，第17—19页。

② 同上书，第20页。

③ 同上。

第二节 散曲对雅化〔西调〕在创作方面的影响

包括雅化〔西调〕在内的雅化歌谣时调，是文人们将民间歌谣时调的曲调与雅致一派散曲的写法相融合而产生的，是一些文人以创作雅派散曲的方法来谱写歌谣时调曲调的结果，它们体现了雅派文人散曲和民间歌谣时调的双重影响以及二者因子的交融与结合。下面我们就通过对具体作品的分析探讨散曲对雅化〔西调〕在创作方面的影响。

一 散曲在语词运用及诗词、典故化用方面对雅化〔西调〕的影响

散曲对雅化〔西调〕的影响首先表现在雅化〔西调〕作品的语词运用、诗句与典故的化用方式以及由此构建出的风格方面。

以雅化〔西调〕为代表的这些作品语言均雅致清丽，脱离了俚直的风格，但是其语句意义又清晰明了、一望而知，没有任何寄寓其中的深层含义。即使是化用前人诗句、使用典故，也往往是众人最为熟悉不过的，无须寻绎解读，绝无深涩隐晦之感。这种语言运用方面的“显”、“浅”、“露”、“尽”的特色正来自散曲，而其典雅清丽的语言风格也正是散曲中雅致一流的特点。

李开先在《〈西野春游词〉序》中谈道：“词与诗，意同而体异，诗宜悠远而有余味，词宜明白而不难知。以词为诗，诗斯劣矣；以诗为词，词斯乖矣。其法备于《中原韵》，其人详于《录鬼簿》……然俱以金、元为准，犹之诗以唐为极也。……国初如刘东生、王子一、李直夫诸名家，尚有金、元风格，乃后分而两之，用本色者为词人之词，否则为文人之词矣。”① 从上下文来看，这段话中的“词”指戏曲散曲之词，李开先认为散曲之语言应当“明白而不难知”，意义一望便知，不像诗歌语言那样“悠远而有余味”。清代严廷中也说过：“曲虽小道，却别是一种笔墨，似诗不可，似词不可，此人所共知也。若不，但着一温柔敦厚语不可，且着

① 李开先：《〈西野春游词〉序》，《闲居集》，李开先著，卜键笺校《李开先全集》，文化艺术出版社 2004 年版，第 494 页。

一平正稳重字不可。”① 散曲中雅致一派的作品既保留了散曲语言浅显明了的特色，又选用了具备清雅之风的词句，这些语词使用方法便被清代一些文人用在了雅化歌谣时调的创作中。例如：《霓裳续谱》第一卷之《瞬息间春已半》：

> 瞬息间春已半，伤春人怕困人天，何堪庭前乱落残红片。问花花不语，恨鸟鸟能言，堪怜，无计留春，难挽花颜。楚腰减，绣带宽，晓出罗帏，痴呆呆，对菱花，怕整云鬟，心头苦有万千。衡阳雁杳，尺素谁传，举霜毫难写相思，扑簌簌泪洒花笺。（叠）苍天，乔才顿忘星前愿。（叠）②

这支曲子的语言明显已经不是民间歌谣时调的用语了，它所用词句具有凝练清雅的文人雅派散曲之风，但是其中表达的伤春之情和相思之意又一目了然。此外，曲作中的“问花花不语”、“无计留春”化自欧阳修《蝶恋花》词的下片“雨横风狂三月暮，门掩黄昏，无计留春住。泪眼问花花不语，乱红飞过秋千去”；“衡阳雁”来自范仲淹《渔家傲·秋思》的首句“塞下秋来风景异，衡阳雁去无留意”；“楚腰”则出自《战国策》、《墨子》、《晏子春秋》、《韩非子》中所记录的“楚王好细腰”的典故；这两首词和一个典故都是为众人所非常熟悉的内容，用在这支〔西调〕中不会带来文意深晦的问题。

化用诗词语句一方面说明了诗词对雅化〔西调〕也有影响，另一方面作品只选用诗词熟篇熟句进行改写和化用的方式又恰恰是散曲使用诗词成句的方法，体现了散曲使用诗词之方法对雅化〔西调〕创作的影响。这种情况在雅化〔西调〕中还有许多，例如《霓裳续谱》卷一之《梦魂中情方艳》：

---

① 严廷中：《秋槎与友人单为鏓（伯平）论曲代序》，谢伯阳、凌景埏编《全清散曲》（增补版），齐鲁书社 2006 年版，第 2562 页。

② 王廷绍编：《霓裳续谱》，《明清民歌时调集》（下），上海古籍出版社 1987 年版，第 63—64 页。

梦魂中情方艳，怨黄鹂窗外喧，梅香打去休怠慢。你怎不去寻桃柳园间，偏在我孤凄凄冷淡淡，独自寐自己眠。一声啼动我意惹情牵，辽西到去难，空留下满枕春情，无限寻思，意冷心寒。（叠）凄惨伤惨，几时得见情郎面。（叠）①

此曲改写自唐代金昌绪的《春怨》："打起黄莺儿，莫教枝上啼。啼时惊妾梦，不得到辽西。"诗作意思浅显，流传颇广，这首〔西调〕将《春怨》的内容进行了一番演绎，并加入了梅香这一人物，改写颇为成功。《霓裳续谱》卷二之《西风起黄叶坠》：

西风起，黄叶坠，寒露降，北雁南飞，东篱边，赏菊饮酒游人醉。急煎煎砧声处处催，檐前的铁马声儿更悲，阳关衰草迷，独宿佳人盼郎回。（叠）芭蕉雨点点是离人泪。（叠）②

很明显，这支雅化的〔西调〕化用了王实甫《西厢记》第四本第三折《长亭送别》中〔正宫端正好〕"碧云天，黄花地，西风紧，北雁南飞，晓来谁染霜林醉，总是离人泪"几句众人非常熟悉的曲词，用得也还算自然。另外，《霓裳续谱》卷二有《杨柳丝丝》：

杨柳丝丝，桃花片片，韶光明媚。旭日迟迟，和风淡淡，春色上罗衣。庭院深深，幽怀寂寞，玉颜憔悴，杜鹃啼血，可怜春又回，堪悲。穿花蛱蝶深深见，点水蜻蜓款款飞，不由人蹙损双眉，渐觉减腰围。薄命千载恨，芳心一寸灰，哎，此情诉与谁。（叠）只落得黄昏人静偷弹珠泪。（叠）③

另有《桃花红梨花白》：

---

① 王廷绍编：《霓裳续谱》，《明清民歌时调集》（下），上海古籍出版社1987年版，第62页。

② 同上书，第79—80页。

③ 同上书，第101页。

> 桃花红，梨花白，香馥馥恰正值三春时候。清明节，家家户户祭扫坟茔，化罢纸钱，个个把春游。则见那青山叠叠层层，乱柳啼莺，百花开放，遍地锦绣。又见那牧童顽婴，头戴竹笠，身披蓑衣，口吹短笛在山头。上前去秉礼恭身，借问声酒家在何处，说与我瓯上几瓯。牧童说转过小桥向东走，杏花村飘摇酒旗翻，桃花园醉倒几个闲游。（叠）上写着开坛十里香，状元红，拿来欢饮，错过今朝不得能够。（叠）①

这两篇〔西调〕都是将大家耳熟能详的唐诗名句用于作品之中，第一支曲子中的“穿花蛱蝶深深见，点水蜻蜓款款飞”是自杜甫《曲江》第二首中拆出，第二支曲子中的“借问声酒家在何处”和“牧童说转过小桥向东走，杏花村飘摇酒旗翻”则是化自杜牧《清明》中的“借问酒家何处有，牧童遥指杏花村”。《曲江》和《清明》都是大家再熟悉不过的名作，诗作本身意思浅近，用于这两首〔西调〕之中显得妥帖自然，意思也很明了。

我们在雅化〔西调〕中除了可以常常见到熟悉的诗词句子之外，还会见到一些熟悉的典故。例如：《霓裳续谱》第一卷之《翠楼东》：

> 翠楼东，冷落了莺声呖呖，雕栏外，寂寞了柳色依依。鸾镜中，谁怜清减了美颜如玉，恹恹弱体，那曾惯几许别离。偷弹泪，闲情万种，一字儿也不敢向人提。羞答答，怕进罗帏里，尽夜无眠，衾枕凄凉只自知。春光又去矣，盼煞归期，杨花落尽无消息。寻思就里，莫不是白头吟，空赋了文君句。②

此曲末句中就融入了文君相如的故事，这一故事广为流传，“白头吟”、“文君句”的含义大家一望而知，无须专门进行解读。《霓裳续谱》第二卷之《寻花问柳游人醉》：

---

① 王廷绍编：《霓裳续谱》，《明清民歌时调集》（下），上海古籍出版社 1987 年版，第 102—103 页。

② 同上书，第 36 页。

寻花问柳游人醉，口诵新诗信步归。倚东窗，笛声吹出云山翠。月明星稀，乌鹊向南飞，兴未阑，复饮茅柴酒数杯。自怜白发垂，方知四十九年非。（叠）夜深沉，倦来独枕残书睡。（叠）[①]

这支〔西调〕中化用了曹操《短歌行》中“月明星稀，乌鹊南飞”的诗句，“方知四十九年非”则出自《淮南子·原道训》中“蘧伯玉年五十而知四十九年非”的典故。以上作品中的典故化用得自然妥帖，丝毫没有影响到曲作整体上语言浅近明了的特点。凌濛初在《谭曲杂札》中曾说过：“元曲源流，古乐府之体，故方言、常语，沓而成章，着不得一毫故实；即有用者，亦其本色事，如蓝桥、祆庙、阳台、巫山之类，以拗出之为警俊之句，决不直用诗词中他典故填实者也。”[②] 以上雅化〔西调〕中所用的正是“本色事”，可见，雅化〔西调〕中使用典故的方式也是受到了散曲之影响。

李渔在《闲情偶寄》卷一《词曲部·忌填塞》中说道：“古来填词之家，未尝不引古事，未尝不用人名，未尝不书现成之句，而所引所用与所书者，则有别焉：其事不取幽深，其人不搜隐僻，其句则采街谈巷议。即有时偶涉诗书，亦系耳根听熟之语，舌端调惯之文，虽出诗书，实与街谈巷议无别者。”[③] 李渔所论是做传奇时引用故实、诗书成句的特点，其实也正是散曲中使用典故、古诗词的特点，即不取幽深之典，只取“耳根听熟之语、舌端惯调之文”。从以上我们的论述中可以看出，雅化〔西调〕化用引用诗词、使用典故的方式正是受到了散曲相应做法的影响。

二 散曲对仗形式对雅化〔西调〕的影响

散曲对雅化〔西调〕的影响还表现在雅化〔西调〕作品中对各种来自散曲的对仗方式的使用方面。

---

① 王廷绍编：《霓裳续谱》，《明清民歌时调集》（下），上海古籍出版社 1987 年版，第 81 页。

② 凌濛初：《南音三籁》，顾廷龙主编《续修四库全书》，上海古籍出版社 2002 年影印本，子部，第 1744 册第 212 页。

③ 李渔：《闲情偶寄·窥词管见》，中国社会科学出版社 2009 年校注本，第 18 页。

雅化〔西调〕除了在语句的写作风格和诗句、典故的化用方式上受到文人雅致一派散曲的影响，对各种对仗方式的使用更能体现出散曲的创作方式对雅化〔西调〕所造成的影响。《霓裳续谱》中所收录的〔西调〕对对仗手法的使用非常常见而且多样化，这种多样化的对仗手法只有在散曲中才表现得如此充分。朱权在《太和正音谱》中列有散曲中常常出现的各种“对式”：“合璧对：两句对者是。连璧对：四句对者是。鼎足对：三句对者是，俗呼为‘三枪’。联珠对：句多相对者是。隔句对：长短句对者是。”① 这些在散曲中常见的对仗形式在雅化〔西调〕中同样很常见。

例如《霓裳续谱》卷一有《律转东皇》一曲：

> 律转东皇，九十春光，从头又到。旭日东升，和风乍暖，腊雪全消。策蹇闲游西郊，观不尽嫩柳垂青，桃英含笑。本待要沽酒寻芳，怎奈这困人天气，春兴无聊。似这等美景良辰，玉人儿在何处，喜孜孜醉赏花朝。打点诗囊，付与霜毫，写不出千缕愁怀，人有何心再过那流水小桥。（叠）不如归去好，只等到柳陌阴浓，再来听黄莺高叫。（叠）②

其中的“嫩柳垂青，桃英含笑”是合璧对，“旭日东升，和风乍暖，腊雪全消”则形成鼎足对。《霓裳续谱》卷二之《娇滴滴春花艳》也同时使用了合璧对和鼎足对两种对仗形式：

> 娇滴滴春花艳，青须须春草鲜，绿阴阴春柳垂金线，一行行春燕绕庭前，一阵阵春风舞绣帘。处处赏春园，家家春酒宴。（叠）乐欢欢春宵一刻金不换。（叠）③

此曲以“春”字贯穿，“娇滴滴春花艳，青须须春草鲜”与“处处赏春

① 朱权：《太和正音谱》，顾廷龙主编《续修四库全书》，上海古籍出版社 2002 年影印本，子部，第 1747 册第 483 页。

② 王廷绍编：《霓裳续谱》，《明清民歌时调集》（下），上海古籍出版社 1987 年版，第 25 页。

③ 同上书，第 80—81 页。

园，家家春酒宴”形成两组合璧对，“绿阴阴春柳垂金线，一行行春燕绕庭前，一阵阵春风舞绣帘”则是鼎足对。

另外，我们还可以在一些雅化〔西调〕中见到隔句对，即扇面对，比如《霓裳续谱》第一卷之《黄花点点》：

> 黄花点点，红叶霏霏，作出了悲秋景况。衰草茫茫，残霞片片，但见些古道斜阳。山长水长，天涯何处，静锁香闺，离愁万状。西风瑟瑟，暮雨潇潇，又何堪空房寂寞。罗袂生凉，羞向牙床，侍儿无知，绣衾鸳枕犹自薰香。一声归雁，万里秋霜，独坐虚窗整征衣，挑尽残缸。（叠）人在他乡，想当此际，料也增惆怅。（叠）①

其中的“黄花点点，红叶霏霏，作出了悲秋景况。衰草茫茫，残霞片片，但见些古道斜阳”就构成了一组扇面对，而“西风瑟瑟，暮雨潇潇”及“一声归雁，万里秋霜”则是更为常见的两句间的合璧对。《霓裳续谱》卷一中的《哑谜儿》也属于这种情况：

> 哑谜儿，原约下荼蘼架，夙愿儿，又成在艳阳天。着紧的风流事儿郎独占，你不怕鸦惊枝上，犬吠花间。我不受绣鞋儿苍苔露冷，罗袂儿杨柳风寒。响叮当，好姻缘，我伴你琴弹绿绮，你与我笔画春山。（叠）风光美满，千金一刻不肯轻相换。（叠）②

显然，这一曲作中“哑谜儿，原约下荼蘼架，夙愿儿，又成在艳阳天”构成了非常工整的扇面对，“鸦惊枝上，犬吠花间”、“绣鞋儿苍苔露冷，罗袂儿杨柳风寒”、“我伴你琴弹绿绮，你与我笔画春山”则构成了三组合璧对。

此外，雅化的〔西调〕中还出现了其他的散曲中可见的对仗形式，例如《霓裳续谱》卷一之《一树秋声》：

---

① 王廷绍编：《霓裳续谱》，《明清民歌时调集》（下），上海古籍出版社1987年版，第37—38页。

② 同上书，第40—41页。

一树秋声，一轮秋月，一窗秋影，一阵秋蛩，一度秋凉。一声声秋雁成行，更添那一番秋兴，一番秋望，一湾秋水，一带秋山，一林秋叶，一派秋光。辜负重阳，一樽秋酒，一首秋诗，一径秋香，一悲秋暮，一恨秋长。趁着一帘秋色，一片秋霜，（叠）只落得一衾一枕，相伴着秋灯秋帐。（叠）①

这支曲子比较特别，整篇曲作几乎以“秋”字贯穿，其中的“一树秋声，一轮秋月，一窗秋影，一阵秋蛩，一度秋凉”和“一番秋兴，一番秋望，一湾秋水，一带秋山，一林秋叶，一派秋光”以及“一樽秋酒，一首秋诗，一径秋香，一悲秋暮，一恨秋长”既是排比又构成了联珠对，可见此作是作者用心经营、刻意讲究句法的一篇作品。而《霓裳续谱》卷一之《书离怀寄情词》则将多种句法安排方式结合在了一起：

书离怀，寄情词，思一行征雁，无一行征雁。腰肢瘦，不胜衣，怯一种春寒，捱一种春寒。人去知几时还，只落得一声长叹，一声短叹。猛想起幽欢，叙一段牵连，写一段牵连。情寂寂，垂首无言，颦一寸眉尖，蹙一寸眉尖。惜春去，凭一回画栏，倚一回画栏。待月来，卷一半珠帘，放一半珠帘。（叠）眼望将穿，等一日信断，盼一日信断。（叠）②

整支曲子从头至尾皆用短句重复的句法，“惜春去，凭一回画栏，倚一回画栏。待月来，卷一半珠帘，放一半珠帘”。更是将隔句对和重复句相结合，此作同样也显现出作者在句法形式上的有意经营。

如此刻意的句法经营在民间歌谣时调中并不普遍，而在以雅化〔西调〕为代表的雅化歌谣时调中却可以见到许多，这些学自散曲的不同对仗形式使得雅化〔西调〕在保留原来民间曲调的自由句式的同时，外部

① 王廷绍编：《霓裳续谱》，《明清民歌时调集》（下），上海古籍出版社1987年版，第27—28页。

② 同上书，第35页。

形式显得较为工整精巧一些，适应了文士们的欣赏口味。

通过以上分析我们发现，以雅化〔西调〕为代表的雅化歌谣时调不仅在言辞语句的表达风格和诗句、典故的化用方式上受到文人雅致一派散曲的影响，而且作品中经常使用的各种对仗方式也显现了散曲对雅化〔西调〕的创作所造成的影响。

本章小结

雅化歌谣时调的出现与清代文人散曲的逐渐雅化僵化、案头化有关系，清代散曲的歌唱性逐渐弱化，流播范围日益狭窄化；其民间娱乐性的逐渐丧失使得散曲在清代彻底失去了市井街巷这一歌场，而逐步的案头化更使得散曲在很大程度上也丧失了在文人之间传唱的功能。此时日益繁荣的歌谣时调很大程度上就填充了散曲雅化、案头化之后空出的那部分歌场。然而，许多原汁原味的民间歌谣时调对一些文人而言，曲调虽然富于吸引力，但是语句稍显粗陋，无法满足他们稍偏雅致的欣赏口味。在这样的背景之下，就出现了一些使用歌谣时调曲调来谱写较为雅致曲词的特殊作品，这些作品是一些文人在散曲案头化、失落了较为雅致的歌曲之后使用民间歌谣时调的曲调创作的雅致的玩意儿，是散曲案头化、失去歌唱性之后的替代品，它们满足的是一些下层文人们的娱乐之需，照顾到了他们的欣赏需求。

以雅化〔西调〕为代表的雅化歌谣时调是明清散曲与明清歌谣时调互动交融的特殊产物。这些作品将民间歌谣时调的曲调与文士气息浓厚的词句、意象、情境、手法等结合在一起，其语言、情调均雅致清丽但却不深涩隐晦，所用皆为有雅致气息却意思明了的语句，其句式与押韵均稍有规范同时又不失自由灵活，这些均体现了雅派散曲与歌谣时调二者因子的融合。

结　语

以上各章，着重从文学、文化的角度，对明清散曲和歌谣时调整体互动的轨迹及状况、产生互动的环境及原因、互动之于二者各自发展的意义等展开梳理、描绘与探析，并对明清散曲与歌谣时调在不同时期、不同方面相互之间产生影响的具体表现和独特个案进行了一番研析。

若从宏观视角来统览明清两代散曲与歌谣时调的整体互动情况，我们便可以看到，明清散曲与歌谣时调之间在不同时期的整体互动呈现出不均衡状态，与此同时，明清散曲与歌谣时调之间互相产生的影响力总体来看也是不对等的，二者之间相互施与影响的具体方面也是不完全对应的。

在明清两代的五百多年间，散曲与歌谣时调的互动经历了初起期、兴发期、延续期和消歇期四个阶段。在此期间，明清散曲与歌谣时调之间的碰撞与交会由宣德元年至正德末年（1426—1521 年）的初现端倪发展为嘉靖元年至明代末年（1522—1644 年）的频繁显现，在经历了清代初年至嘉庆末年（1644—1820 年）的延续维持之后，于道光初年至清代末年（1821—1911 年）间归于消歇。很显然，在不同的历史时期内，明清散曲与歌谣时调的整体互动情况是不均衡的，这种不均衡状态是在不同时期内的不同社会文化思潮、官方及文人对散曲及歌谣时调的不同态度、明清散曲与歌谣时调各自相异的发展状况及流播环境等因素的共同作用之下产生的，而每一种因素在不同时期内二者的具体互动中发挥的影响力也是不尽相同的。例如：就歌谣时调对明清散曲产生影响这一问题而言，不同时期内相异的文化文学思潮、散曲的不同发展状况以及散曲家对歌谣时调的不同态度等因素，最终造就了各个时期中散曲家学习歌谣时调的不同情况。在互动兴发期内，在趋俗入俗、尚俗师俗的文化文学潮流之中，许多散曲家关注、赞赏甚至搜集、整理并模拟歌谣时调，这种态度和举动使得他们的散曲创作自然而然地受到了歌谣时调的影响。而在互动的延续期和消歇期内，在崇雅复古、鄙俗弃俗的文学文化思潮中和散曲家求雅离俗的潮流中，便极少再有散曲家主动向歌谣时调学习了。

与各个时期明清散曲与歌谣时调互动的不均衡状态同时存在的，是二者之间互相产生的不对等的总体影响力。明清散曲与歌谣时调之间相互施与影响的具体方面是不完全对应的，明清散曲在所用曲调、体制形式及作曲方式等方面均对歌谣时调产生了重要影响，使得明清歌谣时调在不丧失最可贵的自由天性的前提下，采用更为多样的曲调组合方式和作曲方法来创作，从而为明清歌谣时调的繁荣兴盛提供了不可或缺的助推力。而明清歌谣时调则仅在作品创作和散曲观念方面对一些散曲家造成过一定影响，虽然这种充满活力的刺激使得晚明一些散曲重现了久违的“蛤蜊”、“蒜酪”味，为散曲坛带来了生机，但是其力量与明清散曲为歌谣时调提供的助推力相比，却显得微弱了许多。散曲发展至明代中后期之时，已经是一种体系完整成熟、相对固封的文人文学样式了，这种形式上的稳定成熟在某种程度上使得它不易受到较多外力的影响。而明代中期至清初时的歌谣时调则正处于成长发展期，其发展性、不成熟性和开放性使它具备了更多接受外力影响的可能性和更大的空间。

若从明清散曲与歌谣时调的具体互动情况来看，我们可以发现二者的碰撞交会点多种多样，互动表现形态亦多姿多彩。

明清歌谣时调在衍生发展时期从散曲曲牌系统中借用了许多曲调，之后对这些曲调进行灵活使用，有的曲调还衍生出了一系列变体。另外，明清歌谣时调还学习了散曲套曲、犯调、翻谱体、集名体的曲调组合方式或作品创作方式，这是一种不拘细节规范的粗放型学习方式，它使得歌谣时调自身保持了本有的自由度和灵活性。明清歌谣时调对散曲相关方面的学习和使用方式，充分显现出了民间文学样式自由不拘的特点。

明清歌谣时调对散曲的影响虽然仅集中于作家作品创作及个别散曲家的作曲观念方面，但是各位散曲家受到歌谣时调影响的具体情况也是不尽相同的。李开先、冯梦龙二位由于搜集、整理并拟作歌谣时调使得自身的散曲观念和作品创作受到了影响；刘效祖、赵南星使用歌谣时调的曲调进行创作，不仅做有拟歌谣时调进而影响了各自的散曲创作，而且还做有融合了歌谣时调曲调和雅致散曲风格的特殊作品；丁綵、朱载堉、蒲松龄则因为拟作歌谣时调使自己的散曲作品具有浓厚的歌谣时调风味；另有一些散曲家如金銮、王骥德、施绍莘等虽未直接拟作歌谣时调，但是有的曲作亦带有浓郁歌谣时调情味。尽管这些散曲家均未带着为散曲发展除危救弊的目的而向歌谣时调学习，但他们搜集、整理和拟作歌谣时调的举动客观上为明清散曲的发展带来了有益刺激。

明清散曲与歌谣时调的互动还产生了一种特殊的产物——以雅化〔西调〕为代表的雅化歌谣时调，这些特殊的作品既不是文人散曲，也不是民间歌谣时调，它们是一些下层文士将民间歌谣时调的曲调与雅致散曲所用的语词意象、情境手法相融合的结果，它们的存在同样体现了明清散曲与民间歌谣时调之间的碰撞交融。

全面研究明清散曲与歌谣时调的互动情况，可以促使我们从另一种角度来观照散曲与歌谣时调各自的发展脉络以及影响各自演进发展的因素，为中国古代散曲和歌谣时调的专题研究提供新的视角和有益补充。此外，这一研究还可以启发和引导我们看到，在宏观的文化文学场域之中，包括二者互动在内的不同文学样式之间、文人文学与民间文学之间始终存在的互动，从而使我们更为全面清晰地了解文学发展过程中的不同情况和状态，感知文学发展演变及存在状态的多样性。

附　录

表格一：套曲形式的明清歌谣时调

篇名	所用曲调及曲调组合形式	出处
无名	五支【北一封书】叙述五更相思，五支曲子分别押五个韵，押韵不合套数规矩，但是形式内容是一体	《风月锦囊》
闹五更	五支【哭皇天歌】叙述五更相思，五支曲子分别押五个韵，押韵不合套数规矩，但是形式内容是一体	《词林一枝》
新兴闹五更	五支【银纽丝】叙述五更相思，五支曲子分别押五个韵，押韵不合套数规矩，但是形式内容是一体	《风月词珍》
时兴十二时闺情妙曲	十二支【金纽丝】叙述十二时相思，十二支曲子分别押十二个韵，押韵不合套数规矩，但是形式内容是一体	《风月词珍》
教坊新传海盐两头忙歌	五支【两头忙歌】叙述五更相思，五支曲子分别押五个韵，押韵不合套数规矩，但是形式内容是一体	《乐府万象新》
无名	五支【劈破玉歌】叙述五更情状，五支曲子分别押五个韵，押韵不合套数规矩，但是形式内容是一体	《摘锦奇音》
汇选苏州歌叠叠锦闹五更	五支【苏州歌叠叠锦】叙述五更情状，五支曲子分别押五个韵，押韵不合套数规矩，但是形式内容是一体	《大明春》
西调鼓儿天（五更一套）	十八支【西调】加一支【清江引】组成一套，十九支曲子分别押十九个韵，押韵不合套数规矩，但是形式内容是一体	《万花小曲》
吴歌（五更一套）	五支“吴歌”加一支【清江引】组成一套，每支“吴歌”分别押不同的韵，【清江引】韵乱。押韵不合套数规矩，但是形式内容是一体	《万花小曲》

续表

篇名	所用曲调及曲调组合形式	出处
【银纽丝】《五更十二月》	十七支【银纽丝】加一支【清江引】组成一套，各支曲子分别押不同的韵，有的曲子内部是乱韵，押韵不合套数规矩，但是形式内容是一体	《万花小曲》
【玉娥郎】《四季十二月》	十六支【玉娥郎】组成一套，每支各自用韵，内容是一个整体	《万花小曲》
【金纽丝】《四大景》	四支【金纽丝】加一支【清江引】组成一套，前四支曲子押同一个韵，末曲押韵与前面不同，押韵不合套数规矩，但是形式内容是一体	《万花小曲》
闺女思嫁	一支【西江月】加二十六支【两头忙】加一支【清江引】组成一套，每支各自用韵，内容是整体。【西江月】和二十六支【两头忙】分别押韵，押韵不合套数规矩，但是形式内容是一体	《万花小曲》
暗中偷觑	【黄沥调】加【桂枝香】加【桂枝香】加【黄沥调】组成一套，押韵一致。其中的两支【桂枝香】由明代李日华《南西厢记》第三十出《拷红》析出	《霓裳续谱》卷五
一更里盼郎	五支【银纽丝】加【清江引】组成一套。作品以大部分篇幅铺叙五更相思，虽然只在一更前标出了曲牌【银纽丝】，但是二到五更应当是每一更用一支【银纽丝】演唱，五支【银纽丝】分别押不同的韵，【清江引】曲押韵与前曲不同，押韵不合套曲规范，但是从内容和形式上看这些曲子都构成一个整体	《霓裳续谱》卷五
深闺静悄	【慢西调】、【慢岔】、【西调】、【岔】、【西调】、【岔】、【西调】组成一套，同押一韵	《霓裳续谱》卷五
扬子江心	【粉红莲】、【锁南枝】、【锁南枝】、【锁南枝】、【锁南枝】、【莲花落】、【尾声】组成一套，各支曲子押韵不同，押韵不合套数规矩，但是形式内容是一体	《霓裳续谱》卷五

续表

篇名	所用曲调及曲调组合形式	出处
乡里亲家我瞧瞧亲家	【银纽丝】、【秦吹腔】、【银纽丝】、【京调】、【数岔】、【银纽丝】、【银纽丝】、【南罗儿】、【银纽丝】、【秦腔尾】组成一套，各支曲子押不同的韵，押韵不合套数规矩，但是形式内容是一体	《霓裳续谱》卷五
春色儿娇	四支【玉娥郎】加【清江引】组成一套曲。虽然作品只在开头一支曲前标明【玉娥郎】，但是却用了四支【玉娥郎】铺叙四季重要节日佳境，各支曲子押韵不同，押韵不合套数规矩，但是形式内容是一体	《霓裳续谱》卷六
郭巨埋儿	七支【莲花落】加【尾】组成一套。虽然作品只在开头一支曲前标明【莲花落】，但是却用了七支【莲花落】，各支曲子各自押韵，押韵不合套数规矩，但是形式内容是一体	《霓裳续谱》卷七
一更里天	五支【边关调】加【清江引】组成一套。虽然作品仅在开头一支曲前面标明【边关调】，但是却使用了五支【边关调】叙述五更相思，各支曲子各自押韵，押韵不合套数规矩，但是形式内容是一体	《霓裳续谱》卷八
盼五更	十支【银纽丝】加一支【清江引】组成一套。十支【银纽丝】叙述五更离情，每一更用两支【银纽丝】，十支分别押韵，【清江引】押韵与前不同，押韵不合套数规矩，但是形式内容是一体	《白雪遗音》卷二
绣荷包	两支【湖广调】加十支【湖广调】（叙述五更绣荷包情状，每一更用两支【湖广调】）组成一套。十二支曲子分别押韵，押韵不合套数规矩，但是形式内容是一体	《白雪遗音》卷二
绣汗巾	四支【银纽丝】加五支【银纽丝】（叙述五更绣汗巾情状）加三支【银纽丝】组成一套。十二支曲子分别押韵，押韵不合套数规矩，但是形式内容是一体	《白雪遗音》卷二
补雀裘	两支【银纽丝】加五支【银纽丝】（叙述五更补雀裘情状）组成一套。七支曲子分别押韵，押韵不合套数规矩，但是形式内容是一体	《白雪遗音》卷二

表格二：带过曲形式的明清歌谣时调

篇名	所用曲调及组合形式	出处
闺阁怀春	【楚江秋】带【清江引】，作品标为【新增楚江秋后联清江引】，押同一韵	《风月锦囊》卷一
绣窗凝思	【楚江秋】带【清江引】，作品标为【新增楚江秋后联清江引】，押同一韵	《风月锦囊》卷一
归期暗算	【楚江秋】带【清江引】，作品标为【新增楚江秋后联清江引】，押同一韵	《风月锦囊》卷一
玉箸频垂	【楚江秋】带【清江引】，作品标为【新增楚江秋后联清江引】，押同一韵	《风月锦囊》卷一
望断鳞鸿	【楚江秋】带【清江引】，作品标为【新增楚江秋后联清江引】，押同一韵	《风月锦囊》卷一
追思往昔	【楚江秋】带【清江引】，作品标为【新增楚江秋后联清江引】，押同一韵	《风月锦囊》卷一
路远音稀	【楚江秋】带【清江引】，作品标为【新增楚江秋后联清江引】，押同一韵	《风月锦囊》卷一
鸟啼花落	【楚江秋】带【清江引】，作品标为【新增楚江秋后联清江引】，押同一韵	《风月锦囊》卷一
银筝写恨	【楚江秋】带【清江引】，作品标为【新增楚江秋后联清江引】，押同一韵	《风月锦囊》卷一
别怀弄琴	【楚江秋】带【清江引】，作品标为【新增楚江秋后联清江引】，押同一韵	《风月锦囊》卷一
好梦箫惊	【楚江秋】带【清江引】，作品标为【新增楚江秋后联清江引】，押同一韵	《风月锦囊》卷一
七夕离忧	【楚江秋】带【清江引】，作品标为【新增楚江秋后联清江引】，押同一韵	《风月锦囊》卷一

续表

篇名	所用曲调及组合形式	出处
三秋别恨	【楚江秋】带【清江引】，作品标为【新增楚江秋后联清江引】，押同一韵	《风月锦囊》卷一
关山夜月	【楚江秋】带【清江引】，作品标为【新增楚江秋后联清江引】，押同一韵	《风月锦囊》卷一
泽国秋风	【楚江秋】带【清江引】，作品标为【新增楚江秋后联清江引】，押同一韵	《风月锦囊》卷一
银烛擎秋	【楚江秋】带【清江引】，作品标为【新增楚江秋后联清江引】，押同一韵	《风月锦囊》卷一
寒蛩搅夜	【楚江秋】带【清江引】，作品标为【新增楚江秋后联清江引】，押同一韵	《风月锦囊》卷一
情何以堪	【楚江秋】带【清江引】，作品标为【新增楚江秋后联清江引】，押同一韵	《风月锦囊》卷一
岁云暮矣	【楚江秋】带【清江引】，作品标为【新增楚江秋后联清江引】，押同一韵	《风月锦囊》卷一
三月里清明节	【重叠序】之后带【寄生草】，押同一韵，作品没有标作【重叠序带寄生草】	《霓裳续谱》卷四
摘头换鞋	【平岔带马头调】，押同一韵	《霓裳续谱》卷四
双双手儿捧玉钟	【南叠落金钱】之后带一整支【一江风】，押同一韵，作品没有标作【南叠落金钱带一江风】	《霓裳续谱》卷七
咱们开言先把孝贤歌儿唱	【历津调】之后带【叠断桥】，押同一韵，曲作未标作【历津调带叠断桥】	《霓裳续谱》卷七
昨宵同梦到天台	【南词弹黄调】之后带【清江引】，押同一韵，曲作未标作【南词弹黄调带清江引】	《霓裳续谱》卷八

表格三：折腰犯、集曲形式的明清歌谣时调

篇名	所用曲调及组合形式	出处
约	“山歌”中间犯入四句【皂罗袍】，均押同一韵	《山歌》卷七
咒骂	“山歌”中间犯入四句【皂罗袍】，均押同一韵	《山歌》卷七
敲门	“山歌”中间犯入四句【皂罗袍】，均押同一韵	《山歌》卷七
后庭心	“山歌”中间犯入四句【皂罗袍】，均押同一韵	《山歌》卷七
后庭心	“山歌”中间犯入四句【皂罗袍】，均押同一韵	《山歌》卷七
钉门鬼	“山歌”中间犯入四句【皂罗袍】，均押同一韵	《山歌》卷七
小囡儿	“山歌”中间犯入四句【皂罗袍】，均押同一韵	《山歌》卷七
老阿姐	“山歌”中间犯入四句【皂罗袍】，均押同一韵	《山歌》卷七
操琴	“山歌”中间犯入四句【皂罗袍】，均押同一韵	《山歌》卷七
绰板	“山歌”中间犯入四句【皂罗袍】，均押同一韵	《山歌》卷七
象棋	“山歌”中间犯入四句【皂罗袍】，均押同一韵	《山歌》卷七
黄瓜	“山歌”中间犯入四句【皂罗袍】，均押同一韵	《山歌》卷七
锯子	“山歌”中间犯入四句【皂罗袍】，均押同一韵	《山歌》卷七
寂寞	“山歌”中间犯入五句【皂罗袍】，均押同一韵	《山歌》卷七
求老公	“山歌”结尾用【皂罗袍】三句，均押同一韵	《山歌》卷八
竹夫人	“山歌”中间犯入三句【排歌】，均押同一韵	《山歌》卷八
汤婆子竹夫人相骂	“山歌”中间犯入两首完整的【黄莺儿】，从头至尾没有押同一韵	《山歌》卷八
笼灯	“山歌”中间犯入一首完整的【打枣歌】，均押同一韵	《山歌》卷八
老鼠	“山歌”中间犯入一首完整的【黄莺儿】，均押同一韵	《山歌》卷八
困弗着	“山歌”中间犯入一首完整的【皂罗袍】和一首完整的【桂南枝】，均押同一韵	《山歌》卷八

续表

篇名	所用曲调及组合形式	出处
歪缠	“山歌”中间犯入两首完整的【打枣歌】，“山歌”前半部分及第一支【打枣歌】押同一韵，之后换韵	《山歌》卷八
陈妈妈	“山歌”中间犯入一首完整的【皂罗袍】，均押同一韵	《山歌》卷九
门神	“山歌”中间犯入一首完整的【玉胞（抱）肚】，均押同一韵	《山歌》卷九
鞋子	“山歌”中间犯入一首完整的【驻云飞】，均押同一韵	《山歌》卷九
镬子	“山歌”中间犯入一首完整的【黄莺儿】，均押同一韵	《山歌》卷九
烧香娘娘	“山歌”中间犯入完整的【猫儿坠】、【桂枝香】、【驻云飞】、【懒画眉】、【皂罗袍】、【香柳娘】各一，除【桂枝香】、【懒画眉】押不同韵之外，其余均押同一韵	《山歌》卷九
破骔帽歌	“山歌”中犯入一支完整的【驻云飞】，“山歌”与【驻云飞】押不同的韵	《山歌》卷九
山人	“山歌”中犯入一支完整的【驻云飞】，均押同一韵	《山歌》卷九
娇滴滴玉人儿形容	【黄沥调】中间犯入一支【折桂令】，即【黄沥调】（前半曲）加一支【折桂令】加【黄沥调尾】，同押同一韵，（此曲中被拆分的【黄沥调】在曲作开头仍标作【黄沥调】后一部分则标作【黄沥调尾】。以下犯调作品中曲调标名法均同），曲作中的【折桂令】由明代高濂的《玉簪记》第十一出《村郎闹会》析出	《霓裳续谱》卷一
忆昔当初送别郎君	【黄沥调】中间犯入一支【雁儿落】，即【黄沥调】（前半曲）加一支【雁儿落】加【尾】，但是【黄沥调】与【雁儿落】押不同的韵	《霓裳续谱》卷二
腮边现放着牙痕印	【寄生草】中间犯入【银纽丝】三句和【刮地风】两句，即【寄生草】（前半曲）加三句【银纽丝】、两句【刮地风】再加【寄生草尾】，从头至尾押同一韵	《霓裳续谱》卷四

续表

篇名	所用曲调及组合形式	出处
俏佳人独坐凉亭上	【寄生草】中间犯入【银纽丝】五句，即【寄生草】（前半曲）加五句【银纽丝】加【寄生草尾】，押同一韵	《霓裳续谱》卷四
鲁智深游戏山门外	【寄生草】中间犯入“山歌儿”，即【寄生草】（前半曲）加“山歌儿”加【寄生草（尾）】，【寄生草】押韵与“山歌儿”不同	《霓裳续谱》卷四
崔莺莺倒在牙床上	【北寄生草】中间犯入一支【平岔】和两句【银纽丝】，即【北寄生草】（前半曲）加【平岔】加两句【银纽丝】，【平岔】押同一韵，其余押不同韵	《霓裳续谱》卷四
隔窗儿咳嗽了一声	【黄沥调】中间犯入一支【耍孩儿】，即【黄沥调】（前半曲）加一支【耍孩儿】加【黄沥调尾】，同押一韵。曲作中的【耍孩儿】由《西厢记》第二本第二折拆出，由原作中的【耍孩儿】及其后的【四煞】、【三煞】、【二煞】合并而成	《霓裳续谱》卷四
半推窗半掩窗	【黄沥调】中间犯入一支【雁儿落】，即【黄沥调】（前半曲）加一支【雁儿落】加【黄沥调尾】，同押一韵	《霓裳续谱》卷四
熨斗儿熨不开满面愁象	【黄沥调】中间犯入一支【江儿水】，即【黄沥调】（前半曲）加一支【江儿水】加【黄沥调尾】，同押一韵	《霓裳续谱》卷四
曾记得离别时	【黄沥调】中间犯入一支【沽美酒】，即【黄沥调】（前半曲）加一支【沽美酒】加【黄沥调尾】，同押一韵	《霓裳续谱》卷四
款步云堂	【黄沥调】中间犯入一支【绣带儿】，即【黄沥调】（前半曲）加一支【绣带儿】加【黄沥调尾】，同押一韵。曲作中的【绣带儿】由高濂《玉簪记》的第十九出《词媾私情》析出	《霓裳续谱》卷四
小伴读女中郎	【黄沥调】中间犯入一支【一江风】，即【黄沥调】（前半曲）加一支【一江风】加【黄沥调尾】，同押一韵。曲作中的【一江风】由汤显祖《牡丹亭》第九出《肃苑》析出	《霓裳续谱》卷四
独步闲游	【岔曲】中间犯入一支【秧歌】，即【岔曲】（前半曲）加一支【秧歌】加【岔尾】，同押一韵	《霓裳续谱》卷四

续表

篇名	所用曲调及组合形式	出处
和风细细	【平岔】中间犯入一支【王大娘】，即【平岔】（前半曲）加一支【王大娘】加【岔尾】，同押一韵	《霓裳续谱》卷四
俺家住在杨柳青	【平岔】中间犯入一支【独柳调】，即【平岔】（前半曲）加一支【独柳调】加【岔尾】，同押一韵	《霓裳续谱》卷四
不受教调叫我难瞧	【平岔】中间犯入一支【南罗儿】，即【平岔】（前半曲）加一支【南罗儿】加【岔尾】，同押一韵	《霓裳续谱》卷四
卸残妆等候才郎	【平岔】中间犯入【弦子腔】三句、【吹腔】四句、【黄沥调】四句、【剪靛花】四句、【银纽丝】三句，即【平岔】（前半曲）加三句【弦子腔】、四句【吹腔】、四句【黄沥调】、四句【剪靛花】、三句【银纽丝】、加【岔尾】，同押一韵	《霓裳续谱》卷四
王瑞兰进花园自解自叹	【黄沥调】中间犯入一支【江儿水】、一支【香柳娘】、一支【黄沥调】、四句【园林好】、一支【雁儿落】，即【黄沥调】（前半曲）加【江儿水】加【香柳娘】加【黄沥调】加四句【园林好】加【雁儿落】加【黄沥调尾】，同押一韵	《霓裳续谱》卷五
王瑞兰进花园自解自叹	【黄沥调】中间犯入一支【黄沥调】、两支【北叠落金钱】，即【黄沥调】（前半曲）加【黄沥调】加【北叠落金钱】加【北叠落金钱】加【黄沥调尾】，同押一韵	《霓裳续谱》卷五
女大思春	【岔曲】中间犯入【剪靛花】、【杨柳调】、【杨柳调】、【杨柳调】、【寄生草】，即【岔曲】（前半曲）加【剪靛花】加三支【杨柳调】加【寄生草】加【岔尾】，各支曲子分别押韵，内容形式上都是一个整体	《霓裳续谱》卷五
王瑞兰移步进花园	【岔曲】中间犯入【北寄生草】，即【岔曲】（前半曲）加【北寄生草】加【岔】（从曲子句数格式上看，此处的是【岔尾】），押同一韵	《霓裳续谱》卷五
佳人下牙床	【岔曲】中间犯入【剪靛花】，即【岔曲】（前半曲）加【剪靛花】加【岔尾】，押同一韵	《霓裳续谱》卷五

续表

篇名	所用曲调及组合形式	出处
泪涟涟叫了声丫鬟	【岔曲】中间犯入【倒扳桨】，即【岔曲】（前半曲）加【倒扳桨】加【岔尾】，押同一韵	《霓裳续谱》卷五
两意相投	【岔曲】中间犯入【隶津调】，即【岔曲】（前半曲）加【隶津调】加【岔尾】，押同一韵	《霓裳续谱》卷五
夏景天	【岔曲】中间犯入【西腔】，即【岔曲】（前半曲）加【西腔】加【岔尾】，押同一韵	《霓裳续谱》卷五
香闺冷落	【岔曲】中间犯入【银纽丝】、【南罗儿】，即【岔曲】（前半曲）加【银纽丝】加【南罗儿】加【岔尾】，押同一韵	《霓裳续谱》卷五
姐在房中闷沉沉	【剪靛花】中间犯入【南词】，即【剪靛花】（前半曲）加【南词】加【剪靛花】（后一部分），押同一韵	《霓裳续谱》卷五
静坐幽斋	【岔曲】中间犯入【王大娘】，即【岔曲】（前半曲）加【王大娘】加【岔尾】，押同一韵	《霓裳续谱》卷五
保儿报说赛芙蓉偷走	【剪靛花带戏】中间犯入【驻云飞】，即【剪靛花带戏】（前半曲）加【驻云飞】加【剪靛花尾】，押同一韵	《霓裳续谱》卷五
奴初醒猛回头	【北叠落金钱】中间犯入【戏韵】，即【北叠落金钱】（前半曲）加【戏韵】加【叠落金钱尾】，押同一韵	《霓裳续谱》卷五
雨过天凉	【平岔】中间犯入【诗篇】，即【平岔】（前半曲）加【诗篇】加【岔尾】，押同一韵	《霓裳续谱》卷六
月满阑干	【平岔】中间犯入【慢剪靛花】，即【平岔】（前半曲）加【慢剪靛花】加【岔尾】，押同一韵	《霓裳续谱》卷六
夏日天长	【剪靛花】中间犯入【南词】，即【剪靛花】（前半曲）加【南词】加【剪靛花尾】，押同一韵	《霓裳续谱》卷六
思想多娇	【平岔】中间犯入【罗江怨】，即【平岔】（前半曲）加【罗江怨】加【岔尾】，押同一韵	《霓裳续谱》卷六
恹恹病病	【平岔】中间犯入【弦子腔】，即【平岔】（前半曲）加【弦子腔】加【岔尾】，押同一韵	《霓裳续谱》卷六

续表

篇名	所用曲调及组合形式	出处
正愁烦	【平岔】中间犯入【寄生草】，即【平岔】（前半曲）加【寄生草】加【岔尾】，押同一韵	《霓裳续谱》卷六
暮秋九月菊花黄	【剪靛花】中间犯入【南词】，即【剪靛花】（前半曲）加【南词】加【剪靛花尾】，押同一韵	《霓裳续谱》卷六
佳人睡眠迟	【平岔】中间犯入【隶津调】，即【平岔】（前半曲）加【隶津调】加【岔尾】，押同一韵	《霓裳续谱》卷六
默默无言	【平岔】中间犯入【诗篇】，即【平岔】（前半曲）加【诗篇】加【岔尾】，押同一韵	《霓裳续谱》卷六
周羽妻泪如麻	【重重续】中间犯入【锁南枝】，即【重重续】（前半曲）加【锁南枝】加【重重续尾】，押同一韵	《霓裳续谱》卷六
卖花婆把花园进	【怯音寄生草】中间犯入【油葫芦】，即【怯音寄生草】（前半曲）加【油葫芦】加【怯音寄生草尾】，押同一韵。曲作中的【油葫芦】由徐复祚《红梨记》第二十三出《计赚》析出	《霓裳续谱》卷六
五色祥云绕碧天	【剪靛花】中间犯入【倒搬桨】，即【剪靛花】（前半曲）加【倒搬桨】加【剪靛花尾】，押同一韵	《霓裳续谱》卷六
美满的姻缘	【平岔】中间犯入【满江红】，即【平岔】（前半曲）加【满江红】加【岔尾】，押同一韵	《霓裳续谱》卷六
闷恹恹晚风透	【平岔】中间犯入【王大娘】，即【平岔】（前半曲）加【王大娘】加【岔尾】，押同一韵	《霓裳续谱》卷六
残春将尽	【平岔】中间犯入【诗篇】，即【平岔】（前半曲）加【诗篇】加【岔尾】，押同一韵	《霓裳续谱》卷七
朱砂一点	【剪靛花】中间犯入【摊黄调】，即【剪靛花】（前半曲）加【摊黄调】加【剪靛花尾】，押同一韵	《霓裳续谱》卷七
五月里端阳炎热天	【平岔】中间犯入【剪靛花】，即【平岔】（前半曲）加【剪靛花】加【岔尾】，押同一韵	《霓裳续谱》卷七

续表

篇名	所用曲调及组合形式	出处
独自伤惨	【平岔】中间犯入【北寄生草】，即【平岔】（前半曲）加【北寄生草】加【岔尾】，押同一韵	《霓裳续谱》卷七
陈慥变羊	【数岔】中间犯入【垛字紧】、【银纽丝】，即【数岔】（前半曲）加【垛字紧】加【银纽丝】加【岔尾】，押同一韵	《霓裳续谱》卷七
凤阳歌来了	【数岔】中间犯入【秧歌】，即【数岔】（前半曲）加【秧歌】加【岔尾】，押同一韵	《霓裳续谱》卷七
碧云天黄花地	【寄生草】中间犯入【诗篇】，即【寄生草】（前半曲）加【诗篇】加【寄生草尾】，押同一韵	《霓裳续谱》卷七
终日恹恹身有恙	【南寄生草】中间犯入【懒画眉】，即【南寄生草】（前半曲）加【懒画眉】加【寄生草尾】，押同一韵。曲作中的【懒画眉】由袁于令《西楼记》第八出《病晤》析出	《霓裳续谱》卷七
露滴香阶	【平岔】中间犯入【南锣儿】，即【平岔】（前半曲）加【南锣儿】加【岔尾】，押同一韵	《霓裳续谱》卷八
喜只喜的花容貌	【番调寄生草】中间犯入【南锣儿】，即【番调寄生草】（前半曲）加【南锣儿】加【番调寄生草尾】，押同一韵	《霓裳续谱》卷八
莺莺红娘	【寄生草】中间犯入【罗江怨】，即【寄生草】（前半曲）加【罗江怨】加【寄生草尾】，押同一韵	《霓裳续谱》卷八
冷冷清清孤孤另另	【平岔】中间犯入【河南调】，即【平岔】（前半曲）加【河南调】加【岔尾】，押同一韵	《霓裳续谱》卷八
朝思暮想	【平岔】中间犯入【节节高】，即【平岔】（前半曲）加【节节高】加【岔尾】，押同一韵	《霓裳续谱》卷八
佳人盼才郎闷恹恹坐在绣房	【平岔】中间犯入【隶津调】，即【平岔】（前半曲）加【隶津调】加【岔尾】，押同一韵	《霓裳续谱》卷八
鼓乐声喧	【平岔】中间犯入【隶津调】，即【平岔】（前半曲）加【隶津调】加【岔尾】，押同一韵	《霓裳续谱》卷八

续表

篇名	所用曲调及组合形式	出处
岂有此礼（理）使不的（得）	【平岔】中间犯入【剪靛花】，即【平岔】（前半曲）加【剪靛花】加【岔尾】，押同一韵	《霓裳续谱》卷八
沉沉睡	【平岔带戏】中间犯入【孝顺歌】，即【平岔带戏】（前半曲）加【孝顺歌】加【岔尾】，押同一韵	《霓裳续谱》卷八
柳叶儿青	【平岔】中间犯入【弹黄调】，即【平岔】（前半曲）加【弹黄调】加【岔尾】，押同一韵	《霓裳续谱》卷八
秋风儿刮	【平岔】中间犯入【诗篇】，即【平岔】（前半曲）加【诗篇】加【岔尾】，押同一韵	《霓裳续谱》卷八
盼郎不归紧皱双眉	【平岔】中间犯入【罗江怨】，即【平岔】（前半曲）加【罗江怨】加【岔尾】，押同一韵	《霓裳续谱》卷八
本在村乡	【西岔】中间犯入【西腔】，即【西岔】（前半曲）加【西腔】加【西岔尾】，押同一韵	《霓裳续谱》卷八
留神听	【数岔】中间犯入【老八板】，即【数岔】（前半曲）加【老八板】加【岔尾】，【数岔】押韵与【老八板】不同	《霓裳续谱》卷八
梨花含羞	【平岔】中间犯入【倒推船】，即【平岔】（前半曲）加【倒推船】加【岔尾】，押同一韵	《霓裳续谱》卷八
叹五更	【马头调】中间犯入五支【银纽丝】（作品只在第一支【银纽丝】前标出了曲牌名，但实际上是用五支【银纽丝】依次叙述五更情状），即【马头调】（前半曲）加五支【银纽丝】加【马头调】（后半曲）。五支【银纽丝】和【马头调】分别押韵，押韵不合犯调规则，但是形式上是犯调特点	《白雪遗音》卷一
孟姜女	【岭儿调】中间犯入五支【湖广调】（作品只在第一支【湖广调】前标出了曲牌名，但实际上是用五支【湖广调】依次叙述五更情状），即【岭儿调】（前半曲）加五支【湖广调】加【岭儿调】（后半曲）。五支【湖广调】和【马头调】分别押不同的韵，押韵不合犯调规则，但是形式上是犯调特点	《白雪遗音》卷一

续表

篇名	所用曲调及组合形式	出处
醉打山门	【马头调】中间犯入一支"山歌"（四句、每句七字），即【马头调】（前半曲）加"山歌"加【马头调】（后半曲），【马头调】与"山歌"押韵不同，押韵不合规	《白雪遗音》卷二
套上车儿（沟调）	【沟调】中间犯入一支【剪靛花】，即【沟调】（前半部分）加【剪靛花】加【正调】（即【沟调】后半部分），【沟调】与【剪靛花】押不同的韵，押韵不合犯调规则	《白雪遗音》卷二
玉宇无尘	【马头调】中间犯入一支【孝顺歌】，即【马头调】（前半部分）加【孝顺歌】加【正调】（即【马头调】后半部分），押同一韵	《白雪遗音》卷二
阳告（带昆）	【马头调】中间犯入"昆腔"（未标明是什么牌调），即【马头调】（前半部分）加"昆腔"加【正调】（即【马头调】后半部分），押同一韵	《白雪遗音》卷二
备上马儿（沟调）	【沟调】中间犯入一支【剪靛花】，即【沟调】（前半部分）加【剪靛花】加【原调】（即【沟调】后半部分），押同一韵	《白雪遗音》卷二
从今后	【满江红】中间犯入【银纽丝】（四句）、【起字调】（四句）、"乱弹"（三句）、【马头调】（两句），即【满江红】（前半部分）加【银纽丝】（四句）加【起字调】（四句）加"乱弹"（三句）加【马头调】（两句）加【满江红】（后半部分），押同一韵	《白雪遗音》卷二
暮秋九月	【剪靛花】中间犯入【南词】，即【剪靛花】（前半部分）加【南词】加【正调】（即【剪靛花】后半部分），押同一韵	《白雪遗音》卷三
朱红一点	【剪靛花】中间犯入【南词】，即【剪靛花】（前半部分）加【南词】加【正调】（即【剪靛花】后半部分），押同一韵	《白雪遗音》卷三
二月春光	【剪靛花】中间犯入【南词】，即【剪靛花】（前半部分）加【南词】加【正调】（即【剪靛花】后半部分），押同一韵	《白雪遗音》卷三

续表

篇名	所用曲调及组合形式	出处
夏日天长	【剪靛花】中间犯入【南词】，即【剪靛花】（前半部分）加【南词】加【正调】（即【剪靛花】后半部分），押同一韵	《白雪遗音》卷三
闷沉沉	【剪靛花】中间犯入【南词】，即【剪靛花】（前半部分）加【南词】加【正调】（即【剪靛花】后半部分），押同一韵	《白雪遗音》卷三
五色祥云	【剪靛花】中间犯入【倒推浆（桨）】，即【剪靛花】（前半部分）加【倒推浆（桨）】加【正调】（即【剪靛花】后半部分），押同一韵	《白雪遗音》卷三
杨柳青	【起字呀呀呦】中间犯入【边关调】（五句）、【勾月梅】（四句）、【银纽丝】（四句）、【绣荷包】（五句）、【十不闲】（四句），即【起字呀呀呦】（前半部分）加【边关调】（五句）、【勾月梅】（四句）、【银纽丝】（四句）、【绣荷包】（五句）、【十不闲】（四句）加【尾】（【起字呀呀呦】后半部分）。【起字呀呀呦】与各曲子押不同的韵	《白雪遗音》卷三
闹龙舟	【起字呀呀呦】中间犯入【剪靛花】，即【起字呀呀呦】（前半部分）加【剪靛花】加【尾】（【起字呀呀呦】后半部分），押同一韵	《白雪遗音》卷三
青山在	【起字呀呀呦】中间犯入【当调】，即【起字呀呀呦】（前半部分）加【当调】加【尾】（【起字呀呀呦】后半部分），押同一韵	《白雪遗音》卷三
香闺冷落	【起字呀呀呦】中间犯入【银纽丝】和【南罗】，即【起字呀呀呦】（前半部分）加【银纽丝】及【南罗】加【尾】（【起字呀呀呦】后半部分），押同一韵	《白雪遗音》卷三
闷坐牙床	【起字呀呀呦】中间犯入【剪靛花】，即【起字呀呀呦】（前半部分）加【剪靛花】加【尾】（【起字呀呀呦】后半部分），押同一韵	《白雪遗音》卷三

续表

篇名	所用曲调及组合形式	出处
风流俊俏	【起字呀呀呦】中间犯入【叠断桥】，即【起字呀呀呦】（前半部分）加【叠断桥】加【尾】（【起字呀呀呦】后半部分），押同一韵	《白雪遗音》卷三
睡眠迟	【起字呀呀呦】中间犯入【叠断桥】，即【起字呀呀呦】（前半部分）加【叠断桥】加【尾】（【起字呀呀呦】后半部分），押同一韵	《白雪遗音》卷三
睡眠迟其二	【起字呀呀呦】中间犯入【叠断桥】，即【起字呀呀呦】（前半部分）加【叠断桥】加【尾】（【起字呀呀呦】后半部分），押同一韵	《白雪遗音》卷三
卸残妆	【起字呀呀呦】中间犯入【倒推船】（五句）、"乱弹"（五句）、【黄鹂调】（四句）、【剪靛花】（四句）、【银纽丝】（三句），即【起字呀呀呦】（前半部分）加【倒推船】（五句）、"乱弹"（五句）、【黄鹂调】（四句）、【剪靛花】（四句）、【银纽丝】（三句）加【尾】（【起字呀呀呦】后半部分），押同一韵	《白雪遗音》卷三
算一算	【起字呀呀呦】中间犯入【当调】，即【起字呀呀呦】（前半部分）加【当调】加【尾】（【起字呀呀呦】后半部分），押同一韵	《白雪遗音》卷三
冷冷清清	【起字呀呀呦】中间犯入【剪靛花】，即【起字呀呀呦】（前半部分）加【剪靛花】加【尾】（【起字呀呀呦】后半部分），押同一韵	《白雪遗音》卷三
满园花开	【起字呀呀呦】中间犯入【当调】，即【起字呀呀呦】（前半部分）加【当调】加【尾】（【起字呀呀呦】后半部分），押同一韵	《白雪遗音》卷三
赐山儿	【起字呀呀呦】中间犯入【扒山调】，即【起字呀呀呦】（前半部分）加【扒山调】加【尾】（【起字呀呀呦】后半部分），押同一韵	《白雪遗音》卷三

续表

篇名	所用曲调及组合形式	出处
和风细细	【起字呀呀呦】中间犯入【王大娘】，即【起字呀呀呦】（前半部分）加【王大娘】加【尾】（【起字呀呀呦】后半部分），押同一韵	《白雪遗音》卷三
不受教调	【起字呀呀呦】中间犯入【南罗儿】，即【起字呀呀呦】（前半部分）加【南罗儿】加【尾】（【起字呀呀呦】后半部分），押同一韵	《白雪遗音》卷三
逛花园	【起字呀呀呦】中间犯入【倒推船】及【山坡羊】（五句），即【起字呀呀呦】（前半部分）加【倒推船】及【山坡羊】（五句）加【尾】（【起字呀呀呦】后半部分），押同一韵	《白雪遗音》卷三
静坐幽斋	【起字呀呀呦】中间犯入【王大娘】，即【起字呀呀呦】（前半部分）加【王大娘】加【尾】（【起字呀呀呦】后半部分），押同一韵	《白雪遗音》卷三
雨过天凉	【起字呀呀呦】中间犯入【诗篇】，即【起字呀呀呦】（前半部分）加【诗篇】加【尾】（【起字呀呀呦】后半部分），押同一韵	《白雪遗音》卷三
思想多娇	【起字呀呀呦】中间犯入【罗江怨】，即【起字呀呀呦】（前半部分）加【罗江怨】加【尾】（【起字呀呀呦】后半部分），押同一韵	《白雪遗音》卷三
恹恹病病	【起字呀呀呦】中间犯入【弦子腔】，即【起字呀呀呦】（前半部分）加【弦子腔】加【尾】（【起字呀呀呦】后半部分），押同一韵	《白雪遗音》卷三
正愁烦	【起字呀呀呦】中间犯入【寄生草】，即【起字呀呀呦】（前半部分）加【寄生草】加【尾】（【起字呀呀呦】后半部分），押同一韵	《白雪遗音》卷三
美满姻缘	【起字呀呀呦】中间犯入【满江红】，即【起字呀呀呦】（前半部分）加【满江红】加【尾】（【起字呀呀呦】后半部分），押同一韵	《白雪遗音》卷三

续表

篇名	所用曲调及组合形式	出处
露滴香阶	【起字呀呀呦】中间犯入【南罗儿】，即【起字呀呀呦】（前半部分）加【南罗儿】加【尾】（【起字呀呀呦】后半部分），押同一韵	《白雪遗音》卷三
朝思暮想	【起字呀呀呦】中间犯入【节节高】，即【起字呀呀呦】（前半部分）加【节节高】加【尾】（【起字呀呀呦】后半部分），押同一韵	《白雪遗音》卷三
盼郎不归	【起字呀呀呦】中间犯入【罗江怨】，即【起字呀呀呦】（前半部分）加【罗江怨】加【尾】（【起字呀呀呦】后半部分），押同一韵	《白雪遗音》卷三
锯缸	【起字呀呀呦】中间犯入【扒山调】，即【起字呀呀呦】（前半部分）加【扒山调】加【尾】（【起字呀呀呦】后半部分），押同一韵	《白雪遗音》卷三
饯别	【八角鼓】中间犯入【罗江怨】（五句）、【倒推船】（三句），即【八角鼓】（前半部分）加【罗江怨】（五句）、【倒推船】（三句）加【尾】（即【八角鼓】后半部分），押同一韵	《白雪遗音》卷三
游学	【八角鼓】中间犯入【南罗儿】（五句）、【罗江怨】（五句）、【倒推船】（四句），即【八角鼓】（前半部分）加【南罗儿】（五句）、【罗江怨】（五句）、【倒推船】（四句）加【尾】（即【八角鼓】后半部分），押同一韵	《白雪遗音》卷三
万事如意	【八角鼓】中间犯入【罗江怨】，即【八角鼓】（前半部分）加【罗江怨】加【尾】（即【八角鼓】后半部分），押同一韵	《白雪遗音》卷三
夏景天	【八角鼓】中间犯入【四大景】，即【八角鼓】（前半部分）加【四大景】加【尾】（即【八角鼓】后半部分），押同一韵	《白雪遗音》卷三
瑞雪成堆	【八角鼓】中间犯入【四大景】，即【八角鼓】（前半部分）加【四大景】加【尾】（即【八角鼓】后半部分），押同一韵	《白雪遗音》卷三

续表

篇名	所用曲调及组合形式	出处
妓女悲伤	【八角鼓】中间犯入【四大景】、【碧桃花】、【叠断桥】、【南罗儿】五句、【罗江怨】、【太平年】、【倒推船】两句、【诗篇】、【高腔】，押同一韵	《白雪遗音》卷三
三更月照湘帘外	【寄生草】（九句）带【隶津调】（七句）组合成一曲，押同一韵，集曲形式	《霓裳续谱》卷四
佳人独自频嗟叹	【寄生草】（六句）加【隶津调】（十三句）组合成一曲，押同一韵，集曲形式	《霓裳续谱》卷四
叫声丫鬟	【呀呀呦】、【倒推船】、【山坡羊】（五句）、【岔尾】组成一曲，押同一韵，集曲形式	《霓裳续谱》卷五
时和景泰不觉得秋凉	【平岔】之后加【岔尾】（五句），押同一韵，作品没有标作【平岔带岔尾】，集曲形式	《霓裳续谱》卷六
寻思默默没计奈何	【平岔】（六句）加【寄生草】（八句）加【隶津调】（八句）组合成一曲，押同一韵，集曲形式	《霓裳续谱》卷六
青云路通	【平岔带戏】之后加【岔尾】（四句），押同一韵，集曲形式	《霓裳续谱》卷六
凤阳鼓凤阳锣	【秧歌】之后加【岔尾】（三句），押同一韵，集曲形式	《霓裳续谱》卷七
谨记谨记	【平岔带马头调】（名虽为此，但是并不是【平岔】全曲带上【马头调】全曲，而是各取二曲的部分句子合成，因此实为集曲形式），押同一韵	《霓裳续谱》卷八
一见多情暗滚下泪痕	【平岔带马头调】（名虽为此，但是并不是【平岔】全曲带上【马头调】全曲，而是各取二曲的部分句子合成，因此实为集曲形式），押同一韵	《霓裳续谱》卷八
泪珠儿点点滴	【北叠落】中间犯入【慢岔】，即【北叠落】（前半曲）加【慢岔】加【叠落尾】，押同一韵，集曲形式	《霓裳续谱》卷八

续表

篇名	所用曲调及组合形式	出处
饯别	【马头调】（十六句）加【银纽丝】（六句）加【叠断桥】（四句）加【正调】（即【马头调】四句）加【罗江怨】（四句）加【正调】（即【马头调】八句）共同集合成一曲，押同一韵，集曲形式	《白雪遗音》卷一
奇怪奇怪	【马头调】（七句）加【剪剪花】（十四句）加【正调】（即【马头调】四句）共同集合成一曲，押同一韵，集曲形式	《白雪遗音》卷一
王昭君	【满江红】（五句）加“昆腔”（一句）加“乱弹”（三句）加【满江红】四句共同组合成一曲，押同一韵，集曲形式	《白雪遗音》卷二
因为隔墙	【寄生草】（部分）加【隶津调】（部分）加【寄生草】（部分）加【隶津调】（部分）组成一曲，押同一韵（集曲形式的犯调）	《霓裳续谱》卷五

表格四：明清歌谣时调中的翻谱改调作品——【挂枝儿】与【劈破玉】

改调前作品名	改调前作品出处	改调后作品名	改调后作品出处	改调之后作品的主要变化
耐心	《挂枝儿》	耐心	《徽池雅调》	第二句中衬字变为正文，去掉了末句前的衬字
耐心	《挂枝儿》	耐心	《徽池雅调》	末句衬字被删，其他衬字变为正文
缘法	《挂枝儿》	缘法	《徽池雅调》	衬字变为正文
虚名	《挂枝儿》	虚名	《徽池雅调》	衬字变为正文
错认	《挂枝儿》	错认	《徽池雅调》	衬字变为正文
分离	《挂枝儿》	分离	《徽池雅调》	第六句多一字
变	《挂枝儿》	变	《徽池雅调》	衬字变为正文
描真	《挂枝儿》	描真	《徽池雅调》	第六句多一字

续表

改调前作品名	改调前作品出处	改调后作品名	改调后作品出处	改调之后作品的主要变化
陪笑	《挂枝儿》	陪笑	《徽池雅调》	衬字变为正文，第六句重复一次，去掉了倒数第二句前的“乖”
陪笑	《挂枝儿》	答	《徽池雅调》	衬字变为正文，去掉了倒数第二句前的“乖”
病	《挂枝儿》	病	《徽池雅调》	倒数一二句分别加一字
病	《挂枝儿》	病	《徽池雅调》	衬字变为正文，末句略有变化
画	《挂枝儿》	画	《徽池雅调》	衬字变为正文，末两句合为一句、内容略变
查问	《挂枝儿》	查问	《徽池雅调》	衬字变为正文，末两句各少一字
查问	《挂枝儿》	查问	《徽池雅调》	除首句外，其他句中衬字变为正文，末二句内容略变
识破	《挂枝儿》	识破	《徽池雅调》	衬字变为正文
怕闪	《挂枝儿》	怕闪	《徽池雅调》	衬字变为正文
缘尽	《挂枝儿》	缘尽	《徽池雅调》	衬字变为正文
自明	《挂枝儿》	自明	《徽池雅调》	无
扯汗巾	《挂枝儿》	吃醋	《徽池雅调》	衬字变为正文
嗔妓	《挂枝儿》	嗔妓	《徽池雅调》	衬字变为正文
寄夫	《挂枝儿》	寄夫	《徽池雅调》	衬字变为正文，末二句内容略变
多心	《挂枝儿》	多心	《徽池雅调》	衬字变为正文
自明	《挂枝儿》	自明	《徽池雅调》	衬字变为正文
管	《挂枝儿》	管	《徽池雅调》	第四五句各有一衬字变为正文
无信	《挂枝儿》	无信	《徽池雅调》	衬字变为正文
狠	《挂枝儿》	狠	《徽池雅调》	第一三句中衬字变为正文

续表

改调前 作品名	改调前 作品出处	改调后 作品名	改调后 作品出处	改调之后 作品的主要变化
心变	《挂枝儿》	变	《徽池雅调》	衬字大多变为正文，第三句内容略有变，末句前的衬字被去掉
咒	《挂枝儿》	咒	《徽池雅调》	衬字变为正文
告状	《挂枝儿》	告状	《徽池雅调》	衬字变为正文，末句内容略变
蜡烛	《挂枝儿》	蜡烛	《徽池雅调》	衬字变为正文
箫	《挂枝儿》	箫管	《徽池雅调》	衬字变为正文
鼓	《挂枝儿》	鼓儿	《徽池雅调》	第二句略有不同
睡鞋	《挂枝儿》	睡鞋	《徽池雅调》	衬字变为正文，第三句略有不同
帐钩	《挂枝儿》	帐钩	《徽池雅调》	衬字变为正文，末尾多出两句
粽子	《挂枝儿》	粽	《徽池雅调》	衬字变为正文，二、三、六句有个别字不同
镜	《挂枝儿》	镜子	《徽池雅调》	衬字变为正文
并刀	《挂枝儿》	剪刀	《徽池雅调》	衬字变为正文，个别字词略有不同
茉莉花	《挂枝儿》	无心	《徽池雅调》	衬字变为正文
灯笼	《挂枝儿》	灯笼	《徽池雅调》	衬字变为正文
比方	《挂枝儿》	比方	《徽池雅调》	衬字变为正文，个别字不同
比方	《挂枝儿》	比方	《徽池雅调》	衬字变为正文，个别字不同
从良	《挂枝儿》	从良	《徽池雅调》	衬字变为正文，个别字不同
春	《挂枝儿》	春	《徽池雅调》	衬字变为正文，个别字不同
冬	《挂枝儿》	冬	《徽池雅调》	衬字变为正文，个别字不同
月	《挂枝儿》	月	《徽池雅调》	衬字变为正文，个别字不同
雨	《挂枝儿》	雨	《徽池雅调》	衬字变为正文，四五句与原作不同，末句一字不同，改调后文意更通
雨	《挂枝儿》	雨	《徽池雅调》	衬字变为正文

续表

改调前作品名	改调前作品出处	改调后作品名	改调后作品出处	改调之后作品的主要变化
骂杜康	《挂枝儿》	杜康	《徽池雅调》	衬字变为正文
愁孕	《挂枝儿》	愁孕	《徽池雅调》	衬字变为正文，个别字句略有不同
雁	《挂枝儿》	雁	《徽池雅调》	衬字变为正文，第五六句略有不同
月	《挂枝儿》	月	《徽池雅调》	衬字变为正文，第五句不同
花	《挂枝儿》	花	《徽池雅调》	个别字不同、略有增减
叶	《挂枝儿》	叶	《徽池雅调》	去掉第六句衬字
桃子	《挂枝儿》	桃子	《徽池雅调》	无
杨花	《挂枝儿》	杨花	《徽池雅调》	首句衬字变成正文，末句衬字被删
花蝶	《挂枝儿》	花蝶	《徽池雅调》	衬字变为正文，个别字词不同
荷	《挂枝儿》	荷	《徽池雅调》	末句不同，其他处略有字句不同
狠	《挂枝儿》	无名	《丝弦小曲》	去掉原作衬字，末句前加两个衬字，个别字不同
识破	《挂枝儿》	无名	《丝弦小曲》	衬字变为正文，第四五六七句分别少一、二、三、二个字，末句前加两个衬字
陪笑	《挂枝儿》	无名	《万花小曲》	衬字变为正文，第六句后的衬字“乖”换做“哥”，原作倒数第二句被去掉，作品由八句变为七句
陪笑	《挂枝儿》	无名	《万花小曲》	衬字变为正文，第六句后的衬字“乖”换做“哥”，原作倒数第二句被去掉，作品由八句变为七句，个别字句略有不同
心口相同	《挂枝儿》	无名	《万花小曲》	衬字变为正文，末句前加一衬字，个别字不同
泣想	《挂枝儿》	无名	《万花小曲》	末句前加两个衬字

续表

改调前作品名	改调前作品出处	改调后作品名	改调后作品出处	改调之后作品的主要变化
梦	《挂枝儿》	无名	《万花小曲》	末句前加两个衬字，第六句少一字
心变	《挂枝儿》	无名	《万花小曲》	除第五句开头两个衬字外，其余衬字变为正文，末句前加上两个衬字
愁孕	《挂枝儿》	无名	《万花小曲》	第四句衬字变为正文、又改换删掉两个字，末句前加一衬字，个别字词略不同
变	《挂枝儿》	无名	《万花小曲》	去掉第二句中衬字，第三句中衬字变为正文，末句前加一个衬字
情长	《挂枝儿》	无名	《万花小曲》	衬字变为正文，末句前加一个衬字，第六句少一字
问咬	《挂枝儿》	无名	《万花小曲》	去掉第三句衬字，末句衬字变正文、又去掉两个字，末句前加两个衬字
记日	《挂枝儿》	无名	《万花小曲》	衬字变为正文，末句前加两个衬字
见书	《挂枝儿》	无名	《万花小曲》	衬字变为正文，末句前加两个衬字，个别字词略有不同
卖相思	《挂枝儿》	无名	《万花小曲》	衬字变为正文，末句前加两个衬字，个别字句略有不同
卖相思	《挂枝儿》	无名	《万花小曲》	衬字变为正文，末句前加两个衬字，个别字词略有不同
扯汗巾	《挂枝儿》	无名	《万花小曲》	除第一句外，其余衬字变为正文，末句前加两个衬字，个别字略有异
扯汗巾	《挂枝儿》	无名	《万花小曲》	将原作二三句并为一句，末句前加两个衬字，其余个别字略有异
怕闪	《挂枝儿》	无名	《万花小曲》	衬字变为正文，末句前加两个衬字，个别字词略有不同
分离	《挂枝儿》	无名	《万花小曲》	末句前加两个衬字
花	《挂枝儿》	无名	《万花小曲》	除第二句外，其余衬字被去掉，末句前加两个衬字，个别字句略不同

续表

改调前作品名	改调前作品出处	改调后作品名	改调后作品出处	改调之后作品的主要变化
私窥	《挂枝儿》	无名	《万花小曲》	衬字变为正文，末句前加一个衬字
自矢	《挂枝儿》	无名	《万花小曲》	除第六句外，其余衬字变为正文，末句前加上两个衬字，个别字有异
情淡	《挂枝儿》	无名	《万花小曲》	衬字变为正文，末句前加一个衬字
打梅香	《挂枝儿》	无名	《万花小曲》	衬字变为正文，末句前加两个衬字
病	《挂枝儿》	无名	《万花小曲》	衬字变为正文，末句前加上一个衬字，第六句少一字
书声	《挂枝儿》	无名	《万花小曲》	末句前加一个衬字，第六句少一字
从良	《挂枝儿》	无名	《万花小曲》	衬字变为正文，末句前原有的一个衬字改换为两个，个别字词有异
变	《挂枝儿》	无名	《万花小曲》	衬字变为正文，末句前加上一个衬字，个别字有异
调情	《挂枝儿》	无名	《万花小曲》	末句前加两个衬字，个别字词有异
负心	《挂枝儿》	无名	《万花小曲》	衬字变为正文，末句前加上一个衬字，个别字句有异
负心	《挂枝儿》	无名	《万花小曲》	末句前加一个衬字，个别字句有异
叮嘱	《挂枝儿》	无名	《万花小曲》	衬字变为正文，末句前加上一个衬字，个别字句有异
愿嫁	《挂枝儿》	无名	《万花小曲》	衬字变为正文，末句前加上一个衬字，个别字句有异
狠	《挂枝儿》	无名	《万花小曲》	第一句衬字被去掉一个，第六句衬字被去掉，其余变为正文，末句前加两个衬字，个别字有异
识破	《挂枝儿》	无名	《万花小曲》	衬字变为正文，第四五六七句分别少一、二、三、二个字，末句前加两个衬字

表格五：明清歌谣时调中的翻谱改调作品——【寄生草】与【马头调】

（带把）（没有特别标明曲调的作品改调前所用曲调是【寄生草】，改调后所用曲调是【马头调】）

改调前作品名	改调前作品出处	改调后作品名	改调后作品出处	改调之后作品的主要变化
望江楼儿观不尽山青水秀	《霓裳续谱》卷四	【马头调带把】《望江楼儿》	《白雪遗音》卷一	原作的第一、二、三、四、七、八句被保留，个别字词略有变化；其余句子不同，原作的十二句扩展为十七句，分为七个句段，每个句段后加四或五字的“把”
荷叶上的水珠儿转	《霓裳续谱》卷四	【马头调带把】《露水珠》	《白雪遗音》卷一	所有字句略有变化，比原作第二、四句多一字，第六句少一字，末句不同，删去了末句后的重复句。七个句段后都加四或五字的“把”
【马头调带把】《世界上》	《白雪遗音》卷一	【寄生草带尾】《世上最苦苦不过生拆散》	《霓裳续谱》卷七	删去原作末尾两句及末句后的“把”，其他句后的“把”改调后一律变为正文。个别字词及字数上略有异
一轮明月当空挂	《霓裳续谱》卷四	【马头调带把】《一轮明月》	《白雪遗音》卷一	删掉了原作的第八句，其余句子大致相同，分为七个句段，每个句段后加四或五字的“把”
昨夜晚上灯花爆	《霓裳续谱》卷四	【马头调带把】《灯花爆》	《白雪遗音》卷一	保留了原作的第一至六句、第九至十一句及末尾两句，字词略有变化；其余句子不同。改调后分为七个句段，每个句段后加四或五字的“把”
一面琵琶在墙上挂	《霓裳续谱》卷四	【马头调带把】《有面琵琶》	《白雪遗音》卷一	原作第三句被略改换了内容，末尾的重复句被替换为另外两句。改调后的曲子分为七个句段，每个句段后加四或五字的“把”

续表

改调前作品名	改调前作品出处	改调后作品名	改调后作品出处	改调之后作品的主要变化
情人许下我把红纱扇	《霓裳续谱》卷四	【马头调带把】《许东西》	《白雪遗音》卷一	原作末两句被改换作另外两句，其余均同但个别字词略异。改调后的七个句段后都加了四或五字的“把”
【马头调带把】《抖抖红绫》	《白雪遗音》卷一	【寄生草带尾】《抖了抖红绫懒去睡》	《霓裳续谱》卷四	原作中的七处“把”均变为正文，其中第一、五句段后的“把”保持原状，其余“把”被替换为其他。原作的正文改调后基本保持不变
掩绣户剪银灯	《霓裳续谱》卷四	【马头调带把】《掩绣户》	《白雪遗音》卷一	原作内容除个别字词外基本保持原貌，改调后曲作分为七个句段，每个句段后加上四或五字的“把”
【马头调带把】《又展花笺》	《白雪遗音》卷一	【寄生草带尾】《展花笺不由奴长叹》	《霓裳续谱》卷四	原作中的七处“把”均变为正文，原作正文与“把”的内容基本保持原貌，个别字词有变化
闲来无事当院里坐	《霓裳续谱》卷四	【马头调带把】《看天河》	《白雪遗音》卷一	原作第五句被改换为意思相近的另一句话，末句和末句后的重复改换为另外两句话；改调后的曲文分为七个句段，每个句段后加上四或五字的“把”
濛淞雨儿点点下	《霓裳续谱》卷四	【马头调带把】《细细雨儿》	《白雪遗音》卷一	原作第七八句和末句后的重复句被改换，其他曲文在字句上略异；改调后的曲文分为七个句段，每个句段后加上四或五字的“把”

续表

改调前作品名	改调前作品出处	改调后作品名	改调后作品出处	改调之后作品的主要变化
【南寄生草】《夜至三更你来到》	《霓裳续谱》卷四	【马头调带把】《夜至三更》	《白雪遗音》卷一	原作第六、七句被改换，其他曲文在字句上略异；改调后的曲文分为七个句段，每个句段后加上四或五字的“把”
玉美人儿娇模样	《霓裳续谱》卷四	【马头调带把】《玉美人其二》	《白雪遗音》卷一	原作第七句后加了一句，末句后的重复句被改换为另外一句，其余曲文字句略有异；改调后的曲文分为七个句段，每个句段后加上四或五字的“把”
玉美人儿梳妆罢恹恹病病	《霓裳续谱》卷四	【马头调带把】《玉美人其四》	《白雪遗音》卷一	原作第十一句和末句后的重复句被删掉，第二、三、四句被改换，其余曲文除个别字句外基本未变；改调后的曲文分为七个句段，每个句段后加上四或五字的“把”
【垛字寄生草】《哈巴狗儿汪汪的叫》	《霓裳续谱》卷八	【马头调带把】《哈巴狗儿》	《白雪遗音》卷一	原作第三句被删掉，第六句后加上一句，末句后的重复句被替换；改调后的曲文分为七个句段，每个句段后加上四或五字的“把”
青山绿水明如画	《霓裳续谱》卷四	【马头调带把】《青山绿水》	《白雪遗音》卷一	原作末句后的重复句被替换，其余句子除个别字词有异之外，内容全同；改调后的曲文分为七个句段，每个句段后加上四或五字的“把”
【寄生草】带【隶津调】《三更月照湘帘外》	《霓裳续谱》卷四	【马头调带把】《三更月照》	《白雪遗音》卷一	原作第四、十三句略有改变，末句替换作另一句，其余内容基本相同；改调后的曲文分为七个句段，每个句段后加上四或五字的“把”

续表

改调前作品名	改调前作品出处	改调后作品名	改调后作品出处	改调之后作品的主要变化
佳期约定桃花儿放	《霓裳续谱》卷四	【马头调带把】《佳期约定》	《白雪遗音》卷一	原作末句被替换为另一句，末句后的重复句被保留，其余内容除改换个别字词外全同；改调后的曲文分为七个句段，每个句段后加上四或五字的“把”
一个月到有三十日	《霓裳续谱》卷四	【马头调带把】《一个月》	《白雪遗音》卷一	原作末句后的重复句被替换，其余内容相同；改调后的曲文分为七个句段，每个句段后加上四或五字的“把”
相思害的魂飘荡	《霓裳续谱》卷四	【马头调带把】《相思害的》	《白雪遗音》卷一	除个别字词外内容全同，改调后的曲文分为七个句段，每个句段后加上四或五字的“把”
三月里桃花儿放	《霓裳续谱》卷四	【马头调】《三月清明》	《白雪遗音》卷二	原作第二句前三个字被换作四字，第五句减掉一字，其余除个别字词改换外，内容字数均同
春来春去春常在	《霓裳续谱》卷四	【马头调】《春常在》	《白雪遗音》卷二	原作第四句删掉一字，第五句开头四字替换作三个字，第六句四字被换作另外四字，第八、九句替换作另两句，其余全同
事不关心关心则乱	《霓裳续谱》卷四	【马头调】《事不关心》	《白雪遗音》卷二	第四、十、十一句被替换，其余曲文除个别字词外全部相同
情人送奴一把扇	《霓裳续谱》卷四	【马头调】《红纱扇》	《白雪遗音》卷二	原作第六句被替换，其余曲文除个别字词相异内容大致相同
三阳开泰和风至	《霓裳续谱》卷四	【马头调】《三阳开泰》	《白雪遗音》卷二	除个别字词略有不同之外，曲文内容基本全同

续表

改调前作品名	改调前作品出处	改调后作品名	改调后作品出处	改调之后作品的主要变化
石榴花儿颜色重	《霓裳续谱》卷四	【马头调】《石榴开花》	《白雪遗音》卷二	原作末句后的重复句改调后被替换为另一句，其余曲文除个别字句有异外基本相同
金风吹的梧桐落	《霓裳续谱》卷四	【马头调】《金风吹的》	《白雪遗音》卷二	原作末句后的重复句被删去，其余曲文除个别字句有异外基本相同
人儿人儿今何在	《霓裳续谱》卷四	【马头调】《人儿人儿》	《白雪遗音》卷二	在原作末尾又加上两句，原作曲文除个别字词有异之外，内容相同
一轮明月天涯共	《霓裳续谱》卷四	【马头调】《一轮明月其二》	《白雪遗音》卷二	原作第五、六两个三字句被替换为一个七字句，其余曲文除个别字词有异之外，基本全同
相思害的我难移步	《霓裳续谱》卷四	【马头调】《相思害的其六》	《白雪遗音》卷二	原作末句被改换，其余曲文除个别字词略异之外，全部相同
相思牌儿在门前挂	《霓裳续谱》卷四	【马头调】《相思牌儿》	《白雪遗音》卷二	原作末句后的重复句被替换为另外一句，其余曲文除个别处略异之外，全部相同
得了一颗相思印	《霓裳续谱》卷四	【马头调】《相思印》	《白雪遗音》卷二	原作末句后的重复句被保留，末句替换为另一句，其余曲文除个别处略异之外，全部相同
情人进门你坐下	《霓裳续谱》卷四	【马头调】《冤家进门其二》	《白雪遗音》卷二	原作第七句被替换为另一句，末句后的重复句被替换为另外两句，其余曲文除个别处略异之外，基本相同

续表

改调前作品名	改调前作品出处	改调后作品名	改调后作品出处	改调之后作品的主要变化
冤家进门你别睡	《霓裳续谱》卷四	【马头调】《冤家进门其三》	《白雪遗音》卷二	原作末句后的重复句被替换为两句，原作中“奴生的肥”改为“奴脚儿生的肥”，其余曲文除个别字词略异之外，基本相同
【寄生草带白】《佳人悄立在柳荫下》	《霓裳续谱》卷四	【马头调】《佳人悄立带白当调》	《白雪遗音》卷二	除个别字不同之外，曲文全同
熨斗儿熨不开的眉头皱	《霓裳续谱》卷四	【马头调】《熨斗儿》	《白雪遗音》卷二	原作末句后的重复句被替换做另一句，其余曲文除个别字词略异之外，全部相同
孤灯闪闪	《霓裳续谱》卷四	【马头调】《恨月老》	《白雪遗音》卷二	除了个别字词之外，曲文基本全同，新拟了题目
泪珠儿只在腮边转	《霓裳续谱》卷四	【马头调】《泪珠儿》	《白雪遗音》卷二	原作末句后重复句被删，其余曲文基本全同
【怯音寄生草】《相思害的形体瘦》	《霓裳续谱》卷六	【马头调】《相思害的其二》	《白雪遗音》卷二	除个别字词之外，曲文基本全同
手拿荷包长叹气	《霓裳续谱》卷四	【马头调】《手拿荷包》	《白雪遗音》卷二	原作末句后的重复句被删，其余基本完全相同
哎呦呦实难过	《霓裳续谱》卷四	【马头调】《睡鞋占课》	《白雪遗音》卷二	除个别字词之外，曲文基本全同，新拟了题目

续表

改调前作品名	改调前作品出处	改调后作品名	改调后作品出处	改调之后作品的主要变化
一见情人朝后退	《霓裳续谱》卷四	【马头调】《一见情人其二》	《白雪遗音》卷二	除个别字词之外，曲文基本全同
我劝情人别生气	《霓裳续谱》卷四	【马头调】《我劝情人其二》	《白雪遗音》卷二	原作第九、十两句被替换为另外两句，其余曲文除个别字词之外基本全同
大雪纷纷朝下盖	《霓裳续谱》卷四	【马头调】《大雪纷纷》	《白雪遗音》卷二	原作末句后的重复句被保留，末二句被替换为另外一句曲文，其余曲文除个别字词之外基本全同
濛淞雨儿下的细	《霓裳续谱》卷四	【马头调】《濛淞雨儿》	《白雪遗音》卷二	原作的第三、四句和第五、六句被调换了前后位置，末句后的重复句被替换为另外两句；其余曲文除个别字词之外基本全同
细细的雨儿濛濛淞淞的下	《霓裳续谱》卷六	【马头调】《细细雨儿》	《白雪遗音》卷二	除个别字词之外，曲文基本全同
相交何在新与旧	《霓裳续谱》卷四	【马头调】《相交何在》	《白雪遗音》卷二	原作第四句末、第五句和末句被替换为其他曲文，其余内容基本相同
【怯寄生草】《红绣鞋儿三寸大》	《霓裳续谱》卷四	【马头调】《红绣鞋儿》	《白雪遗音》卷二	原作第三句被替换为另外一句，其余内容除个别字词之外基本全同
【怯寄生草】《红绣鞋儿刚沾地》	《霓裳续谱》卷四	【马头调】《红绣鞋儿其二》	《白雪遗音》卷二	除个别字词之外，曲文基本全同

续表

改调前作品名	改调前作品出处	改调后作品名	改调后作品出处	改调之后作品的主要变化
等你等到黄昏后	《霓裳续谱》卷四	【马头调】《等你等到》	《白雪遗音》卷二	原作第三、六句被替换为另外内容，其余内容除个别字词之外基本全同
牡丹花儿春富贵	《霓裳续谱》卷四	【马头调】《牡丹花儿》	《白雪遗音》卷二	除个别字词之外，曲文基本全同
【北寄生草】《阎婆惜的魂灵到正三更》	《霓裳续谱》卷四	【马头调】《活捉》	《白雪遗音》卷二	原作的题目是取了曲文前两句“阎婆惜的魂灵到，正三更”，有些不通；改调后改换了题目。曲文除个别字词之外，基本全同
我不怕谁谁不怕我	《霓裳续谱》卷四	【马头调】《我不怕谁》	《白雪遗音》卷二	除个别字词之外，曲文基本全同
我这心里一大块	《霓裳续谱》卷四	【马头调】《相思债》	《白雪遗音》卷二	原作第四句被替换为另一句，改调后将原作末句重复一次，其余曲文基本全同，新作使用了新的题目
绣房紧靠书斋近	《霓裳续谱》卷四	【马头调】《绣房紧靠》	《白雪遗音》卷二	除个别字词之外，曲文全同
绿柳儿垂金线	《霓裳续谱》卷四	【马头调】《绿柳发青》	《白雪遗音》卷二	原作第八句被替换为另一句，其余曲文除个别字词之外全同
情人进门你坐下	《霓裳续谱》卷四	【马头调】《送头发》	《白雪遗音》卷二	除个别字词之外，曲文全同

续表

改调前作品名	改调前作品出处	改调后作品名	改调后作品出处	改调之后作品的主要变化
绣鞋儿不见我的心里闷	《霓裳续谱》卷四	【马头调】《绣鞋不见》	《白雪遗音》卷二	除个别字词之外，曲文全同
怕的是宾鸿叫	《霓裳续谱》卷四	【马头调】《怕的是》	《白雪遗音》卷二	除个别字词之外，曲文全同
独自一个添惆怅	《霓裳续谱》卷四	【马头调】《独自一个》	《白雪遗音》卷二	原作第五句后的衬字“哎”和第七句正文“心哪”被合起来都作为衬字“哎心哪”，（估计原本就都是衬字，《霓裳》由于刊刻原因将衬字刻为正文，《白雪》改正了过来），第八句“说不想”改换为“不由人”；其余曲文除个别字词之外，基本全同
【寄生草便音】《一更里》	《霓裳续谱》卷七	【马头调】《叹五更》	《白雪遗音》卷二	曲文除个别字词之外，基本全同，曲名改了
昨日占了一个勾字卦	《霓裳续谱》卷七	【马头调】《勾字卦》	《白雪遗音》卷二	曲文除个别字词之外，基本全同
【垛字寄生草】《听说离别》	《霓裳续谱》卷八	【马头调】《听说离别》	《白雪遗音》卷二	原作第二、三句“叮咛着我那情人”、“嘱咐着我那情人”被合并为一句“叮咛嘱咐我那情人”，其余曲文除个别字词之外，基本全同
欲写情书我可不识字	《霓裳续谱》卷四	【马头调】《欲写情书》	《白雪遗音》卷二	原作末句后的重复句被替换为另外两句，其余曲文除个别字词之外，基本全同

续表

改调前作品名	改调前作品出处	改调后作品名	改调后作品出处	改调之后作品的主要变化
独自一个	《霓裳续谱》卷七	【马头调】《房中闷》	《白雪遗音》卷二	原作第二句后半句被替换作其他词句，其余曲文除个别字词之外，基本全同
有一个妞妞儿	《霓裳续谱》卷四	【马头调】《有一个妞妞》	《白雪遗音》卷二	原作第四句“豆儿不多”被替换为“青豆儿”，其余曲文除个别字词之外，基本全同
未写情书先嗟叹	《霓裳续谱》卷四	【马头调】《未曾写书》	《白雪遗音》卷二	曲文除个别字词之外，基本全同
闲来无事街前旷	《霓裳续谱》卷四	【马头调】《闲来无事》	《白雪遗音》卷二	曲文除个别字词之外，基本全同
茉莉花儿街上卖	《霓裳续谱》卷四	【马头调】《卖花》	《白雪遗音》卷二	曲文除个别字词之外，基本全同。原作开头“卖花”后掉了一个“的”，改调后添上了，另外，新曲使用了新的名字
我的猫儿谁偷去	《霓裳续谱》卷四	【马头调】《不见猫时其二》	《白雪遗音》卷二	曲文除个别字词之外，基本全同
清晨早起梳妆罢	《霓裳续谱》卷四	【马头调】《清晨早起》	《白雪遗音》卷二	原作末尾三句被替换为其他相似内容，其余曲文除个别字词之外，基本全同

表格六：明清歌谣时调中的其他翻谱改调作品

改调前作品所用曲调及名称	改调前作品出处	改调后作品所用曲调及名称	改调后作品出处	改调之后作品的主要变化
【中吕阳春曲】《题情》	白朴散曲小令	【八角鼓】《才郎夜读书》	《白雪遗音》卷三	基本曲意相同，改调后曲文大量增衍铺陈
新增急催玉歌“青山在”	《八能奏锦》	【挂枝儿】《泣想》	《挂枝儿》卷三	第四五句个别字词略有不同，去掉了第六、七、八句，末两句字句略有不同
新增急催玉歌“钦天监”	《八能奏锦》	【挂枝儿】《鸡》	《挂枝儿》卷七	曲意相同，字句表达方式不同
【挂枝儿】《鸡》	《挂枝儿》卷七	“山歌”《五更头》	《山歌》卷二	曲意相同，字句表达方式不同
新增楚歌罗江怨	《词林一枝》	【平岔】加【罗江怨】加【岔尾】《思想多娇》	《霓裳续谱》卷六	内容一致，曲文不同，改调之后篇幅加长，铺叙展开了原作内容
【平岔】加【罗江怨】加【岔尾】《思想多娇》	《霓裳续谱》卷六	【起字岔】《捎书的宾鸿你是听着》	《霓裳续谱》卷六	内容大致相同，曲文比原作有缩减，字句有不同之处
【寄生草】《欲写情书我可不识字》	《霓裳续谱》卷四	【平岔】《悲悲切切》	《霓裳续谱》卷八	曲文全不相同，只是“写信以圈儿代字寄托相思”的意思相似
【打枣竿】《从南来了一群雁》	《霓裳续谱》卷八	【马头调带把】《一群雁》	《白雪遗音》卷一	原作末句和重复句改调后被替换为另外两句，其余句子除个别字词略异外基本保持原貌。改调后的曲作分为七个句段，每个句段后加四或五字的“把”

续表

改调前作品所用曲调及名称	改调前作品出处	改调后作品所用曲调及名称	改调后作品出处	改调之后作品的主要变化
【马头调带把】《奇怪奇怪其二》	《白雪遗音》卷一	【盘香调】《奇怪奇怪》	《霓裳续谱》卷七	原作的第五句段被删掉，每个句段后的“把”被删掉，其他句段的正文稍作了字句上的精简和改换
【扬州歌】丈夫嫌我的脚儿大	《霓裳续谱》卷八	【马头调】《冤家休嫌》	《白雪遗音》卷二	除个别字词略有异之外，曲文全部相同
【隶津调】《佳人独自频嗟叹》	《霓裳续谱》卷六	【马头调】《佳人独坐》	《白雪遗音》卷二	原作第二、三、四、七、十二句中一些词句被替换，但整体内容未改变
【玉沟调】《梧桐树》	《霓裳续谱》卷七	【马头调】《梧桐树上》	《白雪遗音》卷二	原作第一句“我去”被删，第二句“我可”被删、“梧桐树下”被改为“梧桐树上”，第七、八句被替换为另两句，末句后的重复句被改换为另一句话。其余曲文基本相同
【寄生草】《套上车儿我懒怠去》	《霓裳续谱》卷四	《套上车儿》（【沟调】中犯【剪靛花】）	《白雪遗音》卷二	原作改调后被分为前后两段，中间犯入【剪靛花】。原作内容与【沟调】的前后两段内容除个别字词外，全部相同
【寄生草】《青山在绿水在》	《霓裳续谱》卷五	《青山在》（【起字呀呀呦】中犯【当调】）	《白雪遗音》卷三	原作与《青山在》中间犯人的【当调】除个别字词外，全部相同

续表

改调前作品所用曲调及名称	改调前作品出处	改调后作品所用曲调及名称	改调后作品出处	改调之后作品的主要变化
《朱砂一点》（【剪靛花】中犯【摊黄调】）	《霓裳续谱》卷七	《朱红一点》（【剪靛花】中犯【南词】）	《白雪遗音》卷三	原作中的【摊黄调】被改调为【南词】，除个别字词外，曲文几乎全部相同
【剪靛花】《二月春光实可夸》	《霓裳续谱》卷四	《二月春光》（【剪靛花】中犯【南词】）	《白雪遗音》卷三	原作被分为三段，前四句与改调后的【剪靛花】头相同；中间两句被替换为【南词】的前半部分进行演绎；后一部分相当于改调后【南词】的后半部分和【剪靛花】尾，除个别词句外，内容全同
【岔曲】《姐在园中自徘徊》	《霓裳续谱》卷七	【剪靛花】《扑蝴蝶》	《白雪遗音》卷三	原作第三句后加了“哎呦”两个衬字，其余曲文除个别字词外，内容全同
《俺家住在杨柳青》（【平岔】中犯【独柳调】）	《霓裳续谱》卷四	《杨柳青》（【起字呀呀呦】中犯【边关调】等）	《白雪遗音》卷三	原作的主曲【平岔】被改调为新曲的主曲【起字呀呀呦】，两支曲的曲文除个别字词外，内容全同
《五月里端阳炎热天》（【平岔】中犯【剪靛花】）	《霓裳续谱》卷七	《闹龙舟》（【起字呀呀呦】中犯【剪靛花】）	《白雪遗音》卷三	曲文除个别字词外，主曲和犯入曲内容全同。原作中的主曲【平岔】被改调为新曲的主曲【起字呀呀呦】
《香闺冷落》（【岔曲】中犯【银纽丝】等）	《霓裳续谱》卷五	《香闺冷落》（【起字呀呀呦】中犯【银纽丝】等）	《白雪遗音》卷三	曲文除个别字句外，主曲和犯入曲内容全同。原作中的主曲【岔曲】被改调为新曲的主曲【起字呀呀呦】。

续表

改调前作品所用曲调及名称	改调前作品出处	改调后作品所用曲调及名称	改调后作品出处	改调之后作品的主要变化
《佳人睡眠迟》（【平岔】中犯【隶津调】）	《霓裳续谱》卷六	《睡眠迟其二》（【起字呀呀呦】中犯【叠断桥】）	《白雪遗音》卷三	原作【平岔】头、【隶津调】与改调后的【起字呀呀呦】头、【叠断桥】曲文除个别字句略异外，基本全同。原作【平岔】尾和改调后【起字呀呀呦】尾曲文相异
《冷冷清清孤孤另另》（【平岔】中犯【河南调】）	《霓裳续谱》卷八	《冷冷清清》（【起字呀呀呦】中犯【剪靛花】）	《白雪遗音》卷三	原作主曲【平岔】被改调为主曲【起字呀呀呦】，除个别字词之外内容全同。原作中间犯入的【河南调】被改调为【剪靛花】，仍然是犯入的曲调，【剪靛花】在原【河南调】曲文的第十一句后添加了五句，末句后重复了一次，其余曲文除个别字词外全部相同
《夏景天》（【岔曲】中犯【西腔】）	《霓裳续谱》卷五	《赐山儿》（【起字呀呀呦】中犯【扒山调】）	《白雪遗音》卷三	原作主曲【岔曲】被改调为主曲【起字呀呀呦】，除了倒数第二句被替换外，其余曲文基本全同。原作中间犯入的【西腔】被改调为【扒山调】，改后的曲文在原曲文的第四、八句后分别加入两句曲词，其余内容基本全同
【起字岔】《春和景明》	《霓裳续谱》卷四	【起字呀呀呦】《春和景明》	《白雪遗音》卷三	曲文除了个别字词有异外，全部相同
《和风细细》（【平岔】中犯【王大娘】）	《霓裳续谱》卷四	《和风细细》（【起字呀呀呦】中犯【王大娘】）	《白雪遗音》卷三	曲文除了个别字略异外，全部相同。

续表

改调前作品所用曲调及名称	改调前作品出处	改调后作品所用曲调及名称	改调后作品出处	改调之后作品的主要变化
【平岔带马头调】《摘头换鞋》	《霓裳续谱》卷四	【起字呀呀呦】《摘头换鞋》	《白雪遗音》卷三	曲文除了个别字略异外，全部相同
《不受教调叫我难瞧》（【平岔】中犯【南罗儿】）	《霓裳续谱》卷四	《不受教调》（【起字呀呀呦】中犯【南罗儿】）	《白雪遗音》卷三	曲文除了末字不同外，全部相同
《静坐幽斋》（【岔曲】中犯【王大娘】）	《霓裳续谱》卷五	《静坐幽斋》（【起字呀呀呦】中犯【王大娘】）	《白雪遗音》卷三	曲文全部相同
《雨过天凉》（【平岔】中犯【诗篇】）	《霓裳续谱》卷六	《雨过天凉》（【起字呀呀呦】中犯【诗篇】）	《白雪遗音》卷三	曲文全部相同
【马头调】《朔风儿透屋》	《霓裳续谱》卷六	【起字呀呀呦】《朔风透屋》	《白雪遗音》卷三	曲文除了个别字略异外，全部相同
《思想多娇》（【平岔】中犯【罗江怨】）	《霓裳续谱》卷六	《思想多娇》（【起字呀呀呦】中犯【罗江怨】）	《白雪遗音》卷三	曲文除了个别字略异外，全部相同
《恹恹病病》（【平岔】中犯【弦子腔】）	《霓裳续谱》卷六	《恹恹病病》（【起字呀呀呦】中犯【弦子腔】）	《白雪遗音》卷三	曲文除了个别字词略异外，全部相同。

续表

改调前作品所用曲调及名称	改调前作品出处	改调后作品所用曲调及名称	改调后作品出处	改调之后作品的主要变化
《正愁烦》(【平岔】中犯【寄生草】)	《霓裳续谱》卷六	《正愁烦》(【起字呀呀呦】中犯【寄生草】)	《白雪遗音》卷三	曲文除了个别字词略异外，全部相同
【马头调】《缘法未尽》	《霓裳续谱》卷六	【起字呀呀呦】《缘法未尽》	《白雪遗音》卷三	曲文除了个别字词略异外，全部相同
【平岔】《教奴好恼》	《霓裳续谱》卷六	【起字呀呀呦】《教奴好急》	《白雪遗音》卷三	曲文除了个别字词略异外，全部相同。改调后将原作首句的“恼”改为“急”以与本曲的押韵相一致
《美满的姻缘》(【平岔】中犯【满江红】)	《霓裳续谱》卷六	《美满姻缘》(【起字呀呀呦】中犯【满江红】)	《白雪遗音》卷三	曲文除了个别字词略异外，全部相同
【马头调】《郎君病犯》	《霓裳续谱》卷六	【起字呀呀呦】《郎君病犯》	《白雪遗音》卷三	曲文除了个别字词略异外，全部相同
《露滴香阶》(【平岔】中犯【南锣儿】)	《霓裳续谱》卷八	《露滴香阶》(【起字呀呀呦】中犯【南罗儿】)	《白雪遗音》卷三	曲文除了个别字词略异外，全部相同
《朝思暮想》(【平岔】中犯【节节高】)	《霓裳续谱》卷八	《朝思暮想》(【起字呀呀呦】中犯【节节高】)	《白雪遗音》卷三	曲文全部相同

表格七：明清歌谣时调中近似于翻谱改调的作品——【挂枝儿】与【寄生草】

改调前作品名	改调前作品出处	改调后作品名	改调后作品出处	改调之后作品的主要变化
耐心	《挂枝儿》	熨斗儿熨不开的眉头皱	《霓裳续谱》卷四	只是开头两句基本相同，后面句子及意思都不同
卖相思	《挂枝儿》	相思牌儿在门前挂	《霓裳续谱》卷四	只是都用“相思牌”这一语词之意，其余不同
问咬	《挂枝儿》	腮边现放着牙痕印	《霓裳续谱》卷四	只是盘问齿痕印的内容相似
书声	《挂枝儿》	绣房紧靠书斋近	《霓裳续谱》卷四	前半部分“听书”内容一致、叙述不同；后半部分将原作的听懂改作不懂，原作趣味尽失
牛女	《挂枝儿》	闲来无事当院里坐	《霓裳续谱》卷四	前两句相近，其余曲文不同，“独坐见天河，感叹牛女孤单”的曲意相同
荷	《挂枝儿》	荷叶上的水珠儿转	《霓裳续谱》卷四	曲文不同，“以荷叶上水珠分散重聚喻情人情意不定”的曲意相同
泣想	《挂枝儿》	青山在绿水在	《霓裳续谱》卷五	前半部分曲文相似，后半部分曲文不同

表格八：明清歌谣时调中的集名体作品

篇　名	连缀内容	出　处
【北一封书】《曲牌名》	连缀【骂玉郎】、【脱布衫】、【红娘子】等曲牌名	《风月锦囊》卷一
【哭皇天】《闹五更》“一更”至“五更”五支曲	连缀【虞美人】、【骂玉郎】、【一枝花】、【叨叨令】、【太平年】、【普天乐】、【滚绣球】、【一封书】、【西江月】、【倘秀才】、【如梦令】、【一江风】、【好姐姐】、【傍妆台】、【贺新郎】、【忆秦娥】等曲牌名	《词林一枝》卷三中栏

续表

篇　名	连缀内容	出　处
【楚江秋曲】（无曲名）	连缀【虞美人】、【倘秀才】、【山坡羊】、【桂枝香】、【集贤宾】、【好姐姐】、【普天乐】、【快活三】等曲牌名	《大明天下春》卷四中栏
【清江引调】（无曲名）	连缀【傍妆台】、【懒画眉】、【红绣鞋】、【步步娇】、【绕地游】等曲牌名	《大明天下春》卷四中栏
【倒挂真儿】（无曲名）	连缀【倘秀才】、【红娘子】、【步步娇】、【锁南枝】、【黄莺儿】、【沽美酒】、【月儿高】、【不是路】等曲牌名	《乐府万象新》卷二中栏
【劈破玉】《曲牌名》	连缀【集贤宾】、【沽美酒】、【点绛唇】、【小桃红】、【沉醉东风】等曲牌名	《摘锦奇音》卷一
【劈破玉】《曲牌名》	连缀【贺新郎】、【虞美人】、【驻马听】、【集贤宾】、【忆多娇】、【普天乐】等曲牌名	《摘锦奇音》卷一
【挂枝儿】（无曲名）	连缀【倘秀才】、【香柳娘】、【二郎神】、【忆多娇】、【鹊踏枝】等曲牌名	《博笑珠玑》卷五上栏
【西调】《风轻帘栊静》	连缀【黄莺儿】、【卖花声】、【傍妆台】等曲牌名	《霓裳续谱》卷一
【南叠落金钱】带【一江风】《双双手儿捧玉钟》	连缀【一江风】、【宜春令】、【月上海棠】、【一封书】、【玉芙蓉】、【香柳娘】等曲牌名	《霓裳续谱》卷七
【平岔】《手拿着打枣竿》	连缀【打枣竿】、【靠山】、【两头瞒】、【叠落金钱】、【黄鹂调】、【粉红莲】等曲牌名	《霓裳续谱》卷八
【八角鼓】《曲牌》	连缀【南罗】、【耍孩（儿）】、【叠落金钱】、【银纽丝】、【剪靛花】、【玉蛾郎】、【刮地风】、【打枣竿】、【寄生草】、【罗江怨】、【太平年】、【柳青娘】、【孝顺歌】、【倒推船】等曲牌名	《白雪遗音》卷三
【北一封书】《骨牌名》	连缀“折脚雁”、“顺水鱼”、“宾鸿中弹”、“八不就”、“火烧梅”、“隔子眼”、“桃红柳绿”、“寒鹊争梅”等骨牌名	《风月锦囊》卷一

续表

篇　名	连缀内容	出　处
【新增山坡羊】《骨牌名》	连缀“锦裙襕”、“鱼游春水”、“望月”、“揉碎梅花”、“绿暗红稀”、“折脚雁”、“双飞燕”等骨牌名	《风月锦囊》卷一
【楚江秋】《骨牌名》	连缀“金菊对芙蓉”、“踏梯望月”、“劈破莲蓬”、“鱼游春水”、“醉七红”、“醉八红”等骨牌名	《风月锦囊》卷一
【楚江秋】《无名》	连缀“紫燕穿帘”、“油瓶盖”、“八珠环”、“叠胜环”、“桃红柳绿”等骨牌名	《风月锦囊》卷一
【楚江秋】《无名》	连缀“锦裙襕”、“樱桃九熟”、“观灯十五”、“正马军”、“拗马军”等骨牌名	《风月锦囊》卷一
【楚江秋】《无名》	连缀“一枝花”、“隔子眼”、“梅梢月”、“揉碎梅花”、“苏秦佩剑”、“寒鹊争梅”、“朝天五岳”等骨牌名	《风月锦囊》卷一
时兴玉井青莲歌	连缀“天地人和”、“夺钱伍”、“揉碎梅花”、“铁索孤舟”等骨牌名	《大明天下春》卷七
【劈破玉】《骨牌名》	连缀“八不就”、“拗双飞”、“隔子眼”、“火烧梅”、“揉碎梅花”等骨牌名	《摘锦奇音》卷一
【劈破玉】《骨牌名》	连缀“二十四气”、“孩儿十”、“二士入桃园”、“秃爪龙”、“拗双飞”等骨牌名	《摘锦奇音》卷一
【劈破玉】《骨牌名》	连缀“八珠环”、“观灯十五”、“宾鸿中弹”、“霞天孤雁”、“寒鹊争梅”等骨牌名	《摘锦奇音》卷一
【劈破玉】《骨牌名》	连缀“踏梯望月”、“八珠环”、“锦裙襕”、“双龙入海”等骨牌名	《摘锦奇音》卷一
【劈破玉】《骨牌名》	连缀“上天梯”、“梅梢月”、“一枝花”等骨牌名	《摘锦奇音》卷一
【劈破玉】《骨牌名》	连缀“双双飞”、“鱼游春水”、“揉碎梅花”、“劈破莲蓬”、“双龙入海”等骨牌名	《摘锦奇音》卷一
【劈破玉】《骨牌名》	连缀“将军挂印”、“孩儿十”、“九溪十八洞”、“梅梢月”等骨牌名	《摘锦奇音》卷一
【倒挂枝儿】（无曲名）	连缀“二士入桃园”、“锦裙襕”、“揉碎梅花”、“落花满地”、“雪消春水”等骨牌名	《大明春》卷三中栏

续表

篇 名	连缀内容	出 处
【倒挂枝儿】（无曲名）	连缀“一枝花”、“油瓶盖”、“揉碎梅花”、“双龙入海”等骨牌名	《大明春》卷三中栏
【马头调】《牙牌名》	连缀“一枝花”、“将军挂印”、“雁落沙滩”、“一点红”、“格子眼”、“踏梯望月”、“樱桃九熟”、“八宝珠环”、“劈破莲蓬”等牙牌名	《白雪遗音》卷二
【新增山坡羊】《药名》	连缀“槟榔”、“杏仁”、“半夏”、“白芷”、“使君子”、“当归”、“甘草”、“黄连”、“柴胡”、“麦冬”、“枳实”、“茴香”等药名	《风月锦囊》卷一
【新增山坡羊】《药名》	连缀“朱苓”、“细辛”、“黄芪”、“贝母”、“牵牛”、“川芎”、“麻黄”、“地骨皮”、“陈皮”、“人参”、“知母”、“附子”等药名	《风月锦囊》卷一
【楚江秋曲】（无曲名）	连缀“牵牛”、“地骨皮”、“黄连”、“红花”、“枳实”、“当归”、“槟榔”、“厚朴”、“川芎”、“杏仁”、“贝母”等药名	《大明天下春》卷四中栏
【清江引调】（无曲名）	连缀“牵牛”、“茴香”、“麻黄”等药名	《大明天下春》卷四中栏
【新增一封书】（无曲名）	连缀“蛇床”、“半夏”、“门冬”、“川芎”、“当归”、“茴香”等药名	《大明天下春》卷四中栏
【倒挂真儿】（无曲名）	连缀“白芷”、“槟榔”、“当归”、“茴香”、“茵陈”、“使君子”、“黄连”等药名	《乐府万象新》卷二中栏
【劈破玉】《药名》	连缀“白芷”、“槟榔”、“当归”、“红花”、“乳香”、“使君子”等药名	《摘锦奇音》卷一
【劈破玉】《药名》	连缀“人参”、“沉香”、“龟板”、“细辛”、“陈皮”、“茴香”等药名	《摘锦奇音》卷一
【挂枝儿】《药名》	连缀“槟榔”、“远志”、“随风子”、“当归”、“金银花”、“茴香”、“玄胡”等药名	《挂枝儿》卷三
【挂枝儿】《药名》	连缀“人参”、“甘草”、“黄连”、“白芷”、“使君子”、“半夏”、“当归”、“天南星”等药名	《挂枝儿》卷三

续表

篇　名	连缀内容	出　处
【挂枝儿】《药名》	连缀“枳实”、“地骨皮”、“细辛”、“厚朴”等药名	《挂枝儿》卷三
【劈破玉】《花名》	连缀“茉莉”、“瑞香”、“梅杏”、“海棠”、“桂花”等花名	《摘锦奇音》卷一
【劈破玉】《花名》	连缀“牡丹”、“蔷薇”、“荷”、“石榴”、“菊”、“桃”等花名	《摘锦奇音》卷一
【挂枝儿】《花》	连缀“绣球花”、“玉簪儿”、“芙蓉花”、“梅花”、“并头莲”、“杨花”等花名	《挂枝儿》卷八
【挂枝儿】《花名》	连缀“月月红”、“美人蕉”、“金钱”、“杨花”等花名	《挂枝儿》卷八
【寄生草】《玉美人儿梳妆罢》	连缀“玉美人”、“石榴花”、“金莲”、“荼蘼”、“秋菊”、“荷花”等花名	《霓裳续谱》卷四
【寄生草】《牡丹花儿春富贵》	连缀“牡丹”、“麝兰”、“酒仙花”、“玉美人”、“海棠”、“腊梅”等花名	《霓裳续谱》卷四
【寄生草】《玉美人儿娇模样》	连缀“玉美人”、“玉簪花”、“金莲”、“春梅”、“海棠”等花名	《霓裳续谱》卷四
【寄生草】《石榴花儿颜色重》	连缀“石榴花”、“玉簪花”、“玫瑰花”、“芍药”、“牡丹”、“金橘”、“芙蓉”、“茉莉花”等花名	《霓裳续谱》卷四
【马头调】《石榴开花》	连缀“石榴”、“玉簪花”、“玫瑰花”、“芍药”、“牡丹”、“金橘”、“芙蓉”、“茉莉花”、“绣球花”等花名	《白雪遗音》卷二
【马头调】《菱花最爱》	连缀“芙蓉”、“碧桃”、“丁香”、“水仙”、“鸡冠”、“绣球”、“玉簪”、“海棠”、“梅”等花名	《白雪遗音》卷二
【马头调】《牡丹花儿》	连缀“牡丹”、“兰花”、“水仙”、“玉美人”、“海棠”、“腊梅”等花名	《白雪遗音》卷二
【寄生草】《并头莲儿成双对》	连缀“并头莲”、“牡丹”、“芍药”、“玉美人”、“望日葵”、“凤仙花”、“腊梅”、“秋海棠”、“芙蓉”等花名	《偶存各调》

续表

篇 名	连缀内容	出 处
【寄生草】《柳叶儿我为你双眉皱》	连缀“柳叶儿”、“藤叶儿”、“竹叶儿”、“菜叶”、“红叶”、“荷叶”、“茶叶”等叶名	《偶存各调》
【南词】《凤姑愁闷》	连缀“凤”、“鹦哥”、“画眉”、“鸿雁”、“鸾”、“鸳鸯”、“飞燕”、“金雀”、“白鹇”、“鹧鸪”、“麻雀”、“鹊”等鸟名	《白雪遗音》卷四
【马头调】《古人名》	连缀魏青、秦琼、朱美公、雷横、郑恩等人名	《白雪遗音》卷一
【马头调】《古人名其二》	连缀张生、莺莺、吕洞宾、牡丹、陈妙常、潘必正、吕布、貂蝉、潘金莲、西门庆、武松等人名	《白雪遗音》卷一
【马头调】《古人名其三》	连缀高君宝、姜子牙、杨六郎、尉迟公、薛礼、燕青、鲁智深等人名	《白雪遗音》卷一
【马头调】《美人名》	连缀赵飞燕、西施、貂蝉、杨玉环、崔莺莺、红娘、虞姬、花木兰、绿珠、玉莲、张紫燕、息夫人、武则天、李亚仙等人名	《白雪遗音》卷一
【马头调】《古人名》	连缀石崇、绿珠、文君、相如、貂蝉、西施、范蠡、安禄山等人名	《白雪遗音》卷二
【马头调】《古人名其二》	连缀李亚仙、郑元和、赛芙蓉、貂蝉、董卓、西施、张紫燕、秦琼等人名	《白雪遗音》卷二
【马头调】《古人名其三》	连缀百花公主、吕布、貂蝉、崔莺莺、张生、王婆、陈妙常、潘必正、潘金莲、西门庆等人名	《白雪遗音》卷二
【马头调】《古人名其四》	连缀刘金定、穆桂英、张紫燕、秦琼、樊梨花、双阳公主、狄青、杨金花、百花公主、海俊等人名	《白雪遗音》卷二
【马头调】《古人名其五》	连缀柳迎春、瑞莲、紫燕、巧云、飞霞、花木兰、王嫱、崔莺莺、祝英台、春梅、孟玉楼、金莲、文君等人名	《白雪遗音》卷二

续表

篇　名	连缀内容	出　处
【新增山坡羊】《官名》	连缀“通判”、“郎中”、“推官”、“检校”、“尚书”、“侍郎”、“都司”、“司狱”、“提举”、“少卿”等官名	《风月锦囊》卷一
【马头调】《戏名》	连缀《铁冠图》、《满床笏》、《十五贯》、《霸王别姬》、《双打店》、《风筝误》、《单鞭夺槊》等戏名	《白雪遗音》卷一
【马头调】《戏名》	连缀《长生殿》、《合卺（记）》、《麒麟阁》、《桃花扇》、《西厢（记）》、《彩楼（记）》、《金雀（记）》、《十五贯》等戏名	《白雪遗音》卷二
【南词】《义侠英雄》	连缀《义侠（记）》、《长生（殿）》、《翡翠园》、《白蛇传》、《一文钱》、《十五贯》、《彩楼（记）》、《风筝误》、《烂柯山》、《西园（记）》、《麒麟阁》、《琵琶（记）》、《玉簪（记）》、《连环（记）》等戏名	《白雪遗音》卷四
【马头调】《闲唱》	连缀【马头调】《望江楼儿》、《灯花爆》、《双锁山》、《哈巴狗儿》、《情人好比》、《一轮明月》、《有心事儿》、《桐叶惊风》等曲头（名）	《白雪遗音》卷一
【马头调】《曲头》	连缀【马头调】《喜只喜》、《桃花开放》、《浅淡春山》、《鱼儿赴池塘》、《三月里清明》、《玉美人》、《掩绣户》、《玫瑰花儿》、《雨过天凉》、《碧云天》、《千山万水》等曲头（名）	《白雪遗音》卷一
【马头调】《曲头》（其二）	连缀【马头调】《一轮明月》、《玉美人儿》、《卸残妆》、《灯下笑解》、《默默无言》等曲头（名）	《白雪遗音》卷一
【马头调】《曲头》（其三）	连缀【马头调】《二月春光》、《玉美人》、《葡萄架》、《卸残妆》、《一轮明月》、《细细雨儿》等曲头（名）	《白雪遗音》卷一

续表

篇　名	连缀内容	出　处
【马头调】《一轮明月（其三）曲头》	连缀【马头调】、【寄生草】《一轮明月》、《独步闲游》、《望江楼儿》、《青山在绿水在》、《掩绣户》、《人儿人儿》、《恹恹病病》、《大雪纷纷》、《奇怪奇怪》、《红绣鞋儿》等曲头（名）	《白雪遗音》卷二
【马头调】《昨日秋来曲头》	连缀【马头调】《昨日秋来》、《展花笺》、《默默无言》、《碧云天》、《一轮明月》、《欲见难见》等曲头（名）	《白雪遗音》卷二
【马头调】《荡游游的曲头》	连缀【马头调】《荡游游的》、《昨日秋来》、《碧云天》、《二月春光》、《佳人独自》、《默默无言》等曲头（名）	《白雪遗音》卷二
【马头调】《朝思暮想》	连缀【马头调】《朝思暮想》、《展花笺》、《欲写情书》、《恹恹病病》、《瘦损腰肢》等曲头（名）	《白雪遗音》卷二

参考文献

专著（按照书名拼音字母顺序排序）

B

余怀《板桥杂记》　上海古籍出版社 2000 年版

李家瑞《北平俗曲略》　上海文艺出版社 1990 年版

C

张栩辑《彩笔情词》　明天启刻本

秦耕《草根文化散论》　复旦大学出版社 2011 年版

商务印书馆编《丛书集成初编》　中华书局 1983 年版

张禄辑《词林摘艳》　文学古籍社刊行社 1955 年版

龙榆生《词曲概论》　上海古籍出版社 1980 年版

任讷《词曲通义》　商务印书馆 1931 年版

赖桥本《词曲散论》　台北文津出版社 1990 年版

王易《词曲史》　东方出版社 1996 年版

卢冀野编《词曲研究》　中华书局 1934 年版

王小盾、杨栋编《词曲研究》　湖北教育出版社 2004 年版

杨朝英选辑《朝野新声太平乐府》　中华书局 1958 年版

刘烈茂、郭精锐等《车王府曲本研究》　广东人民出版社 2000 年版

D

任半塘《敦煌歌辞总编》　上海古籍出版社 2006 年版

任半塘《敦煌曲初探》　上海文艺联合出版社 1954 年版

王重民辑《敦煌曲子词》　商务印书馆 1956 年版

项楚《敦煌诗歌导论》　台北新文丰出版公司 1993 年版

F

赵景深、张增元编《方志著录元明清曲家传略》 中华书局 1987 年版

李贽《焚书》 中华书局 1975 年版

冯梦龙《冯梦龙全集》 江苏古籍出版社 1993 年版

鹿忆鹿《冯梦龙所辑民歌研究》 台北学海出版社 1986 年版

龚笃清《冯梦龙新论》 湖南人民出版社 2002 年版

孙崇涛、黄仕忠笺校《风月锦囊笺校》 中华书局 2000 年版

史小军《复古与新变——明代文人心态史》 河北教育出版社 2001 年版

G

钟敬文编《歌谣论集》 北新书局 1928 年版

北京大学歌谣研究会编辑《歌谣周刊》 中国民间文艺出版社 1985 年重印本

卓人月汇选《古今词统》 辽宁教育出版社 2000 年版

杜文澜编《古谣谚》 岳麓书社 1992 年版

吴梅《顾曲麈谈·中国戏曲概论》 上海古籍出版社 1998 年版

钮琇《觚賸》 上海古籍出版社 1986 年版

钮琇《归潜志》 钮琇 中华书局 1997 年版

谢桃坊《国学论集》 社会科学文献出版社 2011 年版

H

陈弘绪《寒夜录》，顾廷龙主编《续修四库全书》，上海古籍出版社 2002 年影印本、子部，第 1134 册。

江明惇《汉族民歌概论》 上海文艺出版社 1982 年版

J

陈伯海主编《近四百年中国文学思潮史》 东方出版中心 1997 年版

郑骞《景午丛编》 台湾中华书局 1972 年版

K

顾起元《客座赘语》 中华书局 1987 年版

李梦阳《空同集》 上海古籍出版社 1991 年版

L

无名氏选辑《类聚名贤乐府群玉》 中华书局 1982 年版

无名氏选辑《梨园按试乐府新声》 中华书局 1958 年版

杨朝英等编《历代散曲汇纂》 浙江古籍出版社 1998 年版
俞为民、孙蓉蓉编《历代曲话汇编》 黄山书社 2006—2009 年版
李开先著 路工整理《李开先集》 中华书局上海编辑所 1959 年版
左东岭《李贽与晚明文学思想》 天津人民出版社 1997 年版
王运熙《六朝乐府与民歌》 上海文艺联合出版社 1955 年版
卢前《卢前曲学四种》 中华书局 2006 年版

M

张紫晨《民歌小史》 福建人民出版社 1982 年版
钟敬文《民俗文化学：梗概与兴起》 中华书局 1996 年版
路工编《明代歌曲选》 上海古典文学出版社 1956 年版
罗宗强《明代后期士人心态研究》 南开大学出版社 2006 年版
周玉波、陈书录编《明代民歌集》 南京师范大学出版社 2009 年版
周玉波《明代民歌研究》 凤凰出版社 2005 年版
刘英波《明代散曲北曲创作研究》 当代中国出版社 2004 年版
陈书录《明代诗文的演变》 江苏教育出版社 1996 年版
陈宝良《明代社会生活史》 中国社会科学出版社 2004 年版
谢国桢编《明代社会经济史料选编》 福建人民出版社 2004 年版
饶龙隼《明代隆庆、万历间文学思想转变研究》 西南师范大学出版社 1995 年版
王忠阁《明代社会心理论稿》 中州古籍出版社 1991 年版
方志远《明代城市与市民文学》 中华书局 2004 年版
冯梦龙等编《明清民歌时调集》 上海古籍出版社 1987 年版
华广生编《明清民歌时调集·白雪遗音》 上海古籍出版社 1987 年版
王廷绍编《明清民歌时调集·霓裳续谱》 上海古籍出版社 1987 年版
蒲泉、群明编《明清民歌选》（甲、乙） 上海古典文学出版社 1956、1957 年版
庄一拂编《明清散曲作家汇考》 浙江古籍出版社 1992 年版
田守真编《明散曲纪事》 巴蜀书社 1996 年版
赵景深《明清曲谈》 上海古典文学出版社 1957 年版
赵义山《明清散曲史》 人民出版社 2007 年版
徐元勇《明清俗曲流变研究》 东南大学出版社 2011 年版

张慧剑编《明清江苏文人年表》 上海古籍出版社 1986 年版
王尔敏《明清社会文化生态》 广西师范大学出版社 2009 年版
王尔敏《明清时代庶民文化生活》 岳麓书社 2002 年版
冯天瑜《明清文化史散论》 华中理工大学出版社 1998 年版
汪超宏《明清曲家考》 中国社会科学出版社 2006 年版
张廷玉等撰《明史》 中华书局 1984 年版
谷应泰撰《明史纪事本末》 中华书局 1977 年版

N

陈所闻辑，赵景深校订《南北宫词纪》 中华书局 1959 年版
陶宗仪《南村辍耕录》 中华书局 1980 年版
凌濛初辑《南音三籁》 上海古籍书店 1963 年影印本
张继光《〈霓裳续谱〉研究》 花木兰文化出版社 2007 年版

Q

兰拉成《清代散曲研究》 中国社会科学出版社 2011 年版
龚斌《青楼文化与中国文学研究》 汉语大词典出版社 2000 年版
陶慕宁《青楼文学与中国文化》 东方出版社 1993 年版
首都图书馆编《清蒙古车王府藏曲本》 北京古籍出版社 1991 年版
冯尔康、常建华《清人社会生活》 天津人民出版社 1990 年版
赵尔巽等《清史稿》 上海古籍出版社 1996 年《续修四库全书》本
夏咸淳《情与理的碰撞——明代士林心史》 河北大学出版社 2001 年版
卢前《曲雅》 开明书局 1931 年版
叶长海《曲学与戏曲学》 学林出版社 1999 年版
赵景深《曲艺丛谈》 中国曲艺出版社 1982 年版
傅惜华《曲艺论丛》 上杂出版社 1953 年版
关德栋《曲艺论集》 上海古籍出版社 1983 年版
谢伯阳编《全明散曲》 齐鲁书社 1994 年版
谢伯阳、凌景埏编《全清散曲》（增补版） 齐鲁书社 2006 年版
隋树森编《全元散曲》 中华书局 2000 年版
吕薇芬《全元散曲典故辞典》 湖北辞书出版社 1985 年版
胡文焕辑《群音类选》 中华书局 1980 年影印本

R

赵义山《20 世纪元散曲研究综论》 上海古籍出版社 2002 年版

刘锡诚《20 世纪中国民间文学学术史》 河南大学出版社 2006 年版

S

任中敏编《散曲丛刊》 凤凰出版社 2013 年版

吕薇芬、黄卉《散曲流派传》 吉林人民出版社 1999 年版

羊春秋《散曲通论》 岳麓书社 1992 年版

谢伯阳主编《散曲研究与教学》 浙江教育出版社 1992 年版

王秋桂编《善本戏曲丛刊》 台湾学生书局 1984 年版

臧贤辑《盛世新声》 文学古籍社刊行社 1956 年版

罗慷烈编《诗词曲论文集》 广东人民出版社 1982 年版

熊笃《诗词曲艺术通论》 中州古籍出版社 2000 年版

赵伯陶《市井文化与市民心态》 湖北教育出版社 1995 年版

鲁威《市井文化》 辽宁教育出版社 1993 年版

钱杭、承载《十七世纪江南社会生活》 浙江人民出版社 1996 年版

余英时《士与中国文化》 上海人民出版社 2003 年版

郑振铎《说俗文学》 上海古籍出版社 2000 年版

永瑢等撰《四库全书总目》 中华书局 1983 年版

王国维《宋元戏曲史》 上海古籍出版社 2000 年版

车锡伦《俗文学丛考》 台北学海出版社 1995 年版

王昆吾《隋唐五代燕乐杂言歌辞研究》 中华书局 1996 年版

T

冯梦龙辑、俞为民校点《太霞新奏》 江苏古籍出版社 1993 年版

杨公骥《唐代民歌考释及变文考论》 吉林人民出版社 1962 年版

王溥《唐会要》 中华书局 1955 年版

任半塘《唐声诗》 上海古籍出版社 2006 年版

张岱《陶庵梦忆》 上海远东出版社 1996 年版

童庆炳《童庆炳谈文体创造》 河南大学出版社 2008 年版

[美] 伯格《通俗文化、媒介和日常生活中的叙事》 南京大学出版社 2000 年版

W
［美］黄仁宇《万历十五年》　中华书局 1982 年版
沈德符撰《万历野获编》　中华书局 1997 年版
徐朔方《晚明曲家年谱》　浙江古籍出版社 1993 年版
嵇文甫《晚明思想史论》　东方出版社 1996 年版
夏咸淳《晚明士风与文学》　中国社会科学出版社 1994 年版
周明初《晚明士人心态及文学个案》　东方出版社 1997 年版
吴承学、李光摩编《晚明文学思潮研究》　湖北教育出版社 2002 年版
左东岭《王学与中晚明士人心态》　人民文学出版社 2000 年版
顾颉刚等撰《吴歌·吴歌小史》　江苏古籍出版社 1999 年版
吴梅《吴梅全集》　河北教育出版社 2002 年版
韩进康《无奈的追寻：清代文人心理透视》　河北大学出版社 2001 年版
周之标辑《吴歈萃雅》　明万历刻本
谢肇淛《五杂俎》　上海书店出版社 2001 年版
X
叶德均《戏曲小说丛考》　中华书局 1979 年版
戴全德撰《西调》　清刻本
方濬颐辑《晓风残月》　台北联经出版事业公司 1976 年《明清未刊稿初辑》
虫天子辑《香艳丛书》　人民文学出版社 1992 年版
王秋桂编《善本戏曲丛刊》《新镌南北时尚万花小曲》　台湾学生书局《善本戏曲丛刊》1987 影印本
王秋桂编《善本戏曲丛刊》《新镌南北时尚丝弦小曲》　台湾学生书局《善本戏曲丛刊》1987 影印本
任讷辑《新曲苑》　中华书局 1940 年版
赵义山编《新世纪曲学研究文存两种》　上海古籍出版社 2003 年版
徐渭《徐渭集》　中华书局 1983 年版
顾廷龙主编《续修四库全书》　上海古籍出版社 2002 年版
Y
孙克强《雅俗之辨》　华文出版社 1997 年版
杨朝英选辑《阳春白雪》　中华书局 1957 年版

李斗《扬州画舫录》 中华书局 1997 年版
王楙《野客丛书》 上海古籍出版社 1991 年版
卢前辑《饮虹簃所刻曲》 江苏广陵古籍刻印社 1979 年重印本
王明荪《元代的士人与政治》 台湾学生书局 1992 年版
王忠林编《元代散曲论丛》 台湾文津出版社 1997 年版
么书仪《元代文人心态》 文化艺术出版社 1993 年版
宋浩庆《元明散曲》 上海古籍出版社 1987 年版
王星琦《元明散曲——大俗之美的张扬与泛化》 广西师范大学出版社 1999 年版
王星琦《元明散曲史论》 南京师范大学出版社 1999 年版
梁乙真《元明散曲小史》 商务印书馆 1998 年据 1934 年初版影印版
王利器辑录《元明清三代禁毁小说戏曲史料》 上海古籍出版社 1981 年版
何贵初编《元明清散曲论著索引》 香港玉京书会 1995 年版
王文才编《元曲纪事》 人民文学出版社 1985 年版
王星琦《元曲艺术风格研究》 江苏文艺出版社 1996 年版
隋树森《元人散曲论丛》 齐鲁书社 1986 年版
唐圭璋《元人小令格律》 上海古籍出版社 1981 年版
赵义山《元散曲通论》 上海古籍出版社 2004 年版
宋濂等《元史》 中华书局 1983 年版
陈邦瞻《元史纪事本末》 中华书局 1979 年版
郭茂倩编《乐府诗集》 中华书局 1979 年版
周玉波《月上荼蘼架——明代民歌札记》 南京师范大学出版社 2009 年版

Z

刘廷玑《在园杂志》 《清代笔记小说大观》，上海古籍出版社 2007 年版，第三册。
傅芸子《正仓院考古记·白川集》 辽宁教育出版社 2000 年版
王书奴《中国娼妓史》 生活·读书·新知三联书店 1988 年版
舒兰编《中国地方歌谣集成》 台北渤海堂文化事业有限公司 1989 年版
丁世良等编《中国地方志民俗资料汇编》 书目文献出版社 1992 年版

高得贵等编《中国地方志集成》 江苏古籍出版社 1991 年版
李昌集《中国古代曲学史》 华东师范大学出版社 1997 年版
李昌集《中国古代散曲史》 华东师范大学出版社 1991 年版
姜彬《中国古代歌谣散论》 古典文学刊行社 1955 年版
褚斌杰《中国古代文体概论》 北京大学出版社 1984 年版
吴承学《中国古代文体形态研究》 中山大学出版社 2000 年版
吴承学《中国古代文体学研究》 人民出版社 2011 年版
中国戏曲研究院编《中国古典戏曲论著集成》 中国戏剧出版社 1959 年版
门岿主编《中国古典诗歌的晚辉——散曲》 天津古籍出版社 1994 年版
吴承学《中国古典文学风格学》 北京大学出版社 2011 年版
俞为民《中国古代曲体文学格律研究》 中华书局 2012 年版
朱自清《中国歌谣》 复旦大学出版社 2004 年版
武舟《中国妓女生活史》 湖南文艺出版社 1990 年版
陈良运编《中国历代赋学曲学论著选》 百花洲文艺出版社 2002 年版
胡怀琛《中国民歌研究》 商务印书馆 1925 年版
王健《中国明代思想史》 人民出版社 1994 年版
梁扬、杨东甫《中国散曲史》 广西人民出版社 1995 年版
梁扬、杨东甫《中国散曲综论》 中国社会科学出版社 2007 年版
杨栋《中国散曲学史研究》 高等教育出版社 1998 年版
杨栋著《中国散曲学史研究》（续编） 山东大学出版社 1998 年版
刘复、李家瑞编《中国俗曲总目稿》 台北文海出版社 1973 年版
郑振铎《中国俗文学史》 商务印书馆 2005 年版
谢桃坊《中国市民文学史》 四川人民出版社 1997 年版
陆侃如、冯沅君《中国诗史》 人民文学出版社 1956 年版
刘大杰《中国文学发展史》 上海古籍出版社 1982 年版
章培恒、骆玉明主编 《中国文学史》 复旦大学出版社 1997 年版
郑振铎《中国文学研究》 作家出版社 1957 年版
修君、鉴今《中国乐妓史》 中国文联出版社 2003 年版
陈钟凡《中国韵文通论》 中华书局 1982 年版

蒋长栋主编《中国韵文文体演变史研究》 岳麓书社2008年版
蒋长栋《中国韵文学概论》 岳麓书社2002年版
吴调公、王恺《自在自娱自新自忏——晚明士人心态》 苏州大学出版社1998年版
朱自清《朱自清全集》 江苏教育出版社1988年版

博硕士学位论文（按照完成时间先后排序）

张继光《明清小曲研究》 博士学位论文，台湾“中国文化大学”，1993年
郑义雨《明清民歌研究》 博士学位论文，台湾师范大学，2000年
戴健《明下叶吴越城市娱乐文化与市民文学》 博士学位论文，扬州大学，2004年
王伽娜《元大都音乐的初步研究》 硕士学位论文，福建师范大学，2005年
孙一平《文而不文、俗而不俗——元代文人散曲文学传统的确立与变迁》 硕士学位论文，扬州大学，2005年
张石川《白朴研究——以文体研究为中心》 博士学位论文，复旦大学，2006年
张芸娇《元散曲中的咏妓曲研究》 硕士学位论文，华东师范大学，2006年
李秋菊《清末民初时调研究》 博士学位论文，复旦大学，2007年
王丽慧《从唐宋词到当代流行歌曲》 博士学位论文，复旦大学，2007年
车振华《清代说唱文学创作研究》 博士学位论文，山东大学，2007年
张明远《论元人小令之“俗”》 硕士学位论文，曲阜师范大学，2007年
曾绍皇《杨慎俗文学研究》 硕士学位论文，湖南师范大学，2007年
刘凤玲《元代散曲观念研究》 博士学位论文，首都师范大学，2008年
梁晓辉《文学发展中的雅俗关系》 硕士学位论文，河北大学，

2008 年
丁丽敏《明清以来北京地区汉民族民歌的传播及其艺术特征》 硕士学位论文，首都师范大学，2009 年
滑丽坤《朱载堉醒世词研究》 硕士学位论文，河北师范大学，2009 年
杨钊《杨慎研究——以文学为中心》 博士学位论文，四川师范大学，2010 年
刘铭《李开先文学研究》 博士学位论文，复旦大学，2011 年

期刊论文（按照发表时间先后排序）

吴立模《五更调与五更转》，《文学周报》1921 年第 95 期
吴立模《答刘复书——五更调研究》，《文学周报》1921 年第 110 期
冯式权《北方的小曲》，《东方杂志》1924 年第 21 卷第 6 号
佟晶心《民间的俗曲（上、下）》，《剧学月刊》1935 年第 4 卷第 1 期、第 3 期
李家瑞《劈破玉》，《剧学月刊》1935 年第 4 卷第 9 期
李家瑞《谈小曲两种》，《西北风》1936 年第 6 期
叶德均《关于俗曲的传流演变》，《歌谣》1937 年第 3 卷第 10 期
挹岚《俗曲在北京之盛衰》，《大风》1941 年第 4 期
叶德均《明代的俗曲》，《杂志》1944 年第 13 卷第 3 期
徐嘉瑞《明代小曲的面影》，《文史杂志》1948 年第 6 卷第 1 期
罗锦堂《明代小曲》，台湾《大陆杂志》1954 年卷九第 1 期
季国平《北曲形成论——渊源篇》，《扬州师院学报》1989 年第 3 期
季国平《北曲形成论——联套篇》，《中国音乐学》1990 年第 1 期
赵士林《从雅到俗——明代美学札记》，《中国社会科学院研究生院学报》1991 年第 3 期
谢桃坊《中国市民文学的发现与认识》，《贵州社会科学》1991 年第 6 期
石麟《明代文学“俗”与“雅”的双向转化》，《湖北师范学院学报》1994 年第 2 期

翁敏华《明清小曲的流变及其他》，《上海师范大学学报》1995 年第 1 期
管谨义《明清小曲散论》，《星海音乐学院学报》1995 年第 3、4 期
谢桃坊《论明清时调小曲的艺术价值》，《贵州社会科学》1996 年第 5 期
崔晓西《明代民歌述评》，《民俗研究》1997 年第 2 期
王星琦《散曲文学的文体意义》，《中国典籍与文化》1998 年第 1 期
陈泳超《徐灵胎与〈洄溪道情〉》，《苏州大学学报》1998 年第 1 期
罗斯宁《元代艺妓与元散曲》，《中山大学学报》1998 年第 1 期
王广超《元代散曲演唱传播试论》，《内蒙古大学学报》2003 年第 4 期
滕新才《明朝中后期狎妓之风与文学创作》，《西南师范大学学报》2003 年第 5 期
丁淑梅《明代乐户禁弛与雅俗文化的互动》，《河北学刊》2004 年第 4 期
赵义山《论清代文人的小曲创作》，《河南大学学报》2005 年第 6 期
李雄飞、韩伟《清代“西调”研究述论》，《民族艺术》2007 年第 4 期
李雄飞《“西调”考》，《艺术百家》2008 年第 3 期
李秋菊《明以来文献中“时调”的同义语与相关语辨析》，《兰州学刊》2008 年第 9 期
陈书录《民歌与徐渭》，《南京师范大学文学院学报》2009 年第 3 期
车振华《闲游之乐与警示之谈——徐灵胎及其〈洄溪道情〉》，《临沂师范学院学报》2009 年第 5 期
廖泽香《明代民歌传播类型及功能研究》，《语文学刊》2009 年第 7 期
时俊静《【挂枝儿】与【挂真儿】》，《河北师范大学学报》2010 年第 1 期
李雄飞《“西调”文人题材解读》，《名作欣赏》2010 年第 1 期
李雄飞《“西调”市井题材略论》，《学术交流》2010 年第 1 期
杨栋《【山坡羊】曲调源流述考》，《文学遗产》2010 年第 2 期
门岿《论怎样创立当今的诗体——从散曲的演化、民歌的升华和当今诗歌的进化说起》，《中国韵文学刊》2010 年第 24 卷第 2 期
冯丹阳《【五更调】歌（乐）系传播的历史脉络》，《乐府新声（沈阳音乐学院学报）》2010 年第 3 期
赵义山《拓宽散曲研究的视野》，《文学评论》2011 年第 5 期
孙之梅《明代歌诗考——兼论明代诗学的歌诗品质》，《文学评论》2012 年第 1 期

刘士义《教坊、钟鼓司、乐户与青楼》,《船山学刊》2012 年第 1 期
刘士义《明代演乐文化脉络考》,《戏剧》2012 年第 1 期
谢伯阳《重订朱载堉散曲并记》,《中国韵文学刊》2012 年第 3 期

后　记

韶光易逝，离开随园又有两度春秋了。倏忽而逝的时光里，与南师有关的点点滴滴是我记忆册页中最值得回味的部分。宁静充实的读书生活中，有过困惑焦虑，也有愉悦幸福，曾经的苦乐得失，而今都化为我生命历程中的珍宝。

这部著作是在我博士学位论文的基础上修改而成的，其中凝聚着恩师陈书录先生的心血与期望。2003 年秋，我如愿考入南京师范大学文学院，成为陈书录先生的弟子。先生不仅有渊博的学识和深厚的学养，还具备独到的学术眼光和严谨的治学态度。入学之初，先生即要求我通读一系列古典文学研究的基础书籍，并明确要求我在学习和科研中树立“问题意识”。通过撰写硕士学位论文，我初步学到了一点发现并解决问题的途径与方式，使自己的科研能力得到了一次较为系统的锻炼。2011 年秋，蒙先生不弃，我重归随园攻读博士学位。读博期间，正是有了恩师的悉心指导，我才得以顺利完成博士论文的撰写，从论文题目的确定到最终完成论文写作，其间的每一个环节都浸润着陈先生的心血。先生时常提醒我要葆有问题意识和创新精神，要力避简单地叙述和介绍，要在综合梳理分析材料的基础之上力求发现并解决问题。这些教导促使我在整个论文写作过程中积极思考问题、努力解决问题，这种做学问的基本理念足以令我受益终身。除此之外，先生还常常将所见的与我论文写作有关的资料信息提供给我，为我的论文写作提供了很多启发和极大的帮助。

在论文撰写过程中，钟振振教授、陆林研究员、程杰教授和徐克谦教授都为我提供了宝贵的意见和建议，使我的论文在框架结构和章节设置上更为合理，也促使我以更加新颖开阔的视角思考问题。在毕业论文答辩时，徐宗文编审、程章灿教授和王青教授也为我提供了许多有益的建议；

此外，王星琦教授、李昌集教授、俞为民教授和曹虹教授也在我的学习过程中提供了无私的帮助。在此，我向教导和帮助过我的诸位先生致以最诚挚的感谢！读博其间，有众多朋友相伴左右，我们或交流读书写作心得，或相互激励减压，或结伴游赏金陵美景；尤其令我难忘的是，当日腰病复发时，俞王毛和景莹贴心照料，暖语宽慰，帮我驱走病痛和沮丧。友人的陪伴与帮助为我的读博生活平添了别样姿彩！

此外，许昌学院文学与传媒学院的刘道全院长、许昌学院文旅学院的乔凤岐老师和中国社会科学出版社的宋燕鹏先生也为本书的出版提供了鼎力支持和热情帮助，在此一并致谢！

最后，要感谢我的父母和家人，他们的全心付出为我安心读书写作提供了重要保障，他们最温暖而恒久的关怀与鼓励给了我坚持前行的力量。感谢我最亲爱的父母和家人！

冯　艳

2016 年 6 月 26 日